2013 民生散文选本

古　耘◎选编

中国言实出版社

图书在版编目(CIP)数据

2013 民生散文选本 / 古耜选编. — 北京：中国言
实出版社, 2014.1

ISBN 978-7-5171-0356-1

Ⅰ. ①2… Ⅱ. ①古… Ⅲ. ①散文集－中国－当代
Ⅳ. ①I267

中国版本图书馆 CIP 数据核字（2013）第 310511 号

责任编辑：肖　彭　安耀东

出版发行　中国言实出版社
　　　　　地　址：北京市朝阳区北苑路 180 号加利大厦 5 号楼 105 室
　　　　　邮　编：100101
　　　　　电　话：64966714（发行部）　　51147960（邮　购）
　　　　　　　　　64924853（总编室）　　68586963（编辑部）
　　　　　网　址：www.zgyscbs.cn
　　　　　E-mail：zgyscbs@263.net
经　销　新华书店
印　刷　三河市祥达印刷包装有限公司
版　次　2014 年 1 月第 1 版　　2014 年 1 月第 1 次印刷
规　格　710 毫米×1000 毫米　　1/16　　21.25 印张
字　数　313 千字
定　价　38.00 元　　ISBN 978-7-5171-0356-1

目 录
CONTENTS

父老乡亲

王巨才

马 老

我大活着的时候常说哩，民国十九年六月二十一，是他把马文瑞接到任家砭的。

在任家砭半山上的院子里，一位八十多岁的老人对马文瑞的女儿马小玫讲起了"古朝"。

老人的父亲叫任丰盛，是中共安定（后改为子长县）北区地下区委书记任广盛的大哥，任广盛被国民党害死后，区里党的工作陷于瘫痪。

那天一大早，小学教员杨凤岐找到任丰盛，说上边给学校新派来个老师，你到杨家园子桥头接一下，路上千万小心。

当时的陕北，处在一片白色恐怖中。由于"左"倾冒险主义的指导，绥德、米脂党组织暴露，大批党员被抓被杀。各地军警和反动民团，明岗暗哨，虎视鹰瞵。

任丰盛来到杨家园子，桥头上见不到一个人影。他盘算，也许要接的人还没赶到吧，便拴好毛驴，靠到路边柳树桩上，掏出干粮，装作歇晌的样子，四处打量。

正是高粱扬花、糜谷抽穗的季节，山梁上，河对岸，庄稼长得黑汪汪的，除过偶尔飞过的麻雀，没有任何响动。官路上，贩石炭的，挑菜蔬的，黑水汗涟，匆匆而过。都到半后晌了，仍不见动静。任丰盛慌了：该不是出差错了？

就在这时，桥底下传来一声咳嗽，接着一块小石子甩到岸上。

桥下有人。但什么人，是要接的老师还是暗里盯梢的，任丰盛一时拿不准。他沉住气，又磨蹭了一袋烟工夫，才牵着毛驴沿坡道下到河滩。

现在看清了，桥墩旁，一个模样英俊的后生正在洗脚，身边放着鞋袜和草帽；一身老布衣服，旧，但干净清爽，看来不像坏人。但他仍不敢去搭理，只管给驴饮水，不时用余光向旁边瞟一眼。

一会儿，那后生从怀里掏出一拃长的一把羊腿烟锅，自言自语说，啊呀，不早了，吃罢这袋烟该起身了。

羊腿烟锅！是他。任丰盛一阵狂喜，按杨凤岐的交代，也从怀里掏出烟锅，说啊呀把他家的，忘带火镰了。

暗号接上。那后生问，拜识（朋友），哪个庄的？任家砭的，你呢？周家硷，教书的。两人头挨头对火的当间，后生悄声说，你给咱瞭哨着，我去取个东西。说着，向身后玉米地走去。

东西取回来，是一架油印机。两人连忙装进驴背上的箩驮，用事先准备的豆荚、洋芋苫好。任丰盛又从箩驮拿出个包袱，说杨先生交代的，让你换上。

天快擦黑了，山背后飘来做饭的柴火气息。任丰盛有些心焦。等他听到脚步声回头一看，顿时惊呆了：那年轻人怎就一下变成一个俊俊俏俏的婆姨了！蓝底白花的偏襟布衫，头上笼块半旧不新的羊肚手巾，白白净净的脸蛋，扑闪扑闪的大眼睛，谁看都不会想到是个后生。这后生对庄户人的活路并不生疏，他双手一托，利索地骑上驴背，回身朝驴屁股一巴掌，毛驴便轻快地朝上川走去。

小心没大错。一路还算顺利。遇到熟人，任丰盛抢先打招呼，大叔，上瓦窑堡啦？噢，卖了点洋芋。今年西瓜长得怎样？天旱，摖了，屁不顶！对方见骑驴的婆姨年轻俊样，也不好意思打问，有想问讯的，都让他用话岔过去了。

回到任家砭，已是上灯时分，杨凤岐、赵福祥等早就熬好米汤蒸好捞饭等在窑洞里。任丰盛知道他们都是在党的人，找个借口抽身离去。

任丰盛当然不知道，这个他接来的年轻后生，便是陕北特委派来顶替他三弟任广盛的北区区委书记和随后的安定县委书记，更不会想到，他后来会是新中国的劳动部部长，陕西省委第一书记，全国政协的副主席。

马文瑞到任家砭，开先没到学校教书。他的当务之急是恢复全县党的工作。他扮作做买卖的小商人，肩上背个"茂源号"的褡裢，走街串乡，逐一摸清了全县三百多名党员的状况。根据严峻的斗争形势，对动摇变节分子进行了清理，向坚持工作的区委、支部传达陕北特委指示，要他们积极争取群众，壮大革命力量，利用合适时机，向反动势力开展有理有利有节的斗争。不久，各地的贫农团、互济会、妇女识字班等外围组织纷纷恢复和建立起来，发动群众抗粮抗捐，铲除警匪恶霸，一度沉寂的地下斗争重新出现红红火火的生动局面。

次年秋，阎红彦、吴岱峰领导的晋西游击队战略转移，东渡黄河回到陕北，与安定县委取得联系。马文瑞召开会议，为队伍筹集物资补给，选拔优秀青年入伍，游击队由三十人壮大到一百多人。这支队伍武器充足，每人长短两支枪，成员绝大部分是共产党员，战斗力很强，是陕北唯一一支真正由党组建和领导的军队。队伍经过充实整训，如虎添翼，转战数千里，先后取得安定、安塞、延川、保安、横山及三边等地许多重大战役的胜利，声威远播，民心大振。后来与刘志丹联络的民间武装会合，组成西北抗日反帝同盟军，后又改编为中国工农红军陕甘游击队和红二十六军，驰骋西北诸省，成为红军主力部队。

马文瑞在任家砭待了两年零八个月。初来时，生活方面主要由任丰盛的侄女、任广盛的女儿任志贞关照。任志贞泼辣直爽，积极上进，经常鼓动妇女反对封建礼教，教她们唱歌识字，在瓦窑堡女子高校上学时，一面学习，一面了解敌人动向，给地下党传递消息，印发标语传单，宣传党的主张，揭露反动派的丑行劣迹，表现非常勇敢。马文瑞对她悉心培养，亲自主持她的入党仪式。

任志贞后经再三请求，被派往陕北游击支队一分队，是陕北红军第一位女指导员。她苦练杀敌本领，双手会打盒子枪，成为远近知名、敌人闻风丧胆的神枪手。不幸在一次战斗失利后被敌人抓捕，受尽酷刑，坚贞不屈，与丈夫白得胜（游击队队长）一起被枪杀在瓦窑堡南门外，年仅二十岁。

马文瑞对这位学生和战友一往情深，对她的牺牲无比痛惜，他在一篇回忆录中写道：任志贞同志被捕后表现很坚定、很英勇，敌人从她嘴里没有得到任何东西，在完全绝望的情况下才决定杀害她。她临刑的场面也是极其壮烈、感人的。从瓦窑堡的米粮山牢房到南门外的刑场，有好长一段路，她以一个共产党员大义凛然、视死如归的铮铮铁骨，昂首挺胸，面无惧色，步伐坚定地走完了这最后的征程。有的群众向她敬酒、敬饭，她就乘机宣传革命，激励人民。临刑时，高喊打倒国民党反对派，中国共产党万岁等口号。她的死，在瓦窑堡，在安定一带，在陕北，影响很大。她的名字，成为革命楷模、红军英雄的象征。

20世纪80年代中期，延安歌舞团根据烈士事迹，邀请国家著名导演执导，编排了一台大型歌剧，剧名就叫《任志贞》，在省内外演出，引起轰动。而后筹拍电影，剧作家为了凸显英雄成长的历程，刻意加大剧中"马书记"的戏份，剧本送马文瑞征求意见，马审看后说，这是写任志贞的，不是宣扬其他人的，必须大改。二十多年过去，事情尚付阙如。

马文瑞在中央工作时，有次到延安视察，任家砭几位上年纪的老乡闻讯赶去，结果被保卫人员挡在宾馆门外，等了半天，没能见上一面。马老事后听说此事，心情非常沉重。这位当年毛泽东曾为之题写"密切联系群众"奖状的老共产党员不无怅惘地感叹道，哪有共产党人怕群众的道理！

2004年1月3日，马老溘然长逝。病危时，他让家人取来纸笔，留下的最后一句话是：

想念延安。

曹　老

见罢曹老20多年了。春节前夕，从电视上看到他与前去看望的中央首长一起谈笑风生、互祝新年的情景，不禁想到那句令人振奋的歌词：革命人永远是年轻。

　　曹老 1934 年投身革命，1941 年调到边区保安处，负责鄜县黑水寺一带的情报工作。那是一个在毛泽东著作中多次提到的红白交界、摩擦不断的区域，敌我穿插，社情复杂，随时都有危险。曹老以一个游乡"箩客"的身份作掩护，在给庄户人家箍箩子，与老乡们开玩笑、拉家常的当间，眼观六路，耳听八方，准确无误地完成了一次次情报搜集、传递任务，多次立功受奖。

　　全国解放后，曹老先后在省公安厅和公安部门任职，但总感"不如同老百姓直接打交道来得痛快"，后又重回延安。1958 年，地委派他到鄜县任县委书记。在担任书记的几年里，曹老仍和当年一样，不辞艰险劳苦，不避风霜雨雪，带领区乡干部长年奋战在基层第一线，使县上各项事业有了明显起色。特别是在大刮"共产风"的那段日子里，鄜县在政策把握上较为平稳，全县没有发生人口外流，还接纳了不少安徽、河南等地来的灾民。他的"仁政观念"和"右倾思想"尽管也受到过指责，但老百姓一直记得他的好处。

　　曹老文化程度不高，但一直保持良好的学习习惯。就我的印象，当时还在边区政府旧址办公的行署大院里，每到晚上六七点钟，最早亮起灯光的总是曹老的那孔窑洞。他看过的文件，绝没有"卫生田"，总是勾画得密密麻麻，边头上偶尔还会有几处问号或感叹号。他常说，现在事业发展了，家大业大责任也大，不吃透政策精神，光凭老经验办事，个人犯错误事小，到头来苦害的还是老百姓。加之他联系群众广泛，知道他们的所思所想，包括牢骚和怨气，因而对许多问题的看法都能直指本质，抓住要害，让周围的同志打心底佩服。

　　比如，农业学大寨，大干快上多贡献，层层反瞒产，高征购，曹老说，瞒一点产没什么不好，战士打仗时也会瞒一两颗子弹，关键时候派得上大用场。"文化大革命"，"四人帮"到处发号施令，煽风点火，曹老把文件一拍：娶媳妇吹些埋人调，响气就不对！看过戏吧，奸臣怕的戏煞尾，都不会有好下场。三中全会开了，干部对联产承包仍心存疑虑，"上边放，下边望，中间是个顶门杠"。曹老给鄜县县委书记打气：放手干吧，不会有错，没听老百姓说，"公社是个好摊摊，就是精精招憨憨"。活人总不能让尿憋死，不打破大锅饭，迟早都得喝西北风。改革开放不断深化，"姓社姓资"的争论随之而起，为防和平演变，一些地方制止留披肩发，穿高跟鞋，喇叭裤。曹老不以为然：萝卜白菜，各有所爱，管那些事干甚。屙屎努得小便疼，没用对劲嘛。邓小平提出"一国两制"，有人不能理解，曹老在会上发言：还是小平有经验。当年我们在陕甘宁边区搞"三三制"政权，实行民主政治，不就是一国两制？这事咱们干过，能有什么风险。

诸如此类，尽管言语偶涉村俗，但话粗理直，他那些言简意赅的观点和深入浅出的道理，大家都很爱听。老乡听过他讲话，说曹老不把咱当外人，全是掏心掏肺，实话实说。而一班年轻干部，则会从中受到启悟，获得教益。

说来你不会相信：如此清醒、方正的一个人，在那特定的年代里，也常会马失前蹄，"败走麦城"，万般无奈间办一些马马虎虎、外乎原则的事，以致让自己陷入难堪，被动。

在当时的行署班子中，曹老分管财贸。由于他性格爽直，作风平易，无论办公室还是家里，总见人来人往，川流不息，其中不少是各地来的老乡。有时，刚开完会，一出门，猛不防便被说不清是南泥湾还是黑水寺来的饲养员老汉一把抓住袖子：哈呀，这下好了，总算把你等上咧。接过老汉双手递上的旱烟锅子，曹老边吸边问，快把汗擦干，甚事这么急？老汉气吼嗨咽地答，甚事！你该知道我那个小子打小就是个老实疙瘩，好容易问下个媳妇，人家非要一辆自行车不可，这不都跑了半个月了，再买不到，这婚事眼看就要黄了，你看咋办呀？咋办，先把肚子喂饱。曹老把老汉领回家，擦罢脸，吃罢饭，掏出钢笔给五金公司贺经理写张条子：来人是大队贫协主席，老红军，因有急用请先售予自行车一辆为荷。临出门又问，钱够不够？老汉早已喜得合不上嘴，连说够，够，这就蛮好咧，还能再让你贴钱？

像这样的事随时会有。有让批化肥的，批救济粮的，甚至为办事情批点细粮批点好烟好酒的。为接待这些"没权没势的穷亲戚"，曹老好话说了不少，道理讲了不少，茶饭管了不少，万不得已，也只好向下打个招呼，让酌情照顾解决。看他总是那么忙，那么累，办公室的同志有时会给挡挡驾，曹老事后总会温和地叮嘱，不能挡，不能挡，咱是勤务，人家才是主人，哪有个主人回家，被勤务挡在门外的？

大约是 1980 年前后，在一次整顿机关作风的动员会上，地区领导批评了部分干部随便给下边批条子，走后门，购买紧缺商品的现象，说打铁先得本身硬，这种情况，今后决不能允许。那天的大会曹老是否参加了，我没有注意，会后从旁察言观色，也没有发现情绪变化，照样忙前忙后，说说笑笑。又过了半年时间，听说曹老打了报告，希望辞去副专员职务，到地区供销总社工作。我们去看他，他诚恳地表示，毕竟年纪大了，越来越力不从心，倒不如做点后勤工作，自己有些经验，也会感到更实在些。曹老的申请后来批下来了，同意到供销社任职，但同时任命为行署顾问，仍协助主管副专员分管财贸。再后来，我调离延安，时间一长，联系就渐渐少了。

屈指算来，曹老已是 91 岁高龄。最近见到延安来的同志，问到曹老，都说那老汉哪，畅快着呢，欢实着呢，成天挺着腰板，乐乐呵呵，忙着到干部学院讲课，到中小学做报告，为失学儿童救助，给受灾地区募捐，都一大把年纪了，真不知哪来那么大劲头！

我与曹老算得上是脾胃相投的忘年交，知他身心健朗，乐观如昔，自是十分高兴。他曾说过，这人啊，就是活一口气，一股劲，一种念想和追求。他参加革命 70 多年，全部的喜怒忧乐，浮沉进退，全都和国家的命运联系在一起。当今时势，景和清明，事业方殷，曹老目睹改革开放给国家带来的变化，给社会带来的进步，给人民群众带来的实惠，其欢欣慰藉之情自能想来。他的健康长寿，也正自在情理之中。

二　妮

中午 11 点半，正准备开饭，接到延安来的电话：

打开电视！央视三套。

咋啦？

快打吧，打开就知道了。

噢，是二妮，王二妮。

宽敞的演播大厅，"王二妮民歌演唱音乐会"看似进入高潮，观众席欢呼迭起，气氛兴奋热烈。

舞台上的二妮，漂亮多了。一对坦荡的大眼睛，经过化妆，睫毛显得长了，顾盼之际平添几分妩媚。那条粗壮的大辫子从右肩绕过，随随便便搭在胸前，散披的刘海漫不经意垂到额头。加上一身绿底红花式样时尚的短袖裤褂，使这丫头一下子变得更俊俏，更大方，更显成熟了。

自然，那微微上翘略显调皮的鼻头，那轻轻咧开憨态可掬的嘴巴，那脸上总不消失的天真笑意不会改变。朴实的乡音、清晰的口齿以及与主持人机敏得体的应答也一如从前，而纯朴自然的演唱则明显比以往老练得多也自信得多。《赶牲灵》《走西口》《绣荷包》《东方红》《翻身道情》……十几个曲子唱下来，没一处闪失，每一曲都引爆全场轰动。歌是老的，清亮甜润的嗓音和娴熟自如的发挥，张弛有度的节奏把握和充沛丰饶的情感投入，凸显的则完全是她的风格。她和京剧名家孟广禄合演的《白毛女》选段，肥厚的棉袄棉裤，地道的村姑模样，却活灵活现地把喜儿漫天风雪中"等待爹爹快回来"的着急、"见到爹爹心欢喜"的亲昵、扎上红头绳的欢欣娇羞表现得细腻入微，惟妙惟肖。在观众如痴如醉的喝彩声中，我看见王昆老师——这位70年前最早饰演喜儿的著名艺术家，始终专注地审度着舞台上的一招一式，目光满含由衷的赞许和亲切的爱意。

这女子亮格哇哇一副好嗓子，天生唱歌的料！在陕北，常能听到老乡们这样夸奖二妮。我自然是赞同的。但有时一想，又觉得并不尽然，似乎还少点什么。

最早见到二妮，是十多年以前，我刚到北京的时候。一次，几位老乡在亮马河附近的五洲火锅城小聚，酒酣耳热，有人提议应由哪位吼几声信天游，给大家助兴。推来推去，没人应承，有的勉强来几句，不是忘词，就是跑调，终不成欢。一旁的饭店老板李天北于是走过来说，要听陕北民歌，有两位安塞来的歌手，蛮专业的，要不给咱请来？众人立即叫好。

二十分钟后，歌手如约而至。一位是小伙子，姓李，白羊肚手巾红腰带，伴奏，也能唱。另一位便是二妮，半袖的蓝花粉衫，衣服质地不高，但很合身。这女孩看去也就十来岁，性格活泼，举止得体，她向大家问过好，寒暄了几句乡情，便随着电子琴的伴奏亮开歌喉。一曲如泣如诉的《兰花花》，一曲如怨如慕的《泪蛋蛋抛在沙蒿蒿林》，立刻把大家镇住了，周围的嘈杂戛然而止。人们纷纷离开饭桌围拢过来，偌大的餐厅变成了临时演播厅，四面八方回响的尽是二妮甜美的歌声。

真不知道如何形容那歌声。"响遏行云"太滥，"余音绕梁"过俗，"凤鸣高冈"嫌虚，搜索枯肠，唯"天籁"二字差可近之。陕北是民歌的海洋，一年四季，满山遍洼，随时随地能听到"不断头"的信天游，而像这样清脆悠扬、荡气回肠、有巨大穿透力震撼力的演唱，还真不多见。听她的歌，嘹亮处，你会想到塞北大漠平沙莽莽的开阔，高原晴空白云悠悠的辽远；婉转处，你会想到山间溪流跌入涧底的清响，雨中燕子穿飞柳荫的欢快；深沉处，你会想到嘉岭山头千年宝塔的雄浑，清凉寺里万古钟磬的苍凉；轻盈处，你会想到微风摇动树梢的羞怯，月光铺洒大地的温柔。那声音的确是快活的，灵动的，有生命、有色彩、有滋味的。有荞麦花盛开的灿烂，有红高粱熟透的热烈，有土窑洞里天长日久的宁馨，有母亲衣襟上梦中犹在的乳香。有鸡叫狗咬的生动，烟熏火燎的踏实，要死要活的浪漫。有自然的精魂，生活的原色，人性的本真，命运的斑痕。

让我惊异的，是这女孩子的胆量。小小年纪，远离父母，闯荡京城，这在我对陕北的乡村记忆中，几乎是不可思议的。且不说离乡远走，在早年，谁家女孩子只身一人去县城赶个集，也常让家长不放心，而人稠广众之下抛头露面说说笑笑甚至被认为是有失体面的事情。见我如是絮叨，同座的老乡提醒说，那还是你落后了，不看而今进城的农民有多少？两亿！老板李天北也插话：这娃胆头子大，也能受罪（吃苦），上进。天北是靖边人，离二妮老家不远，他介绍说，别看她山沟沟长大，却从小爱唱爱跳，逢年过节，常随秧歌队走乡串村，后来招到陕北民间艺术团，凭一股顽强的勇气和韧劲，先后夺得十多项地区和省际大奖，很不简单，想来还真让人佩服。

一株迎风绽放芬芳幽远的山丹丹！回家路上，脑海里不时闪现这种随处落地生根，生命力极强，其枝疏展，其花艳丽，深受民间喜爱的山野植物的动人风姿。

再看到二妮，是在中央电视台的"星光大道"上。那场群雄奋争的角逐，她从周赛、月赛一路冲杀到总决赛，终因强手如林，未能获得预期名次，令不少观众为她惋惜，抱屈。出乎意料的，是这孩子在挫折面前表现的那份坚强，那份淡定，她向观众和评委感谢说，我带着我自己和家乡父老的愿望来到这里，虽然比赛失利，但那么多的专家前辈给了宝贵的指点，那么多人支持我喜欢我的歌，我能给祖辈和乡亲交代了，名次，真的不很重要。言辞恳切，让人感动。主持人毕福剑说她虽败犹荣，属无冕之王，固然出于安慰，但也确实反映了观众的心声，立即赢得如雷掌声。

再后来，梦想剧场，春节晚会，各种纪念性演出与全国性比赛，通过电视转播，经常看到二妮的身影，作为老乡，自然为她高兴，与人谈起，也颇有几分自豪。

那天的专场音乐会，一直转播到下午一点。主持人介绍，最近一年，是王二妮成长道路上很不平凡的时段，她拜歌坛前辈王昆为师，被收为门下弟子；与中国歌剧舞剧院签约，成为专业演员；出版首张民歌专辑；举办首场个人音乐会。四喜临门，好音频传。纯朴如昔的二妮，则以一曲一往情深的《爱陕北》，答谢社会的关爱，抒发自己的心迹：

一方土，一方水，养育了我祖辈。山丹丹，红艳艳，开得是那样美。信天游，唱不完，黄土地情和爱。东方红，红满天，万里春风吹……我用我的歌声唱陕北，唱不完家乡的山和水。宝塔放光辉，腰鼓敲得像春雷，光芒万丈照陕北。啊陕北，我爱陕北！

好一个"用我的歌声唱陕北"！好一个知情知理的王二妮！"树高千尺忘不了根。"当此满身荣耀赞誉盈耳之时，难得你如此明白，如此清醒，懂得从哪里来，到何处去。听你真心实意的表达，我禁不住想对你说：

唱吧，二妮。父母给了你好嗓子，生活给了你矫健的翅膀，社会给了你大显身手的舞台，天高地阔，前程无限。切莫留恋眼前风景，趁着这风和日丽的大好时光，朝着更高远的目标，锐意精进，振羽奋飞吧。

唱吧，二妮。莫道上山便无难，一山放过一山拦。学无止境，艺途多艰，要紧的是坚定信念，坚守志向，不为名利所累，不为迷津所惑，永远怀着感恩之心，以你充满泥土味和真实感的演唱，回报养育你的黄土地和挺你爱你的广大观众吧。

　　唱吧，二妮。牢记家乡父老的嘱托与期待。牢记王昆老师给你的二尺红头绳，一件土布褂。牢记她亲切而真诚的叮咛：不要盲目追求所谓"国际化"，不要不土不洋，永远记住，唱民歌，要有自己的特点，要有味道……

　　唱吧，二妮！

选自 2013 年第 1 期《中国作家》

北京胡同的背后

李国文

　　树木会老，人会死，胡同也有它终结的一天。

　　会有那么一个早晨，北京人猛然间发现，最后一条胡同死了。这日子大概不会太久，也许本世纪的后 50 年，北京城里就将找不到一条像样的、依旧是原来面貌的胡同。那真是令人伤感，而又无可奈何的事！

　　即使像我这样并非在北京土生土长，对这个城市说不上具有多么深厚的归属感，只是一个居住年头较久的人，也对这个未免来得太快的消失过程，觉得有些讶异。说来这也许并不是什么坏事，要是北京城永远是这些灰不秃秃、暴土扬尘、狭窄拥挤、颓门败墙的胡同，还得把污水井里的粪，一勺一勺掏出来，一桶一桶背出去……长此下去，这个首善之区，还有什么希望可言？我也知道许多有识之士，总在呼吁，总在呐喊，把胡同留下一些给后代子孙。这想法，当然是毫无疑义的好。但说这些话的人，通常不大为自己的住房发愁，而对那些三代同堂、老少一室、床分上下、布幔相隔的小市民来说，为保留这些胡同，还得挤在斗室里度日如年，又显得不太公平。

　　不过，北京的胡同却也是一部无可辩驳的凝固起来的近代史，是数百年京城人文概貌的缩影，就这样迅速地被现代化的高楼大厦和那些单调无味的火柴盒所蚕食，所吞噬，总是难免令人惋惜，好像应该想出点什么法子才好。变化是不可阻挡的历史潮流，能不能建筑得更加赏心悦目一些，倒是应该悉力经营的。从被挖掘出来的元大都旧址可以看到，那些毡帐游牧的民族，骑射也许内行，但建设皇家都城的业绩，说实在的，却不敢恭维。它之所以被明清两代以紫禁城为中轴线的内外京城替代，成为风沙掩埋的文物，就因为后者比前者更适应时代的发展。

所以，胡同之死，是一种历史的必然。

有的人，恨不能一股脑儿，把胡同统统用推土机推了，这是绝对不值得提倡的红卫兵行径。但也真不希望有那么一天，最后一条胡同寿终正寝，于是造几条供游人参观的假胡同，如同看那些失去了彩绘以后的兵马俑一样，彻底死亡的胡同，有何生气可言？但我也不赞成有的人，对于古都，恨不能连几间破房烂庙、几处残垣断壁，也不许挪动，一律要求原封不动。如果这样恋旧的话，我很奇怪他们为什么不搬到周口店原始人居住过的洞穴里呢，那才能够真正发思古之幽情呢！

说到底，北京那些胡同，其实也没有什么，不过是年代较为久远的建筑物罢了，早晚总是要死的。夏商周的房子，谁见过？汉唐盛世的房子，谁住过？李清照的父亲李格非在《洛阳名园记》里早说过，"方唐贞观开元之间，公卿贵戚，开馆列第于东都者，号千有余邸。及其乱离，继以五季之酷。其池塘竹树，兵车蹂躏，废而为丘墟。高亭大榭，烟火焚燎，化而为灰烬，与唐共灭而俱亡，无馀处矣。"唐代的建筑物，随着唐代的结束而结束，那么，元明清的胡同，随着封建社会的终止而终止，好像也不是什么值得痛苦的事情。

但是，我觉得同住在一条胡同里，那些天天碰头见面的左邻右舍，他们之间的亲切友善，地道的老北京人的礼数客套，那种一张口为"您"而不是"你"的，或许称之为"温良恭俭让"的与人为善的人文精神，如果也随着胡同之死而死的话，那就太可惜了。现在搬进单元楼里住着的各家各户间"鸡犬之声相闻，老死不相往来"的隔膜，是过去住在胡同里的人家，绝不会产生的。给一张微笑的脸，与淡漠的一瞥，留在对方心扉里的印象，冷暖是大不相同的。没有温馨，没有友爱，这世界是不堪设想的。

于是，我想起如今再也找不到的西风斜阳、衰草枯树的前门以西，古城墙下的那条顺城街了。那时，隔着城墙，便是与前门火车站相毗邻的西货站。半夜里，常有一列列货车从广安门开过来，然后，就有卸车的动静，就有空车相撞的声响，就有低沉短促的汽笛声，从城墙那边传过来。那时，冬天是很冷的，而且，风也很大，从城墙下那条顺城街边胡同里钻出来的人，都用围脖和口罩把脸捂得严严实实的。夜里，街面上几乎没有什么行人，胡同里，更是像打扫过一样清净。那时，我从流放的外地回家来，只有那么一班慢车，而且总是在城市的末班车收了以后的深夜到达。通常是这样：我背着行囊，顺着城墙，在昏黄的路灯下，摸进这条细小的"此巷不通行"的胡同，敲开一座小院的那并不严实的门。

这是北京城里最短的几条胡同之一，长不过十数米，有一处矮趴趴的小院，在那结不了几粒枣的瘦树下，有一扇不拒绝我的门。

"姨妈！没车了，回不去郊区的家，只好来打扰您啦！"

"那有什么？快放下行李，没关系的，您就在这儿委屈一宿吧！"

其实她是我同学的姨妈，她也知道我当时是一个类似囚犯的人，在那个岁月里，许多人的脸都对我绷紧着，但她不这样。她立刻捅开了煤球炉子，给我烧水，给我热吃的，一个劲儿地宽慰我："没事的，不会有麻烦的，我们这儿街坊邻居，大家都挺好的，您放心吧！"

第二天清晨，离开那小院、那胡同时，那些大概可算是最普通的老百姓，蹬三轮的，烧锅炉的，或许还有在工厂里做工的，机关里做事的，都客客气气地招呼："来看姨妈的吗？不多坐会儿？"我谢了他们，去赶早班车。

"下回火车要晚点的话，你可别忘了到家来！"快走出那胡同了，姨妈还在身后叮嘱着。

后来，先是填平了正阳门前那条护城河，不久，又扒了城墙，接着，拆了西站和铁路，顺城街和那条无名小胡同，就像血管暴露在体外，很快从城市地图上消失了。姨妈也拆迁到了郊区，直到故去，还惦着那个无名小胡同里住了一辈子的老街坊和彼此间温馨友善的氛围。

回想起来，我们以往的全部行为中，姑且不论其对或者错，有一点是最不可取的：在扬弃什么的时候，总是一股脑儿否定；连不应该否定的，甚至极可珍贵的东西，也当作垃圾给废除了。我真心希望，也许有一天，胡同真的没了，但北京胡同里那种人与人之间的亲切、良善、和蔼、信任，还能留存在这块土地上的话，也许比那些古旧的建筑物，对于中国要更有价值些。

选自 2013 年 11 月 29 日《光明日报》

天气就是天意
——《带灯》后记

贾平凹

进入六十岁的时候，我就不愿意别人说今年该给你过个大寿了；很丢人的，怎么就到六十岁了呢？生日那天，家人和朋友们已经在饭店订了宴席，就是不去，一个人躲在书房里喘息。其实逃避时间正是衰老的表现，我都觉得可笑了。可是，在母亲的遗像前叩头，感念着母亲给我的生命，说我并不是害怕衰老，只是不耐烦宴席上长久吃喝和顺嘴而出的祝词，况且我现在还苗壮，六十年里并没有做成一两件事情，还是留着八十九十再庆祝吧。我又在佛前焚香，佛总是在转化我，把一只蛹变成了彩蝶，把一颗籽变出了大树，今年头发又掉了许多，露骨的牙也坏了两颗，那就快赐给我力量吧，我现在晚年时常梦见捡了一篮鸡蛋，我企望着让《带灯》活灵活现于纸上吧，补偿性地使我完成又一部作品。

整个夏天，我都在为《带灯》忙活。我是多么喜欢夏天啊，几十年来，我的每一部长篇作品几乎都是在冬天里酝酿，在夏天里完满，别人在脑子昏昏，脾气变坏，热得恨不得把皮剥下来凉快，我乐见草木旺盛，蚊虫飞舞，意气纵横地在写作中欢悦。这一点，我很骄傲，自诩这不是冬虫夏草吗？

冬天里眠的像一条虫，夏天里却是绿草，要开出一朵花了。

这一本《带灯》仍是关于中国农村的，更是当下农村发生着的人事。我这一生大部分作品都是给农村写的，想想，或许这是我的命，土命，或许是农村选择了我，似乎听到了一种声音：那么大的地和地里长满了的荒草，让贾家的儿子去耕犁吧。于是，不写作的时候我穿着人衣，写作的时候我披了牛皮。记得当年父亲告诉我，他十多岁在西安考学，考过还没张榜时流浪街头，一位老人介绍他去一个地方可以有饭吃，到了那个地方却是八路军驻西安办事处，要送他去延安当兵。我父亲的观念里当兵不好，而且国民党整天宣传延安是共产党的集聚地，共产党是土匪，他就没有去。我埋怨父亲，你要去了，你就是无产阶级革命家了，我也成高干子弟了。父亲还讲，他考上了学又毕业后，在西安教书，那时五袋洋面可以买一小院房的，他差不多要买了，西安开始解放，城里响了枪声，他就跑回老家丹凤。我当然又埋怨：唉，你要不跑，我不就是城里人吗？又何苦让我挣扎了十九年后才做了城里人！当我在农村时，我的境遇糟透了，父亲有了历史问题，母亲害病，我又没力气。报名参军当兵呀，体检的人拿着玻璃棍儿把我身子所有的部位都戳着看了，结果没有当成。第二年又报地质工人，去报了名，当天晚上村支书就在报名册上把我的名字划掉了，隔了一年又招养路工，就是拿着锨在公路边的水渠里铲沙土垫路面的坑坑洼洼，人家还是不要我。后来想当民办教师也没选上，再后来一个民办女教师要生孩子，需要个代理的，那次希望最大，我已经去修理了一支钢笔，却仍是让邻村的另一个人调了包。那段日子，几次大正午在犁过的稻田里犯蒙，不辨了方向，转来转去寻不到田埂，村里人都说那是鬼迷糊了，让我顶着簸箕拿桃木条子打着驱鬼。十几年后提起这些往事，有长者说：这一切都在为你当作家写农村创造条件呀，如赶羊，所有的岔道都堵了，就让羊顺着一条道往沟里去么！我想也是。

在陕西作家协会的一次会上，我做过这样的发言：如果陕西还算中国文学的一个重镇吧，主要是出了一批写农村题材的作家，这些作家又大多数来自农村，本身就是农民，后经提拔，户口转到了城里，由业余写作变为专业作家。但是，现在的情况完全变了，农村也不是昔日的农村，如果再走像老一辈作家那样的路子，是没条件了，应该多鼓励年轻作家拓宽思路，写更广泛的题材。我这么说着，但我还得写农村，一茬作家有一茬作家的使命，我是被定型了的品种，已经是苜蓿，开着紫色花，无法让它开出玫瑰。

几十年的习惯了，只要没有重要的会，家里又走得开，我就会邀二三朋友去农村跑动，说不清的一种牵挂，是那里的人还是那里的山水？在那里不需要穿正装，用不着应酬。我愿意到哪儿脚就到哪儿，饭时了随便去个农户家恳求做一顿饭，天黑了见着旅馆就敲门。一年一年地去，农村里的年轻人越来越少，男的女的，聪明的和蠢笨的差不多都要进城去，他们很少有在城里真正讨上好日子，但只要还混得每日能吃两碗面条，他们就在城里漂呀，死也要做那里的鬼。而农村的四季，转换亦不那么冷暖分明了，牲口消失，农具减少，房舍破败，邻里陌生，一切颜色都褪了，山是残山水是剩水，只有狗的叫声如雷。我们是要往农村里跑，真的如蝴蝶是花的鬼魂总是去土丘的草丛。就在前年，我去陕西南部，走了七八个县城和十几个村镇，又去关中平原北部一带，再是去了一趟甘肃的定西，收获总是大的，当然这并不是指创作而言，如果纯粹为了创作而跑动那就显得小气而不自在，春天的到来哪里仅仅见麦苗拔节，地气涌动，万物复苏，土里有各种各样颜色呈现了草木花卉和茏绿。就在不久，我结识了山区一位乡镇干部，她是不知从哪儿获得了我的手机号，先是给我发短信，我以为她是一位业余作者，给她复了信，她却接二连三地又给我发信，要是平常，我简直要烦了，但她写的短信极好，这让我惊讶不已，我竟盼着她的信来，并决定山高路远地去看看她和生她养她的地方。我真的是去了，就在大山深处，她是个乡政府干部，具体在综治办工作。如果草木是大山灵性的外泄，她就该是崖头的一株灵芝，太聪慧了，她并不是文学青年，没有读很多的书，没有人能与她交流形成的文学环境，综治办的工作又繁忙烦心，但她的文学感觉和文笔是那么好，令我相信了天才。在那深山的日子里，她是个滔滔不绝的倾诉者，我是个忠实的倾听人，使我了解了另一样的生活和工作。她又领着我走村串寨，去给那特困户办低保，也去堵截和训斥上访的人，她能拽着牛尾巴上山，采到山花了，把一朵别在头上，买土蜂蜜，摘山果子，

2013
民生
散文选本

她跑累了，说你坐在这儿看风景吧，我去打个盹。她跑到一草窝里蜷身而卧就睡着了。我远远地看着她，她那衫子上的花的图案里花全活了，从身子上长上来在风中摇曳鲜艳。从她那儿的深山里回来不久，我又回了一趟我的老家。老家正在修了一条铁路又修高速公路，还有一座大的工厂被引进落户，而也发生了一场为在河里淘沙惹起的特大恶性群殴事件，死亡和伤残了好多人。这些人我都认识，自然我会走动双方家族协助处理这遗留问题。在村口路旁与众人议论起来就感慨万千，唏嘘不已。事情远远没有结束，那个在大深山里的乡政府干部，我们已经是朋友了，每天都给我发信，每次信都是几百字或上千字，说其工作和生活，说其追求和向往，似乎什么都不避讳，欢乐、悲伤、愤怒、苦闷，如我在老家的那个侄女，给你嘎嘎嘎地抖着身子笑得没死没活了，又破口大骂那走路偷吃路边禾苗的牛和那长着黄瓜嘴就是不肯吃食的猪。她竟然定期给我寄东西，比如五味子果，鲜茵陈，核桃，蜂蜜，还有一包又一包乡政府下发给村寨的文件、通知、报表、工作规划、上访材料、救灾名册、领导讲稿，有一次可能是疏忽了吧，文件里还夹了一份她因工作失误而新写的检查草稿。

当我在看电视里的西安天气预报时，不知不觉地也关心了那个深山地区的天气预报，就是从那时起，我冲动了写《带灯》。

在写《带灯》的过程中，也是我整理我自己的过程。不能说我对农村不熟悉，我认为已经太熟悉，即使在西安的街道看到两旁小树和一些小区门前的竖着的石头，我一眼便认得哪棵树是西安原生的，哪棵树是从农村移栽的，哪块石头是关中河道里的，哪块石头来自陕南山沟峪。可我通过写《带灯》进一步了解中国农村，尤其深入了乡镇政府，知道那里的生存状态和生存者的精神状态。我的心情不好。可以说社会基层有太多的问题，就如书中的带灯所说，它像陈年的蜘蛛网，动哪儿都落灰尘，这些问题不是各级组织不知道，都知道，都在努力解决，可有些能解决了，有些无法解决，有些无法解决了就学猫刨土掩屎，或者见怪不怪，熟视无睹，自己把自己眼睛闭上了什么都没有发生吧，结果一边解决着一边又大量积压，体制的问题，道德的问题，法制的问题，信仰的问题，政治生态问题和环境生态问题，一颗麻疹出来了去搔，逗得一片麻疹出来，搔破了全成了麻子。这种想法令一些朋友嘲笑，说你干啥的就是干啥的，自己卖蒸馍却管别人盖楼。我说：不能女娲补天，也得杞人忧天的，或许我是共产党员吧。那年四川大地震后十多天里，我睡在床上总觉得床动，走在路上总觉得路面发软，害怕着地震，却又盼望余震快来，惶惶不可终日。

正因为社会基层的问题太多，你才尊重了在乡镇政府工作的人，上边的任何政策、禁令、任务、指示全集中在他们那儿要完成，完不成就受责，挨训被罚，每个系统的上级部门都说他们要抓的事情重要，文件、通知雪片似的飞来，他们只有两只手呀，两只手仅十个指头，而他们又能解决什么呢，手里只有风油精，头疼了抹一点，脚疼了也抹一点，他们面对的是农民，怨恨像污水一样泼向他们。这种工作职能决定了它与社会摩擦的危险性。在我接触过的乡镇干部中，你同情着他们地位低下，工资微薄，喝恶水，受气挨骂，但他们也慢慢地扭曲了。弄虚作假，巴结上司，极力要跳出乡镇，由科级升迁副处级，或到县城里寻个轻省岗位，而下乡到村寨了，却能喝酒，能吃鸡，张口骂人，脾气暴戾。所以我才觉得带灯可敬可亲，她是高贵的，智慧的，环境的逼仄才使她的想象无涯啊！我们可恨着那些贪官污吏，但又想，房子是砖瓦土坯所建必有大梁和柱子，这些人天生为天下而生，为天下而想，自然不会去为自己的私欲而积财盗名好色和轻薄敷衍，这些人就是江山社稷之脊梁，就是民族之精英。

地藏菩萨说，地狱不空，誓不为佛。现在地藏菩萨依然还在做菩萨，我从庙里请回来一尊，给它鲜花供水焚香。以前从来没有注意过土地神，印象里胡子那么长个头那么小，一股烟一冒就从地里钻出来，而现在，觉得它是神，了不起的神，最亲近的神，从文物市场上买回来一尊，不，也是请回来的，在他的香炉里放了五色粮食。

认识了带灯，了解了带灯，带灯给了我太多的兴奋和喜悦，也给了我太多的悲愤和忧伤，而我所要写的《带灯》都一定是文学的，这就使我在动笔之前煎熬了很长一段时间的酝酿。我之前不大理会酝酿这个词，当我与一位八零后的女青年闲谈时，问她昨天晚上怎么没参加一个聚会呢？她说：我睡眠不好，九点钟就要酝酿睡觉了。我问：酝酿睡觉？怎么个酝酿？她说：我得洗澡，洗完澡听音乐，音乐听着去泡一杯咖啡，然后看书，一边喝咖啡一边看书，看着看着我就困了，闭上眼就轻轻地走向床，躺在那里才睡着了。酝酿还要做那么多的程序，在写《带灯》上我就学着她的样，也做了许多工作。

我做的工作之一是摊开了关于《带灯》的那么多的材料，思索着书里的带灯应该生长个什么模样呢，她是怎么样的品格和面目区别于以前的《秦腔》《高兴》《古炉》，甚或更早的《废都》《浮躁》《高老庄》？好心的朋友知道我要写《带灯》了，说：写了那么多了，怎么还写？是呀，我是写了那么多还要写，是证明我还能写吗？是要进一步以丰富而满足虚荣吗？我在审问着自己的时候，另一种声音在呢喃着，我以为是我家的狗，后来看见窗子开了道缝，又以为是挤进来的风，似乎那声音在说：写了几十年了，你也年纪大了，如果还要写，你就要为了你，为了中国当代文学去突破和提升。我吓得一身的冷汗，我说，这怎么可能呢，这不是要夺掉我手中的笔吗？那个声音又响：那你还浪费什么纸张呢？去抱你家的外孙吧！我说：可我丢不下笔，笔已经是我的手了，我能把手剁了吗？那声音最后说了一句：突破那么一点点提高那么一点点也不行吗？那时我突然想到一位诗人的话：白云开口说话，你的天空就下雨了。我伏在书桌上痛哭。

这件事或许是一种幻觉，却真实地发生过，我的自信受到了严重打击，关于《带灯》的一大堆材料又打包搁置起来。过了春节接着又生病住院，半年过后，心总不甘，死灰复燃，再次打开了关于《带灯》的一大堆材料，我说：不写东西我还能做什么呢，让我试试，我没能力做到我可以在心里向往啊。看见了那么个好东西，能偷到手里的是贼，惦记着也是贼么。

于是，我又做了另一件工作。其实也是在琢磨。

我琢磨的是，已经好多年了，所到之处，看到和听到的一种现象：越来越多的人在写作，在纸质材料上写，在电脑网络上写，作品数量如海潮涌来，但社会的舆论中都越来越多地哀叹文学出现了困境，前所未有的困境。这到底是怎么回事呢？文学出现了前所未有的困境，其实是社会出现了困境，是人类出现了困境。这种困境早已出现，只是我们还在封闭的环境里仅仅为着生存挣扎时未能顾及，而我们的文学也就自偷自慰自乐着。当改革开放国家开始强盛人民开始富裕后，才举头四顾知道了海阔天空，而社会发展出现了瓶颈，改革亟待进一步深化，再看我们的文学是那样的尴尬和无奈。我们差不多学会了一句话：作品要有现代意识。那么现代意识到底是什么呢？对于当下的中国作家又怎么在写作中体现和完成呢？现代意识也就是人类意识，而地球上大多数的人所思所想的是什么，我们应该顺着潮流去才是。美国是全球最强大的国家，他们的强大使他们自信，他们当然要保护他们的国家利益，但是不能不承认他们仍在考虑着人类的出路，他们有这种意识，所以他们四处干涉和指点，到南极，到火星，于是他们的文学也多有未来的题材，多有地球毁灭和重找人类栖身地的题材。而我们呢，因为贫穷先关心着吃穿住行的生存问题，久久以来，导致着我们的文学都是现实问题的题材，或是增加自己的虚荣，去回忆祖先曾经的光荣和骄傲。我们的文学多见历史的现实的内容，这对不对呢？是对的。而且以后的很长时间里可能还得写这些。当一个人在饥饿的时候盼望的是得到面包，而不是盼望神从天而降，即便盼望神从天而降那也是盼望神拿着面包而来。但是，到了今日，我们的文学虽然还在关注着续写着现实和历史，又怎样才具有现代意识，人类意识呢？我们的眼睛就得朝着人类最先进的方面注目，当然不是说我们同样去写地球面临的毁灭，人类寻找新家园的作品，这恐怕我们也写不好，却能做到的是清醒，正视和解决哪些问题是我们通往人类最先进方面的障碍？比如在民族的性情上、文化上、体制上、政治生态和自然生态环境上，行为习惯上，怎样不再卑怯和暴戾，怎样不再虚妄和阴暗，怎样才真正的公平和富裕，怎样能活得尊严和自在。只有这样做了，这就是我们提供的中国经验，我们的生存和文学也将是远景大光明，对人类和世界文学的贡献也将是特殊的声响和色彩。

我从来身体不好，我的体育活动就是热情地观看电视转播上的所有体育比赛。在终于开笔写起《带灯》，逢着了欧冠杯，当我一场又一场欣赏着巴塞罗那队的足球，突然有一天想：哈，他们的踢法是不是和我《秦腔》、《古炉》的写法近似呢？啊，是近似。传统的踢法里，这得有后卫、中场、前锋，讲究的三条线如何保持距离，中场特别要腰硬，前

2013
民生
散文选本

锋得边跑传中，等等等等。巴塞罗那则是所有人都是防守者和进攻者，进攻时就不停地传球倒脚，繁琐、细密而眼花缭乱的华丽，一切都在耐烦着显得毫不经意了，突然球就踢入网中。这样消解了传统的阵形和战术的踢法，不就是不倚重故事和情节的写作吗？那繁琐细密的传球倒脚不就是写作中靠细节推进吗？我是那样地惊喜和兴奋。和我一同看球的是一个搞批评的朋友，他总是不认可我《秦腔》、《古炉》的写法，我说你瞧呀，瞧呀，他们又进球了！他们不是总能进球吗?!

《秦腔》、《古炉》是那一种写法，《带灯》我却不能再那样写了，《带灯》是不适那种写法，我也得变变，不能在一棵树上吊死。那怎么写呢？其实我总有一种感觉，就是你写的时间长了，又淫浸其中，你总能寻到一种适合于你要写的内容的写法，如冬天必然寻到棉衣毛裤，夏天必然寻到短裤 T 恤，你的笔是握在自己手里，却老觉得有什么力量在掌握了你的脉搏。几十年以来，我喜欢着明清以至三十年代的文学语言，它清新、灵动、疏淡、幽默、有韵致。我模仿着，借鉴着，后来似乎也有些像模像样了。而到了这般年纪，心性变了，却兴趣了中国两汉时期那种史的文章的风格，它没有那么多的灵动和慰藉、委婉和华丽，但它沉而不糜，厚而简约，用意直白，下笔肯定，以真准震撼，以尖锐敲击。何况我是陕西南部人，生我养我的地方居秦头楚尾，我的品种里有暴力成分，有秀的基因，而我长期以来爱好着明清的文字，不免有些轻轻佻佻油油滑滑的一种玩的迹象出来，这令我真的警觉，我得有意地学学两汉品格了，使自己向海风山骨靠近。可这稍微地转身就何等地艰难，写《带灯》时力不从心，常常能听到转身时关关节节都在响动，只好转一点，停下来，再转一点，停下来，我感叹地说，哪里能买到文学上的大力丸呢？

就在《带灯》写到一半，天津的一个文友来到了西安，她见了我说：怎么还写呀？我说：鸡不下蛋它憋啊！她返回天津后在报上写了关于我的一篇文章，其中写到我名字里的凹字，倒对我有了启发。以前有人读这个凹字，说是谷是盆是坑是砚是元宝，她却说是火山口。她这说得有趣，并不是她在夸我了我才说有趣，觉得可以从各个角度理解火山口。社会是火山口，创作是火山口。火山口是曾经喷发过熔岩后留下的出口，它平日是静寂的，没有树，没有草，更没有花，飞鸟走兽也不临近，但它只要是活的，内心一直在汹涌，在突奔，随时又会发生新的喷发。我常常有些迷信，生活中总以什么暗示着而求得给予自己自信和力量，看到文友的文章后，我将一个巨大的多年前购置的自然凹石摆在了桌上，它几乎占满了整个桌面。当年我是因它像个凹字而购置的，现在我将它重作了火山口敬供，但愿我的写作能够如此。

带灯说，天热得像是把人拴起来拧水，这个夏天里写完了《带灯》。稿子交给了别人去复印，又托付别人将它送去杂志社和出版社，我就再不理会这个文学的带灯长成什么样子，腿长不长，能否跑远，有没有趣，是鸡翅还是鹰翅，飞得高吗？我全不管了，抽身而去农村了。我希望这一段隐在农村，恢复我农民的本性，吃五谷，喝泉水，吸农村的地气，晒农村的太阳，等待新的写作欲望和冲动，让天使和魔鬼再一次敲门。

这是一个人到了既喜欢《离骚》，又必须读《山海经》的年纪了，我想要日月平顺，每晚如带灯一样关心着中央电视台的新闻联播和天气预报，咀嚼着天气就是天意的道理，看人间的万千变化。

王静安说：且自簪花，坐赏镜中人。

选自《带灯》，人民文学出版社 2013 年 1 月出版

乡村燕事

李存葆

烟柳飞轻絮、麦垄杏花风的时节，我回到家乡，又看到了燕子续窝筑巢。

老家有堂屋十间，辟为两个院落。家母住在东院，五弟一家住在西院。斯时，东院的房檐下，有两对新燕正在垒窝，"工程"已经过半。四只燕子一会儿衔着紫泥砌巢，一会儿又箭一般地消失于云缝。五弟院落的屋檐下和大门过道的横梁上，各有两窝燕子，它们的旧巢仍在。四双燕子，跳进跳出，飞去飞来，衔来草屑、羽毛，在为生儿育女铺设舒适的软床。它们有的还从窝中探出头来，睁着亮晶晶的眼睛，友善地打量着我这陌生之人。

古人对家燕有春燕、劳燕、双燕、旧燕、新燕、喜燕、征燕等多种称谓。在我的故乡，燕子向被父老乡亲视为勤劳鸟、唱春鸟、恩爱鸟、仁义鸟、灵异鸟。见六双燕子同时在我家筑窝安居，老母亲笑了，五弟一家乐了。一种"春燕归来与子游"的喜悦之情，也在我的心中荡漾。

美是心灵自由的伴侣。在生命的初始阶段，我的心是随着燕子在这片故土上一起飞翔。后来，随着尘世的冲刷、阅历的丰富，我愈来愈感到：世上的鸟儿，没有比家燕更为美丽的了。

　　小燕子虽没有白鹤亭亭玉立的身姿，也不像孔雀总是拖着翠色的长裙，但燕子的体形颀长而又匀称，丰满而不失婀娜，称得上无瑕可摘；它的羽背深黛幽蓝，纯净光亮；它的胸脯洁白如玉，素雅明快；再加上它那剪刀似的开合自如的尾叉，更让它的周身贯注了美的神韵。选择自然之美，是人类创造过程中的第一道程序。毫无疑问，欧美人所钟爱的燕尾服加白衬衣，就是按照燕子的装束剪裁出来的。

　　燕子的灵动之美，还展现在它的飞翔上。它们狭长的翅膀，分叉的尾巴，是飞翔的利器。无论是斜飞还是平飞，无论是高翔还是低回，无论是掠水而过还是凌虚直上，它们总是那样轻盈而敏捷，俊逸而从容，一道曲线连着一道曲线。它们连贯的飞态，从不同角度看，无一不美。毋庸置疑，燕子是飞翔的天才。

　　燕子的美丽，还在于它们那迷人悦耳的歌唱。燕子的呢喃，有时是畅快的、恣情的、甜熟的；有时是缠绵的、舒缓的、幽微的。无论是呼儿唤雏时的甜润，还是双燕恩爱时的婉转；无论是捕虫捉蛾时的激越，还是门墙小憩时的委婉，它们的鸣唱总似细溪淙淙，清扬活泼，绝不像雄鸡长鸣时那样击人耳鼓，更不像麻雀争食时的叽叽喳喳，惹人心烦。我以为，"呢呢喃喃"这一象声词，只能用于燕子。燕子的各种鸣唱，不火不躁，如吟如诉，总能使人们在兴奋中获得宁静，在消沉时受到鼓励，在愁闷时得到慰藉。

　　燕子是春天的音符，乡村的音籁。当它们呢喃的清音打破了村舍的静谧时，冰雪已经消融，春也在河谷、山坡蹒跚、摇曳。在我看来，三春的颜色，之所以飘落在大地丰厚的肌肤上，是春燕舞出来，唱出来的。春燕的歌声，唱出了农人积蓄了一个冬天的发自内心的企盼和真情。燕子运用音色和力度的变幻，唱得，"红入桃花嫩，青归柳叶新"；唱得"小雨晨光内，初来叶上闻"；唱得"疏畦绕茅屋，林下辘轳欢"；唱得"榆荚钱生树，杨花玉糁街"；唱得"黄犊尽耕稀旷土，绿苗天际接旁村"；唱得"蚕娘洗茧前溪渌，牧童吹笛晚霞湿"；唱得"田舍翁，老更勤，种田何管苦与辛"……春燕的舞是安琪儿的舞，春燕的歌是安琪儿的歌，农人和着春燕的韵律和节拍，共同描绘出凡物可尽其性、色彩可嵌入人们永恒记忆的春天。

在所有的鸟类中，未经驯化便与人类最亲近者，莫过于家燕了。家燕像虔诚的教徒一样，以神意为最高命令，以时令为最高法则，每年春分北来，秋分南归，年年如此，岁岁如斯。人与燕子同居一室，相敬如宾，该是史前人类结庐而居时就有的事了。这种存在，应视为上苍给人与燕这两种敏感的生物，所制定的心照不宣的"无字契约"。

童年的记忆最纯真最真切，对人生的影响也最深久。在我牙牙学语时，信佛的奶奶就一次次地对我叨念："千万别祸害燕子，祸害燕子会瞎眼。"年龄及长，我又知道，村里即使最顽劣的孩子，也谨遵这句古训。当时，家中那东三间、西三间堂屋中的檩梁上，各有一窝燕子。看着两对老燕子，阴晴风雨中双来双去地翻飞，我因不能摩挲一下它们美丽的翅羽，而引为憾事。

六岁那年的暮春，东堂屋的燕巢里，生了六只小燕子。某日，一双老燕打食归来，六只小燕簇拥着探出头来，同时张开鹅黄的嫩嘴儿，叽叽叫着等老燕喂食。老燕喂雏，一次仅能顾及两只。一只未接到食的小燕，不慎被挤落下来，跌到灶前的柴草上，幸未受伤。我忙扑上前去，把它捧在手里。小燕全身的茸毛像一团绒球，黑眼如同墨晶，仍张着小嘴儿叽叽叫着要食吃，真是可爱极了。奶奶忙找来针线笸箩，并铺上碎棉。待雏燕安置好后，我飞也似的跑到房后溪边的青草丛里，扑来十几只小蚂蚱喂它。此后的二十多天里，捉蚂蚱，逮青虫，喂小燕子，几乎成了我生活的主要内容。小燕子饱啜着我一瞬瞬的殷勤，会跳跃了，能抖翅了。每见我捉虫回来，它就扑棱棱跳出笸箩，欣欣地张开嘴儿，一口又一口地吞食着我随时投送的小蚂蚱。见它羽毛渐丰，我就用左臂架着它，去菜园里，到麦田边，随逮青虫随喂它。这只小燕比窝里的燕雏早两天就会飞了。只要我将它轻轻一抛，它便在我头顶上空打着旋儿地翻飞。我打个呼哨，它就会落在我伸出的食指上。在窝里的燕子都出飞那天，奶奶硬逼着我把这只小燕放飞到它的兄弟姐妹中。每逢老燕新雏从风动的树林、晴蓝的天空翩翩飞来，落到我家院墙、房顶时，只要我左手捏只蜻蜓当头一举，右手打个比示，我喂熟的那只小燕子便会轻灵地飞来，落在我的肩头……

这只小燕子，不仅是我童年时代一首优美的抒情诗，也成为我后来爱心的向导，心灵的晨曦，精神的美酒。

人生的前五十年，写的都是人生"本文"，以后的岁月，则都是为这"本文"添加着注释。儿时的经历就像一幅油画，近观时没有看出所以然，今日远看，才能品出这幅画的美感。

母亲和五弟现在住的东西两个院落的十间堂屋，是在我知天命那年建起来的。落成后的第二年，每个院落的房檐下，每年都各有两窝燕子来生儿育女。也就是从那时起，我每逢春夏回乡探亲，自会对儿时钟爱的燕子，格外关注起来。

燕子是人类道德、伦理与行为的一面镜子。

在辛勤方面，燕子当首屈一指。新岁杏月里，春燕从南洋出发，飞越茫茫大海、重重关山，抵达离别了半年的村舍后，不做任何休整，便纷纷忙碌起来。老燕子见旧巢仍在，就叼住时光的分分秒秒，一刻不闲地清理旧窝。新燕子则是飞着吃，飞着喝，飞着洗涤羽毛，飞着衔泥构筑新巢。一双新燕一天都能垒几行泥，十几天就能把新巢筑好。一座"新房"的建成，连接着新燕飞奔的节奏，勤快的旋律。新居筑好，雌燕就急不可待地生卵、抱窝；十五天后，雏燕破壳而出；又三十天，新雏即可出飞。一双燕子在不到五个月里，要生两窝燕子，一窝燕子一般都是五只，两窝燕子就是十个燕宝宝。由于巢窄雏多，燕巢有时会损坏，老燕子会即刻去衔泥修补。老燕在哺育雏燕时，四野抓虫，任劳任怨；泉边衔水，栉风沐雨，一双老燕，每天要打几百个来回，飞出飞进，嘴对嘴地给燕宝宝喂吃喂喝。一只雏燕，老燕在一小时内就要喂食十几次，仿佛有一种神秘的丝线，牵连在老燕和新雏之间。这种天伦之爱的特质，是为爱而爱，不讲任何条件。

对儿女的父责母职，应包含身体和精神两个层面的教化。雏燕出飞时，若有懒宝宝恋栈温柔之窝，赖着不走，老燕子会前引后拥地将它赶出窝外。老燕子在领飞三天后，就再也不让新燕子回窝，让它们风餐露宿，自食其力，决不留一个"啃老族"。一般在农历六月底，第二窝燕子也出飞了。因离南飞远征的日子还不足两个月，老燕子再也不回窝，它们率先垂范，加大了对第二窝儿女训练的强度。在老燕子的带领下，小燕子演练着俯冲、侧飞、回翔、挺飞等各种动作。它们一会儿从玉米梢上掠向山顶，一会儿从河面冲向云天。暴雨过后，蜻蜓舞晴，正是老燕子带领小燕子练习捕虫准确性的最佳时刻；日暮时分，虫蚊飘忽，又是老燕子统领小燕子操演捉虫精准度的最好时分。经过一番番朝习暮练，小燕子的天性得以充分开发，终使它们一个个都成为百捕百中的"小猎手"，成为一架架袖珍的低空"战斗机"。

情爱是一切生物的精神甘霖。燕子的情爱，炽热如火，牢固如磐。它们不仅双双同来同回，形影不离，比翼而飞；而且还通过舌尖的交流，目光的顾盼，歌声的倾诉，把恩恩爱爱表现得淋漓尽致。雌燕抱窝时的情景，最为感人。在它孵雏的半个月里，是雄燕竟日捕来食物，衔来泉水，口对口地送进雌燕的嘴里。像燕子这种相呴以湿、相濡以沫、灵与肉的完美结合，在当今人世间，恐也难找出几多范例。

造物主不仅给燕子以美貌，也赋予燕子美好的德行。用儒家的道德准绳观照燕子，燕子称得上"仁义礼智信"皆有。燕子筑窝，不择贫富贵贱，不选门槛高低，只要认定谁家，如果主人和燕子都不出意外，它们都会岁岁来续窝筑巢，决不会单方面地扑灭主人怀念它们的幽情。每双燕子的心中，都有它们魂牵梦绕的一幢茅舍。燕子这种从不琵琶别抱、返本归元的天性，称得上是"不辞故国三千里，还认雕梁十二回"。燕子是喜欢洁净的鸟儿。为保持它们翅羽的光滑和亮度，它们经常用清澈的泉水梳理羽毛。雏燕在窝中排出的粪便，老燕子会随时一口口叼出院外；即使正在抱窝的雌燕，也会飞到院外排泄污物。除了老燕子白天喂食时和雏燕喁喁私语外，在夜间它们总是静气屏声，绝不打扰主人的梦境。只吃活食的燕子，是农人公认的益鸟。它们从不叼啄农家的五谷，专吃飞动的虫蛾。据昆虫学家推算，一双燕子及其子女在北方生活的半年里，要吃掉各种害虫一百万只，是护卫庄稼的真正天使。燕子也从不像有些鸟儿那样，为争食而"鸡扑鹅斗"，俨然谦谦君子……

大自然神秘的原则，造物主微妙的功夫，在燕子身上得到了灵异的体现。在预报狂风暴雨方面，它们决不逊于气象台。每当暴风雨到来之前，燕子们总是集结在一起，擦过房顶，擦过树头，擦过河面，忽上忽下地群体鸣叫，仿佛是在焦急地提醒农人：快戴上斗笠，快披上蓑衣，尽早收工，尽快让牛羊归栏……每当看到这种场面，我就觉得，神奇的燕子，仿佛能读得懂阴云在天宇中写下的文字，能辨得出狂风在江河里画出的图画。

"燕子不进愁门"，是家乡的俗语。想不到这话在我老父亲身上竟成了谶言。迟暮之年的老父，特别喜爱年年都来家中筑巢的两窝燕子。2009年清明已过，两对燕子却未如期而至。九十五岁高龄的父亲，便一天数次拄杖院中，引颈南望。五弟为卸掉老父的心病，说西院的两窝燕子都来了，也是咱们家的。转年初春，老父缠绵病榻，不能下地，清明过后，还叨念着燕子怎么还没有来。虽然西院五弟家的燕声不断传来，老父却摇头苦笑。农历三月十七日，老父便驾鹤西去。在父亲谢世近两周年的清明节前，两双燕子又来东院做窝了，这又应了"燕对愁门不过三（年）"的俗语。

大自然将自己灵魂中的小小一部分剥离出来，给人类造就了燕子这样晨风般温存、月光般柔顺的喜鸟。乡人凡遇吉祥事儿，总与燕子联系在一起。去年，五弟的女儿考上军校研究生，他"归功"于家中新添的两窝燕子。邻村我的一远房亲戚，在镇上买了楼房，去岁他乔迁新居不久，便见一对燕子在他家住的三楼檐下筑巢。燕栖楼中，实乃罕事。为不打扰燕子垒窝，他举家又迁回乡下十几天。待头窝燕子出飞后，他的独生女儿超常发挥，考上了大学。此事在故乡，一时传为美谈。

20世纪六七十年代，无论是在北京、天津，还是在省城、县城，人们随处都能看到燕子们放胆尽性飞翔，能听到燕子内蕴灵动的歌唱。后来，燕子却在不知不觉中先是稀少了，继而消失了。今天，即使在工业比较发达的镇子里，也难觅到燕子的倩影了。

大城市里排排高楼豪厦一天天进逼，片片田野碧树一尺尺退缩，使得燕子栖息的领地愈来愈狭窄；车流、物流代替了护城河的银波细浪，人流、信息流，代替了城中湖、林中泉那醉涡里漾出的笑意，使得燕子无处用洁净的涟漪，去洗濯它们的亮羽素脯；化工的毒气、车辆的尾气，乃至氟利昂的过度排放，已玷污了燕子那纯净的歌喉，使它们再也难以唱出音质纯美的歌声。生活在竞争漩涡中的城里人，很少去怀念、关心燕子了。市场上的盘算，比高级计算器与电脑的硬盘、软盘来得更为复杂，不少人的血管里"疙瘩"着的是开发、买地、利润、效益、股票的

K 线图、物价的 CPI、住室的宽与窄。看来，城里人已经单方面地撕毁了人类与燕子在史前就定下的和睦相亲的"无字契约"。

生存与发展是一切生灵的愿望。当乡下人潮水般涌入城市的时候，在城里已无一檐之栖的燕子，却纷纷飞到绿水青山的乡下。这大概是我家两个院落里竟然有了六窝燕子的缘由。

"小燕子，穿花衣，年年春天来这里"的儿歌，城中幼儿园的孩童，无一不唱得声情并茂；但其中的绝大多数孩子，却生下来就没见到过燕子。孙子檀檀明年秋天就要上学了，我想来年在故乡的孩童们吹响柳笛的时候，一定要带他回老家去看看燕子。他只有看到燕子筑巢，才能懂得什么是辛勤劳苦；他见到老燕喂雏燕的情景，才能明白什么是"嗷嗷待哺"，什么是养育之恩。他只有看到故乡人是如何关爱燕子，长大后才会真正领会：人类的生存与万物紧密相关，也与每一棵小草、每一朵小花、每一只蜜蜂、每一只蝴蝶息息相连。

选自 2013 年第 6 期《人民文学》

今晚是中国诗人的夜晚

赵丽宏

今年 10 月 16 日，在塞尔维亚的古城斯梅代雷沃，我得到一把金钥匙，这是欧洲对中国诗歌的褒奖。对我而言，这是一个意外。在来自世界各地的诗人注视下上台领奖，感觉犹如做梦。颁奖词中有这样的话："赵丽宏的诗歌让我们想起诗歌的自由本质，它是令一切梦想和爱得以成真的必要条件。"宣读颁奖词的是塞尔维亚作家协会主席拉多米日·安德里奇，也是一位诗人，他的颁奖词的题目是《自由是诗歌的另一个名字》。他的话在我心里引起了共鸣，这是对所有发自心灵的诗歌的评价。他在颁奖词中引诵了我 40 多年前写的诗句："你说，要是做鸟多好 / 做鸟，就能比翼双飞 / 在辽阔的天空里自由翱翔 / 你说，要是做鱼多好 / 做鱼，就能随波逐流 / 在清澈的流水中幽会 / 生而为人，你我只能被江海分隔 / 日夜守望……"

想起了写这些诗句时的情景，一间小草屋，一盏昏暗的油灯，从门缝里吹进来的海风把小小的灯火吹得摇晃不定，似乎随时会熄灭。然而心中有期盼，有梦想，有遥远的呼唤在灵魂里回旋。在那样的岁月，诗歌如同黑暗中的火光，如同饥渴时的一捧泉水。文字是多么奇妙，它们能把心里的梦想画出来，固定在生命的记忆板上。不管岁月流逝，它们会留在那里，就像水里的礁石。流水经过时，礁石会溅起飞扬的水花。

从斯梅代雷沃市长手中接过金钥匙之后，我发表了获奖感言：

能用中国的方块字写诗，我一直引以为傲。我的诗歌，被翻译成塞尔维亚语，并被这里的读者接受，引起共鸣，我深感欣慰。

诗歌是什么？诗歌是文字的宝石，是心灵的花朵，是从灵魂的泉眼中涌出的汩汩清泉。很多年前，我曾经写过这么一段话："把语言变成音乐，用你独特的旋律和感受，真诚地倾吐一颗敏感的心对大自然和生命的爱——这便是诗。诗中的爱心是博大的，它可以涵盖人类感情中的一切声音：痛苦、欢乐、悲伤、忧愁、愤怒，甚至迷惘……唯一无法容纳的，是虚伪。好诗的标准，最重要的一条，应该是能够拨动读者的心弦。在浩瀚的心灵海洋中引不起一星半滴共鸣的自我激动，恐怕不会有生命力。"年轻时代的思索，现在回想起来，仍然可以重申。

感谢斯梅代雷沃诗歌节评委，给了我这么高的荣誉。这是对我的诗歌创作的褒奖，也是对中国当代诗歌的肯定。感谢德拉根·德拉格耶洛维奇先生，把我的诗歌翻译成塞尔维亚语，没有他创造性的劳动，我在塞尔维亚永远只是一个遥远的陌生人。

中国有五千年的诗歌传统，我们的祖先创造的诗词，是人类文学的瑰宝。中国当代诗歌，是中国诗歌传统在新时代的延续。在中国，写诗的人不计其数，有众多优秀的诗人，很多人比我更出色。我的诗只是中国诗歌长河中的一滴水，一朵浪花。希望将来有更多的翻译家把中国的诗歌翻译介绍给世界。

谢谢塞尔维亚，谢谢斯梅代雷沃，谢谢在座的每一位诗人。

这是我的肺腑之言。

把我的诗集翻译成塞尔维亚语的德拉根·德拉格耶洛维奇是著名诗人，他上台介绍了我的经历和诗歌。听不懂他的塞尔维亚语，但知道他说些什么，这是他为我的诗集写的前言中那些睿智的议论。在这本双语诗集中，他的前言已经被翻译成中文。他的发言中有这样的话："人类几千年的诗歌体验已经证实：简练的语言，丰富的想象，深远的寓意是诗歌的理想境界，永远不会过时。"

颁奖会的高潮，是诗歌朗诵。我站在台上，在灯光的照耀下，用我亲爱的母语慢慢地读自己的诗。我知道，今晚的听者大多不懂中文，但我看到台下无数眼睛在闪光，一片静寂。我的声音在静寂中回荡。其中一首诗的题目是《古老的，永恒的……》，这是我年轻时代对自然之美的向往。时过30多年，这些文字是否还能拨动人心，且是在远离故乡的万里之外的异域？我心里暗暗怀疑。

掌声很热烈，持续得也很久。随后有人用塞尔维亚文和英文朗诵，朗诵者是这里的著名演员，我不认识。我的诗，变成了完全陌生的语音和旋律，重新在静寂中回旋……

诗歌毕竟不是音乐，还是会有语言的障碍。尽管我看到听众脸上的陶醉，但我相信，他们只是借景抒情，只是在联想，在陌生的旋律中，回忆着自己的梦。

典礼结束走出会场时，被当地的年轻人包围，他们拿着我的诗集要求签名，合影。一位满头银发的老太太走到我身边，喃喃地说了一番话。翻译告诉我，她说她被你的诗歌深深感动，她衷心祝贺你。一位来自塞浦路斯的诗人走过来拥抱我，说："今夜是中国诗人的夜晚，是你的夜晚。"在会场大门口，一个姑娘从后面走上来，把一个手提袋送到我手中，她羞涩地笑着说："祝贺你，这是我的一点点心意。"说完，转身离去。手提袋里，是一束鲜花，一瓶红葡萄酒，还有一块巧克力。里面放着一张小纸条，上面写着："谢谢您，给我们一个如此美好的夜晚！"

举头仰望，一轮皓月当空。万里之外的故乡，也应该是这样的明月照人吧。

以为一切都已过去，没想到诗的余韵竟袅袅不绝。

第二天早晨，在街上散步，经过一家超市，一位中年妇女从超市里出来，手里提着装满食品的袋子。看到我时，她惊喜地喊了一声，走到我面前停下来，面带微笑，叽里咕噜说一大段话。陪我散步的德拉根用英文告诉我："她说，昨天晚上，她在电视里看到颁奖仪式了，她很喜欢你用中文朗诵的诗，尽管听不懂，但她觉得非常优美动人。她祝贺你得到金钥匙奖。"

在酒店用午餐时，年轻的领班走过来，向我鞠了个躬，笑着称我

2013
民生
散文选本

"诗人先生",并祝贺我获金钥匙奖。他向我索要诗集。我送了一本给他,他凝视着封面上涌动的海涛,惊喜的目光中闪动着蓝色的波影。

接送我们的汽车司机,一个高大英俊的中年汉子,每次见面,只是微笑。颁奖典礼之后,他看到我笑着喊道:"Champion,Champion(英文:冠军)!"他用手比划着告诉我:这几天塞尔维亚网球选手德约科维奇在上海赢得了网球冠军,而你则在斯梅代雷沃赢得了诗歌冠军。他当然是好意,但这样的类比是滑稽的,很不恰当。我笑着告诉这位快活的司机:"写诗不是打网球,诗歌是没有冠军的。所有发自心灵的诗歌,都是好诗。"

这位快活的司机,载着我在塞尔维亚展开一场诗歌之旅。在幽静的古堡,在中学和大学,在国家电视台,在国际书展,在塞尔维亚作家协会的厅堂,我和来自世界各地的诗人一起朗诵,不同的语言的诗歌,汇合成奇妙的河流……

在贝尔格莱德大学孔子学院,面对着一群热衷于中文的大学生,我的演讲和朗诵无须翻译,他们能听懂,并能用纯正的中文和我交流。一个亚麻色长发的姑娘对我说:我们特别高兴,因为今年是一位中国诗人获奖。她的话引起全场的掌声。大学生们有很多问题:诗歌在当代中国的命运怎么样?你为什么写诗?"文革"对你的创作有什么影响?诗歌表达的内容和诗歌的形式,哪个更为重要……

我很难详尽地回答这些问题,我说:"答案可以从中国当代的诗中寻找。希望你们都成为翻译家,把优秀的中国诗歌翻译成塞尔维亚语。在中国和塞尔维亚之间,需要你们构架起诗的桥梁。"大学生们笑着用掌声给我回应。

在贝尔格莱德国际书展,我在缤纷的书廊中漫步时,突然有一个奇怪的声音从一个书柜下面传来。低头看去,是一辆特别低矮的轮椅,轮椅上坐着一个残疾妇女,她失去了双腿,看上去像一个侏儒。她抬头看着我,脸上含着微笑,手里拿着一本书,竟然是我那本刚出版的塞、中双语诗集《天上的船》。旁边有人用英文告诉我:她祝贺你获得金钥匙诗歌奖,想得到你的签名……

数不清多少次在这里签下自己的名字。在遥远的异乡,人们并不认识这几个汉字，只因为它们和一把诗的金钥匙连在了一起。

在斯梅代雷沃博物馆，我看到了那把金钥匙的原型。这是一把古老的铜钥匙，五百年前，曾经用它开启壁垒森严的斯梅代雷沃城堡。五百年的岁月，已经将它变成了一把锈迹斑驳的黑色钥匙，陈列在玻璃展柜中，黯然无光。我得到的那把金钥匙，形状大小和这把古老的铜钥匙完全一样，但它是新铸的，装在精致的羊皮盒中，光芒耀眼，象征着诗歌的荣耀。两把钥匙之间，有什么联系？是漫长曲折的岁月沧桑，还是陌生人类的交往融合？答案当然很简单：是诗，人类的优美诗歌，穿透了历史的幽暗，也开启着心灵的门窗。作为国际诗歌奖的斯梅代雷沃城堡金钥匙，应该是含着这样的隐喻和意蕴吧。

（编者注：塞尔维亚"斯梅代雷沃国际诗歌节"是欧洲最具影响的国际文学奖之一，创办于1970年，自1986年成为国际诗歌节以来，每年将"金钥匙奖"授予一位在国际上享有盛名的诗人。迄今仅有三位亚洲诗人获此奖项，分别是日本女诗人白石嘉寿子、中国诗人邹荻帆和赵丽宏。）

选自 2013 年 12 月 6 日《光明日报》13 版

回访梁家河

忽培元

梁家河，我曾经的扶贫点，一个小得不能再小、普通得不能再普通的拐沟山村。许多年之后的 2013 年秋末冬初，当我应邀回访它的时候，它早已经被写进一个重要人物的履历表中，成为了一个名留经传的村庄。

陕北延安和榆林，古老的黄河西岸，这片在风雪弥漫中曾被诗人、政治家毛泽东经典地比喻为"原驰蜡象"的神秘而荒寂的黄色土地，随后即成为了世人关注中国革命的一大焦点。然而，之后的沉寂如同火山喷发后的休眠，使得新中国成立后直到 20 世纪六七十年代，像这样偏远闭塞又贫穷原始的小山村，此地不知还分布着多少。小山村的新纪元即从这时候开始。

那是 20 世纪 60 年代最后一个冬天。迎接他们的除了锣鼓喧天、唢呐齐奏的热情，还有呼啸的西北风和凌厉无情的严寒。一路北上，光秃秃的黄土丘陵世界，川道里的溪流冻结成了玉雕般的冰川。路旁的石崖上，悬挂着令人惊异的冰瀑。不通火车，甚至没有轿车。将近 3 万人，他们乘坐着几十辆敞篷大卡车从西安出发，一路浩浩荡荡，歌声不断、笑声不断地向着黄土高原深处那向往已久的圣地进发。等到了延安城，许多人的双手双脚都已冻僵，但是心里还是热乎乎的。广阔天地大有作为！大伙的热情空前高涨。加之到了延安，望到了宝塔山，涉过了延河水，受到了热情洋溢的夹道欢迎。向老区人民学习！向老区人民致敬！不少人激动得热泪盈眶。英俊而沉默寡言的他，高高的个子，立在一辆车上，眼圈也是红红的，显然同样被老区人民的热情深深感动了。车过甘泉，他想象着父亲时常讲述的毛主席、党中央和中央红军初到陕北时的情形，便暂时地忘记了心中的忧虑。到了延川县城，又换上了马车，到了文安驿公社，又换上了毛驴车。仔细看，赶车的老支书就像信天游中唱的那样，身穿光板老羊皮袄，头上笼着脏兮兮的羊肚子手巾，黄土一样颜色的脸上，密集的皱纹也就像那山坡山峁上的沟壑一般苍凉深刻。"娃娃们，天不早了，赶紧上车，咱还有十来里路哩。"听着这亲切的话语，他感到了一种难以言说的亲近，感到自己的双脚离这黄色的土地是越来越近。川道里刮来一阵猛烈的寒风，那风头就像锥子一样，一下就刺透了他的全身。别人都穿着厚厚的棉袄，头上戴着大皮帽子，唯独他没戴帽子，还穿着单薄的棉衣。刺骨的严寒使他浑身发抖，不由得缩作一团。他紧紧地搂着自己那只木箱，这才意识到生活的教科书竟是这样的无情。越往背阳的山沟深处行进，气温也就越低。他开始感到周身麻木。老支书见状，硬是解开皮袄把他紧紧地搂在了怀里。那烟草混合着汗腥和黄土的气息，从此，便成为了他记忆中最感人的气味。

　　驴车离开川道的公路拐进沟道，又从沟道转进更细小的拐山渠里。他想象着，在这荒寒的天地之间，驴车就像一只沿着一棵大树的枝杈行进的蝼蚁。直至沟渠狭窄得再也无法前进时，名叫梁家河其实并没有河的村庄才算到了。掌灯时分进庄，他抬头望望巴掌大天空的几颗冷冷的星星，突然感到自己被强烈的寂寞和失望紧紧包围了。第二天他才看清，几十户人家，十几孔土窑洞再加上几孔接口石窑，散落在沟渠崖畔。全村几乎没有一片可以用来耕种的平坦土地。人畜饮水要到深沟里去担，而种地又要爬上高高的山峁山梁。他不久就意识到，酷旱与生产力的原始低下，像两条绳索，捆绑困扰着人们的身心。那时候的梁家河，它的贫穷与偏远是显而易见的，但却因了这些北京娃娃的到来，又命中注定了这里以后将要成为人们关注的一个焦点，就像当年杨家岭或是枣园村那样令人感觉自豪而神奇。

静夜之中，梁家河村中这一孔隐没在黄土沟渠深处的同样是冬暖夏凉的窑洞仍亮着灯光。同伴们都睡下了，他照例伏在炕头的木箱上看书做笔记。那木箱还是当年父亲装文件和书籍用的，从延安带到西安，又从西安带到北京。如今千里迢迢从北京随他而来，里面装满了他心爱的书籍。静夜之中，这木箱、油灯和伏在木箱上读书的少年的身影并不被人们留意。但是40多年后，这情景却成为了人们津津乐道的美好回忆。窑洞、木箱，火光与灯光，在暗夜之中呈现，总是那样令人感到亲切振奋。从井冈山的火光到延安窑洞的灯光，历史证明这是一个民族智慧聚集照亮前途的灵光酝酿，是振兴中华雷鸣电闪的能量聚集。而这样的震撼，往往在常人浑然不觉中发生。因此当年谁也不曾留意，白日同农民们一同劳动一整天，夜里当全村人都已安眠，唯独他还盘腿坐在这窑洞土炕的油灯下苦读沉思。昏暗的灯光把英俊少年的身影投在窑墙上，他显得高大了许多。他是消瘦而忧虑的。一场大病过后，显得十分虚弱。

他来到这里插队，并不像许多人那样是唱着跳着，或是当众讲着"扎根一辈子"的豪言壮语来的。他是黑五类子弟，父亲是有严重问题的"走资派"，眼下仍被单身监禁着。他已经好多年没有见到父亲，思念时总也想不清楚他的面容。条件好一些的川道村庄轮不上他。这里到公社要走大半天，进一趟县城，来回得两三天。然而他不能不时常给母亲寄信，也不能不购买生活的必需品。还有，就是到书店买书，到县文化馆的阅览室翻阅报纸杂志。因此他的鞋底子早已经磨穿，不得不垫上纸片走路。说真的，他起初并不安心在这拐沟队里受罪。每天晚上虱子跳蚤咬得人睡不着，白天从早到晚在山里劳动累个半死，回来两顿饭吃的是糠窝头，扎着喉咙难以下咽。睡觉、劳动、吃饭，竟然成了许多人插队难以闯过的三关。这三关就像是老天故意设下的拦路虎、下马威。起初他实在受不了，感到自己就像一只被生活的激流推到岸边搁浅的小舟，甚至想着要擅自离开……但是他被陕北农民的宽厚真诚和质朴无华的言行感动了。吃着村里人家的饭食，穿着房东大娘做的遍纳鞋，还有老支书慈父一样的关怀，他再也不忍心想着离开。他想起了父亲时常的教诲：在人民群众中最安全，为群众做事情最幸福。他暗暗下决心要留下来干一点事情。他想着要改变村民的生产和生活条件。首先想到了打坝修地，随即又想到了搞沼气解决农民烧火点灯问题。这是这个小村几十年几百年间没人敢想的事情，而他却想得十分认真。他默默地在心中构想着蓝图，甚至兴奋得彻夜难眠。他夜里做梦，再也不感到自己是被搁浅的小舟，而是黄河上一只即将搏击风浪的羊皮筏子！于是少年的心中有了生活的航标，他像父辈当年一样，在这远离都市文明的土窑洞中，开始了默默无闻的奋斗。于是人们看见这个态度和蔼、举止沉稳的少年，就像真正的陕北农民一样，平日劳动生活中有了歌声和笑容。忠厚踏实，只做不说，就像黄牛的品性，农民们很喜欢他这样的性格。他成了人们眼中的好后生。村里的婆姨女子们瞅着他的目光里充满了爱慕。老支书更是把他当成了宝贝，精心地培养着自己的接班人。

春天走了，秋天又来，夏天去了，冬天复至。窑洞的灯光灭了又亮了，窑墙上的影子出现又消失。日子一天天地流过去，他的感情与心思也一天天地沉下来。不知从哪一天开始，他把这个穷困的小村庄当成了自己的家。经过连年累月的磨炼，他终于同乡亲们完完全全地融为了一体。他到公社、县上开会办事，人们看不出他是北京插队知青了，以为是当地谁家的好后生。是的，黝黑的肤色，宽阔有力的臂膀，因奋力劳动而开始有些弯曲的四肢，再加上并不自觉的口音的变化，还有那地道的青年农民的衣着，甚至包括眼神与姿态……他完全是一个当地人羡慕的足劲后生。他呢，也深深地爱上了这里的人们，爱上了这个小小的村庄，同村里年轻人情同手足，把村里所有人家的事情都看作是自己的事情，甚至连过年都舍不得离开。他感到自己就是这个大家庭中的一员。朝夕相处，同甘共苦，血肉相连，息息相关，他再也不愿意离开梁家河，不说扎根却胜似扎根。于是，他入了党，担任了村党支部书记。县里面一同来的那些当众宣布过要扎根一辈子的人陆续离开了，他仍然默默地坚守着，成为远近闻名的真正带领着全村人摆脱贫穷的带头人。

他带领大伙在村子前沟打了连环坝，整出了几百亩的川水地。他带领大伙给家家户户搞起了沼气，解决了烧火、点灯的问题。他还带领社员在光秃秃的山坡上种了许多的树，有苹果树、梨树、枣树和花椒树。春天满村是花，秋天果子飘香。村子的面貌在一点一点地变化，他的思想感情也在一步一步地升华。他的脸上既有农民那样欣慰的笑容，又有自己独有的深沉的思虑。他由那常人难以忍受的艰苦辛劳中体会出了生活的要义。村子里还没有通电通路。天旱的时候，需要用柴油机带动水泵抽出坝里的水灌溉庄稼。秋天送公粮还需要人们汗流浃背地拉着架子车……大热的天，他穿着背心高挽裤腿弯腰发动柴油机的时候，心中还想着为村里通电修路的问题。县广播站的记者这时正来采访，就为他抓拍下了一张照片。几十年后他早已经忘记了这件事，可乡亲们还完好地保存着这张珍贵的照片。人们把它放大了挂在他住过的窑墙上。还有他当年带领支部一班人规划建设沼气的情形，当时被村里的民办教师画成了彩色壁画，如今竟然还在村中清晰地呈现着。还有他上学临走时同人们的合影，也都悬挂在墙上。

离开的时刻是痛苦的，他这才体会到了什么是依依惜别。那时经过努力，村子里已经通了电，也修了一条能够行走手扶拖拉机的道路。县里以先进知青的名誉破格推荐他上清华大学。临别的那天晚上，他心情沉重地主持召开最后一次支部大会。他把自己想到的每一件事情都做了周全的安排和叮嘱，最后指定由年轻有朝气的石春阳代理村支部书记。说完了这句话，大伙都不作声。他发现大伙的眼里都闪着泪光，顿时鼻子一酸，自己的眼前也模糊了。

整整 7 个春秋，梁家河的小米南瓜和烈日严寒，终于把一个文弱的少年养育锻炼成一条思想成熟、意志坚强的陕北汉子。他感谢梁家河，感谢延安和陕北。在这小小的山庄，他不仅读完了父亲推荐给他的那一大箱子经典书籍，更精读了"社会实践"这本无字句却是更加深刻丰富的大书。此时此刻，当他伸出那满是老茧的手同人们一一握别，他实在是恋恋不舍呀。第二天，告别的时刻，坚强的汉子哭了，全村人也都哭了。老支书久久地拉住他的手不愿意松开。他也舍不得松开呀。他心里对自己说：今生今世，无论走到哪里，你同这个村庄的深情永远不能割舍。

眼下，当人们走进这孔窑洞，望着那张悬挂在窑墙上的离别时的合影，仿佛又看到了那感人至深的一幕。坚强的汉子，他同这个养育了自己更是锻炼了自己的生活熔炉般的村子的深情，他的整整 7 年的艰辛而多彩的青春年华，依然随着人们的记忆而铭记在这里。人们还把他离开后陆续写给村民的信，把他 1992 年回来探望乡亲们的照片，包括他引用的诗人贺敬之《回延安》的诗句和感人肺腑的话语，都书写放大了悬挂在村部的墙上。他住过的窑洞成了村里人的自豪和骄傲。已经 80 多岁的房东吕能有老汉终日守在窑门口义务为人们讲述往事……这一切，都是因为在这里起步成长的少年，日后成为了一位对国家民族有担当有贡献的杰出人物。他用自己的行动，展现了知识青年插队锻炼的收获。作为两万多北京插队知青中的一员，他成为了知青群体的骄傲，更是延安人民的骄傲。

笔者当年也曾经有幸在陕北农村插队并担任村支部书记，此后又在延安工作多年。多年前的一天，突然接到一个遥远的电话，是他熟悉的声音。他亲切地唤着我的名字，语音依旧是那样的和气沉稳。他说："培元，有件事请你帮我办理，就是我们梁家河扶贫的事，村里时常为一些具体的事情来找我，我看你还是把我们梁家河村当成扶贫的承包村吧。全面地做个规划，从根本上统筹解决长远致富和发展问题。""好吧！我一定办好！"我痛快地答应了，此后一包就是 4 年。我同村干部们一道，经过深入调查研究，做了一个全面的发展规划，并同村民们一同克服种种困难，认真加以实施……我这次回访，就是应老支书和村干部们的邀请而来。柏油路一直通到村子里。看到如今富裕文明的村貌，我感到了由衷的欣慰。我想告诉当年那位励精图治的英俊少年，从前那个初步变了面貌的你们的梁家河又上了一个发展的台阶，一个富裕文明的美丽乡村呈现在世人面前。乡亲们都盼望你再回来看看，看看山村的巨变，看看人们的生活，你一定会感到高兴的。

选自 2013 年 12 月 6 日《文艺报》

我们俩哭啊哭啊

张　炜

　　这是我们从半岛离开的第二天。走了整整一天，天黑下来时，眼前出现的是一个农村校园。由于这儿离村庄还有一段距离，朋友就建议到学校投宿。按照惯例，这样的校园里往往都有一个留宿的地方，条件比一般村庄还要好些。我们叩开了校园大门，找到负责人，说明来意并拿出了证件，对方马上让一个护门老人领我们去了。一间教室外面的大柳树下有一个自来水龙头，一个中年女教师正在那儿接水。水流很弱，她在耐心等待。看门人只咕哝了一句就走开了。我们俩走过去，向她说明了来意。女教师湿漉漉的手擦着额头："这里的公办教师有的离家近，晚上要回去，空下的宿舍很多。不过这得问一下他们同屋的人……走吧，我们去。"

　　她似乎没有再管那个满上来的水桶，就要转身。朋友关上了自来水，帮她提水。我们到了教室后边一排很小的砖房那儿。她打开了一个小院，喊了一声什么，从屋里出来一个戴眼镜的中年教师。他的腰有些弓，一边向我们点头，一边接过水桶进屋去了。女教师领我们继续往前走。到了最边上的几间宿舍那儿，她开始敲门，出来一个人，说了几句什么，又去敲另一扇门。下边的几间屋子都锁着，她无可奈何地摊摊手："他们走的时候都把钥匙带走了。那些单身汉只要一离开就会锁门……"

我说："那算了吧，就让我们到前边那个村子里去宿吧。"

那个村子离这里只有五六华里。女教师没有作声。我们一块儿往前走，当走过她家门口的时候，她突然说了一句："到我们家休息一下，喝点水吧！"

我和朋友随她进去了。女教师刚刚进院子就喊："喂，老陈，城里来客人了……"

刚才接过水桶的男人小步跑出来，要接我们的背囊。我们谢绝了。

小砖房的光线有点暗，直过了一会儿眼睛才适应过来，可以清楚地看到屋里的陈设：一进门是一个小小的厨房兼会客室，红砖垒起的小锅灶，锅灶一边放了两张沙发、一个铺了塑料布的小桌。中年教师刚才还在那儿写什么，大概是备课吧。他和爱人给我们泡茶。男人姓陈，他说："见到你们心里很高兴。"

原来这对中年教师都是从省城出来的人。他们是十几年前分配到这个县的，一开始在县城一中，再后来又换了几所中学，最后就到了这个偏远的地方。

我和朋友都觉得亲切起来，我问："这儿是不是太偏僻了？"

陈老师说："这里也有这里的好处，安静，空气好，最主要的是……"他说着看了一眼爱人。

女教师说："主要是这里有住的地方。"

朋友问："在县城没有住的地方吗？"

陈老师摇摇头："我们毕业这么多年，一直没有房子。我们在县城边上跟老乡找了一间屋子，开始的时候房租只有几十块钱，可后来房租成倍地涨，一个月要几百元。我们只好要求到乡下中学来了。这儿有房子。"

正说着话，西间屋的门帘掀动一下，走出一位二十多岁的姑娘。她很有礼貌地向我们点头微笑、问好。

陈老师说："倩倩过来，给你介绍一下客人。"

倩倩戴着一副眼镜，中等个子，很苗条。她长得特别漂亮，那副眼镜也遮不住满脸神采，特别是那双眼睛。她的头发洗得乌亮光滑，又扎成一个毛刷刷坠在后脑那儿。

倩倩说："叔叔好!"

陈老师说："倩倩刚上大学一年级，身体不太好，回来住了一段时间，马上就要返校了。"

我们问她在哪儿读书，她说在西安。"嗬，那么远，已经快到高原了。"我说。

倩倩说："我很喜欢那个古城。"

朋友说："是啊，秦始皇的宫殿就在那一带。看过兵马俑吗?"

"我们刚入学的时候就去过。"

她这样待了一会儿渐渐活泼起来，给我们取水果、端水，还像个小孩子一样跳跃了一下。

朋友看了看表说："天不早了，我们不快点走就找不到投宿的地方了。"

老陈看了爱人一眼，爱人赶紧说："你们不就是住一个晚上吗? 如果不嫌弃，就在我们会客室把沙发拼起来凑合一夜怎样?"

我看看朋友："这不合适吧? 给你添麻烦了……"

老陈说："不碍事，孩子住西屋，我们住东屋，你们就在中间委屈一下好不好?"

我说："这当然好，我们在野外也可以凑合一夜，不过现在天有点冷……这已经是很好的条件了，我们只是觉得麻烦你们太不应该。"

老陈说："这有什么? 我们一块儿吃晚饭，你们在这里休息! 我们晚上还可以拉一拉城里的事情，好吗? 我们离开久了，也想呢。"

我们问了问才知道，老陈家里没有亲人了，他的爱人在省城倒有一个姐姐一个弟弟，不过他们之间也来往不多，主要是彼此工作和生活太忙太累，很少抽出时间聚一次。

老陈笑着："一下见到两个城里人，好啊!"

他们开始忙活晚饭，一家人兴致勃勃。厨房就在中间屋，在客厅旁，他们要张罗更多的饭菜。我们一再劝阻，但他们还是搞了四菜一汤。

多少天来第一次吃到这么可口的晚餐：鲜蘑菇，干鱼熬成的汤，炒黄花菜。

老陈说："你们知道吗？这蘑菇是倩倩和她妈在河边松林里采的，干鱼是我星期天在河里摸的，吃不了就在屋檐下晒干，然后贮备起来。我每年摸的鱼都可以吃上整整一年呢！"

我们喝的是新鲜的玉米糊糊，金黄金黄，香气扑鼻，是最好喝的一种稀粥。饭前我们还喝了一点酒。倩倩在父母鼓励的目光下给我们敬酒，结果我和朋友都喝得有点多了。屋里所有人都脸色彤红，话语很多。老陈和爱人都喝了酒，特别是老陈，喝得更多。他酒量比我们要大，一开始话多，可是喝得再多一点就沉默起来。爱人用责备的目光看着他，倩倩却很高兴，对我们说："爸爸很久没有喝这么多酒了，他是高兴哪！"

倩倩说爸爸在当地很难找到我们这样的人，跟我们谈得来。她说这个学校的一大部分教师都是以前的民办教师留下来的，是那个村子里的人。这些人并没有多少文化，有的是村头儿的亲属。"所以，他们当中个别人虽然名义上是老师，其实很粗俗、很野蛮，他们和爸爸妈妈从来谈不到一块儿去。"

我问："那些分配来的教师呢？"

"也大多是当地人，他们从师范院校毕业之后返回原籍，安排不了工作，毕业就是失业。他们要有一份公职就要求人找门路。他们与村头儿没有关系，总算好些，但他们毕竟和当地人关系密切，和爸爸妈妈还是不一样。我们是真正的外来人……"

这时候一直沉默、眼睛有点红的老陈就摆一摆手，对爱人说："让她早些去休息吧。"还转脸责备说："你这个小嘴儿就是不闲着，喳喳喳，像一只小鸟。"

这只小鸟朝他做个鬼脸，对我们一笑，走开了。

我想，老陈两口子有这样一只"小鸟"该是多么幸福。他们只有一个孩子，这个孩子正上大学，这样他们就会孤单。这个地方对于他们来讲真的太寂寞了，幸亏他们有一个属于自己的小小空间，有一个小院。我们看了小院里种的几种蔬菜，看到肥胖的眉豆已经爬上了院墙，长得油汪汪的。老陈和爱人又领我们到他们的东间屋里看了一下——这里除了一张大床，还有一个小小的写字台、一个很大的书架，上面摆满了各种各样的名著。我和朋友立刻高兴起来。我们在这片平原上已经走得很久了，却很少见到这样的读书环境，这让我们有点耳目一新，倍感亲切。我们像看到老朋友似的，抚摸着那些书籍。这些书的数量还不能算很多，但经过了严格挑选，其中几乎没有一本低劣的读物，大多是高雅的文学作品。

我们看书的时候，老陈就把东间屋的门关上了，这样我们的谈话就可以不让女儿听见。老陈爱人问我们："城里现在怎样？大家过得舒心吧？物价？"

我们一一解答，比如说韭菜多少钱，黄瓜多少钱，西红柿，蛋类，鱼类肉类，等等。我们连那个城市新搞起的几幢标志性建筑也谈了。

我说："你们这个小家很温暖，在这儿生活很幸福！"

老陈看看爱人，笑一下："是吗？"

爱人微笑点头。

老陈轻轻摇头："当然了，我也觉得是这样，可是在一些当地人看来，我们不光不幸福，还很可怜呢……"

朋友也在听，不解地歪着头。他一遇到费解的事情就这样。他这时说："老陈，都说这个地方很富裕，我们从山区到平原一路走过来，觉得这里的人生活还好。可是这儿像别处一样，贫富差距越来越大，大多数人还很清苦。那些村里人一天到晚在田里苦做，有的还到河里海里打鱼，才能把日子对付下来。我想村里人会羡慕你们的……"

老陈笑笑："当然了，一般的村里人认为我们还算好的，不过也好不到哪里去。我们月薪很低，除了月薪就没有任何收入了。现在这点钱够什么用，我们喜欢书，可每一本超过二十元以上的书都不能自己决定，要回来两人商量。这里的好处是蔬菜可以节省一点，比如说鱼和蘑菇，自己可以找，只要手脚勤一点……"老陈说着叹一口气，"无论日子多么苦——我是指物质生活，我们都能够忍受，而且也不会觉得有什么了不起；我们只有一个孩子，她正在上大学，要花一点钱，除此以外倒没什么。她参加工作了我们就会宽裕起来。主要是我们还可以读书……"

朋友马上受到了感染："是的，我在城里就住了一个单身宿舍，如果没有书籍陪伴，会闷个半死……"

老陈拍一下手："就是呀！"

老陈爱人这会儿突然打开屋门听了一下，又把门关上，"倩倩这孩子大概没有睡，她屋里还亮着灯呢。"

老陈说："这孩子就像我们一样喜欢书。"

我赞扬："真是个好孩子，长得漂亮，性格也好！"

老陈和爱人都很高兴，但只一会儿他们就不作声了。我们都察觉到什么，觉得空气有点沉闷。老陈爱人看了看窗外。我也循着她的目光往外看了看。什么也没有，只有一天星斗。

她说："这孩子幸亏考上学走了……"

我问："怎么？"

"你让老陈说吧！"

"唉，现在过日子难呐，你知道，我们两人从来都是谨小慎微的人，我们只是教书，从来没什么更大的奢望：我们俩从认识的那一天起就打算一辈子做个教师，那时候我们都觉得作教师光荣，是培养下一代啊，书上报上，还有我们学校的领导，都把教师的职业看得很神圣……那时候我们俩都要求到边疆，到最艰苦的地方去，反正只要把我们分在一块儿就行了。"

老陈说着扶一扶眼镜，眼中闪出了兴奋的光彩。我们听到这里都明白了，这在当年是一对热恋的大学生，他们热情、幸福而又浪漫，主动要求到乡下工作，到了海滨平原……

"我们结婚生子，一直到孩子长得很大，都没有个像样的住处。当年那种豪情很快磨光了，剩下的就是脚踏实地过日子。冬天起码要添置棉衣别挨冻，夏天要穿上一件像样的衬衫。我们对生活要求很低，只要吃饱、有书看就行。你看到架上的书了吧，它们都很旧，都是过去的书了……"

我们发现果真是这样。

"刚开始觉得书还买得起，工资也可以余下来一点，而且最主要的是那时候心情比现在好。我们每天都读书，除了本职工作就是读书，交流和讨论读过的书。晚上我们在县城南北大街上手挽手走一会儿，让人好奇又羡慕。我们在整个学校里是藏书最多的家庭。当孩子长到十来岁的时候，我们的两个大书架差不多也装满了。后来渐渐忙得不可开交，孩子入学啊、家里添置东西啊，使费多了麻烦也多了。物价越来越高，正好那些年母亲病了，还要按时给母亲寄钱，要经常花路费探亲……一点点工资就这样花掉了。后来母亲去世了，可是倩倩也长大了。高中毕业的第一年，她没有考上大学……"

老陈爱人马上插话："你们不要以为倩倩笨，她学习很好，是因为……"她吞吞吐吐，看了老陈一眼。

老陈说："你就直说了吧！"

"那是因为被坏孩子缠的。他们老缠她，搅得她不能学习……就这样，第一年没有考上。那些孩子还说，考学有什么用？考上大学更不好！"

我说："那些不懂事的孩子才会这样说。"

老陈摇头："在当地村子里，在这个学校，好多人也这样认为。南边那个村子有的人家很富裕，他们的孩子根本就不想考大学。他们把孩子送到国外，再不就直接去挣大钱……在这个农村中学，有些孩子尽管刚刚上高中，可是年龄已经很大了，他们在路上缠住倩倩，威胁她……那些年我们给搞得很狼狈，再忙也得去接倩倩回家。倩倩不上学又不行，那个高中离这所学校还有五六里路，结果我们每天都要跑远路。有些坏孩子盯上了倩倩，他们跟踪她，把她吓哭了。有一天我们去接晚了，倩倩一见就扑在我们身上哭，原来她刚刚走出学校大门不远，刚走到前边那片玉米地旁，立刻就有两个坏孩子扑上来，硬把她拖到玉米地深处。她喊不出也叫不出，好不容易才挣脱，他们又把她拖回去。她说路上行人都看见了，可就是没人敢管。那两个坏孩子在玉米地里剥她的衣服，她蹬踢、用嘴撕咬。一个坏孩子被踢疼了，就给了她一巴掌。他们把她的衣服剥下来……"

老陈爱人流出了泪水。

"幸亏有一个打猎的走过来，他当空放了一枪，那些人才把孩子放开。打那以后……"她哭得肩膀抖动起来，"我真可怜倩倩。我和她爸说，我们宁可不上课也要护住孩子啊！就这样我们每天都去接送……高中毕业倩倩没有考上大学，一个坏孩子的家长竟然上门提亲来了，态度硬得吓人！"

朋友问："他们是什么人？"

老陈说："什么人？他们就是学校所在地的村头儿。这个人有钱有势，大半村头儿都是这样的人。他住了一座大楼，还养了两辆汽车，有民兵站岗。县里和地区的头儿都认识他……来提亲的时候我爱人在家，她可不敢回绝，只能委婉地说孩子还小，还要读书……提亲的瞪大眼睛说：老天，这么好的机会你们还抓不住，过了这个村就没这个店了！当时我爱人说：倩倩还要读书，不能这样……那个提亲的人恼羞成怒，转身就走。后来那个坏孩子还到我们家送东西，送来一些鱼、虾，一些电器产品。我们坚决不要，可是他非常蛮横，一定要放在这儿。实在没有办法，我们第二天还要送回去。倩倩说这就是那个当年把她拖到玉米地去的人之一，长得难看极了，三角眼，塌鼻子，腮上还有斗殴留下的一个疤痕。有一天他爸亲自来了，当时我们刚要吃饭，听到门外有汽车喇叭响，出门一看，一辆轿车停在那儿。一个戴白手套的人打开车门，还伸手挡在车门上，然后就钻出一个五十多岁的剪平头的人。这个人迈着两条罗圈腿走过来，掏名片，又自我介绍半天，我们这才知道他是那个坏孩子的父亲。他背着手走到屋里，我和爱人给他端茶。他直接问了一句：'阁下考虑得怎么样了？'我们从来没听人称我们'阁下'，正吃惊，他又说：'女士们先生们，你们不要惊慌！'我们看看他的脸色，知道这不是玩笑。他怎么用这种口气说话呀？后来才知道他几乎不识字。他结了领带，松松地挂着像根牛舌头：西服衣兜上插了一支金笔，手上戴着大戒指。他眯着眼问：'你们考虑一下了，下一代的婚姻问题？嗯？'……"

朋友看着老陈，两眼都是吃惊的神色。

"我当即告诉他，我们考虑过了，可不敢高攀您的孩子……"他的戒指在桌上使劲叩着：'算了算了，不要这样讲嘛，一视同仁嘛！领导怎么啦？领导也是普通人嘛！阁下说到哪儿去了？女士们认为如何呢？'他怪里怪气，看了她一眼。她赶紧说：'是这样，这事儿要倩倩自己来决定。她不同意。她还要上大学呢。'村头立刻说：'关键问题还是家长嘛，要干涉一下是不是？到那时候我们可就是亲家喽！'我当时觉得一股凉气冲到了脚跟……但我只是好言相劝，强调倩倩要读书，她的终身大事要到毕业之后再说，如果这时决定会影响她的深造……那家伙立刻大喊起来：'深造？猛造吧！你们跟我成了亲家，今后就猛造吧！脑筋还停留在过去唉。孩子到我公司比上大学有前途！'孩子她妈赶忙解释：'我们并不需要多少钱，我们只是想让孩子读书……'他觉得奇怪，看了又看，把手里的那支烟捏了，从内衣口袋里掏出金光闪闪的一盒什么东西，使劲吸了两下，说：'你们再考虑吧！'头也不回地就往外走了。

"我们送出去，他连个招呼也不打。那个司机还像来时那样伸手挡着车门，让他钻进去。汽车唰一下开走了。就这样，我们把这个村头儿给得罪了。接着不断有人到我们学校来骚扰，往校园里扔石头，甩各种脏东西，还骂我们，在校园墙上写一些污辱人的话……老校长不止一次找我们谈话，让我们不要惹那个村里的人，特别是不要惹那个村头儿。我们向他解释，说从来没有惹他们，总是恭恭敬敬地对待他们。老校长没有办法，一个劲叹气。再后来那个提亲的人又到我们家来了。他板着脸，我们一听就知道是来下最后通牒的：'你们难道真的不识抬举吗？人家真是高看你们一眼呢。县长闺女给他儿子，他儿子眼都不眨呢！要不是你们家倩倩被人看上了，想做亲家也轮不到你们呀。'"

老陈说到这里脸上的青筋暴起来："我当时气炸了肺。我说：'他有钱是他的，我们不会与这样的人结亲家。请你告诉他吧，我们的倩倩不会给他做儿媳的。'那个人又气又恨，盯了我们足足有一分钟，跺脚骂了一句，一拧身走了。"

朋友大声问："后来呢？"

老陈爱人哭起来。老陈拍着她的肩膀安慰，说："说起来没人信，接上就发生了这事……有一天，"老陈咬着牙关说下去，"我和爱人出去买菜，回来的时候天已经黑了。走到离学校还有一百多米远的时候，突然从玉米地里出来两个人，他们每人都提了一桶大粪尿。我们当时只以为他们是施肥的人，怎么也想不到是冲我们来的。这两人提着大粪桶过来，笑嘻嘻的，趁我们没有防备的时候，突然就把手里的桶举起，一下扣到了我们头上……我们满脸满身都是大粪……我和爱人不能回家，直接奔河里去洗。那天啊，我们真想一块儿搂抱着在河里淹死。我们俩哭啊哭啊……"

选自 2013 年第 9 期《鸭绿江》

壶 碎

——一个宜兴故事

李敬泽

这个故事忘了是谁告诉我的，酒桌闲扯，很多话原本无主。

话说，一位老先生，其名甚响，不过这故事与他名姓无关，姑且称之为某先生。某日，某先生访友，该先生平生不爱钱不好色，唯独爱书，访友为的也是访书。主人多的正是书，环滁皆山也四面书柜，某先生一柜一柜看过去，忽蹬梯忽俯地，直把人家作自家，差不多忘了还有主人在。

忽然，哗啷啷一声脆响，正所谓银瓶乍裂水浆迸，某先生差点从梯子上掉下来，定睛看时，碎了一地的是一把紫砂壶，想是方才抽书忘情，将书柜里摆着的一把壶拂落下去。

这时，该先生才想起主人，抬起眼，只见主人微笑：

"先生欠了我一把壶，日后要拿一瓶好酒来还。"

宾主相视一笑。主人顾自取了笤帚簸箕扫去碎片，先生顾自看书。

那一日，宾主尽欢。临去时，漫天大雪。

如此而已。

此事发生在二十多年前，1991 或 1992 或 1993

年。书房主人年近四十，在大学里教授已是正的，啸傲江湖、踏花蹄香，抬望眼便是千里万里的锦绣，一把壶岂足挂怀。

转眼又是数年，某日，教授闲翻杂志，见一篇文章谈的是制壶名家顾景舟，也是一时无聊，信马由缰往下看，看着看着，教授坐不住了。

忽想起，那把壶，原是有题款的，正是顾景舟制。

站起来，几步冲到书柜前，书柜在书也在，壶自是不在了。教授想了想，拿起电话，拨通了，劈头就问：那壶是怎么回事？

这是越洋电话，打给他父亲。教授的父亲也是教授，老教授正随着老太太在美国的大儿子家住着。多少年后，老爷子归天，众弟子发一声喊，一拥而上，把老爷子抬成了文化泰斗，回忆文章连篇累牍，老爷子被描得白衣胜雪，活活就是最后一位民国大师；其实，老爷子的大学只在民国上了一年，剩下的全在新中国。退休后一屋子书留给了小儿子，住到美国去，主要爱好就是推个小车在社区里转悠，把邻居扔出来的沙发电视什么的搬回家，收拾得干干净净，先是藏于车库，渐渐竟登堂入室。大儿子力陈中美文化之差异，苦求老爹入乡随俗，由着美国人败家去，老爷子只作没听见。

话说那日，小儿子半年不来电，夜半三更冷不丁电一下，不问苍生问鬼神不问爹娘问茶壶，老爷子半天没醒过神来，胡天胡地想不起这一壶是哪一壶，最后把"紫砂"、"宜兴"、"顾景舟"凑到一起，老爷子才忽然想起——

那是"文革"期间，去宜兴出差，朋友送的一把壶。

放下电话，教授只觉得一颗心被人攥住了，是了，必定是了。当日打碎的原是一把顾景舟的壶。这一年，据杂志所说，这把壶值三十万，而教授的工资也不过每月三四百。

教授一屁股坐到天黑，长叹一声，苦笑。又能怎样呢？难不成再找人家赔壶？罢了罢了，也是命该如此。

然后，就到了2013年，教授老了，这些年他过得不好，很不好。他成了一个愤怒的老货，恨官员、恨知识分子、恨富人、恨穷人，恨这个世界和世道，这个世界从他手里骗走了一把壶，谁能想到，一次微小的碎裂事故原来竟阴险地埋伏着漫长无底的坍塌。他忍不住，他一直注视着紫砂壶的拍卖行情，那是迅速上涨的水，眼看着就从脚底漫过了头顶，他身处寂静的海底，星沉海底当窗见，而教授只见到高远的海面上漂着那把壶，顾景舟的壶。那把碎了的壶不断升值，他的人生在不断贬值，直到变成沉在海底的一粒沙子。

他已经很多年没见过某先生了。

父亲留下的书，他卖给了潘家园一个书贩子，拿到了一笔钱，几十万吧，还算是钱。在空荡荡的书房里看着那堆钱，他忽然想起，那些书其实还远远不值那把壶。

"骗子!"

他喃喃骂了一句。

那日，我在宜兴，微雨中访吾友葛韬陶庄，看各种壶，忽抬头，见墙上一帧旧照，一位老先生正在治壶。

清瘦，身着旧时工装，凝神注目于掌中壶。

心里一动，扭头看葛韬：

这，是顾先生?

是啊。

哦，这就是顾景舟。

顾先生的脸，净如秋水。看着他，心里只是无端地觉得好，好得心酸。

竟无话可说了。

选自 2013 年 9 月 1 日《文汇报》

回到苏州

范小青

到平江路去

在一个阴天，将雨未雨的时候，带上雨伞，就出门去了。

小区门前的马路上，是有出租车来来去去的，但是不要打车，要走一走，觉得太远的话，就坐几站公交车，然后下去，再走。

走到哪里去呢？是走到自己愿意去的地方，喜欢的地方，比如说，平江路，就是我经常会一个人去走一走的古老的街区。

其实在从前的很漫长的日子里，我们曾经是身在其中的，那些古旧却依然滋润的街区，就在我们的身边，它是我们的窗景，是我们挂在墙上的画，我们伸手可触摸的，跨出脚步就踩着它了，我们能听到它的呼吸，我们能呼吸到它散发出来的气息，我们用不着去平江路，在这个城里到处都是平江路，我们也用不着精心地设计寻找的路线，路线就在自己的脚下，我们十分的奢侈，十分的大大咧咧，我们的财富太多，多得让你轻视了它们的存在。

日子一天一天地过，我们糊里糊涂，视而不见，等到有一天似乎有点清醒了，才发现，我们失去了财富，却又不知将它们丢失在哪里了，甚至不知是从哪一天起，不知是在哪一个夜晚醒来时发生的事情。

我们的时代，是一个新闻接一个新闻的时代，这些新闻告诉我们，古老的苏州正变成现代的苏州，这是令人振奋的，没有人会不为之欢欣鼓舞，只是当我们偶尔地生出了一些情绪，偶尔地想再踩一踩石子或青砖砌成的街，我们就得寻找起来了，寻找我们从小到大几乎每时每刻都踏着的、但是现在已经离我们远去的老街。

这就是平江路了。平江路已经是古城中最后的保存着原样的街区，也已经是最后的仅存的能够印证我们关于古城记忆的街区了。

平江路离我的旧居比较远，离我的新家也一样的远，我家的附近也有可去的地方，比如新造起来的公园，有树，有草地，有水，有大小的桥，有鸟在歌唱，但我还是舍近而求远了，要到平江路去，因为平江路古老。在一个欣欣向荣的城市里，古老就会比较的金贵值钱。

在喧闹的干将路东头的北侧，就是平江路了，它和平江河一起，绵延数里，在这个街区里，还有和它平行的仓街，横穿着的，是钮家巷、肖家巷、大儒巷、南显子巷、悬桥巷、录葭巷、胡厢使巷、丁香巷，还有许多，念叨这一个一个的巷名，都让人心底泛起涟漪，在沉睡了的历史的碑刻上，飘散出了人物和故事的清香。

要穿着平跟的软底的鞋，不要在街石上敲击出的咯的咯的声音，不要去惊动历史，这时候行走在干将路上的一个外人，恐怕是断然意想不到，紧邻着在现代化躁动的，会是这么的一番宁静，这么的一个满是世俗烟火气的世界。

曾经从书本上知道，在这座古城最早的格局里，平江街区就已经是最典型的古街坊了，河街并行、水陆相邻，使得这个街区永远是静的，又永远是生动活泼的。早年顾颉刚先生就住在这里，他从平江路着眼，写了苏州旧日的情调：一条条铺着碎石子或者压有凹沟的石板的端直的街道，夹在潺潺的小河流中间，很舒适地躺着，显得非常从容和安静。但小河则不停地哼出清新快活的调子，叫苏州城浮动起来。因此苏州是调和于动静的气氛中间，她永远不会陷入死寂或喧嚣的情调。

以前来苏州游玩的郁达夫也议论过这一种情况，他说这街上的石块，和人家的建筑，处处的环桥河水和狭小的街衢，没有一件不在那里夸示过去的中国民族的悠悠的态度。

这是从前的平江路。令人难以想象的是，生活在今天的我们，走在今天的平江路上，仍然能够感受到昨天的平江路的脉搏是怎样地跳动着。我们一边觉得难以置信，一边就怦然心动起来了。

很多年前的一天，白居易登上了苏州的一座高楼，他看到：远近高低寺间出，东南西北桥相望，水道脉分棹鳞次，里闾棋布城册方。不知道白居易那一天是站在哪一座楼上，他看到的是苏州城里的哪一片街区；但是让我们惊奇的是，他在一千多年前写下的印象，与今天的平江街区仍然是吻合的，仍然是一致的，甚至于在他的诗文中散发出来的气息，也还飘忽在平江路上，因为渗透得深而且远，以至于数千年时间的雨水也不能将它们冲刷了，洗净了。

现在，我是踏踏实实地走在平江路上了。

更多的时候，到平江路是没有什么事情的，没有目的，想到要去，就去了，就来了。除了有一次我忽然想看看戏剧博物馆，那是在某一年的国庆长假期间，我正在写一个小说，写着写着，就想到戏剧博物馆，它在平江路上的一条小巷内，我找过去，但是那一天里边没有游人，服务员略有些奇怪地探究地看着我，倒使我无端地有点心虚起来，好像自己是个坏人，想去干什么坏事的，这么想着，脚下匆匆，勉强转了一下，就落荒而逃了。

那一天的时光，是在逃出来以后停留下来的，因为逃出来以后，我就走在平江路上了。

世俗的生活在这里弥漫着，走着的时候，很有心情一家一家地朝他们的家里看一看，这是老房子，所以一无遮掩的，他们的生活起居就是沿着巷面开展着，你只要侧过脸转过头，就能够看得很清楚，我不要窥探他们的生活，只是随意地，任着自己的心情去看一看。

他们是在过着平淡的日子，在旧的房子里，他们在烧晚饭，在看报纸，也有老人在下棋，小孩子在做作业，也有房子是比较进深的，就只能看见头一进的人家，里边的人家，就要走进长长的黑黑的背弄，在一侧有一丝光亮的地方，摸索着推开那扇木门来，就在里边，是又一处杂乱却不失精致的小天地，再从背弄里回出来，仍然回到街上，再往前走，就渐渐地到了下班的时间了，自行车和摩托车多了起来，他们骑得快了，有人说，要紧点啥？另一个人也说，杀得来哉？只是他们已经风驰电掣地远去了，没有听见。一个妇女提着菜篮子，另一个妇女拖着小孩，你考试考得怎么样，她问道，不知道，小孩答，妇女就生气了，你只知道吃，她说，小孩正在吃烤得糊糊的肉串，是在小学门口的摊点上买的，大人说那个锅里的油是阴沟洞里捞出来的，但是小孩不怕的，他喜欢吃油炸的东西。他的嘴唇油光闪亮的。沿街的店面生意也忙起来，买烟的人也多起来，日间的广播书场已经结束，晚间的还没有开始，河面上还是有一两只小船经过的，这只船是在管理城市的卫生，打捞河面上的垃圾，有一个人站在河边刚想把手里的东西扔下去，但是看到了这个船他的手缩了回去，就没有扔，只是不知道他是多走一点路扔到巷口的垃圾箱去，还是等船过了再随手扔到河里，生活的琐碎就这样坦白地一览无余地沿街展开，长长的平江路，此时便是一个世俗生活的生动长卷了。

就这样走走，看看，好像也没有什么多余的想头。

所以，到平江路来，说是怀旧了，也可以，是散散步，也对，或者什么也不曾想过，就已经来了，这都能够解释得通，人有的时候，是要做一些含含糊糊的事情。但总之是，到平江路来了，随便地这么走一走，心情就会起一点变化的，好像原本心里空空的，没有什么，但是这么一走，心里就踏实了，老是弥漫在心头的空空荡荡、无着边际的感觉就消失了。

这一种的生活在从前是不稀奇的，只是现在少见了，才会有人专门跑来看一看，因此在这一个长卷上，除了生活着的平江路的居民百姓，还会有多余的一两个人，比如我，我是一个外来的人，但我又不是。

不是在平江路出生和长大，但是走一走平江路，就好像走进了自己的童年，亲切的温馨的感觉就生了出来，记忆也回来了，似曾相识的，上辈子就认识的，从前一直在这里住的，世世代代就是在这里生活的，就是这样的一种感觉。

知道平江路上有许多名胜古迹，名人故宅，园林寺观，千百年的古桥牌坊，我去过潘世恩故居，去过洪钧故居，去过全晋会馆，尤其还不止一两次地去过耦园，但是我到耦园，却不是去赞叹它精湛的园艺，觉得耦园是散淡的，是水性杨花的，它是苏州众多私家园林中的一个另类，它不够用心，亦不够精致，去耦园因为它是一处惬意的喝茶聊天的地方，或者是一个温婉的情绪着落点，也因去耦园的路，不要途经一些旅游品商店，也不要有乌糟糟吵吵闹闹的停车场，沿着河，踩着老街的石块，慢慢地走，走到该拐弯的地方，拐弯，仍然有河，再沿着河，慢慢地走，就走到了耦园，其实就这样地走，好像到不到耦园都是不重要的了。

就是以这样的实用主义的心思才去了耦园，因为耦园是在平江路上，耦园与平江路便是一气的，配合好的，好像它们只是一个平平常常的百姓的栖息之地，是没有故事的，即使有故事，也只是一些平淡的不离奇的故事。

平江路是朴素的，在它的朴素背后，是悠久的历史和历史的悠久的态度，历史到底是什么呢，难道不就是人民群众的普通生活吗？

所以我就想了，平江路的价值，是在于那许多保存下来的古迹，也是在于它的延续不断的、任何力量也不能使之中断的日常生活。

在宋朝的时候，有了碑刻的平江图，那是整个的苏州城。现在在我的心里，也有了一张平江图，这是苏州城的缩影。这张平江图是直白和坦率的，一目了然，两道竖线，数道横线。这些横线竖线，已经从地平面上、从地图纸上，印到了我心里去，以后我便有更多的时间，有更任意的心情，沿着这些线，走到平江路去。

师俭堂

中央电视台的鉴宝节目，据说收视率蛮高，现在老百姓都爱宝藏宝，掀起了热潮。苏州现在也有免费的鉴宝日，我没有去过现场，又据说每次都是人山人海。大家带来了家里的宝贝，请专家看一看，无论看出来是宝不是宝，是价值连城还是不值几钱，大家都小心翼翼地捧回来，小心地藏好了。就这样也不知是谁发动的，也不知有没有人发动，似乎就有一点全民藏宝的意思了。这真是好事情。以前有个顺口溜，说政府让你养猪，你就种粮，政府让你种粮，你就养猪，准错不了。现在政府也没有发动全民藏宝，全民就自己在那里藏宝了。

这是劫后余生的宝。劫的时候到底劫掉了多少，这是一个不能想的问题，一想心就会颤抖，虽然宝不是我家的，但我心里也一样颤抖，一样的难过。前几天去了震泽师俭堂，在那里看到一些在夹缝里偷生、在劫难中残存的宝。

1972年我在震泽中学念书，那时候哪里知道有师俭堂，只知道震泽有个塔，到底去没去玩过，已经忘记了。推想起来，在长达一年的时间里，应该是去过的，但当时塔是个什么样子，一点也没有印象。如果试着想象一下，可以想象得出，塔肯定是封闭着的，里面藏满了恐怖和迷信。倒是在后来的文学作品中，我写过这个没有留在我印象中的塔，真是闭门造车，凭空造塔。那时的师俭堂更是被生活的苦涩的海水淹没了，里边住了三十多户人家，多半是日子艰辛，唠唠叨叨，嫌住房太拥挤，嫌房屋太破旧，但就是在这狭小的空间，他们生活着，成长着，努力着，贡献着。这就是人民。

那曾经是一个全民灭宝的时代，但奇怪的是，它也从另一个角度保护了一些东西。我们在师俭堂看到从前主人卧室门外的藏宝密洞，它们的盖板完好无缺，打开来，下面是一块带锁的石门，同样毫发无损。讲解员告诉我们，住在这里的居民，几十年都没有发现这幢大宅里的密室和藏宝洞。其实，那一块活动的地板与周边固定的地板有着相当明显的异样，可为什么住户竟多年不曾发现其中的秘密？没有人能够回答我。我们找不到当年的住户，不知道他们迁出师俭堂后都住到哪里去了。就算知道他们住在哪里，我们也不可能去找到他们问这个问题。于是我后来自己给了自己一个答案：家具将它遮盖了。是不是写小说的人都喜欢自以为是地推一下理？因为我也曾经有过一家五口同居一室的经历，连家里养的两只鸡也住在一起，它们待在鸡笼子里，鸡笼子就放在我的床前，家里就没有一块能够让我们转个身的空间。好在那时候我们都还小，白天只是在外面野，晚上才知道归家，一回来往床上一滚，一天就过去了。如果有个不喜欢出门的孩子，那他的日子肯定是比较沉闷的。在一间堆满了家具的屋子里，别说一块密洞的盖板，就是遍地密室，恐怕也是发现不了的。

师俭堂的书房里有四块落地板门，一面是漆雕，一面是木刻，漆雕以画作为主，木刻是诗作。是谁在19世纪60年代或19世纪70年代刻下了这些诗，这还是一个谜，还有待考证。希望他们是一些名人、文人，当然，如果他们只是一些普通的工匠，也一样，因为在我们眼里，他们也一样都是名人、文人。所以，我觉得不考证也无所谓。有人说这四块板门的价值抵得上整座师俭堂，不知道有没有什么依据，师俭堂占地2700平方米，有六进几十间屋，四块门板如果真能抵上一宅子，被收藏家见了，眼珠子都会发绿。

让我们再回到当年，一个年轻的女孩和她的家人一起住进了这间书房。当然他们不能称它为书房，那个时代几乎没有谁家家里是有书房的。过去师俭堂主人家的书房，现在就是她全家人的家。女孩看着这四块黑乎乎的漆雕门板，觉得阴森森的，还觉得有些脏兮兮的，女孩爱干净，就用纸将它们糊上了，这样女孩觉得好受些了，房间里洁净多了，也亮堂多了。女孩就在那里度过了她的青春时代。

许多年过去了，女孩和她的家人以及住在师俭堂的所有人家全部搬出去以后，人们将女孩糊上的纸撕下来，发现了这四块门板，它们被保护得完好无损。

女孩和她的家人邻居，就这样与宝贝擦肩而过，与此同时，他们也踏踏实实地走过了历史，走过了自己人生的某个阶段。因为他们的不识宝，更因为那个时代教育他们，宝就是罪，所以他们与宝擦肩而过，一无牵挂地走了。

这四块门板没有被人拆下来带走。假如我们设想它们被拆走了，或许哪一天在鉴宝节目中我们能够看到它。可现在它们安守在原来的位置上，时间走过了一百多年，它们没有移动，没有坍塌，没有破损，没有挂到别人家的新房子的墙上去做装饰品。

选自中国作家网

天天看日落

刘成章

我曾在旧金山左近的赫沃山上住了一些日子。那儿拔地而起却又平平坦坦，恍若踏上我家乡陕北的高高山塬，但毕竟不是陕北——大树森森，巨石垒垒，且长风不时吹过，而向山下望去，看到的是，遍地的绿树、洋房、车流以及人影，还有碧湛湛的一湾太平洋的海水，万顷琉璃辉映着轻若薄瓷的雪白鸥翼。

赫沃清晨总是有雾，那雾就像是由千万张雪白的鸥翼织就了的，白得触目惊心，往往直到十一二点，太阳才勉强能从那鸥翼中挣脱出来，且带着一身的慢慢才能褪净的白色点痕。人们都喜欢看日出的壮丽喷礴，而在赫沃所看到的日出，竟是这样地令人沮丧令人不堪。

可是赫沃的落日却总是让人惊喜不已，血脉贲张。我看着那涤荡心魂的落日，虽然老了，却不由得诗化自己，浪漫自己。我不由得纵臂狂呼一阵。啊！那是多么瑰丽的落日啊！那太阳的经典版本，那红极一时的太阳！它人杰似的热诚率真，并且光彩夺目气象万千。我感到这时候整个大地都在微微震颤。因为有一种穿透力如壮士手中之剑，因为有一种感染力胜得过一切绝唱。我下意识地揉揉眼睛，反复纵目凝视——它隔着开阔的硅谷谷地，定定地站在对面的山的峰巅，热情豪放地注视着辛劳了一天的世间万物，眉梢眼角都在演绎着一个洪亮的声音：拜拜！拜拜！拜拜！于是山在回应，它说拜拜！水也在回应，它也说拜拜！天底下的一切生灵一切物体也都在回应，它们也都说拜拜！拜拜！拜拜！啊！火一样的声音啊！钢水一样的声音啊！岩浆一样的声音啊！

好一个难分难舍的场面啊，这落日时分！

——是火花流转进射在眼眸的时分！

这时候我忽然想起杜甫的写在我家乡的"日脚下平地"的诗句了。太阳本来无脚，可是由于我们民族美学熏陶出来的杜甫的激发培养，太阳终于有脚了。现在正是太阳的脚走下平地的一刻。感觉里，这一刻太阳的脚是分明出现在那里的，它硕大有力，筋腱富于弹性。现在你回想回想这一天吧，回想回想这一天的太阳，这一天的太阳虽然有着活力勃发的脚，可是它却总是一派懒汉似的不肯前行的样子，我们抬头看看它，它不动；我们又抬头看看它，它还是不动。可是现在却不一样了。作为宇宙间最伟大的行者，它这一刻才展示出了它的行者的全部风姿！你看它那脚，走得何其显赫，何其快捷！它此刻的沉降的速度是以分、以秒来计算的。你得不断伸长脖子，再踮起脚尖，与它争分夺秒。这一刻你绝不可任意眨眼，如果眨一下眼，说不定它就弃你而去，甚至你连它的背影也看不见了。我多次遇到过这种倒霉的事情。我倏忽间就被暮色所笼，如雾失的楼台。咳！

但我又多次变身为后羿，多次追日而去。当然我的追日，不是向前，而是急转身，向后看，向山的高处，山的艳红处，飞步而上，气喘吁吁。那儿还在燃烧。一脚踩到那儿，便红了全身，我当然是又看见太阳了，还有拱托着太阳的彩缎似的云霞，以及云霞中的珊瑚般的鸟翅机影。

那时候，我完全沉浸在一种庄严的洗礼中去了。我停止了思维。我的眼里消失了世界上的一切苍白、颓唐和想入非非。我后来曾想，天地灵魂就是在这样净化着吗？有几分可能。此刻我知道黑夜将至，我心里却一片通明。啊！我的太阳啊！辉煌的太阳啊！我仿佛听见大胡子的帕瓦罗蒂在唱。他的绝尘高音和胸腔共鸣，使千山万壑都发出了回响。于是，到处是帕瓦罗蒂，到处是落日的轰鸣不息的光线。光线中的千般物质，万种色彩，或者在飞扬，或者在飘散，或者在上升，或者在沉淀，或者在旋转，或者在迸射。啊这日落时刻，这发酵不安的时刻，这高高天空最活跃的时刻，这个时刻每个分子都在跑呐，漫天裙钗漫天舞。燃烧着的天，涅槃着的地，燃烧涅槃里显露的是巨笔挥写的一行昂扬大字：说什么落日寒鸦断肠！夕阳你落吧落吧落吧快落吧，你落进墨汁的深潭里，滚一身黑，当你明朝再次跳出来的时候，却又是一球的鲜红，如一支更美的序曲，而序曲的演奏者，层层滔滔，是无尽的山河无尽的交响乐团！

那一些日子，我几乎天天一到傍晚就急忙跑到赫沃的山畔畔上去，去看落日。我看落日如挚友，料落日看我应如是。那些日子我总是处于亢奋状态。我时时怀着一种向往。那向往时时挑逗着我。那日子是我天天总是不忘总是急于要去享受一顿精神美餐的日子呀，无比奢华无比富有的日子。

而这样的日子，在我生命的里程中，也是曾经有过的。那是在从满洲里出发，去莫斯科的路上。火车哐哐哐地在广袤的西伯利亚飞驰，一直不住气地哐哐了六天。骨头架子都快要被哐哐散了。唯一让人喜欢的，是可以饱赏西伯利亚壮阔的风景，可以看到随风起伏的一望无际的草浪，可以看到勾起心头淡淡哀伤的苏武牧过羊的贝加尔湖畔，还可以天天看到多姿多彩的日出和日落。但早晨我们一般醒得较迟，因而还是看日落多些。

六天六夜的超长行程中，看落日有另一番奇特的感受。头天是下午六时看的落日。那落日就像俄罗斯人手里摆弄出来的一切：笨重而粗宏。哦，大哉此日！那落日简直像七尺大锅正炒的一锅辣椒，弥散着一种逼人的呛味，尽管它距离我的列车不知有多少光年。那呛味竟辣出了我一脸的汗水。当第二天六点我又准备接受那辣椒烤炙的时候，奇怪了，那太阳却又像中国式的碾盘在半天高悬，迟迟不肯挪移。一直到了七点多，血红碾盘才终于咚的一声滚落到地平线上，而它溅起来的晚霞特别绚烂，就像是俄罗斯不朽画家列宾的调色板，随意而又抢眼。大风吹来，地平线上热草贴着晚霞沸腾，一群酽红的骏马就埋首于其间。第三天日落时间却又晚至八点多了。看着这样的日落，让人明显意识到经度像条条绳索一样竖绑着我们这颗老地球，它唤起的是一种科学的观念。但我不愿意多想地球在怎么围绕着太阳旋转，而是沉迷于我的审美之中，每天一到午后，总是臂倚茶几，早早地守望，守望。我天天看着落日以各式各样奇重奇大却又美轮美奂的辉煌姿容，怎么成吨成吨地挥霍着色彩，怎么在漫天燃烧的晚霞中，或者沉没于山巅，或者沉没于江河，或者沉没于苍茫辽阔的大森林之中。这时候我曾想起统治过这片大地的无数君王，因为他们大多都曾被称作太阳，令人畏惧令人无言的太阳，但是曾几何时，他们都一落不起。与此同时，我又想起了被称作俄罗斯诗歌的太阳的普希金，只有他有升有落，往复无已。我听见车厢里正在播送着他的迷人诗歌。这颗太阳是爱的太阳。

说起诗歌，我云遮雾罩的记忆中，便踏歌阵阵，《诗经》的优美旋律便不期而至。那是我们古老祖先的咏唱之声："鸡栖于埘，日之夕矣，牛羊下来。"它穿过两千多年来的风霜雨雪烽火烟尘，却至今光华不减，也没有语言阻隔，一如唱在我的童年。而我童年听过的陕北歌谣，简直是它的翻版："日头擦山了，牛羊回来了，快揭锅快拿碗，咱们要吃饭了。"这些歌谣中的落日，都算不上壮丽，算不上华兹，算不上灿烂，特别是我家乡的落日，从来未被我所珍视，只能尘封于我大脑沟回中的一个旮旯，可是于今把它翻寻出来，细细品味，它却是那么地令人惬意令人心醉！

日头擦山了，牛羊回来了。

那是一种平平凡凡的场景。那是一种温温馨馨的氛围。那是一种亲亲切切的韵味。记忆中，先是发现那日头偏了，接着隐约感到日头加快了脚步，光和影便交替变幻，明明灭灭，黑黑红红，花样百出的光线渐次扫过了一架架山，一座座峁，一道道梁，一条条沟壑；再接着，凉气从石底、从泉眼、从云缝悄悄逸出；再后来，日头便出人不意暮鼓一声地擦挨到山圪垯上了。一瞬间晚霞金光四射——有的山成了瓷，有的山成了铜，而更多的山则成了金子，白金黄金赤金，而窑洞，崖畔，街市，以及灰布军装三八枪，以及羊肚子手巾老皮袄，以及从山里回来的牛羊，以及正准备上架的鸡，以及烟囱里升起的饮烟，以及一个叫作章娃的疯跑野奔的孩子，也都宝石似地色彩斑斓了。这时往往就有粉红脸颊的母亲出来喊章娃吃饭了。那时母亲还年轻，她脸上的汗珠如滚动在花瓣之上，连声音都带着落日的色彩花瓣的香味。章娃问："吃什么？"她说："黄米捞饭。"章娃说："我还不饿！""这碎鬼！"母亲急了。但章娃一转头就跑了，落日照耀下，如一点飞飘的火苗。这碎鬼常常耍得忘了一切，所以他当时从未留意过那夕照是怎么在倏忽间就从山头沉落下去的。但夕照也在不管不顾地沉落。所以当母亲回过头来再喊他的时候，他哪里再是火苗，他随着落日的沉没，已经变成一个熄灭了的火柴头了，或者如一粒黑芝麻。而这时候要是看看对面的蓝天下，却依然是夕照半山。

及我年长，及章娃郑重打出了刘成章的旗号，因为叶帅的一首诗，凡是老年人的组织或活动，几乎统统名之曰"夕阳红"了。家乡的老人们也分明喜欢这个称谓。我邻家的一个大婶是夕阳红的积极分子，常常去参加活动，跳舞呀，唱歌呀，扭秧歌呀，喜气洋洋。而她们的活动大多安排在晚饭之后，而晚饭之后正是红日沉落的时候，真是无意中的美丽契合。一日我回到家里，问邻家大婶哪里去了，大婶的老伴多少有些不满地回答："还能到哪里去？连饭碗也没洗，就夕阳红去了！"老人的一句话逗得我几乎笑出声来。我不由得抬头望了一眼搭山的落日，想，夕阳呀，夕阳呀，你庄严神圣的色彩上，居然又被我们的老乡添上了幽默诙谐的一笔，这一笔何其精彩！

落日装饰着人，人又丰盈着落日。

那天呼吸着美国太平洋港湾的清新空气，正在观看着一天也离不了的中文电视，忽然又看见我们陕北的落日了。看见陕北的落日有如我血管里通上了电流我眼里冒出了火花，而更让火花飞溅的是上面演唱的音乐作品，居然是由我作词的信天游歌曲《圪梁梁》，歌子是由被称作声乐女王的歌星范琳琳演唱的。范琳琳唱到最后一句了："快快来到这圪梁梁上砍上两捆捆柴，咱二人一人一捆背回来。"当我听到这里的时候，我发现那里竟含蕴着我不曾意识到的东西。那含蕴着的东西，断然不是别的任何什么，而是落日，世界上最美丽的落日，信天游萦绕着的落日。落日在落，在落，在落。大地在应和着范琳琳的歌声。落日照红重重山，山山有草草色红。落日照红重重山，山山有石石色红。落日照红重重山，山山有人人也红。山山有如出生在这里的花木兰和蓝花花，此刻里，她们就像信天游曾经描绘过的一个女子的打扮了啊，她们悉是红袄红裤红头绳。

啊，家乡的落日！

那落日不断变幻着，不断变幻有如魔术师的绝世表演。千般模样。万种容颜。它照耀着也变幻着下山的牛，照耀着也变幻着下山的羊，照耀着也变幻着含情脉脉背柴下山的三哥哥和二妹妹，而牛是一片万花筒般的碎霞，羊是一片万花筒般的碎霞，三哥哥和二妹妹也是一片和另一片万花筒般的碎霞。每一片碎霞都如翻飞蝴蝶乱纷纷。而与此景象隔着浩渺大洋的我，应是一首诞生于黄土坡洼上的信天游，应是一首曾经飘飞在陕北千山万壑间的信天游，应是一首云游在外的白了鬓发的信天游。云游途中，霜雪洒头途中，我曾被许多洋山洋水中的落日照过。音调里虽然有几分骄傲，却也难掩道不尽的苦涩和痛楚。浮云游子意，落日故人情。现在我实在想神游万里，赶着去看家乡的落日。我深知那落日的脚步是迅忽的，稍纵即逝的，到了那里，我必须用我作为信天游的全部的歌词和旋律，我必须以更强的力度，高高飞起；不要慢节奏，不要一个下滑音，不要一个休止符，不要一句低旋慢绕，而是快速地，风风火火地，来一个一连串的翻升翻升翻升，高八度的翻升，翻升到蓝天上更高更高的地方，以浑浊的潮湿的目光，追看那朴拙苍凉而艳红的家乡落日。同时，在母亲的荒草萋萋的坟头边飞旋飞旋飞旋飞旋，其音进血，八百年不绝。

选自 2013 年第 5 期《红豆》

"精神流浪汉"的传统和命运

钱理群

摘要 精神的超越物质的追求，是出于人的本性、本质。当大多数人趋向于物质的享受时（用自己诚实的劳动追求物质享受，这本身也是正常的，无可非议的），也总会有人做出逆向的选择，更渴望精神的丰富。

俊曙的书放在我这里，已经好几个月了。直到昨天才抽出时间，仔细读了一遍。今天早上，照例地提前醒来，想起这本书，突然引发了许多的记忆和思考：关于北大，北大里的"精神流浪汉"；关于我和北大的关系，我和俊曙的交往——

自从 2002 年 8 月退休，我就很少来北大了，除一个月来一次看病取信，没有特殊的事或机缘，都尽可能地远离校园。我在《与鲁迅相遇》一书的"后记"里，有过一个解释："现实的北大对于我是越来越陌生了。因此，我需要将心中的北大推到远处，成为一个永恒的记忆，一个永远给我带来温馨的梦。"

记不得是哪一天，大概是几年前（三年？四年？）的某一日，我来北大中文系取信，突然被一位年轻人拦住，说他在北大当保安，却很着迷文学，也读过我的书，想和我聊聊：这大概就是我和俊曙的第一次见面。不知为什么，在我惊愕不已的那一瞬间，突然有了一丝感动。我答应了他的要求，好像是另约了一个时间，我专门赶到北大来，和他见面的：这大概就是一种机缘了。以后还谈了好几次，其中一次是和俊曙的中学启蒙老师田老师一起聊的。在谈话中，俊曙告诉我，他原在河南某大学就读，毕业后，找了一些工作，都不甚如意，原因是忘不了自己的"北大梦"，于是，就到北大来，寻了份保安的工作，作为实现北大梦的第一步：先感受一下北大的气氛，同时利用北大的条件，听课、读书，准备考研究生。那么，我就在无梦的中国和逐渐远离梦的校园里，遇到了一位还在做梦的青年人了。在进一步的交谈里，我发现，俊曙对于文学，对于思考，有一种痴迷，一份神圣感，同时又有找不到出路的迷茫。于是，我断定：这又是一位"精神流浪汉"。

这就唤起了我的历史记忆：我在 1994 年写过一篇《保留一块精神流浪汉的圣地》的文章，谈到当时就接触到的一批没有机会读大学的年轻人，出于精神的渴求，来到北大附近，一边打工谋生，一边"蹭课"，做编制外的旁听生。我把他们命名为"精神流浪汉"，并且认为在八九十年代的商品潮中，出现这样的"精神流浪汉"，是一个非常值得注意的思想、文化、教育现象。文章特地指出，在蔡元培"兼容并包，学术自由"的校风熏染下，自由听课，对不注册的旁听生的宽容态度，是"北京大学的教学制度，以至教育传统的有机组成部分"。在谈到 20 世纪二三十年代的北大精神流浪汉时，我举出的例子是沈从文。最近，我在研究 30 年代的大学文学教育时，又接触到一个材料：胡适在 1934 年 12 月 16 日出版的《独立评论》一三一号"编后记"里，把当时北大所在的"沙滩一带"，称为北平的"拉丁区"——"拉丁区"在法国巴黎，从 1830 年起，就成为举世闻名的"穷文人街"，那里聚集着来自世界各地的流浪艺术家；现在，胡适在北大附近也发现了这样的精神流浪汉：这些北平"拉丁区"的居民都是北大的"偷听生"。胡适认为，这是北大"最有趣的制度"："偷听是不考的，不注册的，不须缴费的。只要讲堂容得下，教员从不追究这些为学问知识而来的'野学生'。往往讲堂上的人数比点名册上的人数多到一倍或两倍以上。"更令人感动的是，胡适自己就亲自关照过一位来自贵州边远小县务川的名叫寿生的苗族偷听生，在 1934 至 1935 年，在所主持的《每周评论》上先后发表了寿生的十篇小说和十二篇时事评论文章，并多次在"编后记"里热情推荐。我在 1994 年所写的文章里，正是依据这样的从 20 世纪二三十年代开始，50 年代至 70 年代中断，到八九十年代又重新续接的精神流浪汉现象，做出了两个概括：

精神的超越物质的追求，是出于人的本性、本质。当大多数人趋向于物质的享受时（用自己诚实的劳动追求物质享受，这本身也是正常的，无可非议的），也总会有人做出逆向的选择，更渴望精神的丰富。尽管是极少数，而在我们这样的十二亿人口的大国，也会是一个相当可观的数量。

"在中国，人们一旦有了精神的追求，就常常把眼光转向省城京都里的学苑。北京大学就这样成为一切精神流浪汉（在广义上，我们大家都是精神流浪汉）心目中的一块圣地。"中国经济越发展，越"需要精神的圣地"，这不仅是北大，而且应该是大学学院的基本功能与职责。文章结尾，我还发表了这样的感慨："在当今之中国，理想主义与浪漫主义已经是不合时宜，甚至是滑稽可笑的。但我仍然要坚守这一块精神的最后的立足之地——如果再退一步，我们就什么都没有了。"

这话说得有点悲壮；现在回过头来看，我大概当时就有了不祥的预感。但不管怎样，此后我一直在紧张地关注这些北大精神流浪汉的命运，在一定程度上，也是在观察北大的命运。而且我也没有中断过和形形色色精神流浪汉的个人接触，也给他们中的几位朋友的书写过序。今年初，我还给一位当年的"小朋友"写序：他是 90 年代的中学生，却在中学老师的启蒙下，进入了"80 年代的文学时代：他对文学和人生的理解和追求，都属于启蒙时代"，就自然和 90 年代的时代气氛格格不入，于是，拒绝参加高考，于本世纪初，来到京城，也成了北大的精神流浪汉。我在书序里，对他这样的新"拉丁区"居民的命运，做了这样的描述与概括："心在 80 年代，却成长、生活于 90 年代以后的中国，这是命运对他最为残酷之处。"（《文学时代凄婉、美丽的回响——我读王翔〈夜雪〉》）

现在，我又遇到了俊曙。他的年龄应比我的这位"小朋友"小，至少他是在此后的最近几年才来到北大的。在他身上似乎也有 80 年代启蒙主义的烙印（大概也是他一再提到的中学启蒙老师给他的）；但或许还更有新的时代特点：这正是我想探讨的。于是，俊曙这本书里的几篇文章引起了我的兴趣。

首先是他对当下的北大的观察：因为住在北大校园内，就有了零距离的感受。他仅写了三篇，这有点遗憾：他是可以写得再多些的；写的都是小事情，却留下了很大的遐想与思考空间。第一篇是《从"校友桥"到"状元桥"》，讲这些年北大成了旅游景点，人们争先恐后地要跨过北大西门内的那座桥，美其名曰过"状元桥"——俊曙说，这桥原名"校友桥"；但在我这个50年代的北大学生记忆里，它却是无名的。这其实并不重要，值得深思的是，"状元桥"命名背后的北大理解与想象：俊曙尖锐地指出，这是在将北大"贵族化，官僚化"、"名利化，金钱化"，"这也正是'校友桥'的悲哀，北大的悲哀"！读到这里，我的心为之一震：这不正是十多年来，我为北大和中国教育忧心忡忡的症结所在吗？径直说，从2000年当时的执政者、教育主管部门提出"教育产业化"的目标后，中国的教育（从大学到中小学）的性质就发生了根本的变化，变成了营利的工具。包括北大在内的大学，都由此走上官僚化、商业化的不归路，实利主义、实用主义、市侩主义、虚无主义……泛滥成灾，理想、信仰、精神、圣洁、宁静致远……这些构成学院的基本元素，都在事实上被逐出了校园，大学的"民族精神圣地"的基本功能与职责，都被彻底消解：这是真正的"釜底抽薪"。正像俊曙所观察与敏感到的，人们，相当多的家长与学生，向往、报考北大的原因，不再因为它是"精神的圣地"，而在乎它是一座"状元桥"，由此可以通往政治、经济、文化……的高层，达到"做人上人"的人生目的。这样，北大就不可避免地要培养出"高智商的利己主义者"，并以此作为国家和包括学术与教育在内的各行各业各部门的接班人，那就真正要危及国家与民族的未来了。——听说我的这个判断曾在网上广泛流传，我的心却一直在流血："精神的最后的立足之地"坚守不住，真的"就什么都没有了"；社会学家孙立平先生谈到整个中国的精神溃败，北大，中国的大学教育首当其冲，早就溃败了。

当然，或许还有另外一面。俊曙讲了两件北大小事。一是他的亲身经历：许多老师和同学在知道他干着保安准备考研时，都给予了充分的理解和力所能及的帮助支持，他从中感受到了"尊严上的平等和人道上的关怀"，于是，就写了篇文章，题目叫《北大的人文》。还有一篇《那些人，那些猫》，讲北大校园里的流浪猫的"幸运"：学生专门成立了"猫协"来照顾、管理校内和园区中的流浪猫，更有许多在职和退休老师无微不至地照料，其中一位甚至被叫作"猫爸爸"。诚然，这不仅是北大人，许多普通老百姓都是这么做的，这就用得上前面说到的话：这样的对生命的关爱，都是属于"人的本性"，并且最能显示"人的本质"。俊曦却愿意把它解读为"当世俗的观念日益浮躁时，有群老师和同学在守望着人文精神，如此说来，北大幸甚"。这或许有俊曦出于他"北大梦"的着意夸张，但也并非完全没有根据。我由此想到了自己的另一种经验：这些年，也总是不断有北大的学生（他们都是我退休以后入学的），或上我家，或请我到北大去，和他们聊天，或给他们讲点什么，就在几天前，就有我中学母校南师大附中考上北大的一群学生（各年级各系的都有），就南京大屠杀和中日关系和我做过一次座谈。这些聊天、讨论涉及的话题相当广泛，而且也很深入，我从中感受到北大人所特有的人文关怀和独立思考与探索热情。对这些学生的自发活动，我都是欣然应邀，和他们在一起，我感到非常自在自如，仿佛依然生活在北大的传统中。我因此也就明白：我所说的"高智商的利己主义者"只代表了一部分北大人，问题是他们正在被着力培养和重用；也许和我接触的这些学生，以及和我没有交往但有着同样追求的学生，也只是一部分人，但他们的存在本身，就说明了北大的传统是不可能被摧毁的。俊曦说他们是"守望者"，这是准确的：可以说他们是在前述北大精神、大学精神整体溃败的情况下，坚守精神的追求。既精神溃败，又有人坚守：这两个方面构成了当今北大和中国大学的真实状况，忽视任何一方面，都可能形成遮蔽。

把俊曦的追求置于这样的背景下，就不难看出其意义和价值：他也是溃败中的坚守者。我因此常常发出感慨：一部分被视为，也自认为"天之骄子"的高智商的利己主义者，他们其实是远离北大精神的；倒是俊曦这样的某些人不屑一顾的保安，却继承着北大的传统。当然，作为一个"精神流浪汉"，俊曦的坚守，是远比北大在读学生更为艰难的。于是，就注意到了俊曙笔下的《车轮下的翅膀》。文章的副题是"试以象征示人"，并且有这样的"补记"：看到车轮下的鸟的尸身，不能不联想起"自己的经历或命运"，"岂不是被撞击、碾轧下的麻雀"？那么，这只"已经不再飞翔，也不能飞翔"，却"把自己的血肉、羽毛，连同渴求的飞翔献给了大地"的精灵，不就是今日的俊曙们的象征？这已经不是前述世纪初的"凄婉美丽的回响"，而是更为惨烈的呼救：中国的精神流浪汉几乎已经走到绝路了。他们所要承受的，不仅是强力的压制，生存的艰辛与危机，更有与全社会的商业化气氛格格不入所带来的精神的孤独、枯寂，以及不堪忍受的冷遇。

最大的痛苦与折磨，更来自自身。坦白地说，连我自己，在这里肯定与赞扬俊曙们的坚守时，也在不断地反躬自问：这是不是误导，会最终贻害、耽误了这些年轻人？不错，启蒙时代的乌托邦理想，是弥足珍贵的，但却是必然破灭，又必须超越的，这样才能达到对社会、人生，以及人性方面最为严酷的一面的正视和清醒。而在面对现实以后，又面临更为艰难的选择：是因此走向虚无、颓废，或沉湎于市侩主义、享乐主义，或成为怨天尤人、故作激烈的"愤青"，还是既正视又坚守，在反抗绝望中寻求新的出路？而路又必须自己去寻找，绝不能指望任何人指路。这就需要自身的生存能力与精神力量的强大。还是鲁迅说得好："一要生存，二要温饱，三要发展。"生存与温饱是发展的基础与前提，而发展则要仰赖更为自觉的精神的不断升华。我读俊曙的书，在为他对文学与思想的执着追求感动的同时，也感到他在这两方面修养的不足，还有很大的提升的空间。我还想起了鲁迅的另一句话："青年又何须寻那挂着金字招牌的导师呢？不如寻朋友，联合起来，同向着似乎可以生存的方向走。你们所多的是生力，遇见深林，可以辟成平地的，遇见旷野，可以栽种树木的，遇见沙漠，可以开掘井泉的。"就以此语赠俊曙和他的朋友，并请相信，在你们艰难寻路中，会有一位老人始终在关注、支持你们，并给予默默的祝福。

选自 2013 年第 11 期《读书》

中国的北窗

——夏日大兴安岭散记

鲁枢元

中国古代伟大的自然主义诗人陶渊明曾留下许多名言与逸事，其中广为人知的便有"北窗下卧"："五、六月中，北窗下卧，遇凉风暂至，自谓是羲皇上人。"这是陶渊明渐进晚年时写给他几个儿子的"家训"：酷暑溽热的盛夏，躺在北窗下的竹榻之上，遇上凉风徐徐吹来，那真是一种最高的享受，简直就像回到羲皇时代！"羲皇"指古代传说中的"伏羲氏"，与"神农氏"、"黄帝"共称"三皇"，而"三皇之世"是包括孔子在内的历代儒家的理想时代。陶渊明式的"北窗下卧"，不需要呼呼飞转的电扇，不需要轰轰作鸣的空调，不消耗能源，不污染空气，就可以享受到盛夏时节的清新、清凉与清爽；同时还可以欣赏到窗外的"树木交阴"、林中的"时鸟变声"，这是何等生活？这是一种自然、自在又自由的生活，一种充满诗情与画意的生活，一种"低物质损耗的高品位生活"。

盛夏来临之际，我应好友之约，在北部中国的大兴安岭盘桓多日，一个突出感受，就是我感悟了陶渊明诗文中描述的"北窗下卧"。

大兴安岭，就是中国的北窗。

林中路

这是通向加格达奇近郊"樟子松母树林场"的路，一条林中路，一条久违的土路。

无论在北京、南京、广州、上海，要想找到这样一条土路都是很困难的，哪怕在公园里，道路也都被硬化，被铺上柏油，被浇上水泥。现代人出行甚至已经不再满足一般的公路、铁路，而是"高速"的公路与铁路。一次我乘汽车从海口回苏州，一日千里，已经没有了"在路上"的感觉，倒像是被放在"传送带"上。对于现代人来说，"走在乡间的小路上"已经成为一种可忆而不可及的奢望。

此刻，这条土路正向着高大的樟子松树林里蜿蜒延伸。樟子松灰蓝色的树影映射在黄褐色路面上，土路似乎穿上了"迷彩服"。走在这泥土、细沙浑成的土路上，"脚感"也立时变得柔顺、灵动起来。路面上有车辙，车辙里长出青草，草丛里有时会闪出一只蝴蝶，蹦出一只蚂蚱。路两侧的水沟被野草野花覆盖着，人走过会听到青蛙惊起跳水的声响。大树的下边，有时会看到一些散落的黄白色小小圆球，那是雨后新长出来的蘑菇。小路上空，湛蓝的天，银白的云，偶尔飞过的一只苍鹰，会使行人的心胸一下子变得悠远、旷放起来。与那些洋灰路、柏油路不同，这土路拥有太多的"生物量"，这是一条有生命的路，一条与行人的血脉相融通的路，行人的生命也因为这条土路被延长、被拓展了。

林荫深处的土路一侧，一座标本馆陈列着林中多种多样的动植物标本。我在这里看到了我所钟爱的那种动物：猞猁。我曾在我的一本书中写道："猞猁是山林中一种富有灵性的动物，它有着锐利的目光、敏捷的四肢，既善于觉察环境中细微的变化，又能够迅速地付诸行动。"最早关注地球环境与生态问题的国际民间组织罗马俱乐部便以猞猁作为象征。我在意大利罗马林赛（Lincce）学院见到过那只被供奉起来的猞猁标本，体形还不如加格达奇的这只壮实。

柏拉图的城

说实话，到了加格达奇，我才弄明白这座林业城市的地理位置在内蒙古、行政管理在黑龙江。"加格达奇"在鄂伦春族的语言里，就是"生长樟子松的地方"。它现在是大兴安岭地区首府，坐落在樟子松、落叶松的丛林中，背靠北山，面向甘水。城市不大，总人口十五六万，赶不上江浙地区一个乡镇。但这里天空明亮、水源洁净，马路上从不见堵车，农贸市场里的水果、菜蔬还沾带着大自然中的露珠与泥土。走出城市不远就是旷野，坐在自己家门口就可以呼吸到水面上、山林里随风吹来的"负离子"。我想到古希腊哲人柏拉图在其《理想国》里关于城市的设计，其中一个重要前提就是人口控制。他说理想的城邦是 5 万人，现在看来是少了些。但现代都市动辄数百万、上千万人，美梦将注定酿成噩梦。生态学中的阿里定律指出：动物种群有一个最适种群密度，种群过低或过密都可能对种群产生抑制性影响。比较心理学实验证明，饲养在笼子里的小白鼠增殖到一定极限时，白鼠们便开始情绪紊乱、暴躁不安、相互攻击，呈现出精神失常与行为失常。如今大都市里的人们为何变得如此冷漠、如此狂躁，特别容易发怒，或许就是因为违背了"阿里定律"。这些年来，内地的城市一直在无度地追求集中化、规模化，一座几百万人口的城市，仍然不停地向四边拓展，向地下和空中扩张。在我们家，躺在床上就可以看到：一座 200 米的摩天大厦建立起来，又一座 300 米的摩天大厦即将完工，接下去还有两座 500 米的在筹建……城市在高速发展，居民的生活质量却在急剧恶化。柏拉图的出发点是"生活舒适"，我们的出发点则是"发展速度"，症结或许正在这里。

加格达奇地处北国边陲，夏日短暂，冬天漫长，不知这里的人们如何打发他们的业余时间。朋友并不急于回答，而是带我参观了小城的木刻展览、书法展览、摄影展览，精湛的艺术水准出人意外，据说还曾获得过省内外许多大奖。此外，冬泳、刺绣、女子管乐队也都赫赫有名。这些活动全都是业余的、自娱性的，只是为了满足自己的审美情趣，提升自己的精神追求。前几年，北京、上海学术界争执不下的"日常生活审美化"，从康德一直争到费瑟斯通，而在这座小城里则是不证自明的。城市文化建设应当更人性化，一个城市的文化生活并不一定全都要走产业化道路。

漂移的拓跋氏

在山西大同的云冈石窟，我被告知这些佛教艺术巅峰杰作创作于北魏时代；在河南洛阳龙门石窟，我被告知那美奂美轮的"古阳洞"、"宾阳洞"原本出自北魏匠人之手；我还被告之，河南巩县石窟寺世界闻名的浮雕"帝后礼佛图"也同样是北魏时代的杰作。在加格达奇西北方向40多公里的地方，朋友带我去看一个天然山洞：嘎仙洞，说这里就是北魏王朝最早的源头，鲜卑族拓跋氏部落最初的发祥地。

洞在半山坡上，为茂密的林木遮掩，不走到近处很难发现。洞口不是很大，走进洞里恍如钻进一个巨大的"壶"中，那幽微的光线、氤氲的空气，让人觉得走进一个久远的梦境。当内地的风流才子司马相如与风流才女卓文君吟诗弹琴互诉衷肠时，在这山洞里，拓跋氏部落的子民们还披着兽皮，围着篝火，陶罐里炖着狍子、鳇鱼，过着原始生活。然而，随着时光的流逝，鲜卑族的拓跋氏就是从这里出发，沿着山坡下的嘎仙河漂移而出，走出丛林，走出大山，一步步走进呼和浩特，走进山西大同，走进中原洛阳，开创了长达180年的北魏王朝，创造出如此灿烂的文化。

"壶里乾坤大，梦里日月长"，走向发达强盛的拓跋氏并没有忘本。大约公元五世纪中叶，也就是东晋诗人陶渊明辞世不久，已经做了皇帝的拓跋焘特派大员携各色供品来到洞里祭祀先人。至今洞内还留下一方刻石："王业之兴，起自皇祖。绵绵瓜瓞，时惟多祜。"如今，这嘎仙洞里生长出的"瓜秧子"漂移了半个中国后，已经又蔓延回加格达奇，开花，结果。

在返回加格达奇的途中，阿里林业局的同志请吃饭。蒙古包里，手抓羊肉、干烧狍子肉、酸黄瓜、油豆角。酒酣之际，主人首先展喉放歌，歌声洪亮、豪放、悠长。我太太是大学的声乐教授，此时却完全失去"对抗"能力。她听出东道主唱的歌声中有山林、草原气象，隐约还有"牛哞"与"马鸣"的韵味，这是一种回归天地的歌唱，敢情他们就是拓跋氏的后裔。说来也怪，歌声竟引来滚滚乌云，接着便是霹雳雷电、豪雨扑窗。蒙古包内的光线暗淡下来，恍若坐回嘎仙洞内。

对面就是俄罗斯

从加格达奇到漠河有数百公里的路程，我们是乘坐小型飞机过去的。这有一个好处，从飞机上往下望，就像一只鸟儿那样俯瞰整个大兴安岭，望不尽的丘陵沟壑，望不尽的浩瀚林海，时值盛夏的大兴安岭，就像一块巨大的翡翠碧玉，一幅葱茏蓊郁的锦绣长卷。

下了飞机，人们径向北方奔去。北极镇的草地上散布着许多由不同名家书写的不同字体的"北"字：王羲之的，颜真卿的，苏东坡的，黄庭坚的，米芾的，唐寅的……一个个寻觅过去，方才发觉已经中了这里的行为艺术家们的"找北"的谋略。

"北极村"，是位于中国版图上"鸡冠"尖尖上的一个小村庄，晚饭就在江畔一家船上餐馆。脚下是滔滔江水，隔着波光粼粼的江面望去，对面就是俄罗斯。比起这边，那边显得人烟稀少，林木却更加茂密。一盘清蒸江鲤端上来，店家说如今在江里捕鱼越来越难了，黑龙江是条界河，鱼都躲到俄罗斯那边了。我忽然想起那年在海参崴，那里的朋友也曾说起，由于中国改革开放后经济迅速发展，中国这边的森林砍伐过度，只剩下了"柴禾林"，中国的东北虎也纷纷携儿带女跑到林深草密的俄罗斯一边。这着实有些让人尴尬。改革开放后的中国，人们的生活水准普遍提高，十几亿人口，人人都想过更富裕的日子，便不得不与原野上的林木、江河中的鱼虾、山林中的鸟兽争抢"生态位"，到头来严重地破坏了自己的生存环境。为了百年大计、千年大计，我们这个人口超级大国需要比其他国家的民众拥有更高的生态觉悟、更多的生存智慧。遗憾的是至今我们做得还远远不够。

入夜多时了，北极村上空依然明朗，"神州北极"的碑刻在彩灯照射下显得玲珑剔透。我突然想起，这"北极"其实不过是以我们自己的版图为尺度，换一个坐标，从地球的尺度看来，我们距离"北极"还很远。江的对面是俄罗斯西伯利亚广袤的荒原，荒原的北边还有浩瀚的北冰洋。如果再转换一个坐标呢，比如太阳系、银河系，我们还要到哪里"找北"呢？

黄金沟与蓝莓镇

从漠河乘汽车南下，公路大型指示牌上不时提醒人们："高纬高寒地区常年岛状冻土地段"，这让我们意识到即使盛夏，我们此时脚下两米的地方仍是冰冻状态。

第一站，金沟，又叫胭脂沟。据说慈禧太后的胭脂钱是由这里开采的黄金支付的。"黄金"、"胭脂"，两个汉语词汇叠压在一起闪现出奢华色彩。这是一条宽阔平坦的河谷，1877年一位鄂伦春牧人在这里挖坑葬马，一镢头下去竟挖出几块黄金。此后，俄国人、日本人以及内地的冒险家纷纷赶来盗采，万古洪荒的河床一时成为繁华的闹市，成为争夺财富的凶险之地。后来，黄金沟被清廷接管，年贡黄金10万两。如今虽早已停止开采，河谷里仍然残留一垅垅、一堆堆的矿渣，连野草也不肯生长。河谷里的"原居住民"，那些棕熊、马鹿、黄鼬、紫貂、林鸮、花尾榛鸡更是全都不见踪影。自然生态的恢复还须一个漫长的过程。

出了黄金沟沿快速公路往东南驶去，一路上河流纵横、冈峦起伏、草木葱茏，路边不时会看到停放的摩托车，却并不见人。朋友说车主都在草甸深处，是采摘野蓝莓的个体户。

蓝莓（Blueberry），以前的大兴安岭人叫"都柿"，原本漫山遍野的一种野果。现代科学发现其中富含花青素、有机锗、有机硒、熊果苷等特殊营养成分，被联合国粮农组织命名为五大健康水果之一，身价随之大增，被封为"黄金果"。高利润引发采集狂，不择手段地野蛮采摘（比如使用一种叫作"铁撮子"器械的采割），已经给野生蓝莓造成致命伤害。

我反感将"蓝莓"叫作"黄金果"，把这山野间的蓝精灵与黄金扯在一起。黄金作为一种贵金属与货币成为搭档是必然的，黄金产业的开发历来与贪婪、血腥联系在一起，甚至"抢劫金店"也已经成为当下刑事犯罪的热门。而蓝莓作为一种拥有生命的草木，本是大地对人类的恩惠，象征着人与自然的和谐。如果非要把蓝莓作为一种"产业"加以开发，那么也应该尝试一条"天人合一"的正道。

在阿木尔林业局，我有幸看到这一迹象。

阿木尔林业局所在的劲涛镇已经改叫"蓝莓镇"，连镇上的建筑也都被涂上漂亮的蓝莓颜色。在投产不久的"北极冰蓝莓酒庄",我们似乎看到"生态时代"的曙光。在这座温馨典雅的建筑里,丛林里的蓝色精灵变身为清洌甘甜的世上美酒,这里的美酒也会像江西柴桑镇那样,孕育出一代诗人吗?还真是凑巧,在阿木尔我们还真的就结识这样一位"奇人",他在政法系统任职,干的类似苏东坡当年做"通判"的差事。他年龄不大却博览群书,精通音律,抚得琴,写得字,五古七言倚马可待。道别时,我也不揣谫陋,吟诗一首:"青松在东园,白云宿簷端。举世少复真,清节映西关。"不过,这诗并不是我创作的,而是拼对的陶渊明先生的诗句,要不然我会将"西关"改为"北关"、北部边关了。

家园贴近桃花源

在大兴安岭林区,"家园"的完整叫法是"韩家园子林业局",简称"韩家园"。但这里的职工喜欢直呼为"家园",那是他们自己的家园。这里地貌平缓,呼玛河、嘎根河、倭勒根河在这里交汇成网;樟子松、落叶松、白桦树连理成林。镇子不大,井然有序地划分为产业区、生活区、游览区、行政区。职工宿舍貌不惊人,却宽敞舒适。小饭馆绝非高档,饭菜却新鲜爽口。街头广场并不铺张,一派歌舞升平气象。镇东的鹿苑,马鹿、驼鹿、梅花鹿自由自在地散放林间,既是产业,又供游览。到了夜晚,一间不大的卡拉OK厅,温馨的灯光里照旧飘出《北国之春》《月亮代表我的心》……对于舒适的日常生活而言,这里是"应有的尽有";相对于奢靡的现代大都市,这里则是"不应有的全都没有":没有过剩的垃圾,没有堵塞的道路,没有拥挤的人群,没有致癌的PM2.5,没有雾霾,没有强索人命的"非典"、"禽流感"。在这里,难得的还有人际关系的融洽。在号称自由平等的大学校园,"官本位"已经成为铁打钢铸的江山。在韩家园林业局,或许与野外作业、集体行动相关,这里的上下级关系并不如内地森严。我看到"首长"的孩子与"司机"的孩子亲如兄弟姊妹般地交往,我很感动。这对孩子们的心理健康也是大有益处的,这样的环境里容易培育出诚挚与善良,而不至于滋生出衙内、魔女那样的劣货。

韩家园的人们很热爱自己的家园,他们的目标是将家园建成"美丽家园"、"和谐家园"。比起"富可敌国"的华西村，这里远不够富足，但这里的人们并不缺少幸福感。比起华西村装在玻璃罩子里用一吨黄金打造的那只牛，我更钟情家园林子里啃吃着青草的梅花鹿。在我看来，大兴安岭的韩家园虽然清贫，距离中华民族世代向往的桃花源或许还要更近一些。

桃花源并不总是在"世外"，还存在于我们的心中。

位卑未敢忘忧国

王笃坤，祖籍山东，爷爷那一代落户大兴安岭。他是林业局一名资深"小干部"，在韩家园子林业局负责工会工作，在开展帮扶、维权、丰富职工文化生活等方面做得有声有色，领导对他的评价是"很有影响力"。笃坤的太太在加格达奇供销社上班，正在紧张地筹备一年一度的国际蓝莓节，女儿还在读大学，读的是艺术专业，笃坤对他的这个三口之家非常满意。

从学生时代，笃坤就喜欢文学，与同学一道组织过诗社，还在当地的报刊杂志上发表过诗歌。也许是太多的诗歌熏陶，笃坤身上比一般的工农干部多了些书卷气，甚至还多了些浪漫气质。有时他会对我说，很想在林子深处盖上一座小木屋，过陶渊明那种开荒南亩、守拙归田、采菊东篱、荷锄月下的生活。当然，现在还不行。

由于旨趣相投，十五年里我们之间书信来往不断，这次是初次见面。作为大兴安岭的一名老林工，现在日夜困扰着王笃坤的是这样一个问题：在八九十年代经济大开发中，林业作出巨大贡献，过量的砍伐加上"5·6"特大火灾，大兴安岭的森林已被大大损伤了元气。2000 年，国家"天然林资源保护工程"正式启动，林区经济开始转型，林区内木材采伐量逐年调减，近年来已减至 70 万立方米。在笃坤看来，这个数字的确不大，即使全部取消，也不会对国民经济造成多大影响。但只要口子一开，由于各种难以规避的陋习与漏洞，实际上被砍掉的决不会仅仅 70 万。笃坤一直坚持认为，整个大兴安岭应由国家立法设置为"自然保护地"，严加保护，限制利用。保护好中国北部这片大森林，等于养护好中华民族健全的肺，其生态价值要比几十万立方的木材金贵多了！至于 70

万立方木材的亏欠，一方面大兴安岭自己努力发展林下经济，以采集、种植、养殖、旅游等有限制的资源利用生产活动加以弥补；另一方面，政府应当为大兴安岭的生态贡献付款埋单，这叫作"生态公平交易"。

"位卑未敢忘忧国"，我被笃坤执着的忧患意识深深感动。

不久前的一个风雨之夕，笃坤从千里之外的北国打来电话，听口气他似乎"喝高"了，几十分钟的长途电话变成了"车轱辘话"：70万立方能不能不要砍了啊？我人微言轻，老鲁哥能不能从生态学上呼吁一下！

选自 2013 年 7 月 22 日《中国绿色时报》

2013 民生散文选本

温州：对一个城市的想象

张颐武

我与一个城市

温州与我有什么联系？

它是我的父亲的家乡，我的伯父一家的生息之地，一个遥远的南方城市。在我的家中，温州是我所听不懂的方言，是几位时常来往的亲戚，是父亲参加的校友会和那些老同学，是街上那些时时遇到的裁缝和老板，我能够听出他们讲的是温州话，却无法听懂意思。它对于我仅仅是一个模糊迷离的想象，一些零散破碎的有关亲戚命运的记忆。这是一片我从未踏上过的土地，但它和我却有一些无法摆脱的联系，这些联系既好像非常真实，又似乎非常虚幻。一切都非常陌生，却又似乎相当熟悉。温州的生活对于一个像我这样的人来说，是一个难解的谜。它既包含那些我常常辨识不清的特殊的食品，也包含"永嘉学派"这样的特别的传统，也包括"温州模式"这样的新的发展的可能性。我所感兴趣的是温州的特殊的地域文收藏的宝物———枚很小的金石图章，是当地一个有名的篆刻家早年给他镌刻的，我见到这枚跟大拇指差不多大小的石头，心里生出莫名的神秘感，一块小小的石头，竟然令一个人如此激动，而那私下里的几万元的拆迁现金怎么就诱惑不了他？他翻转过金石的刻面，我被那粗圆的字体弄糊涂了，胡乱猜了半天也没有能认全，然后他心满意足地，很陶醉地对我说，这三字是"蜜蜂窝"。我更糊涂了，为什么要写蜜蜂窝不写别的字呢？这里有什么蹊跷吗？当然有，蜜蜂窝，这是他的别名，从来没有用过，可是却时时长在他心里，生了根，拔不掉，这是个隐秘的事件，对于一个人而言是关乎重大的，因为这关乎一个人的灵魂最深处的机密，是绝对不容透露的，就连他的孩子、妻子，还有父兄，何况我呢？我激动地望着他，他的豁牙一颗颗露出来了，用低沉的声音问我："这世界上还有什么比蜜蜂窝更好的所在？"我不能回答，我确实找不到有比这个地方更好的处所了，除了贪嘴偷懒的熊，这个生活在东北老林里的黑瞎子，谁也别想把蜜蜂窝据为己有。拥有蜜蜂窝的人，当然是幸福无处不在了，日子里的蜜，全都是替他酿的了。

做一个平凡而不平庸的人，守着自己的底线，一任地老天荒地活在自己的精神世界里，面对现实的种种堕落毫不退让，安贫乐道又乐天知命，希望是一个人战斗的理由，它永远是甜的，老哥珍藏着的不是三个字而是一个信仰，是给自己生命释放足够能量的铀，唯有怀揣着甜蜜信念的人，才能更容易抗拒命运强加的击打，才可能经受住无数的苦难对一颗纯良之心的煎熬。

最近，获悉老哥搬进了新居，亲自给自己布置新房，添上现代化的家具，我悬着的心总算放下来了，在那座蜂窝一样的旧楼房里，这个收藏着一枚印章的执拗的人，终于满足了自己多年的精神愿望，他也许也像我一样，对一座贮藏了自己生命光华的屋子，会把它当作源源不绝的酿蜜的蜂窝，给我们越来越饥渴、越来越沙化的心灵，注入更加丰沛的精神营养文化，它一直吸引着我。我无法提供对于这种文化的详尽而可信的阐释，而只能写下我对于这种文化的想象而已。这种想象的根据无非是一个与这种文化有一种若有若无的情感的联系。不过，想象也并非虚幻之物，它喻示了一种情感、一种寄托、一种期望，正是有了这一切，这篇文章才会有它存在的价值。我丝毫无意于概括温州的文化特性，而只是对一座城市表达我的敬意和热爱。因为它既属于我的祖先和父亲，也属于中国。

我想从一件小事引出这篇文章。我和父亲有一次在北京的一个电子市场购买一些针式打印机的色带，他极偶然地在一个摊位上听到了一句温州乡音，我父亲也立刻用温州话回应了上去，父亲和小老板都很激动，两个人隔着柜台，用我完全听不懂的一种语言痛痛快快地聊了起来。站在一旁的我，看着父亲突然变得热切的神情、听着父亲已经有些不太娴熟的温州话，突然间有了一种感悟，与我朝夕相处、无分你我的父亲，在他的内心深处原来还有这样一段我不曾了解的经历，有这样一种我完全陌生的语言。在没有我的日子里，父亲是怎样一个人，过着一种怎样的生活？而这一切，身为他的儿子的我，却是永远也不可能真切地去感受了。于我而言，这当然是一份遗憾，更多的却是一份好奇，父亲的故乡温州是怎样的？从我在远离温州的北京城出生的那一天起，因为父亲的缘故，我与温州之间便有了一根亲切的连线，无论我是否踏上过这块土地，无论我对它的语言多么陌生，这根连线都永远不会割断。

实践型文化

温州的文化特征是在它的历史传统的影响之下形成的。温州的文化传统的特点在于专注实用，乃是一种实践型的思维方式。它关切实践，关切经世致用，不作空洞的玄学讨论，不发迂阔的议论。温州的思想历来强调直面当下，强调在一个特定的历史时期有所作为。这种特殊的地域文化传统一直是直接影响温州人的心理状态的重要因素。在浙江经济、社会、文化全面兴盛的宋朝，这种注重实践的话语就成了温州文化的主流。对实践的执着成了温州人价值观的基础。北宋"永嘉九先生"的代表人物周行己倡导的"知之则必用"、"用之则必尽"的观念，正是这样的传统的一个例证。周行己的思想对于南宋"永嘉学派"有很大的影响。而南宋的"永嘉学派"更是所谓"事功学"的代表。它的代表人物如叶适、薛季宣、陈傅良等等都力倡"事功"。黄宗羲在概括"永嘉学派"的特点时认为："永嘉之学，教人就事上理会，步步着实，言之必使可行，足以开物成务。"正是点到了问题的关键。叶适的"以物为本"的思想可以说是"永嘉学派"观念的精髓。叶适认为"道不可须臾离物"，就把"物"上升为一种本体性的概念。叶适指出："善为国者，务实而不务虚。"而他有关务实的观念具有一定的"重商主义"的色彩。这其实为温州人商业意识的发展提供了可能性。温州的思想家往往又是身体力行的实干家。因此，这种实践型文化发展了一种世俗关怀，关切俗世人生的欢乐和痛苦，对于世间万物保持持续的兴趣。它构成了温州人的基本的价值选择。朱熹这位所谓宋代的大儒曾经尖刻地挖苦"永嘉学派"："比如泰山之高，它不敢登，见个小土堆子便上去，只是小。"其实，按黄仁宇先生的见解，以朱熹为代表的"理学""狭义地强调君子与小人之分，抹杀个人的私利观，却替以后专制皇权加强统治的基础，其影响所及，达几百年。今日中国之民法未尽展开，仍有以道德观念代替法律的趋向，也不能与宋儒无关。"可见，朱熹的泰山虽高，但却阻碍了人间的发展；"永嘉学派"的"土堆子"固然不大，却是对普通人的真切的关怀。

这种实践型的文化不仅仅是一种观念，而且更多地表现在对温州的文化想象之中。一种世俗关怀弥漫在温州文化之中。如南戏的发展就是一个极为典型的例子，而"永嘉四灵"的诗也是如此。南戏无疑是植根于市民文化之中的艺术，它的表达方式和价值观念都有市民文化的世俗性的特点。它有一种来自平民百姓的世俗的趣味。它是在市镇之中崛起的，也是商业文化发展的结果。它的天地正是在市民之中。而"四灵"的诗其天地也在日常生活之中，他们反对"江西诗派"大量用典的风格，而是注意白描，在平凡中发现诗意。如有名的赵师秀的诗：黄梅时节家家雨，青草池塘处处蛙。有约不来过夜半，闲敲棋子落灯花。

这里的诗意正是来自日常生活，它给予我们的是一个场景，一个极为平易却非常感人的人生片段。这正是温州的意境。它不是孤绝超越的思考，而是世间普通人所面对的情感，微雨、蛙声和灯下寂寞的人，这是世俗的，却充溢着诗意。它并不宏伟，却很奇妙。

温州的实践型文化恰恰与它的商业氛围有关。在南宋时温州就是发达的海外贸易的港口。"其货纤靡，其人多贾"，是当时人对于温州的描述。商船往来于亚洲各地，为温州带来了活力和生机。温州人在世界各地的发展是不是和这最早的交流有关呢？但无论如何，这种通商的历程毕竟打开了温州人的眼界，告诉他们一个广阔天地的存在。温州人的精神世界正是由此在早期的商品和市场中成长的。这种文化特征似乎也是温州在近二十年中急剧发展的精神源头之一。温州人的这种经营的能力在条件具备时会发挥得淋漓尽致。

坚韧与刻苦

在今天的许多外地人眼中，温州人是坚韧而刻苦的。他们往往背井离乡，在困难的环境中经营一些小本生意，如裁缝、制鞋以及自产自销各类小商品，在北京南郊有一个颇具规模的"浙江村"，来自温州的生意人占了大多数，我的一位朋友王春光先生曾对此做过专门研究。由于浙江村的环境不尽如人意，一时间争议很大，可无论怎样，温州人的坚韧和刻苦的经营，仍给人们留下了深刻的印象。但温州的实践是在商业氛围中发展的，所以，温州人的坚韧和刻苦绝不仅仅是农业文化的刻板，而是渗入了精明和机敏。温州人的认真中仍然有让人感到有趣的聪明。而近二十年来温州的发展以及财富的积累已经变成了中国发展的一个缩影。这发展的冲击力改变了每一个温州人的命运。

我想用我的伯父做一个例子。记得在1986年，一位温州亲戚来到了我们北京的家中，向我们讲述了伯父的故事。"文革"结束后，已经50岁的伯父终于得到了平反，回到了温州老家，面对着一家老小，如何养家糊口、开始新的生活是最急迫的事。在刚刚回到温州的前三个月中，伯父什么工也没做，而是在温州城里最繁华的大街上来来回回逛了个够，和那些店主、生意人们搭讪着闲聊，了解些生意经，同时他发现在这条商业街上，独独没有个卖铁钉、螺丝的小五金店。伯父东挪西借，凑足了一笔本钱，带着全家人开了这么一家小店。据这位亲戚讲，伯父做生意是很辛苦、很卖力的，大家起早贪黑，出外进货，为了省些本钱，五十多岁的伯父经常自己背着沉重的铁制品从工厂走回店里。其间，为了多挣些钱扩大生意，伯父的女儿、女婿又去了上海，在路边摆了一个卖三黄鸡的小摊。现在的伯父，已经把自己一手创立起来的几家制鞋厂、五金厂交给了孩子们，在温州安度晚年了。每当想到伯父一家的创业故事，我就不由得感慨万端。伯父和父亲生长在同一个家庭，却因为人生中某些不可预知的因素，走上了完全不同的生活道路，伯父做生意的艰辛，是埋头于书斋中的父亲难于真切感受的，而父亲为自己那一字一句的语言学研究所耗沥的心血也是伯父难以想象的。如果说他们有什么共同之处，那便是温州人身上的坚韧和刻苦。我想，在 80 年代响遍全国的"温州模式"就是由千千万万个像伯父一家这样的温州人造就的，也许从理论家笔下写出的这个词，会让人们感到有些高深、有些遥远，但只要想想我们身边生活着的温州人，想想他们提供的种种生活必需品和方便之处，便会觉得，"温州模式"原来是这么简单、这么亲切，温州的财富便是这样积少成多、集腋成裘地积聚起来的。正是依靠着这些普通人的努力，温州的实践型文化终于在今天发扬光大。

在我准备开始写这篇文章时，父亲特意找出了温州一中北京校友会的通讯月刊供我参考。在这几本铅印的小册子中，我看到了许多温州人的生活故事，也发现这所浙江名校的确是桃李满天下，仅在北京的校友中，就有院士、大学教授、高级工程师、考古学家、著名作家等各界精英，这些温州校友有一个共同的经历，都是少小离家，外出求学，在他们治学的过程中，也深刻体现着温州人坚韧和勤勉的精神。但同时我也发现，真正让温州名扬天下的近二十年的财富积累和这些学人自身关系甚小，在他们彼此的通信中，更多的是为温州亲友的富裕生活而欣慰、为故乡温州的繁荣而骄傲。翻看着这些小册子时，我脑海中常常出现十几年前伯父一家含辛茹苦做生意的情境，当然现在的他们已经不用那么辛苦了，但我今天仍能经常见到的许多温州生意人还是那般艰苦地劳作着，奋力地售卖着。那些散落在全球的温州籍知识分子与那些在本地创造着的人之间好像相距很远。发展具有的巨大冲击力似乎尚未引起更多的关切。但我希望两者之间在共同的家乡认同之外建立一种真正的联系。

面对全球化和"知识经济"的挑战

目前的世界正面临着许多新的挑战，无论是亚洲的金融风暴，还是俄罗斯持续的社会危机，还是处于急剧发展中的 IT 产业和 Internet 都为我们提出了新的课题。对于温州来说，它的来自自身传统的实践型文化和近年来的发展也面临挑战。如何在跨世纪的时刻为温州创造新的可能性是一个无可回避的问题。在这里，如何在温州已经具有的民营资本的基础上，创造"知识经济"的生长点，发现新的"知识英雄"，似乎应该是我们关注的焦点。正是比尔·盖茨或者王选这样的人将高科技和产业结合，才使得财富的创造有了新的形式。美国近年来的奇迹般的经济繁荣，即所谓，"新经济"的基础正是IT业的成长。温州的实践型文化和坚韧与刻苦的精神实际上也有自身的局限。它的格局和眼光常常比较狭小，受到经验的制约，朱熹嘲笑的"土堆子"的说法当然无理，但换一个角度，却也点到了问题。温州人凝聚力很强，即使远走他乡，同乡人之间的"社群"仍然异常紧密。这有互相帮助的好处，却也往往限制了其发展及创造性。我们往往只是看到了温州在小商品方面独占鳌头，却很少听说它在高科技方面的产业的成就，我们知道温州有许多经商致富的英雄，也知道有许多温州籍的知识界名人，却很少听说在温州的将知识与产业结合的"知识英雄"。如何使得一种全球化的眼光进入今日温州人的视野，在"知识经济"的发展中再次领先一步，是我们共同的新课题。这当然需要散居全球的温州籍知识精英以及温州所需要的全球各地的人才与温州人一起努力。它一方面是对温州文化的"实践"特征进行创造性的转化，另一方面，需要对于当下的敏锐的认识。温州需要新的创业者，他们有前辈的孜孜以求的坚韧与刻苦，有商业的头脑，但更具有"知识经济"的思考方式和全球化的眼光。他们才会在近二十年来积累的财富的基础上创造新的辉煌。温州需要新的产业，它会延续发展的一些特色，但会有全新的格局和全球竞争的能力。温州人会再度用自己在过去二十年中表现的能力让世界震惊。我想，我一定会在那个名为www.wenhou.org的网页上看到这一切。这会使我和温州之间的情感更为真实。

　　我们期待温州的新的未来。它的未来是我们共同的中国的未来的不可或缺的一部分。

选自中国作家网

你们的今天就是我

叶广芩

　　到海南已是秋日，热带海风有意无意地夹杂了些许清凉，给人以心旷神怡之感。此时的北京已是大雪纷飞，我所在的陕西也是树木凋零，一派肃杀。第一次到热带来，第一次行走得如此靠南，岛上的椰树、槟榔、木瓜、芒果，于我都是新奇的，就想起北方路边的国槐、田野的柿树、门口的老榆、屋后的小枣……差异太大了。

　　海南农垦的朋友来接站，他们说着普通话，接下来农场内所遇之人都说普通话，这又让我感到新奇，一下拉近了彼此的距离。他们告诉我，海南农垦的职工来自五湖四海，从历史看主要有三批：一是归国华侨，二是复员军人，三是知识青年。

　　我在这些组成中感觉到某种似曾相识，感觉到隐隐相合的命运，有着许多想说的话语。到这里来，我是在寻找藏匿于心的答案，寻找旧人，寻找曾经的自己，回望来路的激情，印证走过的心路。是，亦不是。

　　海南是当年全国最大的知青上山下乡地区之一，更早的时候，1968年以后的一大批"老三届"，在毛泽东"知识青年到农村去，接受贫下中农再教育很有必要"的指示下，到1978年为止，先后有

2013 民生散文选本

两千万城市知青奔赴陕北、云南、内蒙古、黑龙江，奔赴全国各地。广州、西安、汕头、湛江的十万知青，跨越琼州海峡来到了海南岛，加入农垦行列。这是海南农垦中的一件大事，多少人的命运由此而改变……

我和他们是同龄人，我们都是知青，我们行走的轨迹如出一辙，不同的是我进入的是陕西农垦。没有橡胶林，有的是一望无际的麦田；没有狂暴的台风，有的是干热的气浪。

出发的初衷都是庄严而神圣的，以后的命运却不尽相同。还记得我1968年离开北京的情景，耳边是口号，满目是红旗，人人都很激动，大声地说话大声地笑，在豪气万丈、高瞻远瞩的目光里，甚至忽略了站在车下、双手紧扒车窗的父母泛红的眼圈和略显唠叨的叮嘱。"好青年志在四方"，"到农村去，到边疆去，到祖国最需要的地方去"……我们的想法只有一个，"广阔天地大有作为"，远方有一片地域在等待着我们，我们要将全部青春和热血献给那片土地。我们的脑海里，一遍又一遍映出广袤田野上麦浪滚滚、机械轰鸣的壮观景象，还有拖拉机手用毛巾擦汗的感人笑颜。那些新闻、电影里一晃而过的镜头，深深印进我们的心里，成了对来日生活的憧憬。

火车驶出北京，车厢里安静下来，我第一次端起茶缸到车厢端头寻找茶炉，在那呛人的煤烟里晃晃荡荡接出一杯半开的温暾水时，心中某处柔软的地方有种丝丝的触动——家远了，母亲此时大概开始做晚饭了……

此时此刻，另一批南方知青，从广州太古仓码头出发，同样是红旗漫卷、歌声嘹亮，他们登上"红卫3号"轮船，站在船舷上，向着送行的人群，向着陆地，向着他们熟识的城市挥手。船与岸的距离在加大，海风变得强劲，当一切变得遥远模糊时，他们转身面向船头，迎风踏浪，慷慨激昂、心潮澎湃地向着海南岛进发。他们深知，自己身上背负着改天换地的使命，那是一种不可推卸的责任。

晕船。看了一篇海南知青的回忆文章说，晕得站不起来，大吐，有的人连胆汁都吐出来了，痛苦不堪。

启程的路让我们领略了离家的滋味。

我被分配在陕西华阴农场——华山脚下三门峡库区的一片广大平原。

比插队的条件优越，有工资，有简陋的食堂，可以吃饱饭，还有医疗室。我和女拖拉机手同住在一间小土坯房子里，房子有六平方米大，勉强支两张单人床，门是一块斜立的床板，窗是土洞上蒙块塑料布，需要透气就掀开一个角。躺在床上可以望见天上的星星，闻到窗下流过的罗敷河水的腥气，床下有虫子在鸣唱，房梁上有长虫在游弋。劳作是艰苦的，烈日下收麦，龙口夺食，没黑没白地干，汗水在脸上结成一层盐粒，扛着百十公斤的麻包走上颤巍巍的木板，把麦子送进仓库。那时候机械化程度有限，一切都靠我们的体力，那累几乎让人窒息，但无论男女，大家齐上阵，心劲儿的整齐令人吃惊。

在海口，我看到了海南农垦知青李新苗的回忆录："连续数天的突击，加班，两餐都已经吃在山上，也完全没有了休息的概念，人们的双手血泡叠血泡，个个都要累趴下了。好在年轻就是本钱，只要睡好一觉，第二天仍然可以龙精虎猛地出现在工地上，并且会继续呼喊，加油，不惜代价地拼命摇动着年轻的双臂。"

情景多么相似，同一代人，共同的名字——知青，无论南北，我们挥洒着汗水，铸就着共同的信念，在劳动中张扬着我们的青春。海南知青们总结出劳动中的"七最"："最艰苦的活儿是挖水井，冬天冒着寒冷泡在冷水里边挖土边淘水；最累的活儿是半夜当搬运工，为了建房，半夜到几十里外搬运沙石土木；最重的活儿是挑水浇苗，从山脚下挑水爬到坡顶，腰酸腿疼，肩膀红肿；最脏的活儿是挑厕所粪便，身上的臭味几天都散不去；最怕的活儿是三伏天砍笆和插秧，腰酸背疼还要忍受蚂蟥咬；最险的活儿是开山炸石和砍树搬木；最闷的活儿是养猪，困在猪圈周围，被臭味熏不说，还要忍受独自切草的郁闷。"

同样地，我们最怵的是夏天在玉米地里锄草。地里闷热不透气，玉米叶子将人的胳膊、脸划出一道道血痕，被汗水腌得生疼。空旷的平原上时时有旋风腾空而起，粗壮磅礴，能将架子车挡板旋上天空……我在农场被派以"最闷"的活儿，养猪。食堂的泔水（那时泔水很少，人们的油水有限，饭量很大，没有谁剩饭）加上少量的麦麸，更多的是草，搅和在一起，是猪的饭。我每天要在猪圈旁边的大铁锅里给一大三小四头猪熬猪食，一天两锅，不敢懈怠。农场的人很看重这几头猪，领导时常过来量量猪的膘，算计着宰杀的日子。我还要定期起圈，把猪圈里的尿粪泥挖出来堆在圈外，再垫上拉来的干土……一锹泥要用很大劲才能抡出去，那绝非是我能胜任的，但是我得干，因为养猪是个重要的工作，它牵系着全场人的希望，尤其是到了端午节收麦子的时候，没有红烧肉就开不了镰哪！好在，场领导体恤我的艰难，逢起圈常常派两个男知青来帮忙，为了笼络他们多干，我提早得买两盒"延安"香烟备着。两盒烟一块多，我一个月工资三十块。除了拿香烟慰劳他们以外，我还要到场院西边井里去给他们打水，以备他们干完活儿洗涮。起圈的活儿脏臭难耐，要搭上的还有我那块珍贵的上海"绿宝"香胰子。西边那口土井跟地面一样平，是早年搬走的移民留下的井，口很宽，没有围栏，也没有辘轳，把一桶水往上吊，也是件力气活儿，但毕竟比无休止地抡铁锹强。

来农场时日不短了，会养猪了，会种地了，能吃苦了，人壮了，脸黑了。

因为是三门峡库区，到了汛期，往往要被水淹，以保证黄河下游的安全。老职工对每年一次的水淹已经习以为常，水退去，庄稼该长还长，豆子、玉米照收不误。这天，涨水是在夜里，我坐起来看见水已漫进土屋，脸盆、鞋子小船般漂荡在床沿下。我翻身下床，脚一下伸进水里，打了一个冷战，睡意全无。

我想起了我那些猪，蹚着水跑到猪圈，猪圈果然已经进水，还好不深，大猪老黑正用嘴拱门。我打开圈门，猪们一拥而出，在老黑带领下直奔西边，那里相对地势较高。我跟在猪后头，也往西边走。很多人站在库房的高台上看水，我问领导水还能涨多高，领导说，不用担心，不碍事，1963年库区水最大，不过齐腰，大半天也就退了。领导的话我们都信，他是老农垦了。

水还在不动声色地往上涨，土墙根泛着一层白沫，一涌一涌地发出汩汩的声音。东边的河堤看不见了，渭河、罗敷河连成了一片，辽阔无垠。华山脚下，一串灯光在缓慢移动，那是进京的280次列车。很快，电断了，有人点起了马灯，让大家都到仓库集中。我在暗中寻找着我的猪，一头也看不到……我赶紧往西趟，西边的水已经没过腿肚，我一边啰啰地叫，一边用手电在水面上照。几个知青在水里莫名其妙地来回跑，冲着我使劲喊，拿着绳子在手里不住地抡。我不知他们要干什么，一股水涌过来，我打了个趔趄。听见他们发出怪叫，后来终于搞清楚了，他们是让我原地站着别动。紧接着，有人腰里系着绳，很怪诞地向我走来，神情紧张得变了形。系绳子的人到了我跟前，一把把我拽住，猛地一拉，我和他都歪在泥水里。被人连推带搡地弄到高台上，领导指着水恶狠狠地说，你不要命了！我看水，与别处并无异样，刚要说什么，一股冷汗倏地由背后渗出，我的目光一下集中到我刚才站过的地方——井！

那口没有遮拦的，被水淹没了的井。

我站在了它的边缘上，再往前一步，不敢设想。

大水第二天下午就退了，很多水被留在了井里，其中也包括老黑和它的一帮儿女。

也就是我在华阴农场养猪的同时，海南农垦的晨星农场从各连队抽调二十六名能文能武的优秀女知青组成了养猪连，"二十六名女知青分别来自广州、潮汕、海南等地，年龄在十五至二十三岁之间。养猪连这些姑娘个个能干，又肯吃苦，自己割茅草盖房，从来不叫苦叫累。姑娘们不仅能干，还能编会写。国庆节团部组织文艺会演，养猪连自己演的节目很是精彩，又是快板，又是说唱，节目编得好，表演更出色，给大家留下了深刻印象"。

1970 年 10 月 16 日，十三号台风正面袭击海南。养猪连的知青们劳作了一整天，晚上疲惫地睡去，她们在沉沉的睡梦中被惊醒，看到屋顶在漏水，墙泥一块块往下掉，风从各个窟窿呼呼地灌进来。屋前不起眼的小河沟此时已经变成了波涛汹涌的大河。眼看河水就要漫上来了，大家决定马上转移。

往前不行，后退无路，他们被大水围困在孤岛上，二十几个姑娘和她们的连长、指导员面对洪水、台风，团结一致，勇敢搏斗，那是生命与大自然的最后拼搏。"天黑、风狂、雨大，二十几名知青晕乎乎已不知天南地北。开始时，连长和指导员大声喊叫着指挥自救。但四周都是大水，人已经走不出去了。知青们手拉着手，大家高唱《国际歌》、'下定决心，不怕牺牲'的语录歌，互相鼓励着。后来水越来越大，漫过了人的胸膛，大家被冲散了。但是危急关头知青想的不是自己逃生，而是这个集体如何走出困境。会水的在那儿拼搏，大声呼喊着：'快拉着我。'不会水的只能任由洪水冲击着浮上浮下，整个现场险象环生。这时候，任何说教对他们已经没有作用了，无情的洪水把人一个接一个冲走了。

"这天，二十六人的养猪连有二十二人遇难。

"水很快退去。李力、李小玲、梁愉辛和另两位潮汕知青，五人是在一个水坑里被找到的，被发现时她们还手拉着手。从李小玲、梁愉辛身上找到了用塑料袋包裹得很好的《毛主席语录》，居然一点儿也没湿。小玲还留有一本日记。

"游泳健儿张惠，是在下游很远的三连找到的，她依然保持着奋力拼搏的姿势，可惜仍没能逃过厄运。"（林莹、尹松《二十二知青山洪中抢救国家财产牺牲》）

四十二年后，在海口的宾馆里我读到了这些文字，读的时候眼眶湿润，感情激动，内心相当复杂，我为我们这一代农垦知青骄傲，为早去的她们叹息。忠诚、热爱、无私、执着，为了理想可以抛洒一切，甚至生命。这就是我们这一代人的信念！我们都是两千万知青的一部分，历史赋予了我们这个特殊的名号，在后来的日月里，有的人崛起了，成为了改革开放的中坚力量，成为了政治文化经济的精英，也有的人沉沦了，再无激情面对生活。但无论成功与失败，一代人总有一代人的历史使命，一代人总有一代人的信念。

海岛悲歌，姐妹昔日随波去；南国烟雨，农垦至今念落花。我不会忘记你们，如同不会忘记我在农场那些刻骨铭心的磨砺，推开宾馆房间的窗户，纱幔在晚风中飞扬起来，月光下有椰树婆娑的身影，湖边有老人在散步。她们和我的年龄相仿，和我们的年龄相仿，安详、温馨、惬意、满足，这是我们今天的日子，是我们享受的晚年，一个又一个平淡的早晨和黄昏，我们已经习以为常。

我想，倘若当年没有战友们的及时营救，我会和她们一样，早早地去了，何尝能做幸福的奶奶、慈祥的姥姥？在她们的身后，中国有了怎样的变化，我们的生活有了怎样的变化，恐是一言难以道清。最简单的，农场的大部分职工都开起了自己的汽车，有了自己的洋房，有了属于自己的生活。海南宽展的道路，高耸的楼房，蓝天白云，海风，本该也属于她们……在台风中匆匆上路的姐妹，我们彼此是那样的熟悉，无异于一起在泥里水里滚爬过的战友。

　　第二天我在海口农垦的纪念馆里见到了她们，她们在墙上，已经化作了一张张黑白照片。死亡定住了她们的年龄，使她们永远年轻，永远保持了花样的年华。二十二张照片，二十二张稚嫩的脸，这是朦胧中的走近，是一代人无阻隔的交流。想来很远，其实很近。她们微笑地望着我，纯真的眼睛坦诚地与我对视，让我的心一阵阵发颤。时光走得太快，如今的我已经鬓白如雪，满面皱纹，她们依旧黑发如云，青涩单纯；她们看着我，诧异岁月的流逝、日月的变化，我看着她们，体会到昔日的激情、劳动的神圣；她们从我的身上看到了活着的美好，我从她们的身上体会到了生命的价值。

　　我们共同经历过刻骨铭心的岁月，无论活着还是逝去，都是人生的歌。记得冰心老人说过的一句话："生命路愈走愈远，所得的也愈多。我以为领略人生，要如滚针毡，用血肉之躯去遍挨遍尝，要针针见血！离合悲欢，不尽其致时，觉不出生命的神秘和伟大。"

　　你们的今天就是我。

选自中国作家网

障碍即生活

王小妮

最初，听妍说有个大二学弟有句名言：障碍即生活。

刚一听，像被忽然蹿出的螺丝刀刺了一下。年纪轻轻怎么会想到这个。

后来，这位同学发来他曾贴在 QQ 空间上的这篇短文，下面是其中一段：……到了现在，我觉得好多事情我依旧似懂非懂。我明白好多时候，是我对这个世界要求太高，容忍不得一点瑕疵，可是有些东西又怎么能妥协。就像好死还是赖活的选择，生命与荣誉哪个更可贵之类。

好吧，我承认，我又想多了……关于生活到底该是怎样的？"长期以来，我都觉得真正的生活似乎即将开始，可是总会遇到障碍，如没做完的工作，要奉献的时间，该付的债，等等。好像得先完成这些事情之后，生活才会开始。最后我醒悟过来了，这些障碍本身就是我的生活。"也许我的生活就是忍受这些折磨，无论最后有没有摆脱都不重要了，就像我给"呵呵"（王注：一同学的昵称）讲过的竹篮打水的故事。

如果不是妍偶然提起，我不会知道这个在中学时就写了很多读书笔记的年轻人。

回想长大的过程，谁都逃不掉障碍，区别只是不同时代障碍不同。贵州毕节死去的那五个孩子只是为了找个温暖的栖身处；附在 2012《上课记》后面的那篇"我的童年"，是一位贵州学生的亲历，他的童年记忆里有温暖却缺富足，无论在垃圾包围的村庄和水泥耸立的城市，所有成长的故事几乎都是对障碍的叙事。不付出超过常人的勤奋不可能考进大学，而"好时光"（很多中学老师都会说，努力吧，考上大学就好了）并没从此开始，反而更迷茫了，校园"政治"，情感波动，未来完全不可知的就业前景，障碍一点没少，所以有人说被中学老师给骗了，谁说上到大学就好了，没发现大学好在哪儿了？

有人告诉我："大一很傻，就想好好读书，后来发现没有用，好伤心好失望，突然明白，过去的努力没有什么意义，没有什么叫成功。"

我只说一例：贫困生申请生源地助学贷款，各地规定必须每年暑假由学生在家乡自己申请，无论家有多远他们都要赶回去，有的连日排队，最后却没申请到。听说，这种贷款没有利息，怀疑被当地的"能人"挪作他用。有个学生三年中回老家申请了两次，一次申请到了，另一次没申请到。由于必须本人到场，又有限定的申报期限，家境贫寒的学生暑假必须急着回家，不能留在学校所在城市做兼职或者去第三地，每个暑假都耗钱耗时去申请几千块钱，还不确定能得到，有人干脆放弃了。

障碍就是现实，你不容它的结果可能更差，可能这就是古人所说"天将降大任于是人也，必先苦其心志，劳其筋骨，饿其体肤"。可他们根本不想担什么大任，只求温饱太平，现在到处设置的障碍几乎成为他们成长的必备条件，甚至从小就被鼓励怂恿催促，只能去主动接纳，反正是逃不掉的，这种成长的阴影难免不会被带入一个人的后半生和他所依存的社会。

有同学说，班上一个女生有段时间总和她在空间里探讨一些"虚幻"的问题，她不敢深问又不能不回应，小心翼翼地交流，感觉那女生一定遇到了什么问题："她在 QQ 空间里总是写些像诗一样的东西，哎呀，虚幻缥缈，有点不好啊，总这样，肯定有问题。后来开始留意她，发现渐渐好了，她也开始跟别人在 QQ 上讨论什么吃的穿的呀，上街逛逛呀……"说到这儿，我和她几乎同时说："这就好啊，说明她正常了。"虽然，我们并不清楚那个写过"诗一样东西"的女生熬过了什么，但是感觉那一定不好，一定是遇到困扰了。有人批评现在的大学生浮躁，完全不懂得欣赏诗歌，变成了物质的追逐者，可确实在某些时候，只有人间烟火才能救他们。有段时间，很多人关注已经离开这世界的女孩"走饭"，发现她微博上那些短句很诗意，可是那恰恰是她陷在痛苦里的私语。20世纪70年代，私下写诗可能带有反抗的意味，像《回答》，像《阳光中的向日葵》，到了21世纪的第一个十年终止，好好的一个年轻人不能满心里装的全是虚幻。虚幻就是退缩和逃避。

一个学生给我说了她开微博一年间的变化：开始关注名人，后来发现名人太强势了，自己能干的就是跟在名人后面傻乎乎地转发，好像跟屁虫；取消名人，去关注社会新闻，很快发现满眼的负面，心情变得很坏，都快崩溃了；现在又改去关注古典音乐，看看理科学生关心的有趣的知识性的，说着说着，她在我对面的沙发上忽然坐得很端正，身子拔得挺直说：哎呀，满屏的新闻啊，搞得每天好像都要处理国家大事了一样……这好笑的比喻（想到皇上坐在金銮殿）和她忽然夸张的坐姿，我们一起笑了很久。

贫困和留守的童年是来自乡村大学生的记忆，城市的学生被课业压得过于沉重，未成年人轻生的事常有听说，家长老师常常就是共谋，说一不二的施压者。这就是在中国大学里汇合的两条生源。出生地不同，相同的孤独无助，缺少关爱，天地局促狭窄，思想被困锁，变得敏感自尊、深藏和内向，中国孩子哪一个敢说：我是阳光灿烂地就长大了？

2012年11月日号看到了这条微博：

@钱文忠：日复一日，年复一年，孩子每天作业基本写到夜里十一二点，睡不到六个小时，次日一早背上或拖上连大人都觉沉重不堪的书包，去应对每天八九节课，还不算各种补课。学习怎么可能有效率、有快乐、有成效？也难怪一进入大学，原本应是专业学习的开始，却大多成了一切学习的结束。再不改，一定完！

批评现在的孩子不读书，他们连反驳都懒得反驳，有些学生已经是生理性地抵御任何的强制和纸张书本。障碍太多，对障碍的反感和免疫力也紧跟着递增，终于他们自己懂得了障碍是排斥不掉的，只能接受，只能把它当作生活本身，所以说"障碍即生活"，他们认了，反正是隐忍承受和无奈。他们准备好了接受任何障碍，淡然地把它看作生活本身，不再做无用的抵抗。

一位已经读到研二的学生跟我说到独生子女的孤独："我从小就会跟自己说话，那些话只是对自己说，和对大人说的话完全不一样，才那么小啊。像幼儿园的时候，嘴上跟爸爸说的是再见，心里说的是你就不能不上班？爸爸不上班该多好，我其实一直都会自己对自己说话的。"

说到这儿，她用食指重重地在桌面上戳了一下，非常有力，感觉要把心里长久顶着的东西释放出来。她出生在山西太原，是我的学生中大约百分之二的来自省会城市的孩子。我曾经读过 80 后作家丁丁的成长小说《小牲口》，从这本书里，能看到一个孩子（北京户籍）在城市学校里遭受的各种孤绝冷眼和困境。

因为年轻，他们脆弱和敏感，当老师在课上说"就你们这些作业还值得我看"的时候，他们心里灰暗沮丧得很（确有其事，就在这个学期）。而一位老师在 2012 年的秋季学期连续十几个小时看完了两个班的期中作业（她说，真是看得头昏眼花），还加了简短评语，马上感到了过去从没体验过的学生的亲近。我知道学生们有多期待在这四年中能有人让他们去亲近。

虽然她是我的学生，却是在不教她之后，我们在微博里认识的。她是广东来的，多了一些情感，那天煲了排骨莲藕汤，叫她来，她说"泪奔"了。进了门，她就说想家啊想家，算算她读书和家乡这两城之间不过 600 公里的距离，飞行时间不过 50 分钟，一年中有寒暑假和两个长假，她整整一年没回家了。

她的障碍是父母。是一家三口一坐到饭桌前就要开会，就开始解决她的"思想问题"。有一次，她把心里积压了很久的想法都说给他们听了，父亲变得愁云密布，感到了问题很严重，问她：你怎么这么多的为什么？坐下，开会解决思想问题。她心里一下子想"完了"，真是后悔，什么也不跟他们说就好了，真是后悔死了。

如果她父母看见她的内心纠结，或者会不理解，仍旧认为是她的思想出问题，而她想的是他们能不管我该多好啊，他们管好他们自己就行了，"妈妈成天拿个抹布到处擦，爸爸骑着车到处逛，我爸爸比我活得还劲头十足，真是服了他们了。他们要是不管我该多好，管好他们自己就够了，可他们就是不明白，那是他们的人生，不是我的人生。我知道，他们把我当个男孩养，需要我像超人一样坚强。"

我第一次知道，会有人受不了温暖柔和的事情（应该是太过期待，期待到了承受不了）。她在学校认识一个留学生，留学生的父母从美国跑来看他（她强调，那位父亲是留学生的继父）。他们一家人的亲热融洽让她感动，一起吃过饭，她回到宿舍，一个人躲在蚊帐里哭："我父母啊，这么多年我从来没见他们拉过手，你说他们过的是什么日子，他们是怎么忍受的？我就真是不明白了。"

这对父母的限定和规矩太多了，比如，大学期间不能谈恋爱，但一毕业就要领回个最好的男人，能赶紧结婚生小孩的。"你说这可能吗？"她问我。（另一个女生说，刚上中学的时候，她妈妈发现她学着化妆，冲过来抓着她的头发往墙上撞，现在她大三了，妈妈说你该学学化妆了，她顶撞说："让你抓我头发撞墙？"我说，你这样说你妈妈会很伤心，她说，反正她听了就不出声了。）

她说她知道父亲在乎她，只要听她夸赞一句，父亲会高兴很久，可是，父女两个通电话常常无话，外人听她就是啊啊啊应几声，然后挂电话，他们之间没话可说。其实她也很受父母的影响，母亲说什么装修风格好，她也会以为那个风格好，父亲说什么牌子的汽车好，她也会暗自以为什么汽车好。虽然很想出去读书见世面，但她不想用父母辛勤攒下来的钱，她知道如果提出来父亲肯定会同意。

听她说话，我会感到，她的父母已经在她身上有了影子，他们互为困扰，究竟谁受害更深已经很难说得清。

和就业相比，大学的四年算是临时拖延现实焦虑的一段好时光。那天经过水塘，见到真有学生在钓鱼，切开的大饮料瓶里游着几条小鱼，互相问：能吃吗？不能，这么臭的水。那一会儿再放回水里吧。水塘边嬉笑着好几个"姜太公"（男女都有）。

还听说了一次深夜出游：八个学生四男四女骑四辆电动摩托车去环绕学校所在的小岛，兜了一圈没尽兴，虽然已经很晚了，还是决定去探索正在开发中的临近的另一个岛，越走越漆黑越颠簸越怕，有人把一个塑料袋看成了蛇，一路狂奔逃回学校。

有女生暑假去了云南香格里拉，在松赞林寺，她独自一人走进大殿，看到佛像那么高大，自己站在佛面前那么小，当时静得很，隔着木板墙传来低沉的诵经声，听着听着她流眼泪了："没多想什么，就想，这多好……一个人能有信仰多好，可是我从小接受的教育是唯物主义，什么也不相信。高考前，妈妈叫我一起去爬南岳，说很灵的，不想去，最后还是陪爸妈去爬了山，但是心里还排斥，跟妈妈说不信烧香拜佛那些……"

我确实曾经对他们说过，生活本如此，它给我什么我就承受什么。这话有前后的语境，我想说一个人不能总是愤愤不平，可是，他们最好也别太早知晓这世界的秘密，太透彻地看到活着不过是在不快乐中偷着找点乐，他们是不是已经很自然地把人生的磨难压缩在 20 年之内，决定就这么淡然接受未来？虽然，看外表依旧年轻依旧气盛，他们已经懂得适应，也许生命的前 20 年已经磨掉了一个人命中注定的硬碰硬的本能。

两个学生课余时间同在一家公司工作，据称老板为了磨炼他们，要求每个员工上街去向陌生路人讨一块钱。虽然，他们两个也上了街，但都事先表达了不同意见，其中那个女生因为只讨到三块钱（老板认为太少），建议她再上街，被她拒绝。我说拒绝得对。

靠困境和障碍去"激励"成长，不是好的选择，有人因此变得偏激愤怒，在匿名状态下没准儿会加入"很暴力很极端"的族群。关爱温情滋养，所有的这些人间美好不可能都是只留给坏人的奖赏，而一个正常的孩子要不停地受挫，好好的一个人要被损筋骨磨心志。

一位过去有过交往、现在去香港求学的学生在来信里说：

思考是人类的天性和天职，但是内地的大学却没有把"人应该思考"这一点告诉学生，更没有把"人应该怎样思考"教授给学生。不思考的学生，就随大流按部就班地敷衍着完成学业，步入社会，最后泯然众人，他们也有不平不满，但最多也就在微博或什么地方表达一下小情绪小感想，但最终还是一边不满着，一边自我安慰着在生活的尘土里辗转打滚，就这样过完一辈子。

愿意思考或者说愿意看一点书的学生，他们大部分也不能成为幸运

2013
民生
散文选本

者。这些愿意思考的学生，大都会自发地去看一些书，这虽然会被很多老师赞赏一两句什么独立思考之类，但是他们忽视了一个问题——就是这些学生自己去看书，没有一个正确的引领或指导，很容易走入弯路甚至歪路，他们或许看了很多书，但是他们大部分要不就是自恃清高偏执一端，要不就是茫茫然不知何从。老师们之所以不提这一点，是因为这个问题本身就跟他们和学校的教育不到位有关。我之所以要说这一点，是因为我自己正是深受其苦的人之一。

……愿意思考的学生大部分都不能进入学术圈子，那就意味着他们要进入社会，待到进入社会之后，他们会被社会的各种潜规则折磨得更痛苦。至于能进入或有志于进入学术圈子的学生，那也不容易。中国的考研之残酷已不待我说了。近来我和一个在准备考研的师弟聊天，忍不住感叹，即使是考研，那也是一道窄门，也必须像那些帝王剧后宫剧里的权臣妃子一样，处心积虑一步步往上爬，才能进得去的。所谓学术，也不是那么纯洁的——早就不纯洁了。

前几天，看见正在准备考研的"啵唧咕"在微博上把"刁难"说成了"雕刻"，真是有创意的自嘲：

@啵唧咕：#考研倒计时≠距离 2013 研究生入学考试还有 59 天。如果觉得生活是一种刁难，一开始就输了。如果觉得刁难是一种雕刻，迟早都会赢的，再加油，各位！

恐怕我们不只是看不到贫寒之子的上升通道，可能每个年轻人的正常成长通道都已阻塞，他们被遍身雕刻，镂空剔透。想攒聚起"赢"的力量越来越难。

选自王小妮 2013 年作品《上课记(2)》

珠江夜游

韩小蕙

说不清是怎么回事，这些年来，我跑了广东那么多次，简直已经把深圳、珠海、中山、佛山、东莞、惠州、河源、梅州、潮州、汕头、韶关、清远、肇庆、茂名、湛江，加上广州的几个小卫星城番禺、顺德、增城、南沙……都跑到了，可是却20多年没进过广州城。上次到羊城还是在20世纪90年代初，深刻记得走过广州火车站的时候，广场上人流汹汹、嘈音涌涌，不时有人故意撞你一下，让人感觉包里的钱夹会随时不翼而飞似的，加上蒙汗药之类的传说，可真把走南闯北的我惊出了几身冷汗。

当年的印象，广州就是一个"乱"字，怎一个乱字了得！当然，比起北方的稳坐钓鱼台，当时广州的"乱"并不只是一个黑洞，里面显然有真义，夹杂着一种民族内心中躁动不安的渴望——中国人民在深切地盼改革，盼巨变，盼进步，盼腾飞，盼好日子。有事没事，人流都涌向对外开放的广州，去领受岭南的"乱局"，去呼吸变革的清新空气。

转眼匆匆20年。风雨潇潇，人是物非，今天的广州城当然已经与全中国一样，裂变、核变、巨变，旧人已完全不识。为了补课，飞机落地的当晚，我就登上了夜游的珠江航船，贪婪地敞开襟怀，想要把广州20年来的所有变化，一股脑都装进心里去。

从古老的"天字码头"登上游船，就在迷幻绚烂的灯影中，骑上了广州城的龙脊。过去，天字码头是两广总督、巡抚大员们登岸的专属，对于偏远的广州来说，皇上当然不会来，一品官员就已经顶到了天上，天字第一号，因此而得名。当然，用今天的眼光看去，这顶天的码头真是有其名无其实，一座普通的大屋顶建筑而已，还不及街上随便一家像点样的民间饭店豪华。

不过，我的注意力很快就被夜色中的珠江吸引过去了。

拥有大江大河的南方人，很难想象土生土长的北京人对于大河的深刻向往，那既是神圣的，又是自卑的。世界上的大城市如伦敦、巴黎、柏林、莫斯科、纽约、香港、上海、天津、武汉、长沙……都拥有一条或几条大河，或穿城而汩汩，或环市而潺潺，把一城的文明、一城的诗意、一城的骄傲，都呈现在滚滚波涛之中。被说滥了的一句话，真是颠扑不破的真理——"水，是生命的源头！"

水啊水！

今晚还好，游船上的客人不算多，可以随心所欲地挑换座位，寻找最佳的观赏角度。宽阔的珠江也真给力，似乎没有其他几乎所有中国河流的衰竭迹象，依然一副很浑厚很深沉的千年旧模样，遂使我们的船行，激情不减地把大朵大朵、大团大团、大堆大堆的雪浪花，尽情地抛洒在江面上。但见两岸，是楼的悬崖，是厦的裂岸，是人的王府井；是先锋，是魔幻，是后现代；是风声，是雨声，是读书声；是故事，是诗歌，是长篇小说；是大合唱，是交响乐，是岭南Style；是鲜花盛开，是绿荫葳蕤，是旭日红霞；是改革开放，是春华秋实，是沧海桑田……总之是今日热气腾腾、生气勃勃，铆足了劲儿地奋斗、出名、挣钱，因而也有点儿浮躁、有点儿喧嚣、有点儿乱的发展之中的广州……

我首先认出的，是白天鹅宾馆，当年，它是广州也是全中国最早拉风的一个神话。犹记得20世纪80年代初，京城老百姓有一个津津有味的谈资："广州的白天鹅宾馆，五星级，可以随便出入，不要任何证件哇。"这副土得掉渣儿的傻帽样儿，被操着港台腔的广东人一万个看不起。可是跑了50步的老广们显然忘了，当时北京饭店以及全国各地有数的几家高档饭店，根本就不允许普通人入内，因此儿（"儿"在此处念重音）在中国老百姓眼中，那些高级场所只是外国人的天上人间；老广们显然还忘了，白天鹅宾馆开业那阵子，当他们得知任何人都可以随便进入时，无数广州人一下子拥了进去，人们在豪华得放光的各个角落里游荡、徘徊，一遍遍地享用卫生间，致使每天卫生纸的用量高达数百卷……哎呀！

哎——呀，仅仅才20多年过去，今天的广州人早已不把徐娘半老的"白天鹅"放在眼里了，因为羊城里里外外，早已像粤北台地漫山遍野的蘑菇似的，长出了很多更豪华更高档的宾馆，也钻出了数不清更巍峨雄伟、多姿多彩、新颖别致的摩天大楼。比起小蛮腰广州电视塔、星海音乐厅、海心沙体育场、广州新机场、广州火车站等一系列如梦似幻般的新建筑和新新建筑们，"白天鹅"已经衰了，跟不上时代了，不得不动大手术啦。

我用无限同情的目光，婉约地向"白天鹅"道了悠长的一声"再见——"话音未落，已经被雪浪花打散了……

此刻，清爽的夜风在江面上弹奏着金蛇狂舞，船在黑一波白一浪的珠江上行进。突然，在左岸远方的某个地方，出现了一个通体发光的大亮点。只见它在黑黝黝的水面上漂荡着，像一只神奇的蝴蝶，像一颗亮丽的蒲公英，像一支燃烧的火炬。一点一点走近了，发现它在不停地变换着颜色——大红、翠绿、宝蓝、晶黄、玄紫，其光影发射的炫彩，把宽阔的江面皴染成一幅又一幅跳荡不已的画面，仙境一般。这，就是屹立于珠江之畔的星海音乐厅。

星海音乐厅是一巨大玻璃钢建筑，外形宛如一只飞向珠江的大天鹅，又像一架撑起盖面的三角形钢琴，是后现代建筑杰作。说来我可真是孤陋寡闻，这造型高雅先锋的音乐厅从1998年春天就落成并开始使用了，15年来曾邀请过巴黎管弦乐团、法兰克福广播交响乐团、俄罗斯国家交响乐团、BBC苏格兰交响乐团、卢森堡爱乐乐团、芬兰室内乐团等国内外高水平音乐团体，还有钢琴大师阿什肯内齐、贝尔曼、傅聪，小提琴大师吉顿·克莱默、帕尔曼、伊戈尔·奥伊斯特拉等艺术家演出；承办过国际声乐、器乐比赛和国际音乐艺术节；还常年举办群众性音乐演出，开展音乐艺术教育活动，让广州人更多地了解了音乐，爱上了音乐……

想想啊，广州人享受这么辉煌的音乐厅已经 15 年了，这个先行者比全国人民都洋得多、有范儿得多，真让人羡慕、嫉妒、(然而不)恨啊！

江面渐次开阔起来，游船加快了速度，前面远远地又有了佳景。这回不用再介绍，我就认出了那是"小蛮腰"——夜空中的广州电视塔，是珠江夜游船的灯塔，也是全羊城的地标，600 米高的塔身通体被华美的彩灯串联着，在漆漆天幕中，妖娆地摆出了一个纤纤细腰的剪影。

我感觉广州人是太爱伊了，从机场落地到现在，伊已经被各色人等无数次提起。伊虽然是一副钢筋铁骨，虽然个子高得入了云天，虽然是 108 层的"羊城好汉"，但阴柔的广州人却一致认定伊为婀娜女子，嘴巴一滑，"小蛮腰"三个字就在唇齿之间香软了。

广州人还很爱说一副对子："北有大裤衩，南有小蛮腰。"说得所有北京人都臊不搭地抬不起头来。可不，广州人到底得风气之先，确实比咱北京人有品位，不光小蛮腰，羊城内的很多先锋建筑、后现代建筑、新新建筑，都远强过咱京城的大屋顶和火柴盒。第二天入塔内参观，我们被电梯领到第 88 层的玻璃天台观景，一阵白雾浸淫过来，人人就都变成脚踩祥云的云中仙，那滋味可真古典。又一转瞬工夫，烁亮的阳光又把个个变成了金发铜人，宛若升天的圣母和基督耶稣。土洋结合，中外融合，现在的时髦叫法曰"混搭"。

归根结底，还是要佩服广州人的聪明劲儿，人把矿泉水瓶做成了小蛮腰形状，晶莹剔透宛如水晶似的，所有观光客就都喜欢得眼睛放光，争相掏钱，还把空瓶子小心翼翼地塞进包里，带回到各自家乡……

"这是中山大学最古老的校门……"

"这是当年广州最早的财政大楼……"

"这是早年珠江边最高的一座楼……"

随着导游小姐的介绍，我们正在穿越历史呢：公元前 9 世纪的周代周夷王八年，"百越"和长江中游的楚国人已有来往，建有"楚庭"，这是广州最早的名称。广州城始建于公元前 214 年，最早建城时叫任器城，自秦汉以降是为岭南的政治、经济、文化中心。226 年，孙权将交州分为交州和广州，"广州"由此得名。古代广州曾是三朝古都，后城市中心始终无有变迁过，这在世界城市史上都极为罕见。在市中心中山四路一带，曾先后发现了秦汉造船遗址和南越国宫署遗址等。目前，南越国宫署遗址、南越王墓、南越国水闸遗址等三处南越国史迹，正在联合申报联合国世界文化遗产……

夜游的最后一个景点，是海心沙体育场，这是 2010 年第 16 届广州亚运会开幕式和闭幕式的主会场，也是亚运会历史上首次走出体育馆举行开闭幕式的场地。"海心沙"，大海心尖上的沙地，多么诗意的名字啊。远远观望，海心沙体育场很像一只缓缓张开的大蚌壳，正徐徐吐出包藏在里面的大珍珠；又像极了一艘豪华的百万吨游轮，一道道流线型的横条竖条钢梁，交叉组成了一方方图案，恰似游轮的一个个不眠的舷窗。不断变幻的灯光施展出千般手段万种魔力，将海心沙体育场打造成一只硕大无比的宝盒，似乎要什么有什么、想什么来什么，怪不得广州亚运会中国运动员的成绩那么好呢，我记得当时的奖牌之多，到后来都不好意思再拿了……

彩灯遥遥，光影幢幢，江水荡荡，夜色悠悠。我站起身来，举目四望，突然，我发现了一个超级震撼的国家秘密：像这样的中国宝盒，绝不只是广州才有——在 960 万平方公里的神州大地上，它们比比皆是，处处盛开，绵亘满中国，香飘到天外！

选自 2013 年第 5 期《散文选刊》

大山行孝记

郭文斌

知道我喜欢吃榴梿，他会不时买一个，自己却只尝一口，然后就再不动勺子，凭你怎么动员。"对我来说，觉得吃一口和很多口是一样的，都是那个味道，后面的都是重复。"不由惭愧，还不如儿子，就是喜欢重复，喜欢重复那个味儿。

在享受上不喜欢重复，在孝行上却永不满足，这就是儿子。

妻说，上幼儿园时，姥爷姥姥到县城，儿子回来从兜里掏出两块蛋糕，说，这是阿（我）给阿姥爷姥姥的。姥姥闪着泪花说，这么大的一点人儿，咋想起来的，知道给姥爷姥姥留着吃。妻说，儿子把两块蛋糕装回来，意味着一顿没有吃主食。妻说，每逢发了新鲜的东西，儿子都要装回来让她尝，虽然每次都要挨她一顿训斥，但下次还是装回来。知道她晕车，每次回老家，都要抢先上车给她占座位，有年春节，挤车的人特别多，儿子竟从别人裆下钻过去，上车给她抢了一个座儿。

去北京上大学后，每学期放假回来，都要带一箱东西，一人一份。特别是给爷爷奶奶，必不可少的是稻香村的软点心。当然，那一天我拉开自己的书桌抽屉，往往会看见多了几袋茯苓饼、几盒干果。一次，还给妈妈买了一个发卡，亲手给妈妈戴上，问他怎么会的，说是让商场阿姨教的。一次，给大伯买了一把二胡，只为我们在聊天时讲到大伯当年喜欢拉二胡。还要到中关村给大伯买电脑，被我阻拦了，我怕电脑拿回家侄子会上网。

近几年，每逢寒假，他都会接爷爷奶奶到城里，也只有他能把爷爷接来。换了我，父亲总是一概拒绝。儿子不但能把二老接了来，而且留得住。2011年寒假接来，一直住到隔年夏至才送回去，长达半年时间，算是破天荒了。期间，父亲数次嚷着要回老家，都被他成功留住了。正好大四最后一学期，他就索性回来陪爷爷奶奶。为了让爷爷安心，他动了许多脑筋，想了许多办法。首先是严密监理着每一顿饭菜。我觉得妻做的花样已经够多的了，比我们平时丰富多了，但他还是要隔两天亲自去买一趟他认为更适合爷爷奶奶吃的菜。父亲不愿意戴假牙，早点妻就给烙软饼子吃，在我看来已经够软的了，但他还是要切成米豆大的小方块儿，让爷爷泡到牛奶中吃。爷爷的床头上，永远放着几罐糖果，各式各样的。每半个月给爷爷洗一次澡，每两天洗一次脚。怕爷爷奶奶晚上去卫生间磕着碰着，就买了一个可以在卧室用的便盆，还配了手电扶椅一应需要的东西。父亲眼睛不好，看电视要凑到屏幕前，妻就给他一个小木凳，儿子看见马上在网上买了一个同样高低的软凳子来。同时买来的还有足浴器，给爷爷洗完，给奶奶洗，然后自己洗，也不嫌弃他们用过的水。完了抱着爷爷奶奶的脚剪指甲，每次要剪半个小时左右，细致和耐心使我这个做儿子的惭愧。不巧，快要过年时，微波炉坏了，为了方便给爷爷奶奶每天热牛奶，他大年三十上街买新的，打不上的，就步行抱回来，到家，脸都冻肿了，累得睡了一下午，好几天胳膊还酸痛。知道我分身无术，他就每天拿出一定时间，陪爷爷奶奶说话，有时爷爷奶奶已经躺下了，他就上床躺在他们中间，和他们聊天，往往大半晚上。我在书房，都能感受到父母的开心。父亲永远在讲他当年那些事，我都能背下来了，但儿子却一遍遍倾听，他知道爷爷只是想和人说话。有空他就给爷爷奶奶录视频，包括每次回老家录的，估计超过一百小时。为了解除爷爷奶奶的终极焦虑，他不停地在网上寻找相关视频，下载下来让他们看，为此，还专门买了一个 U 盘播放器。这也为留住爷爷起了很大作用，父亲不再时时嚷着回老家，而是每天准时坐到电视机前，让孙子给他播放下一集。我们欣喜地看到，半年下来，二老变得更加乐观、安详、喜悦，可以坦然面对归属话题。

在孝顺爷爷奶奶方面，儿子显然制订了近期计划、长远规划。对于大学生来讲，最后一学期意味着什么，不用多说，但儿子却把自己强行安排在爷爷奶奶身边。还剩最后两个月时，我半开玩笑地催他回校，说，快回去陪女朋友吧，孝敬爷爷奶奶的时间长着呢。他说，我的女朋友是天使，不用陪的，仍然尽心为爷爷奶奶服务，直到毕业典礼前才返校。为了方便接送爷爷奶奶，他专门考了驾照，说等家里宽裕了，买个车，想啥时去接爷爷奶奶就啥时去，虽然至今我都没有满足他这一愿望。

我这些年之所以能够坚定地推广"安详生活"，有一个重要的力量就是儿子的支持。才知道人生最大的幸福来自后代对你价值观的认同。上大学后，儿子通过学习西方文化，接触外国人、外国公司，更加认同我的观点，成为一个最坚定的安详理念支持者，并为此放弃出国、到外企工作等计划，决定回家给我做秘书。

早在大二第一学期，他就写了长达万字的《让全世界人民都来学汉语》，《文学报》更名发了一个整版。在把东西方文化作了对比后，他说："在这一切对于经典文化的论断中，我们不难发现中华经典文化的魅力，遗憾的是，世界上至今没有一种语言可能代表汉语来描述出这种文化。汉语的魅力，是中华经典文化五千年的魅力，它所代表的智慧，是中华五千年文明的智慧。中华经典文化可以说是本世纪地球上仅存不多的文化宝库，而汉语，正是这座宝库大门的钥匙。"之后，他对中国经典文化的热爱与日俱增，到了大三，甚至到了非文言文不读的程度，说读白话文淡如白水。他说，这才真正体会到什么是爱国之情了，一个人在没有爱上自己的传统文化之前说爱国，肯定是言不由衷。

为此，大学期间，特别是后两年，他想方设法帮我，只要他能承担的，都主动承担了。

大三暑假，更换了已经老得不能再用的洗衣机、电饭锅、微波炉、淋浴器等。换洗衣机、淋浴器时，我正在楼上睡午觉，他都没有叫我帮忙，待我下楼时，一切都已做好。看到他累得满头大汗，我心里一阵自责，这本该是我的活儿，现在却让他来做。再看，还给卫生间安了换气扇，装了毛巾架等。说来惭愧，住进这个屋子已经七年了，这些基本设备我都没有顾上置办。对此，从未听到他埋怨，不想现在他竟自己动手了，而且摆出一种永远自己动手的样子，这从他在网上买了一套电钻等工具可以看出来。

大四最后一学期，他在孝敬爷爷奶奶、背诵《论语》等经典的间隙，抽空网上购物，给客厅买了一个书架和衣架，给厨房买了一个菜架，自己看着图纸组装。还把家里所有电源换成分项的，不用妈妈每次都要拔插，保证安全。那几天，门铃只要一响，他就下楼搬东西，然后拆箱，看着图纸组装，汗流浃背的。不多时，一个柜子就立在客厅了，一个衣架就立在门厅了，一个菜架就立在厨房了。那是赶二十二届图书博览会书稿最忙的一段时间，其间，我都没有认真看过他是如何组装的，当然就没有给他搭把手。他还给我的卧室床头买了一盏十分温馨的仿古灯笼形布艺彩绘罩式台灯，换下了我直接插在墙壁插座上的牛头灯。旁边配了一个小电扇，把遥控器放在我的枕头边，让我暑期舒服一些，因为阁楼暑期就是一个火炉。同时配了一个自动加湿器……让人躺在床上，有种重换天地的感觉。

一天下班回来，看见儿子映在一团橘黄色的光芒里。定睛，原来是他在往新书架上摆书，已经快摆完了，那是他给我网购的中华书局版的全本全译全注经典系列，摆了整整一书架。我说，郭大山同志，你想开书店啊。他有些得意地说，是啊，您老以后基本不必再买书了。说着，拉上窗帘，把刚刚安好的落地灯摁亮，柔和的灯光打在书架上，再加上妻摆在书柜顶端的吊兰，让客厅一角一下子温馨起来，有意境起来。接着，他拉过来一个简式靠椅，让我坐上去，又从书架抽出一本书给我，说，您老今后就坐在这里看书，一边晒太阳，一边看，把这些书齐齐看一遍，再出去讲安详，就是另一种感觉了。

说到书，我的每部书稿，特别是中华书局出的两部书稿，他都在紧张的学习期间和同事、朋友一起帮我作了校对，确实增色不少。为了帮助我取证，他十分关注出版动态。这些年，只要有快递摁门铃让我下楼取东西，我就知道他又在网上给我买了书。打开一看，正是我当时最需要的。

看到我在全国讲课总是穿着同一件外套，他就开始在网上给我选衣服，不断地发来样照，让我确定后他下订单，我觉得没必要买那么多花样，就说都不喜欢。他就失望地回一句，我觉得挺好的啊，我妈也说挺好的。接着找，接着发，接着被否。有一次学校组织去台湾，他还是自作主张买了一件回来，说实话，我是打内心里喜欢的，但表面上还是作出不冷不热的样子，怕他今后再买。每次回家，他都要给我把电脑重新装一遍，增加一些上档次的电子词典，还有一些我需要的软件，确实为我节省了许多时间。

除此之外，儿子还主动承担了对堂弟的教育工作，写给堂弟的励志信，估计也有上万字。2011年，堂弟终于考上大学，他包揽了大人应该做的一切工作，从填志愿，到装扮，到送行。堂弟考取的学校远在长春，中间要换车，他不放心，就一直送到学校，办好住宿，给购置好生活用品后，才回京上课。

我这些年不揣浅陋，到全国学讲安详，一个重要的动力就是儿子，因为他时时处处身体力行，让我讲起来非常有底气。

上初二时，十一放假，妻带他到银川来，说要给买件防寒衣，我就带他们去华联商厦。不想看遍所有衣服柜组，也没有他看上的。他说，还有没有类似固原商城那样的地方。我说有啊，东方商城就是啊。他说，那我们去东方商城吧。到了东方商城，他才真正进入买的状态。在一家卖休闲服的摊位前，他停了下来，要过一件，试了一下，然后和老板砍价。老板要了一百二，他还六十。老板说，六十我进也进不来。他就拉了我和妻走。老板说，如果要，就八十给你吧。他回过头说，七十？老板说，七十五行不行？他继续作出要走的样子。我和妻说，买上算了吧。他说，不买，刚才我看的那家，和他的货一模一样，人家才六十五。老板说，行行行，七十就七十吧，就算我没挣钱。就买了下来。往回走时，他说，如果换了你们，人家要一百二，你肯定给一百。我说，你什么时候学会的这一手？他说，早了。我说，真厉害，要不要奖励你一瓶康师傅？他说，要奖励就奖励一瓶酸奶，一瓶酸奶一元钱，有营养，还解渴，康师傅三块，不过是个水。我说，郭大山同志，你今天纯粹是给我和你妈现身说法来了嘛，哪里是来买衣服。他说，是啊，我就发现你们花钱太不仔细。就像刚才，你们怎么对五块钱是一种无所谓的样子。一个五块是五块，十个五块就是五十，一百个就是五百。我说，这又是谁教你的？你妈？他说，是我自己悟出来的，这衣服和华联的相比也不差嘛，但华联的价格却是这里的好几倍。爸，你以后买衣服就在商城买。再说，衣服要会穿，如果你会穿，十几块钱的粗布衫也能穿出时髦来，如果不会穿，几千元的名牌也一样没档次，你说对不对？我说，对极了，为了表示我虚心接受，请你们吃肯德基吧。他说，我才不去附庸风雅呢，那是暴利，知道吗？再说，专家说了，饮食要素一点，生一点，少一点。书上说了，消化相同单位的肉需要血液的供应量是素食的十几倍，给心脏和肠胃增加的压力非常大，得到的能量和失去的能量相比，根本得不偿失。还有，动物在宰杀的时候，把所有的仇恨都变成毒素注入肌肉和血液内，人吃肉就是吃毒。听得我心里一惊一惊的。我说，你是从哪儿看来的这些理论？他说，好多书上都这样说。我愕然。看妻，妻一脸的得意。我说，那今晚我们吃什么？火锅还是煲仔？他说，我们回去自己做吧。

大四实习，我让他到一所小学讲《论语》和《西游记》，觉得应该装扮他一下，不要太学生气，就让妻带他去百货大楼买衣服。但是看了一圈回来，他都觉得贵，就在网上买了一套三百元左右的咖啡色休闲西装，配了一双褐色皮鞋，穿上，站在镜子前左照照右照照，还真像个小老师的样子。那大概是他在穿着上出手最阔绰的一次了。

儿子如此节约，但在帮助别人上却十分大方。去年暑假的一个晚上，他给妈妈认错。妈妈问什么错。他说前年他其实给×××借了一万元。妈妈问那另外五千元哪里来的。他说是他上大学时爷爷、奶奶、伯伯、舅舅、姨姨和几位叔叔阿姨给的，他瞒了我们数目。前年的一天，他打来电话说，同学×××家的房子很危险，急需改造，让我们支持五千元。妻就给打过去五千元，不想他还把自己的五千元私房钱打过去了。听妻讲完，我既震惊又惭愧，儿子拿出他的私房钱，相当于我拿出所有家底。近年来我也做一些小公益，但要我拿出全部家底，扪心自问，还真做不到。2012年春节，他又给妈妈说，借给同学×××的那一万元，咱们就不要了吧，一万元对我们不算少，但没有也能过得去，可对×××来说，却是一个大数字。这次我就不单单是惭愧了，而是觉得有一种力量拽着我的衣领，硬是把我带到一个开阔地带……就让妻告诉儿子，我们不但同意他的意见，而且欣赏他的做法。

实习结束时，儿子又给我出了一道考题，问我能不能给他的每位学生送一本我的《〈弟子规〉到底说什么》。我问一共多少人，他说大概五百人，如果算上另外一位实习老师的，大约八百人。我想了想，这等于把这本书的稿费全部捐赠了，心里多少有些不忍，但表面上还是十分痛快地答应了。他鼓励我说，老爸这次表现不错啊，有些真放下的样子了。真是羞愧。

在儿子的鞭策下，我把刚刚出版的散文集《守岁》、随笔集《寻找安详》修订版的首印版税全部折合成书，捐了出去，包括第三次重印长篇小说《农历》，直捐到出版社无书可供，真正体会到了一点放下的感觉。但我深知，离真正的放下，还远着呢。

平时，我们是最好的"朋友"，"朋友"到可以无话不谈甚至交换感情隐私的程度，但在一些关键时刻，他又会以古礼把我推到父亲的角色里，让我体会为人父的尊严和幸福。高考完的一天晚上，我都迷迷糊糊地睡着了，听到一个声音，爸，洗个脚再睡吧。睁眼一看，床前站着儿子，笑呵呵的，地上果然有一盆洗脚水。起来把双脚伸进盆里，心里有一种无法言说的幸福。第二天早上，他又为我做好了早点，让我用后再去上班。儿子的这一频道切换让我一时有些手足无措，甚至不适。那是一种需要狠劲才能消化的幸福，不同于以往"最好的朋友"带来的那种惬意和开心。随之而来的身心感受真是无比特别，工作起来特别有劲头，一下班就急切地回家。

贪恋他听到我的脚步声提前把门打开探出头来的那种感觉，贪恋他从我的手里一边接过包一边跟我说话的那种感觉，贪恋刚一坐定他就剥一个香蕉递过来的那种感觉……于是，每次课后回答提问，当被问到如果老公有了外遇怎么办等问题时，我就讲"一盆洗脚水"的故事，告诉提问者，千万不要抱怨，不要跟踪，不要争吵，只是准备好一盆洗脚水，静静候着，他凌晨三点回家，你就三点端在他床前，第二天他肯定两点回家，你照样两点端在他床前，第三天他肯定一点回家，如此，一直奉陪到他准时回家为止，成本很低，效果很好。

去上大学那天，表哥表姐来送行，他拉了行李箱都要出门了，却掉转身，把我和妻叫到卧室，关上门，让我们并排坐在床上。我说，干吗啊？寻思间，他已经跪在地上，说，爸，妈，儿子给你们磕个头。起身磕第二个时，眼里已经含满泪水。送走儿子，我回到电脑前，想写一段文字，但好长时间，却不知写什么。儿子用三叩首表达了他想表达的，我却无法用文字表达我想表达的。但我分明听到心里有一个声音在说，从今天开始，做一个好父亲。

此后，儿子十分自然地在孝子和朋友之间做着角色切换，比如遇到我和妻的生日，他都要五体投地行礼，遇到他的生日，也要给妈妈磕头感恩，遇到大事，他都要先征求我们的意见，然后再做决定，等等。但在平时，他也会在我看电视时搂一下我的脖子，揪一下我的耳朵，有时也会倒转乾坤，批评我不在现场时做错的事，当然是以我愿意接受或者能够接受的口气。总之，度把握得非常好，直接效果是促成了我的责任心和庄严感。

儿子的成长几乎没有让我们操心。很小的时候，都可以放心地让他一个人待在家里。妻去上班时，叮嘱他从里面扣上门链，交代任何人叫门都不能开。他就真不开。有一次，乡下姑父来，在门外叫他开门，他脸贴着门缝说，我妈说过不让开门的。姑父说，我是你姑父。他说，我妈说任何人来都不让开的。姑父说，你妈说的任何人不包括姑父，你看我给你拿了你爱吃的油饼。儿子看了看油饼，仍然说，还是等我妈来了再说吧。姑父只好蹲在门外抽烟，一边抽烟一边跟儿子聊天，直到妻下班回来。

上小学一年级时，他就能帮妈妈做饭，常常妈妈还未回来，他就把面和好饧在盆里，单等妈妈来擀。一次妈妈下班回家，看到他正在和面，校服都没顾上脱，就说，你手洗了没有这样和面？他的眼泪就唰的一下掉了下来。妈妈看到他眼泪下来了，忙说，妈妈和你开玩笑呢。儿子看了妈妈一眼，用胳膊肘擦了眼泪，继续和，一双小手像模像样地在盆里搅和，等妈妈换完衣服过来，一团面已经坐在面板上了。二三年级时，他已经能把饭做熟等着妈妈。有一次，舅舅来家里，等妈妈从单位回来，他都用炒面片招待过了。

儿子小学也贪玩，但到考初中那年，开始拼力学习。玩伴在门外喊，我们要去开门时，他就使劲摇手，示意说他不在家。他想考固原一中，就用粉笔沿途写"一中"二字，从学校开始，一直写到家门口。可以想象，他在和贪玩的习气做着怎样的斗争。当年果然顺利考上固原一中。初中时也玩，但到考高中时，同样的办法，同样地用功，同样考到他想上的银川一中。到了高中，差不多班里所有同学都用手机了，我说如果需要就给你买一个，他说不需要。我知道，有一个女生对他有好感，常常把电话打到家里来，但他仍然用初中时的办法，没有分心。谁想高考失利，刚刚上重点线。他决定复读。那年，他总结出一套理论，人是没必要睡那么多时间的，考前是没必要放松的，平时怎么作息就怎么作息。遂把休息时间压缩到六小时，甚至五小时。考前一天，仍然做题到晚上十一点。果然比上年增加了七十多分，到达人民大学录取线。一年下来，书房四面墙上贴满了他的励志便条，如同时间老人的胡须，有一条写道，"以成绩报恩"。还有一条写道，"结果并不重要，重要的是完成一次超越"。

儿子曾画过一组图画，是他的成长史。除过在北京上大学，事实上也是我的迁徙史，从乡下，到县城，到地区，再到首府，外加两次进修，可谓一路辗转。每次观看，我都十分愧疚，这除了给妻平添了许多风尘和辛劳，也给儿子增加了许多新挑战，要不断适应新环境，建立新秩序。但他并未以此为怨，反而心存感恩，画面上写满了不同阶段关心帮助他的人，有老师同学，有亲朋好友，并用粗笔标注了几位决定我命运转折的关键性人物。后来的一天，当我从妻口里听到儿子之所以用心记住我讲的每件事并不断向她求证像是要准备为我传记时，泪水就不由打湿了我的双眼，他本已自觉承担了超过他年龄段的一切，还时时处处想着成就我们，这该需要一种怎样的心力。

在儿子身上，我真切地体会到了什么是"顺"。小学三年级时，亲戚把给妻还的钱放在棉衣夹层让孩子从老家带过来，但妻翻遍衣服也没有找见。我便断定是儿子拿了。妻说从未发现儿子有此毛病，平时花一块钱，都是向她要的，如果不给，绝不自己动手取。但我那天感觉儿子神态有点不对。就举起竹竿，让儿子说实话。儿子的眼泪夺眶而出，但我的竿子还是下去了，心想在品德教育上不能手软。不想在我抽第二下时，儿子突然止了哭声，说，你说是我就是我吧，要打要杀由你吧。然后转过身去，坐在桌前写作业，把后背给我，意思是，本人没时间正面奉陪。我手中的竹竿就尴尬在空中。晚上，妻在亲戚家孩子的鞋子里找到了钱，我才知冤枉了儿子。十分不安，默默站在儿子身后，看着他脖颈里红肿着两绺，心里很难过。想说一声对不起，却无论如何出不得口，就温了一块毛巾，敷在他脖子上，算是道歉。

母亲牙疼，半边脸都肿了，我和妻分别在合谷穴和足三里给按摩。儿子进来，看了一眼母亲，打开冰箱找东西。妻问他找什么，他不说话，只是找。妻说，你今天是咋了？刚吃过饭，不赶快去做作业，磨蹭什么？他仍不理会，又拉开冰箱底层，在里面倒腾了一会儿，然后出去。过了会儿，又进来，拉开冰箱门取东西。妻生气地说，你今天到底是咋回事？他仍然没有搭理，从中取出几牙冻成冰的橘子瓣，过来放在母亲肿着的脸上。我和妻都愕然。从初二开始，发现儿子已经对我们的唠叨不屑一顾，全然一种"小人不计大人过"的样子，只顾做自己的事；有时妻生气，冲在他面前，他也笑脸相迎，不顶撞，不辩解，不争论，只是那么笑笑，然后趴在桌上做作业，或者倒在床上看书，妻的火力就那样哑在枪膛里，有气没力地扯几下后火，自动熄灭。在这方面，我觉得儿子做得要比我好，同样的情境，我就做不到这样，往往要论理，要计短长，不留神就把一件小事争大，甚至反目。看来，年龄和智慧并不成正比。

近几年，儿子几乎没有了脾气，对我和妻几乎百依百顺。我们约定六点起床，但他有时晚上忍不住要看书，睡晚了，早上就起不来。我进去在大腿上掐一下，他呀呀叫一声，换个身，乐呵呵地，说，马上马上，五分钟。五分钟后，再掐一下，他又换个身，乐呵呵地，说，马上马上，五分钟。再五分钟后，我的手就要过去时，他就忽地坐起来，眯缝着双眼，冲我傻笑。然后说，把我衣服拿来。我就真给拿过去了。妻有时看见，说，嗬，真"孝顺"啊。虽然听着不顺耳，但心里却是一种别样的幸福。小时候，他睡懒觉时，我这样掐他，他会不高兴，有时还发脾气。现在，我的手再重，也激不起他一丝情绪。如果不监督，他就坐在马桶上看书，我进去把书夺掉，他嘿嘿笑一下，盯着我看，让你觉得他之所以要在马桶上看书，就是为了让你夺掉，而让你夺掉，就是为了报你一个乐呵呵的笑。

不知是孝顺给了儿子开心，还是开心给了儿子孝顺，大四这年，儿子的开心饱满得到处洋溢。吃饭时，往往我们一碗都吃完了，他还盯着奶奶笑呵呵地傻看，吃一口，盯着奶奶看一会儿，吃一口，盯着奶奶看一会儿，看得奶奶都不会吃了。奶奶嚷着要回老家。他问为什么。奶奶说，你们这里把人坐朽了。他就嘿嘿一笑，然后按着奶奶的双肩，推着奶奶在地上转圈儿。奶奶就咯咯咯地笑。他说，看能把你坐朽吗？之后，一有空儿，就推着奶奶在地上转圈儿，祖孙俩的笑声花瓣一样落满一屋。奶奶走累了，坐下来，他就蹲在面前，抱了奶奶的脸，欣赏桃花一样地看。看得奶奶不好意思，常常捂了眼睛。坐在沙发上看电视，常常搂着奶奶，否则那胳膊就没地方放似的。

大四寒假，他把同学之间的约会能取消的都取消了，非常要好的几位，非去不可的，也把时间尽可能地压缩。显然，他想念同学，但更依恋这个家，我甚至能够感觉得到，他聚会完是跑步回家的。一进门就"爸"地叫一声，然后跟我说话。我说把衣服放好。他一边把放错的衣服放整齐，一边等不及似的跟我说话。我说把袜子放在鞋窝里。他一边把袜子放好，一边眼睛盯在我脸上，说，爸，我给你说啊……

平时想跟我说话，到书房来，看见我写东西，就什么都不说，轻轻带上门，出去。有时实在想说，就在书柜悄悄取一本书，坐在地板上看，直到我告一段落。还没等我把文档存完，就开始说了。往往有许多让你意想不到的悟处，关于生命，关于人生，关于灵魂……大学期间，差不多每天都要来电话，有时我忙，往往会十分残忍地说，今天就说到这里，明天再说。也没觉得他有多少失落，说，那就明天再说。第二天仍然会按时打过来，每件事都讲得津津有味。有人说，只有恋人之间才有说不完的话，而我体会到的却是父子之间。上大学后，每学期回来他都要和妈妈睡一晚上，不停地说话，说得没了睡意，干脆坐起来说，直到妈妈的鼾声响起来。

虽然我是他的父亲，但在不少方面，他是我的老师。有时甚至觉得我和妻是他的孩子，什么都要他操心，都要他料理。

上高中时，正是韩剧流行时，为了控制妈妈看电视，他把天线给锁了，直到他高考完，才取出来，为此，我们养成了晚上读书的习惯，已经好多年没有看过电视剧了。

一段时间，我的写作有些背离方向，他就提醒我，钱这个东西，只不过是银行账户上的一串数字，说有就有，说无就无，手头宽余了日子可以过舒适一些，不宽余了日子可以过清淡一些，不必为了挣稿费降低写作格调，说得我心里一震。为此，他的生活会更加节俭。一次，我在北京出差，正好遇到他放假，他就邀请我一起坐火车回，但是已经买不上票，我就让他退掉火车票，和我同坐飞机回，他说什么都不干，说，等我啥时能挣来飞机票的钱再坐飞机。和他一起出门，没有赶急的事，你就别想打的，要么坐公交，要么步行。

有一年，我的人生进入低谷，有种扛不过去的感觉，儿子几乎每天都打电话来，给我打气，说，天地太广阔了，一定要把心量放大，当你的心量大到可以把小气候忽略不计时，大境界就到来了。还说，当外界还能影响你的心情时，说明你还没有找到本质，还在现象世界，平时多想一下孔老夫子的"朝闻道，夕死可矣"，你就能超然了。按他说的去做，还真有效。

一次回老家，晚上哥安排我单独睡一屋，因为我的瞌睡轻，怕人惊动。不想儿子悄悄跟过来说，你应该和我爷爷奶奶睡，一年睡不了几次。我说，你爷爷打鼾。他说，那也没关系，听爷爷打一晚上鼾也挺好，不然将来您老会后悔的。觉得有道理，遂去父母身边睡。果然睡不着，但听着父亲平添了许多老态的鼾声，就更加佩服儿子。大三那年，儿子和妻带母亲去了一趟北京，把该看的地方都看了，包括他的校园、宿舍，从照片上，可以看到母亲有多开心。但对父亲，此生就永远没有可能了，因为父亲已经八十七岁高龄，已经没有能力出远门了，于我，这个账，就永远欠下了。心里的懊悔，真不是语言能够表达的。有时心想，这些年都忙了些什么？忙来的那些东西，到底都有什么意义？居然一直没有拿出时间，带父亲出去一趟。就在那晚，我在心里说，一定要在哥嫂还健康时，带他们坐一次火车，坐一次飞机。

说实话，我和妻都算孝敬老人，但是要把父母吃剩的饭菜吃掉，一直没做到。但有一天，看着儿子一点嫌弃没有地把爷爷吃剩的饭菜吃掉，我们就不得不改。一天，当我首次把父亲吃剩的菜接过去吃完时，我从父亲的目光里看到了从前一直没有看到的欣慰，我也确确实实地感受到，只有不嫌弃老人时，才算真正迈进孝道的门槛。

2012年春节，几个妻侄张罗在大年初二进行了一次新年聚餐，一方面因为我的父母正好在银川，一方面也算是团拜，大家以此方式互道祝福，之后就不再一家家走动了。我是一个时间葛朗台，既然已经团拜，就不打算每家每户地去拜年了，因为岳丈岳母已经过世。不想儿子说，还是要去，你忙你的，我去，反正我姥爷姥姥不在了，你可以不去，但我做外甥的，不去给舅舅舅母们拜年，说不过去。我说已经搞过团拜了。他说，那是新式的，古礼还是要尊的，就一一去拜。

可见，他在如何地弥补着我的过错，减少着我的遗憾，维护着我的声誉，提升着我的威望。一次回老家，他甚至专程去看望我嫂子的母亲，临行把身上所有的钱留给老人家，让嫂子无比感动，对我的父母更加孝顺。

此后的一天，他给我说，爸，你什么时候修到能够平等对待郭、田（妻姓）两家，就真安详了。同样说得我心里一震，是啊，自己的心里还有分别，还有远近，还有亲疏，还有自私，怎么能够找到真安详呢。又一天，为了阻止我接一个书稿，给我说，生命的意义在于不断提高灵魂的等级，而不是老在一个平面上重复。更是让我惭愧。没错，这部书稿确实是一次重复。当晚，我就给对方写了长信，致歉解除了草签的协议，决定从儿子希望的层面上，开始新的人生。

曾有朋友问我，怎么老是那么知足。我说，儿子已经把我的心装满，又有何求？

　　也有朋友问我，怎么听不到你的抱怨？我说，此生已经拥有这样的儿子，又有何怨？

选自《散文海外版》2013 年第 1 期

喀　什

何向阳

　　大约 10 年前，与母亲在北戴河度假，认识了一位来自新疆的朋友，仍记得在那两棵丰硕的核桃树下，那些个夏夜或者炎热尚未褪尽的傍晚，我们坐在树下聊天，核桃树巨大的叶子盖下来，在谈话人的脸上投下暗影。已不记得都聊了些什么，好像有一次，母亲说到了泰戈尔，那位维吾尔族朋友惊叫了起来，他说他"喜欢极了"这位诗人的诗。10 年前的那个说起遥远国度的诗歌的夏夜，好像并不远吧，可是，母亲已不在了。

　　那个夏天时隔一个月后，秋天，我们一行作家到新疆去，从甘肃敦煌出发坐车西行，一路戈壁沙漠地走过，在乌鲁木齐，我又见到了那位热爱泰戈尔的新疆朋友，他带我们去吃烤包子，从喀纳斯回来后，他又一路送我们到机场，几乎将他认为那个季节最好的瓜果都给我带上了。在新疆 12 天时间，北疆一天一个地方地跑，回到家，脸上的晒红还没褪去，就又收到了友人寄来的一个邮包，是什么？打开来，原来是一个由纸盒子装的许多音乐碟。打电话去感谢，对方在电话里讲，这次，你们去的是北疆，没有到南疆，而我们维吾尔族的文化还有很多丰富的内容在南疆，所以，你们并没有了解到我们全面的文化，只是了解了我们的风景。寄去的这些音乐，是我们的《十二木卡姆》，有助于你了解我们文化的新疆。他还补充说，以后欢迎来南疆，你先听了这些音乐，你就会爱上新疆的。我在电话线的这一端听着他的诉说，我知道，我早已爱上了新疆。新疆有这样的友人爱着他自己民族的文化，是我爱它万千种理由的最主要的一种。

从新疆回来的一个多月后，母亲就生病住院了，在两年的治疗过程中，有时，我会拿出这些音乐，与母亲一起听，有时候，从医院回家取东西的间歇，我会把手头上的一个碟片放到家里的音响中，一边给母亲准备要带的饭，一边听；后来，又收到了友人寄来的麦西来甫光碟，记得一次，从医院接母亲回家，在家里的电视上放给她看，母亲那么喜欢，那种生机勃勃、充满欢笑的歌舞，我们看着、看着，那次，母亲笑出了声。

我当然把我们的喜欢告诉了我们的朋友，他听了高兴极了，他在电话里说，要是全听下来，我们的《十二木卡姆》，要用一天一夜的时间呢。但是他哪里知道当时的一天一夜对于我的宝贵，那是日日夜夜在病床前的时间，现在想来，就是真有一天一夜的时间，那时的我也不会有静下心来听它全本的心境啊。后来，他知道了母亲的病后，竟从新疆专程跑来，在母亲的病床前，他握着母亲的手说，我母亲的岁数没有您大，您快好起来，我还想着在新疆接待您，安排两个妈妈见面。还要放您喜欢的音乐给您听。临走时，他还用小米给母亲做了一个枕头，说天热了，总躺在床上会出汗，小米可以吸汗。可不是，那一年，距上一年说着诗歌的夏夜，也只是不足一年的时间。维吾尔人对于友谊的看重，只在这一件事情上，我已感受很深。想想看，他只在一个海边度假时认识了我们，我们也只在核桃树下谈诗，他陪我和母亲去看过一次海上的月出，我们几个人在沙滩上一边散步一边说着什么我都记不清了。但是一听说我母亲病了，他竟从遥远的地方跑过来，我曾侧面问他，你们都是这样待别人的吗？他没有回答我，只是说，你的妈妈是一个好人，我们都爱她。

母亲已走了7年了，但是每一年的清明节，我都会收到他的短信，读到他用汉语写下的对我母亲的思念，我好像又看到了那个去海边看月亮的夜晚，风有些凉了，我和另一位朋友走在海边，而他一直陪在母亲身边，远远地，我看见他和我母亲低声说话，远远地，我看见母亲的头发被风吹起来的样子，但是走在他身边的母亲，轻轻地笑着，显得是那么地开心。

后来，我收到一位西安朋友寄来的包裹，打开来，是《十二木卡姆》。这位朋友在新疆生活了近20年，知道我喜欢新疆，他还寄来不少关于新疆的书，有些是影印的，因为图书馆也只有一本了。他说，上次寄给你的木卡姆听了没有？要整个听下来，得一天一夜。是啊，这是我收到的第二套《十二木卡姆》，他和他说的是一样的，一天一夜！我多少次打开它们，但终究还是没有去听个完整，我知道，只要一听，我会想起一切，想起在我心里珍藏着的过往，但是不听，难道我会遗忘吗？那些过往，那些友情。不！我会难过，难过那个曾与我共度40年的母亲，我已经无法与她一起再共看海上明月了，我又如何对待我们两人都曾迷醉的音乐呢？我的心情和爱，都藏在那一旦响起便会深陷其中的声音里，我又如何一个人去听，去面对它们呢？一天一夜，我不是没有，只是我不敢打开那记忆之闸，所以宁肯它静静地躺在岁月里吗？如同，我如果深爱一个人、一件事，往往是静静地避开，静静地爱着，如果真的抓住，可能我会被那上升的火焰摧毁。所以，《十二木卡姆》，我从未完整地听过，它之于我，只是散于我生命的各个历程，而且常常是最重要的时刻。

一天，曾和我一起获过鲁迅文学奖的一位朋友，从新疆给我寄来了他写的一本《木卡姆》，上面的图片与文字一样让人过目难忘。我重又翻出我的新疆友人的书，他的一本用维吾尔语写成的关于木卡姆的传承与发掘的书，他告诉我他写的不是非物质文化遗产怎么样，而是为了木卡姆，有一个人不惜一切地把它保存了下来。我写的是这个人，他强调着说。但是那些上升的舞蹈一般的文字，我一个也不认识，在他的书面前，我是一个文盲。我曾经多么地想去认识它们，学习它们，但是，我不如他，他已能文学地翻译汉文作品，而且出版，我呢，连看它们都是困难，又如何了解一个民族文化的精髓呢？我曾向他表述过我的难过，他却哈哈大笑了，我会再寄一些书给你，你看得明白的书。我的书架上，多了西域乐器的书，就因为我说我对西域古乐感兴趣；而上海一位师兄也寄来了有关新疆的书，我那个时候，正在研究喀什的民歌，一本《喀什民歌选》，就这样来到了我手里。

到乌鲁木齐开会，新疆朋友听说了，高兴地开车带我去买唱片，他的车上正放着一个音乐碟，好听极了，我说，我听过这个碟，但不知道唱的是什么，他说，我来翻译一下：地狱的火有一万倍热，我的爱比地狱的火还要热一千万倍。后来，我在一本《十二木卡姆歌词选》中读到了这一节，书中的译文是——人说炼狱之火厉害，哪儿比得上爱火的力量，对你的思念，像座大山时时压在我心上。我觉得可能就是那段我听过的音乐了，但从译文来看，比我的朋友还差点力道。

喀什，就在这样的思念中，渐渐近了。所以听到朋友们说要去喀什，我毫不犹豫地放下手头上的事，直奔它去。在老街，走在后面的我，不知觉地就来到了一个乐器铺子里，三个做乐器的人，一个在低着头做着，一个在调音，一个干脆取了墙上已做好的热瓦甫弹了起来，我站在门口听，弹琴的中年人竟唱了起来，他绝对不是一个专业歌手，但是他唱得是那样深情款款，让人心动。后来我的两位同行也来了，他们听着，听着，也不愿意走了，我们就这样站在门口，听着一个做乐器的师傅即兴唱着歌。我听见生命中的一些什么又回到了身旁，心里有一种感激。对面这人，他只是随便地唱他的心情，但是他的歌之于我们，却是一种肃穆的唤醒。仍然是听不懂的，却好像一种难得的重逢。

我宁愿它是：

没有你，我要这生命做什么？/ 没有你，要那天堂和天仙干什么？// 苦恋于你我流了那么多的泪水，/ 又要那淅沥不断的春雨干什么？// 入暮当你撩起垂散于面的柔发，/ 我还要那皎洁的月光干什么？// 你眼若水仙，面似玫瑰，身材如桧柏，/ 有你在的地方，还要那些花园干什么？// 倘若你想去江畔漫步游览，/ 就看我的泪眼吧，要那江上清波干什么？// 请在你门槛边，赐我一席栖身处，/ 阿塔依还要那亭榭楼阁干什么？

从库木代尔瓦扎作坊出来，我们从喀什出发到莎车去，4个小时戈壁路。想一想，我们几乎是沿叶尔羌河走，而目的地又是木卡姆的故乡，便安心下来。在庄子里的农家，我们再次与木卡姆相遇，一个简朴的院子，一面褪色的白墙，树叶的影子投在上面，来的人都是中老年了，但是乐器在手，不一样的场景便铺开了，我的干旱的心也立刻像浇了水，

2013 民生散文选本

变得湿润起来。仍然是听不懂一个字、一句话、一行完整的歌词，但是我知道那些由弹拨尔、热瓦甫、都塔尔、沙塔尔等发出的音色，和琴弦代人表达的爱意和忧伤。我知道唱歌的人，他心中的最深最深的由于爱情而来的悲凉与苦闷，我以为，只要是深深爱着的人，他的心中真的是一半喜欢、一半忧愁的，甚至，忧愁与悲凉多于喜欢，为什么，不知道，爱到了深处，其实是对于凄楚的最为广阔的体验，这是与我曾经以为爱情的快乐多于感伤的完全不一样的感知。所以，听着听着，你会为那从深心里发出的呐喊，感到震颤，那份悲情又在极热烈的氛围中消融了，或者冰凝了，你看不见，但是你却触得到，因为你也在爱着。深切地不悔地，爱着。所以，我听到的，大约是：

倘若片刻见不到你，我要这个世界有何用？/倘若心里不把你思念，我要这生命有何用？//你散开你如缬草般的秀发，纷披飘逸，/我成了流浪的乞丐，要居所有何用？//为一沾你樱唇间的蜜水我若一命归天，/赫孜尔那永生的圣水对我又有何用？//为了见到你，我把废墟当成了家园，/如今天堂里的花园绿洲对我又有何用？//我用泪水洒地，用睫毛清扫你走的路面，/你若去古丽巴合游玩，我待在这古涧有何用？//思念的隐痛使我的心成为盛满血泪的酒盏，/萨克，你若不斟酒我不饮干这血泪又怎么办？//求求你，别把麦赫尊从你的门前赶走，/我是你的守门犬，别的门槛对我有何用？

我真的不知道阿塔依是谁，麦赫尊是谁，哪朝哪代，我只知道他们两个都是在爱中备受煎熬的人，他们是真的爱着另一个人的人。我尊重他们，他们的爱。正如我对新疆的爱，这种爱联系着母亲，接通着生命。虽然大多数时间，我和你，语言不通，表达不畅，但爱是真的，如歌里唱的：

大麦呀，小麦呀，/轻风可把它们与麦草分开来，/兄弟姐妹手足情深，/只有死亡才能将他们分开。

而有种爱，就是死亡也不能将我们分开。像那个漫步海堤看月亮的夜晚，在记忆中，它不一直从遥远的时光中不断地回来？

喀什机场，我望着飞机外的天空，拨响了我在乌鲁木齐的朋友的电话，告诉他这一次无法去看他了，因为只在乌鲁木齐转机不出机场。那么你在哪儿？电话那一头问。

我说："喀什。"

"啊，真的吗？"他的口气中又是高兴又是遗憾。

是啊，是真的。我回答说还要再来的。就是为了木卡姆，我也会毫不犹豫地提起行李，飞奔而去。

选自 2013 年 7 月 1 日《文艺报》

窥 视

陈启文

　　有这样一条小街，在城市高清地图上你很难找到它。它也从来就不是我的必经之路，以致很长一段时间我都不知道它的存在。人有时候还真会被一叶障目，每次看见了一小片南方的阔叶林我就在那里止步了，然后，转身。直到某一天，一阵风掀开了那片树林，我才鬼使神差地发现，在我的必经之路上还有这样一条岔道，它的存在就像一段隐私。从那以后，在我烦躁不安的时候，我总会不知不觉地朝着这个方向。

　　穿过一条街，如同穿越岁月的密道，这是我走在那条岔路上的一种心理。

　　南方春天的夜晚是暗红的。暗红的天空和暗红的路灯，总让我想到某种与女性生命周期有关的颜色。白天，时光在那些繁华的大街上飞奔，而这里几乎处于一种静止的状态，就像被时光遗忘的绝对空白。但一到夜晚，这里的一切突然被某种神秘的力量唤醒，一条冷僻的街道开始不可名状地躁动，持续地躁动。很多人不知从哪里冒出来了。他们来自不同的空间，浑身散发出不同的气味，那是与机器、油污、石灰、水泥、钢筋、沥青、尘土、各种重金属和汗水、酒精、劣质烟草混杂在一起的味道。很复杂。非常复杂。这些身份不明的人沿着大海的潮汐，奔向一条狭长的老

129

街。我从未看清楚过他们的面容，暗红的光晕里，只见无数躁动的身影围拢过来，贪婪地分享着这南方咸湿的春夜。

这是一座被鲜花过度溺爱的城市，每一个角落里都弥漫着难以分辨的各种鲜花盛开的香气，也散发出腐败、糜烂和发霉的气味。事实上，在南方，我对季节的更迭已经越来越不敏感了。这里不是我四季分明的故乡。这座城市的季节对于我就像这座城市一样从来没有清晰的边界。很多事物仿佛都在潜意识里出现了。木棉花开。一些女人站到了火红的木棉花下。这是一些年轻而浓艳的女人，我从来没有用妖艳或淫荡一类的语言来描绘过她们。她们的出现，就像随时都会在街边怒放的鲜花，在南方的春天等待着开败、凋零、化为落红的命运，直至在无数人的践踏之下混同于尘埃。但开放是一个坚定而必然的过程，就像她们此刻的姿态。

女人们的身后，往往就是人们所说的某家暗店。一些小旅店、小饭店，还有很多性用品专卖店和冷漠的小诊所。这是一条产业链，也是一条生物链，某些丛林法则，皆被一树树血与火的木棉花掩映着。这南方高大得已成为某种伟大象征的乔木，从来没有遮掩住那些小旅店最晃眼的招牌，每一块招牌上都写着很大的三个字：钟点房。下面是一行小字：每小时××元。这些小旅店的生意还不错，男男女女，出出进进。这些混杂在一起的男人和女人，混杂着各种与底层和风尘有关的气味。他们很少勾肩搭背，绝对没有淫荡气息。我甚至觉得他们在从事某一种合法的正常工作。他们的关系，不一定是嫖客和"鸡"的关系。他们有的就是真正的夫妻。拿破仑说，床是爱情的舞台。这样的舞台可以让人——男人和女人深入彼此的生命。可一走进城市，他们就再也找不到一张床了。一些在城里当保姆的女人，她们的主人家会恩赐给她一间最小的房和最窄的床，但却不准她带着自己的合法丈夫进门。这是合同规定的，一旦双方签字画押，一种民事关系便已确立，同时也得到了法律的认可和保护，而一个保姆合法的婚姻也被一纸合法的合同严厉地挡在了门外。他们必要的夫妻生活被严厉地限制在主人家的门外进行。现在，他们看见了，钟点房！那闪烁的招牌在暗红的夜空里表达着一种不可遏止的惊喜与激情。

　　生命中最强大也最原始的本能，那种在长久压抑后的蠢动，对每个男人和女人都是漫长的煎熬。保姆只是城市丛林中的一种生物，更多的旷男怨女还是工厂里的那些农民工。我有很多老乡，丈夫在一家工厂打工，住在厂里的集体宿舍里，妻子在另一家工厂里打工，也住在厂里的集体宿舍里。这集体宿舍是不要钱的。如果他们自己租房住，他们就要增加一笔额外的开支。哪怕是在这个房租最低廉的地方租一间房子，也要数百元。感谢这些钟点房，至少可以让他们享受十元一小时的欢愉。同那些只身在外的打工者相比，他们是多么幸福。在20世纪90年代，还很少有夫妻成双成对在外打工的，大多是丈夫在外打工，女人在家里照顾老人和孩子，也有女人在外打工，丈夫在家里种地。男人还比较容易找到各自的释放方式，女人的幽怨更难以言说。我甚至听说，还有一些工厂里的女工联合起来包养一个男人。这个男人什么也不用干，她们养着他，就是为了填补她们生命中那宿命的空洞。

　　在南方，我听很多人诉说过一个人独自回家的疲惫与空虚，他们独自在此打工或打拼，而真正的家却离他们十分遥远。回家，其实是回到城市的某个角落、某个住处。我也一样，在结婚数年后，一个人走进了一座陌生的、举目无亲的城市里，我又重新过上了单身汉生活，在那数年里，我给同事留下了十分恶劣的形象，不修边幅，落拓不羁。我们这些漂泊在外的单身汉，也渐渐形成了一个小圈子，时常聚在一起，烟草与浓茶，陪伴着我们尽量把漫长的夜晚缩到最短的程度。而在这座远离故乡的城市里，离你最近的人，最惦记你的人，往往就来自街边的一声招呼，或一声问候，大哥，休息吧？休息一下吧！她们的笑像堆在脸上。但我从未记住过这些形影模糊、一分手就忘得一干二净的女子。

　　我时常会看见一个四川女人。我听出了她还没有完全掏空的四川口音。她这样招呼着我，但我很少正眼瞧过她。我低头看着她手里牵着的一个小女孩，一个还说不清话的小女孩，嘴里正吱吱地啃着一串羊肉串，像小老鼠发出的声音。这让我不敢抬头看这个就站在我眼皮底下的女人。她是一个母亲。她的表情是端庄的，甚至是慈祥的，但她却在以最廉价的方式在这里出卖自己。她显然和她身后的这家小旅店很熟。每次，她和一个男人走进小旅店，我都会下意识地朝旅店里瞄一眼。

我看见了那个扎着两根小辫的小丫头，她正安静地坐在沙发上，一边啃着羊肉串或糖葫芦，一边流着眼泪也流着鼻涕，这让她的羊肉串或糖葫芦上涕泪纵横。

　　我在此窥视，不是窥视一个女人，而是窥视南方的一种生活。

　　我的眼神是阴暗的，像我的心理一样。

　　暗红的灯光照亮了我身体的一侧，就在我身边的树干上，路灯杆上，贴满了无痛人流和包治梅毒、淋病和尖锐湿疣的小广告，但我还从没有看见过可以包治艾滋病的。我总是在此止步，然后一动不动地看着这些不洁的文字，以一种含有道德意味的清醒，想象着汉语遭受污染的程度，也想象着我烦躁不安的躯体有可能遭受的惩罚。这个想象的过程事实上也是一个挽救的过程，让我一直作为一个旁观者而存在。在这些小广告中还夹杂着一些招工启事和寻人启事。那些失踪者的面容被复印得像我的记忆一样模糊，但他们身体的特征随着他们在人间的蒸发反而得到了更突出的强调，譬如说一个痦子、一个伤疤、一个残缺的手指都不再处于被遗忘的状态，还有人类的弱智、痴呆、神志不清以至疯狂的病态，都在为寻找和发现某个失踪的生命提供依据。我也时常会猜想那些失踪者的去向，这是一个个神秘的、未知的方向。而就在我的思绪飘向渺远的未知区域时，那个安静地啃着羊肉串的小女孩又开始尖声哭叫。一根啃光了的竹签扔在她脚下，上面布满了像啮齿动物一样的牙印。而那个四川女人还没有下来。在持续不断的尖锐哭声中老板娘和服务员开始过来哄这个小女孩，又给她买来了吃的。但这些东西已经无法堵住小女孩哭喊的嘴，她可能害怕妈妈突然就这样失踪了，把她扔在这里了。而从楼上下来的女人就像一个奇迹般出现的母亲，她一边给女儿抹鼻涕抹眼泪一边说，让她哭吧让她哭吧，女孩儿都是眼泪养大的。她自己忽然也哭了起来。

　　这座城市有着强大无比的行动能力，这些牛皮癣一样的小广告会在一夜之间被清理得一干二净，然后你会发现街边上蹲着一长溜用双手抱着脑袋的男人和女人，他们在慌乱中裹在身上的衣服错乱颠倒，滑稽可笑，有的男人披着女人的衣衫，有的女人裹着男人的西服。我甚至看到过一次游街示众的场面，那些鲜艳的女人彻底丧失了浓艳的色彩，一个个弯曲低垂的脖颈像一根根干枯的瓜藤。而在南方城市良家妇女们的一片唾骂声中，我忽然想到这游街的队伍中可能有一个母亲，我的心里猛地一颤，那个小女孩是否也站在路边上观看？我的目光会下意识地寻找，但我没有看见那个小女孩，她实在太渺小了，而尖锐的警笛声也足以压抑住她持续不断的哭喊。

这样的行动充满了震慑力，它一次又一次地遏阻了我的蠢动，让我在南方保持了一个文人可怜的名节和脆弱的底线。而在每一次行动过后，这条街会变得异常干净，很多消毒车开到了这里，花草，树木，钟点房，以及各种小店，从里到外都被药水喷射过，连阴暗发臭的下水道也被揭开了，穿着白大褂戴着白帽子、白口罩的卫生防疫人员在其中注入了大量的化学药剂。这样严格的消毒，据说可以消灭停留在不同的传播媒介物上的病原体，切断病菌的传播途径，阻止和控制病原体播散到社会中而发生交叉感染和各种并发症。一条狭长的街道就像一段洗白了的记忆，被白得耀眼的阳光映照着，终于展现出了它健康的肌体，没有了杂沓的脚步，没有了站街女，一个个藏污纳垢的角落，都有戴着大红袖章的大婶用一双双更年期的目光来仔细察看，钟点房敞开了半遮半掩的大门，连紧闭的窗户和窗帘也敞开了，晴朗的阳光照亮了它阴暗的内部，整洁的床单是光明的见证，再也没有我夜夜梦见的可疑斑迹。每一个从这街上走过的人，看上去也是阳光的、健康的、昂扬的。这是一座现代化海滨城市应有的精神气质。

每次一不小心走上这条岔路，我都会迅速地穿过，这里已经没有一个阴暗的偷窥者可以窥视的任何隐私。我要去的地方，是街道拐角处的一座山岗，一个民国时代的烈士陵园。在这个喧哗和咸湿的城市里，这里还保存一片难得的清静。没事的时候，我会在这里待上大半天。在这里，只有这里，才可以慢慢抚平我体内的烦躁不安和莫名的自恐症。很多城里的老人在这里消磨他们最后的时光。他们围着一张张小石桌，打麻将，斗地主。他们好像早已习惯把声音压得很低。静穆的松柏。静穆的坟墓。连寂静的坟场也开满了鲜花。当我的思绪沉入得太深时，恍惚觉得是一些鬼在这里打麻将、打扑克。这时我会下意识地抬起头来看一眼天上的太阳，幻觉随之在阳光下消失。说出来有点不好意思，我从小就特别怕黑、怕鬼。在我的童年时代，我听过太多神秘而恐怖的鬼故事，这让我的睡梦里一直鬼影幢幢。说出来你也许不信，我真的看见过一次鬼，一个月白色的身影，看不清面孔，也看不清腿脚，就像从离地三尺的空间飘过。有人说这是幻觉。没有如此清醒的幻觉。一直到现在，我仍然深信这不是幻觉，我也深信在我们这个世界上还有另一种时空的存在，那是我们最终都要去的一个地方，一个未知区域，一个最终将收留我们的归宿，也许这些长眠在我们身边的烈士，他们的灵魂还在那里活着。

夜幕正在降临，老人们陆续离去，另一些身影正在逆光走来。他们的双腿还很年轻。当太阳落尽，黑暗笼罩了一切，我反而有了一种仿佛被过滤后的安全感。我知道，就在我的周围，在那些茂密的树丛中，此时已簇拥着一团团像木棉花开一样的生命。这对于他们是最温暖的时刻。夜，越黑越好。昏暗的夜色把他们的动作变得更急切了。他们从来不惧怕黑暗。他们害怕月亮和灯光，远离一切发光的物体。这世间，没有任何光芒可以照亮他们体内的黑暗，能够点亮他们生命的，是体内的燃烧的血液。这个烈士陵园很大，夜里也有保安人员拿着装了三节五号电池的手电筒巡逻，但一束光芒毕竟难以照亮这里的每一个角落。他们躲在黑暗中，黑暗是上苍馈赠给苍生的厚礼，可以让一些充满渴望的生命在一些墓碑后面依偎和拥抱。我听见了他们的呼吸和心跳，有时候也会看见一个阴影伏在另一个阴影的肩膀上哭泣。无论笑与哭，他们的激情都在体内等候一次欢畅的演出。

我想那些坟墓里的先烈们即便看见了这里发生的一切也会理解，他们曾经为了人类的尊严和自由，为了每个人都能像人一样活着而流尽了最后一滴血。这陵园里最高的一座纪念碑是一座中国大地上少有的自由女神像。一位自由女神伫立在山冈的最高处，绝对不是为了凌驾于一切生命之上，而恰恰是要为那些匍匐在地的人类提供一种参照，甚至是一种诱惑。人类建立的每一座纪念碑和宫殿都是以生命为原型。那些高耸的英雄纪念碑，无一不是充满了阳刚气的生命之根的造型，而那些纪念堂和宫殿也不会比生命的子宫更奇妙、更复杂。应该说我们这个时代对人性已有了更深刻的觉悟，然而，还是有一对对男女被一束晃来晃去的手电光突然照亮了，又被保安像押着罪犯一样从现场押走了。他们可能被罚款、被拘留，被从一个神圣的烈士陵园里驱逐出境。这样的事情已经屡屡发生，而干下这等事情的无一例外都是那些来自乡下的下流坯。一些有良知而不同流俗的人文学者指斥这些野合的男女不只是有伤风化，更是极度玷污了烈士陵园的圣洁。如果他们是畜生倒也好了，但他们是人！

仁慈的主，人为何物？

在南方，在一个木棉花盛开的季节，某个清晨，许多人刚刚像我一样醒来时，这座城市里发生了一次触目惊心的裸奔事件。就在我反复走过的那条岔路上，一对年轻男女一丝不挂地奔跑着，像两只剥了皮的兔子，谁也不知他们是从哪儿跑出来的，又将跑向哪里。看那惊慌的样子，好像有人正拿着枪在后面追击，但在他们后面，又并没有人追赶。那一刻所有的人都像傻了，一个城市都像傻了。他们的速度如此之快，他们的身体如此轻盈，仿佛又让我看到了少年时代那个离地三尺从空间飘过的鬼影，连时间也轻得飘起来，世界仿佛正从他们身边溜走。

我忘了我是在重复。我都不知道我在重复着什么。

选自 2013 年第 2 期《作品》

鱼·鱼鹰·鹰帮

李木生

三月二日晨。

半个月亮在南天悬着，犹如老天正侧着一只耳朵，谛听微山湖的动静。

这是微山湖中的独山湖。难得的晴朗终于从连续的雾霾里突围，往日锁在阴霾里的独山，到底露出了青黛的容颜，在湖的远处静静地又清爽地等待着朝日。一湖的水呈着安详，丝缎样的湖面静静悄悄，一马平川得心平眼阔。

是湖的梦还是梦的湖？风都不起，纤尘不染又娴静异常的湖更显安恬静谧。

与旭日一起，山庄村的鹰帮出发了。不大的铁壳机动船，拽着七八只小溜子，每只小溜子上都有一个六十岁上下的渔民，或蹲或站着。小溜子的两舷支着四五排横木，横木上站着鱼鹰，每只溜子仿佛一只张着翅膀的大鸟。

在湖汊里行着，才感到有冷的风。一出湖汊，豁然开朗，冷意顿增，却见旭日，在湖的尽头处晃悠着，如一艘宝船。鱼鹰们大多缩着脖，将头向后插进翅腋里，犹如没精打采的家鸭，只是光滑的羽毛黑里泛着亮闪闪的宝石蓝，小小的眼睛则冒着绿莹莹剑般的寒光。而那些个六十岁上下的渔民们，个个戴着或黑或灰或蓝的棉线无檐帽，仍然或蹲或站，缩脖抄手，和船舷上的鱼鹰一起与湖融为一体。

深入，再深入，阔大的湖面上只有我们。

终于停船，解缆，七八只小溜子自由地散浮在湖面上。小溜子上的"老者"们不经意间各自拿出一把青黄的苦江草（又名扣谷草），在湖水里浸浸，便一只一只为鱼鹰们扎好了嗉子。

我还没有反应过来，就见各只小溜子上的"老者"们，全都麻利地甩掉身上的羽绒服，挥起长长的竹竿，将鱼鹰尽皆赶进绿宝石般的湖水里。随即，"嘀嘀嘀嘀……啊啊啊啊……嗷嗷嗷嗷……哟哟哟哟……"吆喝与呼叫，骤然爆破！

静悄悄的独山湖刹那惊醒。

雄性的吼鸣与呐喊，恰如急骤而又激越的鼓槌锣槌，敲击着原本寂然的湖面，如惊雷行天、野马奔地。吆喝与呼叫，吼鸣与呐喊，既是激励百十只鱼鹰的战斗精神，又是在点燃各自蕴藏在生命最深处的活力。

劳动开始了！

十分钟左右，百十只鱼鹰就已迫不及待地飞翔于湖水的深处了。跃起，收身，箭一般射进水里，此入彼出间，鱼鹰们的大嘴与伸缩力极强的嗉子里，便会鼓鼓囊囊着捉到鱼。逢到大些的，杈形的鱼尾就会在鱼鹰的嘴巴上甩动着、摇晃着，还带着湿淋淋的湖水，水珠上就闪着阳光碎成的星星，眨个不住。

原本又蔫又老的汉子们，早已成为意气风发的英雄。双手握桨，膀臂肌肉突起，身子前倾，昂俯有致，一划一收间，像极飞翔时的俯冲。随着昂俯划收，小溜子便像流星般向着噙满鱼的鱼鹰冲去。或从船舷顺手牵鹰，或抄起竿头缠有网兜的长竿，迅速将鹰捞到船上，一手掰开鹰嘴，一手轻搦鹰嗉，三两条小鱼或一条七八两的半大鱼就会吐进船舱里。

鹰，争相入水叼鱼；人，东奔西突地抢鱼。

"嘀嘀嘀嘀……啊啊啊啊……嗷嗷嗷嗷……哟哟哟哟……"此起彼伏。

原本静悄悄的湖，热气腾腾得让人心潮澎湃。

最是两三只鱼鹰头挤在一处，在水里疾行，一定是一条大鱼被它们缠住。四五斤，八九斤，有时竟有二三十斤的大鱼。鱼大劲便大，在水中更是让力道放大数倍，而竟能一条一条败在体重只有六七斤的鱼鹰喙下，其中必有门道。仔细观察，其景象紧张异常。两三只或三四只鱼鹰，喙叼如急雨，且次次叼在要害处：眼睛或呼吸用的腮处。还能心照不宣，团团围定，轮番进攻，一只失嘴，另一只或两只立即叼住。

这时，我才后悔将其当成家鸭的念头。鱼鹰也是鹰。鱼鹰更是鹰！它们不仅有着自己翱翔的天空——大湖，它们还与人结为终生的朋友，一起劳动，一起悲欢。

几乎就在鱼鹰们兜头疾行的当口儿，就会有一只小溜子飞一般冲上前去。这时的摇桨人，两目放光，身子压得极低，一起一伏，人船一体，几乎就是眼到船到，喉咙里同时发出兴奋的呼叫。一旦临近，闪电般抽出竿兜，一兜下去就会将鹰与鱼拖上船来。这样的大鱼，一般是微山湖闻名全国的四鼻鲤鱼，铜钱般大小的鳞放电似地闪着光彩，而金黄血红的尾巴犹如独脚，弹着巨大的身躯跳起鱼之芭蕾，敲击得船舱"嘭嘭"如战鼓在叫。这时的摇桨者，并不稍息，又将身子俯压着飞翔一般，快速地摇向新的目标，只是眼梢扬起着收获的喜悦，而紧抿的嘴角还凝着战斗刚刚开始的庄严。

鱼鹰也有滥竽充数者，或者也有累的时候，以为伙在鹰群里，偷会懒也能蒙混过关。这些在风浪里穿行了半个世纪的人们，哪一个不是眼观六路？总会有船与警告的叫声一起冲向偷懒者，甚至船未到，已经抄起竹竿投掷标枪般将竹竿掷于偷懒者身旁。竹竿先是空中飞行，"嗖嗖"有声；而后会在水中穿行，"哧溜溜"犹如响箭。常常是"哧溜溜"的声音未尽，偷懒者已经奋力扎入水里，重新投入捕鱼的行列。

只有鹰帮的帮主、六十四岁的屈庆金，独驾一只小溜子，似乎超然于这种热火朝天之外。他快捷而匀速地摇着船桨，在鱼鹰与众小溜的外圈转悠，满脸的皱纹每一道好像都是一只眼睛，能够看穿湖下的一切：哪里有鱼，哪里的鱼多。看似杂乱的场面，却有一个纲在，这个纲就捏在他的手里：向哪里转移，什么时间转移，全看他与他摇的那只小溜子。开铁壳机动船的小伙子屈云华小声告诉我们：他的压力比谁都大。

等到下午一时许短暂的休息，"嘀嘀嘀嘀……啊啊啊啊……嗷嗷嗷嗷……哟哟哟哟……"吆喝与呼叫，已在五个小时里持续不歇。

开始时的兴奋与搏击，还好理解。而这种持续的生命力的强大释放，暗暗震撼了我。我记下了这些鹰户：屈庆纯六十一岁，李居连六十二岁，熊光和五十八岁，李喜云六十六岁……不仅下午还要继续上午一样的强力劳动，明天、后天更是日复一日，从农历的十月直至来年的农历二月，五个月里不停不歇。累到什么程度？一旦回到家里，晚上睡觉双手都无力上举脱掉身上的毛衣。这支鹰帮的渔民们，已是四辈结合在一起，生生世世与这片湖、与这些鹰为伴，不离不弃。屈帮主不无忧伤地告诉我们，等到他们真正老了，微山湖上的鹰帮也就会绝迹了。满脸纵横着深的皱纹的屈帮主说："苦不怕，最焦心的是每年都要闲上六七个月（天一热鱼活跃了鹰就逮不住鱼了）。闲的这些日子里，全靠买鱼来喂，可是上边每年每只鹰还要征收八十块钱的管理费，小青年谁还愿意干这个营生？"

会有买鱼的机动船从远处驶来，船舷上站满着也在歇息的鱼鹰的群溜，就会静静地移过来。二十多条大鲤鱼与半舱银色的草鱼，就被分别装进大筐过秤，大鲤鱼四块钱一斤，半大草鱼两块钱一斤。望着称秤与一张张点清七百二十元票子的过程，让我想起家乡开镰割麦时的喜悦与怦然心动。加上下午近四百元的收获，鹰户们这一天每人分到了一百一十五元。

等到鹰累透了，人再撵也撵不动它们的时候，也就是这些个六十岁上下的人收工的时辰。夕阳就枕着不高的独山，静静地落着，将自己的血洒了一湖。

明天，这片静悄悄的湖上，还会响起激动人心的"嗬嗬嗬嗬……啊啊啊啊……嗷嗷嗷嗷……哟哟哟哟……"是什么让他们一年一年地激情不老？是什么让他们一天接一天地激情如新？渐老的身子骨与那激情似火的心劲，该有着怎样殊死的搏斗？漫长而又短暂的夜里，从疲惫中恢复越来越难的这些老鹰户的心上，是怎样地在做着驾溜穿行于鱼鹰间的甜梦？

等到微山湖上的鹰帮消失的那天，这些已经老得干不动的曾经的鹰户，一定还会爆起星星点点的生命的火花来。点起这火花的，就是这必将与生命共始终的嗬嗬嗬嗬……啊啊啊啊……嗷嗷嗷嗷……哟哟哟哟……

选自 2013 年第 4 期《群岛》

梁庄的春节

梁　鸿

当生命的最后一刻来临，
我们将长眠在她那苦涩的泥土之中。
　　　　——雅罗斯拉夫·塞弗尔特《故乡之歌》

"老党委"

2011 年农历腊月初十的早晨，"老党委"奶奶在梁庄去世，享年九十九岁。

"老党委"是村中人对这位老奶奶传奇般的家庭统治一种戏谑的称呼。在福伯家里，只有一个中心、一个主意、一个思想，那就是"老党委"。福伯对自己的母亲言听计从。梁庄人爱讲一个场景：八十多岁的"老党委"坐在手推车上，让六十多岁的福伯拉着自己上街，颤巍巍地从大褂里面的一个口袋里掏出藏在手帕里的钱，给家里买菜。那时候，她还掌握着家里的财政大权。

"老党委"在梁庄声名赫赫，不只是她的长寿，更是她铁一般的家庭统治力。早年经济困难时期，她安排全家的生产劳动，安排每天的饭食搭配，仔细计划每一分钱的花销，以应付这十来张都要吃饭的嘴。她要求她的五个孙子和两个孙女走有走相，坐有坐姿，绝对不能出去惹事，绝对不能自己找对

2013
民生
散文选本

象，绝对不能打架。凡在外打架者，回来先向她下跪。

在"老党委"的组织下，福伯家有条不紊，长幼有序，不但安然度过艰难岁月，并且成为那年代村中少有的殷实家庭。"老党委"一家的孙子孙女们，也总有格外的温文、通脱和安稳。

但是，她的孙子们对她却爱怨交织，万国大哥对"老党委"奶奶最不满的就是她的"忍"字诀。当年，他们和老老支书吵架，他们家五个儿子，老老支书家三个儿子，如果打架，输赢立见分晓。但是，"老党委"坚决不许。老老支书在村里大骂福伯，一家人在家里窝着、听着，不能出来。万立二哥认为，奶奶的高压管理束缚了兄弟几个的性情，没有闯劲儿，也不敢冒险。因此，村中其他人都出去做生意，发财了，他们却还在蹬三轮，没有发展。埋怨归埋怨，奶奶在他们心中，依然神圣。提到奶奶或讲奶奶什么事时，他们会肃然一变，敬重异常。

九十九岁，几乎一个世纪，是为喜丧。

在此前的三天里，福伯的儿女们已陆续从各个城市回到梁庄。西安的万国大哥和万立二哥，北京的三哥万科一家和梁峰一家，内蒙古乌海的万民四哥一家（在乌海市卖水果，已有八年没有回过梁庄），深圳的梁磊一家，郑州的梁平、梁东都回来了。"老党委"的这个大家族，加上媳妇女婿、外孙里孙，如今扩展为四十四人，全部到齐了。

一切都已经准备好。柏木棺材一年年地刷漆，颜色已经发沉发亮，棺材的厚度也是农村最高规格，"456棺材"，底4寸厚，侧墙5寸厚，顶盖6寸厚，整个棺材看起来敦厚结实、威严大气。"老党委"的寿衣在她八十岁的时候就已经准备好，七套各色上好棉料和丝绸做的内衣外衣。

腊月初十的晚上，报小庙。就是活着的亲人们到庙里（不管是土地庙、观音庙，只要有神在里面就行）向神报到，这个人要到阴间了。原来梁庄有官庙，全村人共用的一个土地庙，就在韩家后面的一座租屋里。20世纪五六十年代的时候，庙被拆毁，送葬的人就只好在庙后的河坡上或十字路口行礼，举行仪式。

万国大哥扶着八十岁的福伯，穿着长袍孝服，戴着长孝巾，走在最前面。福伯显得很衰弱，一生对母亲唯命是从的福伯，他的眼神里，有一种突然失去母亲的小孩那种无依无靠的神情。福伯手举一个麦秸扎成的草耙，草耙上夹一张草纸，草纸上写着"老党委"奶奶的名字：吴兰秀。孝子贤孙们跟在后面，头上裹着长长的白布头巾。每到一个路口，执事都要放一串鞭炮，烧一堆纸钱，又向空中撒大把的冥币。孝子们跪在地上，哭叫着"奶奶，奶奶"。这是在告诉庙里的神，奶奶要到那里了，请神把她收下，也告诉奶奶，这条路可以到达那里。这一次次的跪哭，一直到村外通向公墓的十字路口。草耙放下，众人围着草耙哭泣，然后原路返回。

腊月十一的晚上，报大庙。"老党委"的外孙女、重外孙女请来几盘响器，院子里拉上了几个一百瓦的大灯泡，灯火通明。来自不同地方的响器相互竞赛，你来我往，制造着热闹气氛。

报大庙时的队伍比头一天大得多。报小庙只是直系亲属参加，报大庙时各地的亲属都已赶来，都要参加报庙队伍。走在前面的福伯嘴巴张着，啊啊哭着，涕泪交流，却没有声音。后面是一群孙辈男孩，再后面是嫂子辈和孙辈儿媳，再后面是一些远房亲戚。整个村庄的人几乎都出动了，沿着昨天的路，来到十字路口，一堆灰烬旁边，那草耙还在，那夹在上面的草纸也还在。众人围着草耙，跪在那里，哭泣，磕头，拿着草耙返回。从此世的家到彼世的家，福伯带领他的子孙，走过这条路，在每一个岔路口都停下来，烧纸，哭泣，告诉自己的母亲，不要走错路，只有这条路可以到另外一个世界。

五更天，万籁俱寂，鸡不鸣狗不叫的时刻，"送路"的时刻到了。众子孙带着草耙，带着"老党委"生前用的枕头、被子、席及其他所有物品再次来到十字路口，把草耙和上面的草纸烧掉，这意味着"老党委"真正到阴间报到了。当天发白发亮的时候，她会看到她的子孙们在哭她，会意识到，她已经死了。她的衣服被子也都烧掉，从此以后，这个人在世间销户了。执事朝空中撒着纸钱，喊着："捡钱啊，捡钱啊！"这是让一些饿鬼、坏鬼专心捡钱，以防他们打"老党委"，让她能够通畅地到达彼岸。

这位世纪老人，她活着，是一种象征、一种注视，村庄每个人都能感受到她严厉的目光。她死了，一个时代的象征系统结束了。传统的农耕文明、家族模式和伦理关系在梁庄正式宣告结束。

腊月十二，清晨六点半，天色微亮。出丧。"老党委"的子孙们亲自抬棺，他们不用假借别人，孙子辈万国、万立、万科、万民，重孙辈梁峰、梁东、梁磊、梁平，再加上四个孙女婿和重孙女婿，完全可以把棺材抬起来，送到墓中。一路缓慢行走，天色大亮，头晚和衣睡在各家的亲戚都赶来，跟在后面，村庄的人也逐渐出来，跟在后面，走向墓地。

人群稀稀落落地跟着，绵延成一条路线。这是一条古老的路，村庄中的每个人，都会沿着这条路，走向死亡。

一个村庄里，一个人的死亡也是所有人经历的一次死亡。一次葬礼就是一次心灵教育，通过哀哭、跪拜、呼唤，在世的人和去世的人，融为一体，共同完成生命的轮回。在这个过程中，观者的悲凉之感会时时涌现，然而也会因熟悉而产生一种温馨感和归属感。沿着这条路，我们可以找到家，可以走向那里亲人的怀抱。

勾国臣告河神

"老党委"奶奶的葬礼办完，春节也即将来临。在外打工的人陆续回来，一场场的酒摆起来，寂寞冷清的梁庄开始有点热闹和喜庆的气氛了。

夏天的军哥之死及围绕着军哥之死所产生的闲话，尤其是关于南水北调占地赔偿事件梁庄村民的态度（既愤怒又漠然），我一直非常不解。既然关系到每个人的利益，不管大小、多少，都是自己的事自己的钱，为什么大家都那么不在意？这不符合梁庄人日常的性格，为了几十块钱，兄弟打架、妯娌翻脸、不赡养父母和邻居吵架的事比比皆是。

我决定找一个机会以较为正式的方式让大家谈谈各自的看法。

借着喝酒之机，我把福伯、万国大哥、万立二哥、万科三哥、万民四哥、万青哥和梁磊、梁时（万青哥的儿子）召集起来，以郑重的态度对他们说："今天咱们关起门来都是自己人，随便说，说自己心里的真实想法。这件事如果是真的，村委会如果真的贪污了公共占地面积的钱，你去不去找他们说，去不去告状？原因是啥？"

"啥'如果'，那事是真的。"万青哥先嚷了起来，"我这两年在家里，啥都知道，我都给他们算过账了。"万青哥掰着指头一笔笔算起来，从现在的南水北调款一直算到十几年前的老公路砍掉的卖树款。这样算下来，数目还真不小。

"既然账这么清，你为啥不去说，也不去告？"

"我想着我给人家没门儿啊，你就是想整，我一个人也整不翻人家。现在有三个人站起来，就能够说清楚。但这三个人不好找，出头时都不想出那个头。不是怕他，主要是不想得罪人。不想公开、正式地得罪人。在我一个人站起来不起作用的情况下，我是不会站出来的。"

在说到贪污的时候，万青铿锵有力，但是在说到告状时，他的声音立即有点软弱，中气不足了。

父亲带着自我嘲讽的语气说："说告状，不是逼急了，谁也不会去。人家多抬举咱，今天送酒，明天请吃饭。村委会也不憨，先把我安置好。把好整官儿的这号人先弄住。"

福伯嘲笑父亲："你看，光正都叫人家贿赂住了，还'老刺头儿'呢！你可知道了，为啥这两年村委和你走得近了？主要是糊弄住你，不想让你出头。"

"那你咋办？我生病，人家一听说，赶紧往医院去，拿一百块钱看我，我能咋办？让人家把钱拿走？"父亲提高了声音，替自己辩解。

二哥以一种满不在乎的口气说："只要不捉我都行，但是多了肯定不行。大面过得去就行，三亩五亩无所谓。"

四哥说："咱成年不在家，分到咱这儿也落不住啥钱，咱也不参与内政。捉哩是大家，吃亏了，每个人都吃亏，就算了。"

一向不参与时政的三哥保持一贯的风格："我对家里没有意见，只要谁不捉我都行了。过个平静、平淡生活，你不欺负我、我不欺负你就行了。关系太复杂了，不想参与。"

二嫂在一旁感叹："农村这些事，都是些感情。三十年河东转河西。咱不想吭声，又落不到咱这儿，得罪那人干啥。"

我说："可是这样大家也吃亏了啊，凭啥吃这亏？钱再少也是自己的钱。钱可以是小事，权利是大事。这是你们应该得的，是你们的权利。再说，你们不去争取，只会使情况越来越差。"

"低头不见抬头见，告不成，还落一身臊。二大不是一辈子不待人见吗？啥也没告成，自己天天挨批斗。"四哥并不同意我的看法，又拿父亲做现成的例子。

二哥说："啥权利？当官的，落一点吃喝，不然饿死了，你不叫人家贪，指望啥？"

父亲说："弄个新官更不好，肚子空着，还得吃，贪得更狠。"

大哥接着父亲的话说："就是。李营（邻村）为啥现在比咱们村富？就是人家没有换过官。爹当完儿子当，三代人都当村支书。都吃饱了吃美了，该为大家办点事了。"

二哥似乎对大哥的话有点迷惑："照你这样说，'世袭'倒是好事了？"

"你想啊，三代人都吃，总有吃饱那一天，就不会恁贪了。"

大哥的观点颇为新奇，大家就此产生了激烈的争论。奇怪的是，大家对干部的贪污都持一种特别理解和接受的态度，虽然也包含着愤怒和鄙视。

在热烈争吵的过程中，梁庄两个年轻的晚辈，梁磊和梁时一直没有发言，并且流露出心不在焉的表情。他们对村庄的这些事不感兴趣。万青哥在那儿详细地算账时，梁时不满地瞪着父亲，低声嘟囔着："就你能，一辈子爱管闲事。"万青哥对梁时的这种思想也很不满，认为"现在社会在发展，人们的思想在落后。娃们只管挣钱，不管家"。至于梁磊，很显然，他对这种探讨和争论的结果持极端怀疑的态度。

我问道："那就没办法了？大家都不愿出头，不愿争取自己的权利，那就都吃亏。"

万青哥说："那你有啥办法，我说就去告状，肯定能将他告倒。"

福伯以一个老人的经验式肯定话语说："你也别告，肯定告不赢，背后都有关系。"

大哥的火暴脾气又上来了："告就告，日他妈，咱一个平头老百姓，他也不能把咱吃了。"

二哥反驳说："去去去，就你能，你还想当勾国臣啊？勾国臣可去告玉皇大帝了，最后不还是叫玉皇大帝治住他了。"

"勾国臣咋了？湍水年年淹，就是不敢淹勾国臣，说明河神也怕他了。玉皇大帝拿他也没法。"大哥别着脖子，虚弱地对弟弟表示抗议。

父亲大笑："可别说勾国臣，他能犟过玉皇大帝？玉皇大帝一声令，国臣也要性命丢。"

话题突然转了个弯，跑到了云端里。勾国臣是谁？还有玉皇大帝、河神？什么样的故事？我居然一点都不知道。梁时和梁磊也一脸茫然的样子。

福伯惊讶地叫道："咦，咋回事儿，你们都不知道？我从小都知道，我给你们讲讲这个故事。"

故事发生在清朝，嘉庆年间吧，只是大约，人们说法不一。吴镇北头，河坡上面，就是现在靠梁庄砖厂的那个地方，住着一个叫勾国臣的人。勾国臣是个落第秀才，平日以给别人写些状子、贺词、家书或墓碑铭文为生，家里很穷，但是却脾气火暴，爱打抱不平，好管个闲事，在咱这一片儿还很有点名声。

咱吴镇是依湍水而建，整个镇子就在湍水上面河坡上，河坡地肥得很，适合种西瓜、花生、玉米，这些都是当时老百姓的生活来源。但是，湍水年年涨，百姓年年受灾，种下的庄稼十能落一，老百姓很苦。

有一年夏天，勾国臣给人写结婚喜帖，主家请他喝酒，喝完酒，勾国臣醉醺醺地回来，正碰到邻居一群人在门口大忌河神："狗河神，年年上供，年年淹，还有没有良心？"湍水那年又淹了，邻居们辛辛苦苦种的庄稼又打了个水漂。听着听着，勾国臣动了气，日他妈，我天天替人写状子，这么大的冤枉事咋就没想起来管呢？回到家里，提笔就写了一张状子，向玉皇大帝状告河神：

"告状人勾国臣，系穰县民籍，告为河神横行事。天地人伦，夫妻之道，各司其职，各有其责。河神管天地河流，百姓常贡不敢懈怠，缘何经年暴厉肆虐，糟蹋百姓庄稼生计，有违神之道。百姓如此艰辛，河神何不开眼。国臣既已糊涂，望帝秉公判断。上告。"

写完之后，勾国臣把状子卷起来，塞到墙上的洞里，那时候老百姓的房子都是土墙，穷人买不起柜子，就在墙上挖一些洞，放东西。然后就呼呼睡着了。第二天醒了，勾国臣也忘了此事。

过了一段时间，老婆和勾国臣吵架，嫌他多管闲事又不挣钱，一怒之下，把勾国臣写的状子全部烧了。这下可好，勾国臣告河神的状子被送到了玉皇大帝那里。

玉皇大帝看到状子，"扑哧"笑了："这是哪个国臣，竟敢告河神?! 把他捉上来问话。"一群天兵天将就领命而来。

人间的勾国臣突然三魂不附五体，阵阵冰冷。人躺在床上，魂魄已经离开了身体，被天兵天将带到了玉皇大帝面前。

玉皇大帝一看，只是个白面书生，就问："大胆勾国臣，为何告河神? 人要告神，是不是想造反?"

勾国臣硬着脖子说："河神年年糟蹋庄稼，你为啥不管? 神都这么不讲理，让人咋活?"

玉皇大帝大怒："你既没种地，就没淹你庄稼，那关你何事? 你这么多管闲事，拖下去重打四十大板!"

勾国臣转魂回来，五脏剧痛，动弹不得。看到老婆家人在床边哭得死去活来，亲戚邻居围了一圈儿在抹眼泪，知道自己已经死过去一次，再活不成了。他告诉老婆，他死后，一定要把他葬到湍水河边："玉皇大帝不是说湍水泛滥之事与我无关、不许我告状吗? 现在，把我埋在河边，河神要是把我淹了，我就可以名正言顺地告状了。"

勾国臣死后，依他嘱托，家里人就把他埋在湍水岸边最靠近水的地方。说也奇怪，湍水仍然年年涨，年年决堤淹岸，却始终绕过勾国臣的坟。几百年过去了，那座坟一直没塌。

解放前，四几年的时候，勾国臣的坟还在，我们这些小孩子去看，那个坟丘只剩个小土包，孤零零的，坟的前后、左右部浸到了水里，坟里面还渗出些黑的东西来，但就是没有塌。坟前立着一个石碑，石碑上写着"义士勾国臣之墓"。那时候，来看他坟的人可多了。每年夏天，都有许多外地口音的人骑着大马，赶着牛车，撑着渡船，从很远的地方来看。后来这坟不知道啥时没有了。

你们可能都不知道，现在，咱们吴镇北头，靠近梁庄的那一片儿，原来就叫"勾国臣"。要是有人问吴镇人或梁庄人"到哪儿去"，他会说："到勾国臣干活去。"要是有人爱管个闲事、好告个状，吴镇人或梁庄人就会说："咋，你也想当勾国臣啊?"

如此生动有趣的故事，我简直有些惊叹了。一向拙嘴笨舌的福伯突然变为一个说书人，神采飞扬，把故事讲得跌宕起伏。父亲在一旁不时补充些细节，大哥二哥也笑得前仰后合，他们从小都知道这个故事。因此，说起勾国臣和玉皇大帝来，就好像他仍然活着，仍然是现实生活中大家熟悉的人和事。

我突然想到在西安，当万立二哥听到老乡老婆走失的事情时，他非常轻蔑地回了一句话："管那些闲事干啥？不是咱们这儿的事，不要管那些事。"我似乎明白了二哥的冷漠从何而来。也许在他心里，勾国臣的事情就是现实。不是不能、不愿，而是不敢，那可怕的惩罚一直都搁在他们心里，一代代人消化着，最后，一切都变为了"既与我无关，就不关我事"。

黑女儿

腊月二十一的上午十点多，万明嫂子急匆匆地来找嫂子，说出事了。万明嫂子妹妹的九岁女儿，被邻居一个六十多岁的老头给坏了。

前一天下午，奶奶和小孙女出去，看到邻居的那个老头，小孙女很害怕，不愿意往前走。奶奶把小孙女拉回家，盘问了一番，才知道这件事。万明嫂子问做助产士的嫂子能不能鉴定出来，治这个人的罪。

在比比划划说的时候，我看到街对面站着一老一少，一直往这边张望。嫂子没有资格作这样的鉴定。这种事情必须到穰县大医院的妇科去做才可以，也才有法律效力。我提出开车把她们送到穰县，帮她们找相关熟人。万明嫂子喜出望外，向那祖孙俩招手，示意她们过来。

奶奶拉着孙女，畏畏缩缩走过来。小女孩儿很艰难地向前挪动着，每走一步，嘴唇都抽动一下，很痛苦的样子。还没有上车，就拉着奶奶说要上厕所，她老想小便。一会儿，厕所里就传出小女孩儿的呻吟声。坐在车里，透过后视镜，我看到奶奶那张脸，那是世界上所有的愁苦都集中在这里的一张脸。她的呼吸好似一直没有顺畅地进入过她的胃和胸腔，就吊在嘴巴和脖颈处，下不去，又出不来，哽在那里，极为痛苦的样子。

我们到穰县医院的妇产科，找到一位医生朋友，大致说了情况。朋友让小女孩儿把裤子脱下来，让奶奶抱着小女孩，她戴上手套，仔细地查看。女孩儿的会阴部已经红肿和糜烂，每触动一个地方，她就"啊啊"地叫着。朋友神色凝重，回头把奶奶批评了一通，又问小女孩小便是否疼痛，小女孩点点头。诊断完后，朋友说，小女孩儿会阴部严重撕裂，宫颈受伤，泌尿系统感染，已有合并症。她仔细地给小女孩儿清洗了一番，又涂上一些药。奶奶把小女孩儿的衣服穿上，让她坐起来。朋友开始问小女孩儿。

妹妹别着急，我问你话，你慢慢想，慢慢说。给我讲讲是咋回事，回头咱们把他关起来。

那个人咋找你的？

他拿了一盒奶，还有糖，让我吃。

他碰你了没？

碰了，他用手抠我那儿。

用手抠你？

后来用身上的东西。他碰我六下，然后，他又把他裤子脱了，把我裤子也脱了，塞到我这里面。

流血了没有？

流了，我自己撕点纸擦擦。

纸呢？纸弄哪儿了？

扔茅坑里了。

他以前碰过你没有？

碰了。

他都是啥时候找你的？

以前是我奶奶晌午去上街了，我在院子里看门。大凳子在院子里搁着，我坐在凳子上看门，他又来了，他把我叫到屋里。

你为啥不给你奶说？你咋不骂他？

以前是我不敢告诉我奶奶。

为啥？

……

怕你奶奶打你？

不是，我是怕我奶奶知道，我奶奶又要气。

你怕你奶奶气？

……

是哩。每回我哥哥惹她，我奶奶都不高兴。我不想叫奶奶伤心。

九岁的小女孩儿始终以缓慢、平板和迟钝的声音回答，这迟钝在小小的房间里回响，像钝刀在人的肉体上来回割，让人浑身哆嗦。愤怒逐渐滋生、涨大，充斥着胸膛和整个房屋。我听到自己的心脏在"嘣嘣"地跳，感觉到眼泪流到嘴角的咸味。九岁的小妹，她还不明白这样问话的残酷性，还不明白这件事对她作为一个女性生命的影响。但从她恐慌的、怯生生的眼神里，她已经明白，她犯错了。她不停地往奶奶身上靠，在说话时，也时时看着奶奶，仿佛在根据奶奶的神情来判断她的话会对奶奶产生什么影响。

奶奶僵硬地坐在那里，她一直流着眼泪，那花白头发重重地扣在她头上，压着细弱衰老的脖子。她身上的"气"似乎被抽走了，无法撑起她极瘦的身体。在听到小女孩儿那突然转折的话时，她拿手背使劲擦了一把眼泪，身体稍微放松了一点，让小女孩儿依住了她。奶奶先说起了她的孙儿。

俺们那个孙娃儿瞿得很，一回家把书包扔了就跑，不学习就算了，成天和别的娃儿打架，咋打他都不行。成天把我气得心口疼，孙娃儿是一岁多的时候留在家里的，今年都十三了。他出手重，没个准头，你说，万一把人家谁打伤了，可咋办？有时候偷我的钱，偷偷上街打游戏，一天都不见人影。黑女儿两个多月的时候，他妈就出门打工了。也笨得很。都九岁了，还在上一年级，老师留的题都不会做。

我是咋知道的，今儿早，我俩出门，她看见那个老头，一看见就吓成啥了，拉着我要往回跑，说奶奶，奶奶，就是他把我裤子脱了。一会儿，她又催着我，说，你去找他事儿，你去找他事儿。现在想想，昨晚上回家，我发现她裤衩上有血，没有往那儿想，就给洗了。她还叫着她身上疼，她没说是咋回事，也没说清楚是哪儿，我也没在意，想着是胡叫的。我胃疼得很，回来又到处去找她哥，没顾得管她。他们俩在家里，我成天都没顾上管，我自己身体也不好，地里还有点儿活，她哥也不听话。我是想着，我一个老婆子也不容易，能顾住他们吃喝就行。

以前那个人就坏，碰人家年轻媳妇。他当民办老师的时候，骑自行车上街，在路上碰到俺村里的一个媳妇，他让人家坐上，说带人家上街。走到路上，他让那个女的用手摸他那个地方，那个女的回来给她男的说了。我记得可清，是大年初一，那家男的拿着刀在村里到处追他要杀他。后来，不让他干民办老师了。

他今年都有 65 岁了吧，也在家和老婆看孙娃儿。俺们两家挨着呢，平时俺们两家关系也不错，经常来往。我今年 54 岁了，她爷在她爸十几岁的时候就死了。我守寡这二十几年了，也没出啥事。我是真没想起来，他都恁老了。

村里还有个年轻娃儿，也坏，智力差，脸上带傻样，成天把他那东西露在裤子外面，见女的就胡弄。那个傻子在家，我很小心，天天出门都带着黑女儿，这段时间公安局把那个坏娃儿关起来了，我就放松了。我上街，就是两三个钟头就回来了。昨天上街主要是去包药，我肠胃不好，成天拉肚子，胃疼。一星期去包一回中药。我早晨去得早，七点多去，十来点就回来了。我出去老是说，黑女儿，你在屋里照顾门，我去一下就回来了。都是在门口说的，声音比较大，也可能就在偷偷听，听我走了，他就来了。

才开始一听黑女儿说，我拿着刀想出去跟他拼命，恁老了，还害人，我拼着自己不活了。黑女儿吓得哭得不行，抱住我腿不让我去。娃们可怜，我真要是有啥事，这俩娃咋办？我还怕她哥知道，他平时可横，不懂事。就是一条，知道稀罕他妹。谁欺负他妹，他都跟人家打架。

咱也不懂得法律，要说他应该有罪。按娃儿说的这个样，能治他罪吗？我不想给她妈说，我就想自己治他罪。我意思是我在屋里照顾着，我必须得给她妈有交代，只要能治他罪，咋都行。我还怕黑女儿受影响，咱想着，咋着以别的理由把他抓起来，要是别人说了，就说他是因为其他事被抓的。

她妈后天就回来了，今年说回来过年。她去年都没回来，今年说早点回来。可咋办？说啥也不能告诉她妈。她妈是个没文化的人，我怕她非拼命不可。那可咋办？她对我不满，我不怕。她妈脾气坏，一两年回来一次，看他们兄妹俩学习不好，成天打。能起啥作用？

小女孩儿叫黑女儿，农村小姑娘最常见的名字。奶奶的眼泪顺着脸颊不断往下流，她语无伦次地说着。有一点她表述得很清楚，她不希望她的儿媳妇和村里人知道这件事，她想治那个人的罪，又希望最好以别的名义把他抓起来。但是，小女孩的妈妈后天就要到家，那怎么可能？

朋友给黑女儿挂上吊瓶，输液消炎。我给一位认识的派出所所长打电话。热情的寒暄之后，说到案子，就犹豫起来。他说那就看你们了，如果你们坚决要告，那就让孩子公开作证，应该可以。但是，这样一来，就会闹得满城风雨，所有人都会知道，你们得作好承受的准备。说以别的罪行把那人抓起来，那肯定不可能。

我转过身去问奶奶，奶奶捂着脸哭起来。万明嫂子也没有了开始的那种坚决。朋友告诉我，她这几年作过好几起这样的检查，最后都没见报案，主要还是怕丢人，怕女孩子以后受影响。说实话，就我自己而言，从一开始，在内心深处我就有隐约的焦虑，我害怕去报案，虽然理性上我并不同意我这一想法。报案，意味着公开化，公开的羞辱、围观、议论和鄙弃。这些事情人们不会忘记，一旦到了婚嫁年龄，一个闲言碎语和传说就足以毁了她。

商量了一个多小时，没有任何结果，甚至连报不报案都没能确定。大家呆坐着，不知道该怎么办。小黑女儿躺在那里，先是抽泣着，一会儿就忘记了，依着奶奶，好奇地看着我。输完液，她站起来，动动身体，想要去看、去摸房间的其他物品。在我给她照相时，她露出了笑容。我教她拍照，她拿着相机给我拍了几张，自己看了看，开心而又自豪地笑了。

已是下午四点多，没有方案，没有办法。朋友开了一些清洗的冲剂和药，嘱咐奶奶记着每天给小黑女儿清洗、涂药，每天输液。我开车重又把祖孙俩送回到吴镇。

在通过村庄的路口，她们下了车。奶奶佝偻着背，顶着那头花白头发，拉着小女孩，走在被车轮轧出一道道深痕的、泥泞的土路上。黑女儿被奶奶扯着，慢慢往前走，又不时地转过身子回头看我。

道路左边就是高高的河坡。一排排枯树，遥远的地平线，构成苍茫的河岸。湍水沿岸，已经被挖得面目全非，一排大树下面，是一个巨深的沙坑。那扎在地下的树根裸露出来，根须朝四处蔓延着，显示出不顾一切的生命力。这些根须如今被架在空中，它们竭力汲取养分的沙土已经被挖走了，它们没有力量再往下延伸，再次扎根。树干正在倾斜，生命在远离它们。

落日镕金，四野寂静。深冬的落日，竟是如此红、如此暖。站在路的这边，我目送着那一大一小的身影慢慢消失在这红色的原野和世界深处。

天慢慢暗了下去。后天就是腊月二十三，中国的小年。零星的鞭炮声在天空炸响，有些性急的人已经开始放烟花了。那盛大的烟花，在黄昏的天空中，仍然绽放出艳丽的色彩。盛世的色彩和光芒，整个天地都被这盛世所笼罩。

重返穰县。早已和朋友约好去听穰县大调。穰县人喜欢听戏，尤其是坐茶馆喝茶时，如有戏相伴，是一大乐事。当然，现在听戏的人大多是五十岁以上的老人。穰县大调原为鼓子曲，由明清流行的小曲、民歌演变而来。大调乐器由古筝、琵琶和三弦组成。作为古乐器的三弦即将失传，在穰县，只有为数不多的人会弹。

这是穰县文化茶馆一角。一间长形的门面房，门口摆几张矮凳子，围着桌子坐着十几个老人，下棋的、聊天的、喝茶的都有，屋里面靠墙向外坐的是乐队。驳杂的青色水泥地面，闪着暗沉的光，墙上那个黑色小座钟歪垂着头，停在四点十五分上，欲掉未掉的样子，很让人焦虑。

弹琵琶和弹古筝的两个中年人表情并不丰富，甚至有点过于呆板。他们两个原来都是穰县剧团的，剧团倒闭，成员就组成演出队，去做各种婚庆、开业等的表演嘉宾，挣一些外快。那个中年人一直带着羞涩的笑容，轻声地、拘谨地给我讲他的经历。

一个面容白净的老人走到一张凳子前，侧对着听众，坐了下来。他向弹古筝的中年人示意一下，弹古筝者拨出一长串清越、悠长的音调。正在说着、笑着、下棋和吃着瓜子的人立刻静了下来，转向了乐队。

演唱开始了，曲目是《吉庆辞》，一首祝寿曲：

一门五福三多九如，七子八婿满窗呼，胜似文王百子图；寿星老祖云端坐，左边仙鹤右边鹿；仙鹤口衔灵芝草，麋鹿身背万卷书；韩湘子、何仙姑，铁拐李身背药葫芦，葫芦里面有宝物；童儿打开葫芦看，吐噜噜，吐噜噜，直飞出九千九百九十九只燕蝙蝠；童儿身背八个字，上写着金玉满堂福禄财富。

这是一段明快的唱腔，曲调简单，全场人都跟着老人哼唱着，按着节拍上下晃着脑袋，神情陶然。几位弹者随着弹奏的快慢、强弱仰俯着身体，手指在弦上飞快地拨动着。三弦的雅致，古筝的清越，琵琶的婉柔，三者配合出的不是《渔舟唱晚》那样典雅脱俗的幽空意境，却是民间喧闹的喜乐人生，透着踏实的烟火味儿。

一个肤色黝黑的老年农民坐了过去。手掌糙厚，关节粗大，这是一个长期在田地劳作的人。咳了几咳，他示意乐队开始。他闭上眼睛，一只手拿着牙板打拍子，一只手放在腿上，紧紧攥着拳头，唱岳飞的《满江红》：

怒发冲冠，凭栏处、潇潇雨歇。抬望眼，仰天长啸，壮怀激烈。三十功名尘与土，八千里路云和月。莫等闲，白了少年头，空悲切。

靖康耻，犹未雪；臣子恨，何时灭。驾长车，踏破贺兰山缺。壮志饥餐胡虏肉，笑谈渴饮匈奴血。待从头，收拾旧山河，朝天阙！

铿锵有力，又悲怆婉转。唱者的嗓音嘶哑着，没有任何技巧，只是拼力从心里喊出来的。而他也似乎根本不在乎那唱词是什么，眼睛一直闭着，完全沉浸在其中。到了最后，一阵舒缓的曲调之后，开始了抑扬顿挫、完全无词的尾曲。他持续哼唱着，脖子下端鼓出一个大气团，上端是憋得红红粗粗的筋，这筋在脖颈上不断地颤动，又保持着那僵硬的鼓起，好似正在拨动的琴弦，发出强力的挣扎。不断地顿挫、起伏，啊、呀、唉、咿咿呀呀，没有尽头。唱者闭着眼睛，不顾一切、无休无止地吟唱着，那无词的旋律不断拉长、回旋、呼喊、诉求，莫名地生出一种哀愁来。

这个沉浸在自创的调子中的老农在诉说什么？在祈求什么？那无尽的命运，无休无止的悲伤，还是无穷的忍受之后那天大地阔、悠远安静？一时间，我有点迷失：这是怎样的中国，如此欢乐又有着哀愁的中国？

一个中年汉子的脸涨红着，看样子是喝醉了。他坐在一张低矮的小桌前，弓着腰，闭着眼，晃着头，跟随着旋律，手指在桌面上敲打着节拍，一下，一下，一下，"梆、梆、梆"，简短、斩钉截铁地敲着，好像要把手指敲断，要把自己的心敲进去，浑然忘记了时间和外部的存在。我仿佛也被他敲了进去，眼角有点潮湿，很想流泪。这吟唱声把我压抑了一天的情绪给释放了出来。我无法忘掉奶奶朝我看时的神情和黑女儿的迟钝与天真。我知道，和大家一样，我是把那祖孙俩抛弃了的。我努力了一下，没有办法，也就算了。不久之后，我们会把她们忘记。

　　面对奶奶滔滔的泪水和期待的眼神，我甚至有些烦躁，我想逃跑。不只是无力感所致，也有对这种生活本身和所看到镜像的厌倦。我不知道该怎么办，不知道该作哪一种选择，更不知道该如何想象那正在赶着回家过年的妈妈会如何面对她被伤害的女儿。

　　我只想离开。只想沉浸在这悲凉的曲调之中，以逃避我心中的悲凉和清晰的漠然。就像我和小柱，就像我对待小柱那样，我们血肉相连，却又冷漠异常。

　　我终将离梁庄而去。

选自花城出版社《出梁庄记》

泪水庆幸自己是水

鲍尔吉·原野

在水里轮回

在牧区，牧民杰日嘎拉向我讲述他的生活。

春天，从 2 月到 4 月，雪一直在下，这在牧区被称为"白灾"。大雪覆盖草原，牲畜吃不到返青的鲜草，而过冬的干草已经吃光了。道路被雪封闭，没办法运进来草料，牲畜一头接一头死去。牧民在春天遭受到这样的打击，生计没着落了。比这更大的打击是春羔冻死了——母羊在春天产羔，这是牧民的主要生活来源——极寒天气让羊羔没法存活，羔皮 20 元一张都没人买。牧民赔进去所有的牲畜，家产光了。说到这里，杰日嘎拉转过身擦眼泪。他起身到柜子下面拎出半瓶白酒，倒进一个小酒盅，用手指抹脸上的泪珠，弹进酒盅里。酒里掺进了杰日嘎拉的泪水，他端着喝下去。

我没敢问这是什么仪式，但我很震惊。酒掺进泪，仿佛可以治疗什么病，又像记录什么事情。杰日嘎拉喝进了泪酒，泪水更多了，流淌面颊。他用手捂着脸，泪水从他指缝流在手背上。我看到这些泪茫然流淌，仿佛它们应该流进杰日嘎拉的肚子里。

　　我没想到泪水还有这样的用处。每天，不知有多少人在流泪，为各种缘由。如果把泪抹在青草上，它会长成悲伤的叶子吗？我想象，把泪抹在红山茶的花蕾上，花绽放也许变成白色，它承担不了热烈。谁说悲伤不是力量，这种力量咬啮人心的根、草木的根。因此，悲是伤，跟刀伤枪伤一样。即使坚贞如松柏，假如有人天天把泪水抹在树上，松柏也会凋落。人心足以摧万物。

　　我要把我的泪水滴在一株玉米之下。玉米夏天秀穗，它身上白金与紫色的玉米穗里暗藏着泪的盐分，里面有忧伤。我可能忘记了这些忧伤，但玉米忘不了，和忧伤一起成长。玉米穗把泪的成分传输给玉米粒。那些小小的玉米胚胎只有瓜子那么大，它的沙子般的米粒已遇到了这些泪并收藏了这些泪，泪水和玉米一起生长。当玉米粒长大的时候，泪的结晶在缩小。然后，泪晶随玉米一起晒太阳，一起听大雨喧哗，一起听蛙鸣并听玉米叶子讲述星空的故事，这足以洗刷忧伤。秋天，高粱红了然后没了，它们被农人收割运到村里。玉米棒等待听到"咔嚓"，那是它从母体被掰下来的声音，这声音的含义是成熟。玉米里的泪和玉米一起坐拖拉机、坐马车进村，挂在农人的屋檐下，堆在场院，最后脱成粒进入加工厂，成为玉米粉。谁也不知，玉米粉里偷藏一滴泪。这些玉米粉制成酒精，制成做药的淀粉或烙成玉米饼，谁都尝不出泪的滋味，但里面确实有泪的成分。

　　这只是世间的秘密之一。泪也罢，玉米也罢，无时不走在轮回的路上。它时时刻刻在变成别样的东西，体会别样的际遇。它仿佛没了，其实并没消失，只是变成他物，变得你认不出来。正如我吃一口玉米饼或吃一片药，想不到这里面曾有我或别人的泪。

　　而泪不过是水。人喝了大地的水，进入血液叫作血。血从自己的液体里分出一点点放入泪囊，让人流泪的时候有东西流淌。血知道人会流泪，他们有欲望，必然有悲伤。泪水多多少少能够清洗悲伤，西方医学说泪水正在排出毒素。流泪并不是人类的专擅，牛走向屠宰厂也在流泪，泪水没让它停下来，它还在走。狗下了一窝崽子，主人把崽子送人后，狗也在流泪，徒劳悲鸣。

　　把泪洒进河里，泪将要走很多路。这些泪乘着河水去了许多城市和乡村，这些地方连泪的主人都没去过。泪在河里见到大鱼和小鱼，大鱼像陆地的猎豹一样凶猛，它的牙如钢铁的齿轮，凹兜的下巴十分傲慢。泪在急流里飞旋时，以为自己上了天堂。它被举起、被摔下，被狠狠地甩在礁石上四分五裂。泪水才知道它不是悲伤，它不过是一滴水，可以浮沉蒸发，可以奔走。泪水知道它的生活不仅是流在人面颊那一小段路，它的归宿也不是手背和手绢。它庆幸自己是水，然后融入大河，奔流的时候，谁都没有悲伤。

大地的秩序

我到南方，四月的青草已经从沟里漫到沟外。不是暖和，是南方勤劳，油菜花并没想成为摄影人的道具也只好开放，它是锦绣大地明亮的笔触，每一笔都是明黄。凡·高如果到中国南方来，也会喜欢油菜花，挖个地窖住进去，边画油菜花边喝苦艾酒。他去藏南会更惬意，不光有油菜花，还有空气稀薄形成的气泡似的蓝天，凡·高不必到法国寻找阿尔夜空的蓝了，阿尔的蓝，调子太深。

勤劳的南方，土地比人间更有秩序。南方的人民都是服装设计大师，他们把作品从门口铺到天边，每一块土地比布裁的还经济，横竖摆满山川，只留下细细的田埂给自己走。如果可能，他们甚至想在天上种点什么，比如悬挂的吊兰。这块大地上种满了庄稼，第一季庄稼收了还有第二季。一个人生在南方农家，从小看惯满川的庄稼，心里长出两个字：劳动。群鸡边点头边啄的是米，缸里装的是米，锅里和碗里是米，比鱼卵还密的米从地里一层一层挤出来。寺院庄重的称赞文开头有两个字叫"恭维"，意思说开始恭敬讲述下面的人和事。我见了南方的绵绣大地，起意，曰：恭维……庄稼、菜地、泥脚杆子、犁和农妇的毛巾帕和南方土地上的一切。在这样的土地上，你怎么舍得建工厂？南方人民几十辈子耕过的地，流过的汗水可以攒成一条河，你们怎么能在上面建工厂？地下有农人的祖先整整齐齐躺着，他们想听到蛙鸣，油菜花像花毯子盖在他们身上。他们的灵魂不愿被工厂的水泥地基压得翻不了身。被征地的农民为什么舍不得离开故土，给钱也不愿离开？他们嗫嚅说不出理由。我替他们说出来吧，他们祖先的灵魂暗中拉着他们的手，害怕孤单。农

2013 民生散文选本

民们从来没听过如此粗暴的话语：城镇化、工业化，翻译过来是让他们离开锦绣河山。工业的毒水让石头都得病了，黑朽剥落，这些事跟谁去说呢？

农民走了，土地别离的不光是种庄稼的人，小鸟在夕阳里找不到炊烟，蜜蜂失去了明年的油菜花。农民和他们的土地是一个巨大的生物聚合体，农民养活的不只是一家人，还有禽畜、昆虫、鱼虾甚至农业时代的月亮。它们离开了他们，不知投奔谁。

有一个命题叫"工业反哺农业"，农民离开土地、土地酸化、沙漠化、国家用劳动密集型代工企业出口换汇买进粮食，工业反哺的农业在哪里？工业有乳汁吗？而农民已经进城，在城乡结合部的杂乱地带租房住，打零工为主，谁反哺了谁？

说农村大地锦绣是没心肠的话，农活太累，锦绣只是城里人眼中的风景。农民永远告别了土地，只能从梦里辨析鸡鸣犬吠，他们的祖先夜夜喊他们的名字。失地农民想看油菜花要掏钱参加农家乐春游团，他们见过祖先的大地，会久久说不出话来。

油灯

油灯的光芒把屋里雕刻成圆形的洞窟，又像给人的脑袋包了一层又一层橘黄色与微红的头巾。

牧民沙格德尔家里拉不起电，点油灯。他爷爷20世纪50年代被选为劳动模范，奖品是一盏带玻璃罩的煤油灯，至今还在用，点柴油。光亮和50年代差不多，也可能更亮，柴油比煤油有劲。

沙格德尔坐在椅子上，脸上的线条在油灯下显出柔和。油灯把他的头和肩膀射出墙上巨大的背影，像一个史诗中的英雄。他驼背，用手指按另一只手的骨节。而他的背影在灯焰下蠕动，像一只蹲着的黑鹰准备扑过来。油灯打扮人，照得沙格德尔眼睛明亮，像歌德的眼睛。我说的是他靠近油灯的右眼，另一只生白内障的左眼仍藏在阴翳里。油灯的光让人脸看上去有思想，在这样的光芒下，仿佛一晚上可以写出一篇哲学论文，说星空与道德什么的。沙格德尔鼻梁挺直，嘴角紧闭，眉宇间藏着若有若无的忧虑。他五十出头，头发全白了，全站立。

然而，沙格德尔什么思想也没有，他是这个世界上最可怜的人。如果没有油灯光芒的抬举，他是个没人肯看一眼的乞丐。他的草场被人开煤矿占了。煤挖完后，地面剩一片大坑，而卖草场的两万块钱至今还没到手。去年，他老伴得肾炎去城里住医院。沙格德尔卖掉了所有的牧畜支付医药费，换来的是两米长的账单和老伴的死亡通知书。他没钱火化老伴，用一对银镯子贿赂停尸房的看守人，套驴车把老伴拉回来埋在煤矿的废坑里。他把箱子拆了，把老伴捆得像一个木桶，放入坑里。他买不起棺木。他用煤矸石和黄泥砌了个墓穴。"煤矸石横着摆一层，竖着摆一层，每层撒一些野花。"他说。

　　这里方圆二十多里没野花，草原废了。沙格德尔到几十里外的山上采了一麻袋野花，撒进老伴的墓穴。墓里有他们两人的合影照片，老伴年轻时喜欢的小镜子，绿纱短袖衫，一双没穿过的鞋，余额为0的信用社存折。这是跟沙格德尔老伴一生有关的所有的东西，都被埋进废坑。沙格德尔的儿子在天津的蒙古餐馆当保安，有人说他打架已被抓了起来。

　　油灯照着沙格德尔家里余下的没被埋藏的东西：一条漆黑的四腿的板凳，墙角的土豆，纸箱里的雨衣和雨靴，一个早就没马可放的马鞍子。沙格德尔不懂汉语，到城里打不了工。他在房前屋后种一些玉米做口粮。他年轻时是公社有名的摔跤手，是出色的马倌，懂一点兽医。现在像在冬天到来之前准备死去的昆虫。他说："我死了，没人埋我，村里人都搬走了。"油灯的光照着地上搪瓷洗脸盆里的鸳鸯图案，照着墙上骑大鲤鱼的胖娃娃画像。沙格德尔闭目沉思，可能在猜想他死后是谁把他抬进废坑，是谁捡石头填满这个坑。

　　　　　　　　　　　　　　　　　选自散文集《蒙古河山》

2013 民生散文选本

我成了乡村的卧底

江子

从外表看，我已经与一名城里人无异。——我也算得上是衣冠楚楚。我的皮肤也还白皙。我的普通话还算流利。我保持着城市的许多生活习惯：头发最多三天洗一次，出门梳得也算整齐，喜欢喝点好茶，一杯咖啡可以喝一个晚上。我走路的姿势可以说是不紧不慢的那种。我还喜欢看碟，听音乐，对足球也说得上爱好，床头上堆着一些与精神有关的书。必要的时候，我还能说上几句这座城市的方言，短时间内一般不会露出漏洞，对我不熟悉的人，完全可能把我当作土生土长的本市人。

可我是农民的后裔，是一个生活在城里的乡下人。在许多表格关于籍贯的一栏里，我写的是与我所在的城市不一样的一个地址。那是一个叫吉水的、距离我所在的城市二百公里之遥的南方小县。而若干年前，我曾经在吉水工作时，写的籍贯是"枫江镇下陇洲村"。

那是吉水赣江之滨的一个村子。除了求学，我的童年和少年都在那里度过。那里至今住着我的父辈和兄弟。从这个村庄出发，我的亲友遍布故乡的山山水水。得益于国家早年没有来得及实施计划生育政策，祖辈强大的生殖力衍生了我在故乡庞大的亲系。

他们是卑微的、底层的一群，是大地上匍匐的一群。而他们多么渴望在天空中飞翔——城市就是他们常常窥视、仰望的天空。从农村包围城市，是我的故乡世世代代不死的心。城市拥有任何时代都是最好的物质和精神资源：高层的行政机关，医疗，教育，物流，文化等等。因为求学、患病、购物或者厄运，他们暂时离开了乡村，坐火车或汽车，沿着血脉的通道，秘密潜入城市，与我会合。乡音或者他们口中的我在乡村粗鄙难听的乳名或外号，就是我们接头的暗语。

他们是我的另一个组织，掌握了我的血脉我的出身甚至更多的秘密档案。我其实是他们安排在这座城市的卧底，是潜伏在城市内部的、为故乡工作的地下工作者。我的衣冠楚楚人模狗样从另一个角度上来说不过是为了便于开展工作的一种化装术。一名潜入城市的卧底，这就是我在故乡的组织掌握的档案上的真实身份。

那个人站在那里，手足无措。那个人无论头发、脸庞和衣着都与那座很欧化的拱形的大门外观和来来往往的高档车辆极不相称。那个人的头发蓬乱，皮肤粗糙黝黑，面色愁苦，胡子拉碴，皱巴巴的衬衫有一块明显的印记——显然那是不习惯出远门晕车呕吐的痕迹。那个人的手里提着一个脏兮兮的蛇皮袋，背上背着一床被子，被面的花色是崭新而艳俗的那种。那个人的样子就像他是一个难民。他的旁边，是他的儿子，两手空空，却因为和他的难民父亲站在一起感到尴尬万分。

那个人是我的姨父。站在他身边的是我的表弟。姨父看见我，脸上露出了一般人不易察觉的笑意。他的神情看起来有些激动，但是他并没有像在故乡的路上与我见面那样大叫大嚷，而是竭力保持着克制，待我走近，他显得训练有素地慢慢伸出了手，轻轻地用乡音唤了我一声——就像电影里组织派来的人与地下党员在敌占区秘密接头一样。

姨父生了两个儿子。他靠着种几亩地和做点小生意供两个儿子上学。大儿子今年高考落榜，可他还想上学。前些日子，姨父从家乡打电话给我，问我有没有什么办法，让表弟在省城上一所民办大学。我说干脆让他出去打工算啦，去民办大学上学能读到什么东西？再说那该要老大一笔钱呢，你现在负担那么重。可姨父说儿子想读，做父母的，就成全他嘛。从电话里听得出，姨父有一种为了儿子豁出去的悲壮意味。

2013
民生
散文选本

我知道这是我的组织交给我的任务。我必须充分利用我的城里人身份来完成它。接到姨父的电话以后，我费劲了心机搞到了这座城市几乎所有民校的情报，内容从建校历史、学校规模、师资力量、专业结构、收费就业情况等无所不包。最后我把目标锁定了在市郊的据说就业率在98%以上的某某大学。其实所有的民办高校只要给钱就能上，但我不能让姨父把辛辛苦苦积攒的钱往水里扔。

在单位隔壁的饭馆里，我叫了两瓶啤酒，姨父说路上车晕得厉害，什么也吃不下。他几乎没动什么筷子，只是一根接一根地抽烟。倒是表弟一个人自斟自饮把两瓶啤酒给干完了。我想，即使不是晕车，这当儿他也不会有什么胃口。这座不能被自己掌握的城市危机四伏，姨父心里多少隐藏着对表弟前途命运的担心。再说了，每年上万块钱的学费，对他不会是一个小数目。

我领着姨父父子俩打车来到了那所民办大学报名处。正是报名的高峰时期，学校人山人海。姨父躲到偏僻处，费力地从缝合在裤子上的口袋里掏出一沓皱巴巴的钱来。办完报名手续后，他手中的钱变成了几张轻飘飘的收据。我看见姨父的脸，虚弱苍白，他的手还有些抖。正是炎热的九月天气，他不停地用衣服的下摆擦汗。很多衣着光鲜的人从他面前走过时都露出了鄙夷和警惕的表情，仿佛他是一个被缴了械的俘虏。姨父告诉我，学费中的很大一部分，是租来的，要三分的利息。我说那该要还到猴年马月？姨父咬咬牙说，什么时候还得清先不管，儿子读书要紧。

报完名，姨父就说要回去，说家里的农活不能耽误，好几丘田等着灌水呢。姨父反复与表弟说着嘱咐的话，啰里啰唆，表弟都有点烦了。——我盯着表弟不耐烦的脸色，心想，如果这家伙做了一名城里人，早晚会成为故乡的叛徒。

姨父当天来当天回。他坐上回家的班车的时候，天已经全黑了。

我不认识眼前的这个人，虽然他有着和我的故乡相同的脸色和装束。但他手里拿着一张 X 光片。这张 X 光片就是我和故乡在城里接头的暗号。他是我舅舅的"特派员"。他手中的在一个牛皮纸信封里半露半藏的 X 光片是我舅舅的腰椎光片。舅舅是个泥瓦匠，在县城的某个工地上打工。据春节去给舅舅拜年时和舅舅攀谈，得知他在县城干得不错，比在家种几亩地强多了。可就在前几天，他不小心从脚手架上摔下来，把腰椎给摔断了。眼前的这个人是舅舅在工地上的工友。舅舅让他带话给我，要我去找省城的医生问问，看能不能尽量不做手术。如果要做手术，他家里的仅有的存款就要全被花光，那他的两个孩子在县城的读书就会成为问题。

我从纸袋里取出这张片子，在阳光下观望。我看不懂这片子的受伤情况，但我知道，那里藏着我的舅舅——我妈妈的弟弟的腰椎骨骼，它记录了一个底层人的、靠手艺生活的庄稼汉的很可能使他永远失去劳动能力的一次事故。它是我的故乡关乎命运的一张秘密图案。

我带着舅舅的工友来到单位附近的一所大医院。已是下午四点左右，专家门诊已空无一人，我只好直接冲进了住院部。我找到了一名正在值班的骨科专家。我要让我在不暴露身份的情况下从他的嘴中撬出有用的情报。我首先买了一盒价格不菲的香烟——这在某种程度上是一张城市通行证，也是证明我城市人身份的名片。我客气地给他点了烟。我开始运用与城里人交谈的一套话语系统，以表明我和他是自己人。我尽量让自己显得镇静和有涵养，语言上既显得谦恭又不失尊严。我脸上的表情也十分到位，没有露出一点破绽。我费尽周折终于取得了他的信任、尊重和免费诊断。我成功了。

我听到的消息是肯定要动手术，不然这辈子就废了。当我表面不动声色地提着装了舅舅腰椎光片的牛皮纸袋走出医院，我的腰椎忽然传来了一阵剧痛。

并不是每一次组织都会派人来跟我接头。有的时候会通过电话、手机等通信设备。我手机或电话上显示的电话号码就是只有我才能破解的密码。只要有来自故乡区号的电话响起，我就心领神会，我知道，那是故乡正在给我发出新的指令。

有一天，我接到了一个电话。电话里是个中年妇女的声音，带着哭腔。她问我是否记得她，曾经住在离我家隔几栋房子的地方。她说我小时候叫她姑呢，她还经常抱我来着，我小时候长得可胖呢。可后来她嫁到了我村隔壁的村子里。她说是从我在老家的爸爸那里问到了我的手机号码的。

说实话我对她并没有什么印象，只觉得声音有点熟悉。再加上电话的信号不太好，她的声音因为带着哭腔有些失真，我就更不知道她是谁了。我已离开故乡多年，故乡的人和事，已有许多我记不起来了。但她的乡音让我对她的真实身份没有产生一丝的怀疑。我知道，她是自己人。

电话里开始絮絮叨叨地说事儿。她说她的儿子开长途汽车跑货运，前几天在广州被别人的车撞了。她的儿子还住在医院里，伤得很重，肇事司机当场抓着了，可不知什么原因，不久就放了出来。这场车祸从此找不着主了。儿子的伤还得治着，可眼看着治伤的钱又没了。她在电话里哭起来，说这都是因为咱们是乡下人啊，咱们在广州人生地不熟的，石头掷天也没用啊。听说只要有人打个电话给广州那边就会认真办理。你是咱村里的能人，听说在省城当大官呢，你就给我打个电话过去吧，那边也是省城，你这里也是省城，省城还有不听省城的？求求你了大侄子救救命呀，事情办成后我打几斤麻油专门到省城感谢你呀——

我没有办法帮这个忙。她想得太天真了，在广州，除了家乡的一些打工仔，我并不认识谁，更没有打个电话就能把事儿给办了的能力。广州是我鞭长莫及、根本无法染指的城市。我和那边的城里人没有任何交情。我知道她正面临着困境，可我一点办法也没有。我根本不是什么官儿，我在城里的身份只是一个靠写字儿谋生的卑微文人。或者说，我只是她落水时想抱着的一根虚弱的稻草。我艰难地回绝了她。她显得多么失望！在电话的最后，她嘟嘟囔囔，语气中充满了对我见死不救的埋怨。

我知道我让我的组织失望了。我想我的故乡肯定会有一段时间对我的忠诚产生怀疑。他们会以为我背叛了他们。"哼，人家是城里人了，哪里会看得起咱们乡下人。"故乡的人在议论我时肯定会这么说。我将因此暂时蒙受冤屈。但作为一名卧底，蒙受冤屈是常有的事。对此，我已逆来顺受。

我的亲友们纷至沓来。可为了做好一名卧底，我必须承受更多。我必须让自己越来越像一名城里人。我必须讨好领导，团结同事，善待他人，以取得这座城市更多的信任，从而让自己在这座城市扎稳脚跟。我甚至对单位的守门人都不敢得罪，亲友们给我带来了红薯、辣椒我都要分给他一些，生怕他把故乡来的人凶神恶煞地堵在门外。我必须更广泛地熟悉城市，与更多的城里人交朋友，以获得更多的信息，窃取更多故乡需要的情报。我必须拥有更多的资源：包括人际资源和信息资源。我必须夜以继日地工作。我的组织并不发给我所需要的资金，奖励以一个好口碑（精神奖励为主），而我必须挣下所有的活动经费（包括接待故乡亲友的食宿费、交通费和其他开支）。在这个城市生活，我常常为资金的紧缺而一筹莫展，为此有那么几次我的卧底身份差一点被暴露，有几个朋友说我十分小气几乎从不请客简直就像一个乡下人。我当然会表面乐呵呵地满足他们的"敲诈勒索"，可我内心的困窘，有谁知晓？一个卧底内心深埋的悲凉，又有谁能知？我经常孤单地行走在这座城市的街头，脚步迟疑，一方面对故乡的命运忧心忡忡，一方面又为是否接听显示为故乡电话、一直响个不停的手机而犹豫不决。

今夜故乡又有人入城，说是半夜会来。从电话里的声音我知道那是我的一个远亲。他压低着嗓音说他正在来城里的夜班车上，可能要十二点左右才能到达。问他到底有什么事，他欲言又止，显然他说话不太方便。他的声音在夜晚的班车上含糊不清，呼呼的风声和车轮在地面行驶的尖锐声音隐约可闻，很让我有一些风声鹤唳的感觉。他干脆说电话里说不清。等到见面时一切就知道了。

接电话的前夕，我刚刚送走了一批来城里的亲友。我家里的餐桌上杯盘狼藉，我还来不及把一切清除干净。我在城里用我微薄的积蓄加上对我来说算得上是巨额贷款买下的房子成了故乡在城里的秘密交通站。我坐在家中亲友们沉重的身体坐得凹陷了的沙发上，一动也不想动。故乡亲人们的蜂拥而来已经让我疲惫不堪。我经常是超负荷地为我的组织工作。老实说，我受够了。但我想起我的故乡依然在苦难中挣扎，我的亲友依然蝼蚁般活在苍茫大地上，而我对他们的热情款待和为他们的事情奔忙多少可以给他们带来一星半点的希望和安慰，我就一点脾气也没有了。是的，就像一名卧底不敢背叛他的组织，我怎么会忍心改变对故乡亲友的忠诚，成为我贫弱不堪的故乡千夫所指的叛徒?!

——今夜，我依然静静地坐在家里的灯光下，心平气和地等着入城的亲友，将我家的门，笃笃叩响。

选自 2013 年第 2 期《西部新文学》

故乡帖

钱红莉

引　子

近几年，我的大娘、二娘和堂房的一个奶奶以及村里许多熟人，陆陆续续都殉于同一种病——食道癌。还有我的小姑奶奶（与我外公同母异父），因发现得早，及时做了手术，尚且保住了命。

两年前的一天，突然接到爸爸打来的电话，说我的小姨夫已经来合肥治病。冒着酷暑赶到省立医院，在杂乱的人群里，一眼就看见小姨和小姨夫。为了平息情绪，我去买矿泉水给他们。表弟将我拉到一个角落说：都中晚期了，他们不知道。

又是食道癌。

小姨不识字，那几日，她满眼含泪，锲而不舍地追着我探求真相。我一次次斩钉截铁地给予否定。但我觉着，欺骗她实在残忍，更让她陷入绝望的泥潭——与其在猜测里煎熬恐惧，不如直面真相来得解脱。

后来，真相被他们一点点获悉，历经手术，化疗等繁琐而磨人的步骤，算是暂时太平下来。

直觉告诉我，是老家的水质出了问题。

临走时，无非叮嘱他们不要再喝自来水，尽量饮用井水。

　　无论我大娘的村庄，还是小姨夫的学校，饮用的自来水都统一来源于一个有着美丽名字的湖泊——白荡湖。这个曾经在童年给过我无限幻想的湖泊，如今是个什么样子呢？

　　自从小姨夫遭此厄运，有那么几日，我反复盘忖着，怎样给我们那里的县长写一封信，无非表达一点小愿望，让他治理一下麾下的白荡湖。后来，我终究知难而退——这种给地方政府第一把手写信的想法天真又白痴。一个大湖的被污染，或许只要几个月时间，但治理起来，十年的时间都不一定够。

　　自外婆离世，那个叫"故乡"的地方，我一次也没回去过，十五六年了。今年清明前夕，打电话给定居芜湖的舅舅，想跟他一起回去给外婆修坟。听小姨说，外婆的坟地势低凹，快要被雨水冲洗平了。电话那头的高中毕业的舅舅一点也不热心，他说：今年闰年，不易修坟。当然，无须仰仗他的回去与否，我们直接开车回去即是。最终，这个想法还是被我爸的一席话给取消了：你一个外孙女凭的哪门子给外婆修坟?! 在乡下，修坟都是儿子做的事情。我爸的意思是，这会激怒舅舅。

　　至此，我又失去了一次回乡的机会。

　　遇到晴天，站在外婆家门口，就能望见烟波浩渺的白荡湖——湖上帆影点点。童年时期，让我最开心的事情就是跟着外婆去她娘家，行走在少丰圩的田埂上，再翻过一座高高的圩埂，就能望见方家山了。我的小舅奶奶家就在方家山。去异地做客的情景，像凌晨的露水湿了裤管，永远那么光鲜，它将铭刻在一个四五岁的小女孩心坎，直至成年，喜悦感丝毫不曾减退，回忆起来比蜜还甜，比爱情还长久。

　　每到秋天，天阔，云淡，这个时候，人不自觉地会望远怀乡。我一边复习唐诗，一边在唐诗里顺带回忆故乡，那个我生长了 15 年半的地方。

　　比如我们钱家祖那个村子，背西朝东，前面有一口池塘，鸭啊鹅啊整天在里面凫凫捣捣，遇到夏天，池塘干涸，泥里总是冒泡泡，双手对称着插下去，就会捞上来一条肥大的黄泥鳅。池塘边缘就是稻田，稻田前面有一条叫作干沟的小河日夜流淌，整年清澈明亮。我们的日常生活都发生在干沟里，流水哗哗中，洗衣，淘米，洗菜，挑水；夏天游泳，男孩子从高耸的石桥上一头砸下，河面冒几串泡，又游向远处……皖南地貌特有的湖泊纵横，让一代又一代人受惠于此。那些年，我和我妈妈生活其中，就是这么安宁地过来的。

海子诗云：亲人们哪，你们是怎么过来的？

——我们就是这么过来的，清贫的生活，宁静而不杂乱，让人感怀。

记忆的馒头

每天陪孩子午睡，听着他的鼻息均匀，就松一口大气，再和衣把自己放平，大睁着眼睛东想西想。一点半左右，大姐来接班继续看护孩子，换我去上班。最近特别想去乡下看看，尤其今天的想法相当强烈，恨不得旷工直接搭车走。

好多年没见过收割后的稻田了。褐灰色的稻桩戳在田里，远远地望，像大部队入定，一起闭目参禅——什么叫解甲归田，看看乡下收割后的稻田就明白些。初长的小麦拱着地皮，蚕豆苗在寒风里瑟瑟招展；小河里的残荷，一幅一幅的水墨铺过去，无须装裱，非常有格的小品，适合拿回挂家里。一两声狗吠，老母鸡下完蛋后的咯哒声……

这是小时候的村庄，一直存在记忆里。

其实，记忆也是一种想象，时间是发酵粉，能把记忆的馒头撑得又胖又圆，圆满的圆，回忆的人吃下去，无比安慰。而记忆就是一种大脑皮层里生出的安慰，陪伴人走了一程又一程。

好几次淘米的时候，发现有小颗粒状的蜡，非食用的。我们买来的米特别亮，一望便知，抛过光打过蜡的，无论是大型超市还是私人小超市出售的，都如此，几乎找不到原生态的大米了。

也想过，开车直接去乡下收，那种粉糯糯的刚从碾米机里流淌出来的大米，身上还带着机器的余温，抓一把在手心，米香直扑。

小时候，我妈经常性地派遣我从仓里舀稻出来，把两只稻箩灌满，然后由她挑着去村里有碾米机器的人家，我们那里叫"绞米"。那个轰鸣的机器突突突冒白烟，不一会儿，米出来了，在另一边，糠也露头了。糠是用来跟粥拌在一起给鸡们、猪们吃的。那个年头，我们吃米，畜生吃糠，一点不浪费。冬天的早晨，我妈把一锅粥煮好，拿一只破脸盆，盛出些稀的粥，再倒进糠，拿一根棍子搅拌，糠纷纷粘上了白粥，被再一次倒在地上，红耳赤冠的鸡们抢着食之。当这些美味被倒进猪槽，我们家那头黑猪都吃呛了，一个劲地咳嗽，那张既长又尖的嘴巴上沾满了糠麸，食毕，再恬不知耻地揩到墙上，摇摇尾巴到村东头找相好的去了——地上有几根零落的稻草，草上结霜，白蛇一样的气象，飘荡在20世纪80年代的乡村。

现在的鸡蛋，吃起来特别腥，没有小时候的香甜。我想象着，去乡下买米的同时再买老乡家一点土鸡蛋，回来炒蒜黄，金子一样的黄，堆在白瓷碗里，配着白米饭，热气腾腾，好比赶上了盛世和平的繁荣日子。

——如此最低端的生活愿景，在如今的中国城市，怕都不大可能轻易实现。

想总归是这么想，一次都没有行动过。能把车开多远，才是乡下呢？乡下好像不存在了。乡下只有老弱病残，猪也少养了，鸡也寥落得很。即便有，也是等着在城里打工的孩子过年回来宰杀。再说了，即便买着一些，来回汽油钱怎么算？代价不免昂贵。吃起来，心也不安了。不过是普通的市井小民，过日子，不能不算计。

算了，不都这样生活吗？就你的命贵重些？也是，算了。

但，这样也拦不住我去乡下看看的愿望啊。我就是有一种冲动，想立即去乡下看看。或者带着孩子，美其名曰：冬游。

看看田里有没有红花草，有没有野兔。总之，一切都是萧瑟的，山是苍青色，云颇臃肿，不大肯跟风走，好长时间才移动一步。大风不知日夜地刮，人们用头巾把头包起来，去菜园摘菜，无非萝卜青菜之类的家常。可是，就是这些家常，养活了多少代人?!

伴随时代进步的，是记忆里某些物种的陆续退场。

当有一天，我心血来潮，问孩子：你知道火球、火钵吗？他会不会讽刺：我们家有暖气，我为什么要知道火球是什么玩意儿？

挖藕人

如果3岁是一个人开始记事的年龄，那么，就是3岁了吧。从出生到上小学一年级这段光阴，我一直跟着外婆生活在稻圩村。那个阶段，舅舅在横埠高中上学，小姨每天放牛回来第一件事就是把我架在她的脖子上。

稻圩村正如它的名字一样位于圩区，地势低凹，每年夏天发大水，十有九淹。河流纵横密布，产野菱和藕。遇到没菜可食时，大人会去河边抓一把野菱角菜回来炒，搁几只红辣椒，挺下饭。大多时候，我的菜很特殊，外婆拿菜籽油炒粗盐粒给我拌稀饭。

20世纪70年代中期，中国的乡下还没有完全摆脱贫穷，那个时候的菜籽油少而金贵，到如今我都记得，当外婆炒菜时，把菜籽油从玻璃瓶里倒入大铁锅里，一回回坚持用大拇指把瓶口塞起，以免油流得太多，就是大拇指上沾的那一点油，外婆也舍不得似的，全揩在她乌黑的发上。嗯，那个时候她正值壮年，还没有挽髻。村里人都敬称她"大妈妈"，我作为她的第一个外孙女，少不了得益于村里人的优待，他们总是"小红子啊，小红子"地喊着，脸上堆着喜悦的笑，温暖又信赖。

跟外婆家隔壁而居的是"大汉子"家，村里人都称这家的女人为"大汉子"，虽然年龄跟外婆相当，但辈分小，我都可以直接喊她"大汉子"。所谓"大汉子"，即个高之意。她有一张宽阔的脸庞，皮肤白皙，笑的时候总习惯把嘴巴抿起来，说话温和，可是，就是这样的一个在3岁孩子眼里算得上美人的女子嫁的却是一个哑巴。他比她矮些，皮肤黑亮，看上去要比"大汉子"老十几岁的样子，额上皱纹深而乱，生气的时候，一个劲地在嘴里咕咕噜噜，眼神亮而有光，凶煞煞，简直要把人生吞下去，我一见他就怕，可是，越怕越想要研究他，每次都是站在外婆家门槛上远远地打量他。

冬天的早晨，他端着一个硕大的蓝边碗，蹲在门前柳树底下喝粥。粥是白粥，漾漾地一圈一圈流出蓝边碗外，千篇一律的腌菜，先漂在粥上，一会儿又沉下去。我看着他一碗接一碗地喝。喝粥的声音那么好听，粥像是在傻呵呵地笑着，笑得冒起白雾，陆续进到他的嘴巴。他在我眼里，只有两种状态，要么，气鼓鼓的，见谁都拿眼风刮，恨不得吃了你；倘若平静下来，总是不停歇地干活，挑水、犁田、打耙……仿佛将不能说话的遗恨全寄托在体力活上。后来，我大点，才理解些他——不停地劳作原本就是对于身体的一种安慰，劳动可以使人投入，人一投入，就忘我。忧伤，愁烦，暂歇下来。

如今，我们家冬天的餐桌上每天都不缺一样菜——素炒藕片，我每天早晨喜欢就着它吃稀饭，也喜欢去菜市挑那种塘藕买回来炒，个大，肉白，口感脆而糯，偶尔也放在小排里炖汤。每当挑藕的时候，就会想起一个人来。

想问一问，寒冬腊月的乡下，什么人最辛苦？

当然是挖藕人。

每到寒冬腊月，乡下基本上没什么农活可干，人们一律猫在火桶里煨冬，要么，手上拎只火球满村四处转悠。对于哑巴来说，他不能加入谈话的一群，若一味猫在家里可能会更难受，于是他不闲着，出门找事干。冬天能有啥子事呢？只能是挖藕了吧。塘藕一般都是人家放养的，只有河藕是野生的，也少，经不住挖，一年两年三年的光景，差不多挖尽了。没有了，别人就会忽然想起什么似的赶紧放养一些家藕，再一年的时间，满河皆是了。冬天是起藕的最佳时节，起出来洗干净挑到周边的镇上卖，换回一些收入。种藕卖，好像是那个时期人们暂时想得起来的唯一的经济模式。并非全村人都有资格种藕，一般是有势力的人或者村干部。

渐渐地，哑巴靠他的吃苦执着，挖藕挖出了名。每年冬天，他默默出去帮别人起藕。有了一点积蓄，他为自己置办了一个挖藕行头，背带橡胶裤，那种把脚直接插进去穿的挖藕衣服，做工粗糙，橡胶品质极差，穿起来，给人又胖又丑的印象，穿着它走在平地上，哐唧唧地闷响——这踩在淤泥里，该要用多大的力，才能一脚脚跋涉出来啊。

黄昏，远远地，小路上，有他拎几节藕回来的矮小身影，最是他开心快乐之际，接近村里，他的眼神满含讽刺，无非轻蔑村里那些青壮年怕冷怕累缩在家里当乌龟，独他一人风雪无阻出外劳作——这个时候，他是骄傲的，骨头缝里散发的骄傲，洪水一样倾泻，流着流着不禁热血沸腾，整个身体都暖起来了。

常常，我们需要独自一人给自己取暖。

偶尔我在村口玩耍，恰巧一抬头，跟他眼神四接，我也不慌，定定看住他，他的眼里开始有了笑意，嘴里还咕噜一通，我听不懂，一阵大风灌进脖子里，我赶紧把颈子一缩头一低，继续玩耍，不再理他。他收起笑意，悻悻走掉。有时我们晚饭都吃过了，他仍然没回来，"大汉子"会焦急地站在村口张望。

如今的冬天，常常温习一些古诗，当读到"日暮苍山远，天寒白屋贫。柴门闻犬吠，风雪夜归人"这一首，觉得刻画得太像我经过的稻圩村的日子。

那些"天寒白屋平贫"的日月，值得铭记。那么苦，那么冷，他一个人在淤泥里劳作，默默无言。回家时顶着一头白雪，走在泥路上，也没有个伴，多寒冷孤独啊——他到底有没有过大放悲声的时候？我想，偶尔会的吧，当脚趾头陷在淤泥里冻僵，哭一哭，反而会暖和一点。

所有的藕都喜欢藏身于淤泥深处。由于长期没有挖泥净河，有些地方的淤泥会堆积成一人高的厚度，在寒风冷雨里，他一锹一锹掀开泥巴，把肥美的藕节一根一根找出。一找就是一天，锅巴果腹，不知可有热水喝？

一个终生不言语的人，该有多寂寞？我想象着，他挖藕时，会不会跟藕对话？咕噜一句：狗日的，藏得真深呐！

后来，我离开稻圩村，回到了钱家祖。渐渐地，童年的事情差不多都自动引退了。直到上了初中。某一年冬天，钱家祖有户养藕人家非常缺人手，到处请人，当被我妈得知，她自告奋勇牵线搭桥，帮那户人家请来了哑巴。

那天，我见他带来了好几个人，一律穿的工装皮裤。七八年未见，他更显苍老，眼神未变，还是那么亮堂，仿佛有一种光在里面闪耀。他们一共干了三四天，就走了。那家的藕根本没起完，还有一大片呢。我一直纳闷，是工钱没谈妥，还是别的？

再后来，我终于从村里心直口快的人那里得知，是那家嫌他们挖藕挖得不专业，许多藕被挖破。藕一旦破了，灌了泥进去，就卖不上好价钱。于是，把他们辞了。

为这事，我失落了好几天。我妈一番好意到底付了流水，临了还要遭埋怨。他到底老了，没力气了，找藕不再精准，一锹下去，难免偏差。

最难过的，还是他自己吧。人老了，不中用了，终归力不从心，落得个被人辞退的局面。回到稻圩，他该有多怨责自己？另外，这份活还是大姐介绍的，更多了一层愧疚。我妈在稻圩村，与我外婆一样受人尊敬，每次回娘家，老老小小碰见了，都热情地招呼："大姐回来了，多居几天！"

后来，再也没有他的消息。许多年，我都把他忘得一干二净，仿佛根本不存在这么一个人。谁知，今年，每当我去菜市挑藕，他又一次次复活过来。

人真是年岁越大，越留恋童年经过的事，过电影一样没个完的时候。连我外婆都去了好多年，何况他呢。小时候，我没能跟他有过交流，但在我的成年，却牢牢记住了他，是因为他的残缺，还是因为他的忍辱负重？

一直跟气场比较弱的人亲，觉得那是同类——他们的苦，就是我曾经现在将来要受的苦。

今年清明，想带孩子回去看望我外婆——孩子跟外婆竟然同一天生日——我相信人是有灵魂的。曾经以往，是她照顾我，如今，她投胎做了我的孩子，由我来偿还她了。我回去的时候，也顺便看看稻圩村还在不在。

每个人的童年都是限量版，在我的童年生活里出现过的人，都那么珍贵、难忘。

腊月讲述

在钱家祖，一到腊月，全村老小像是受到了一种感召，责无旁贷地投入忙年的生活里去。在乡下，过年就是一种仪式。这个仪式相当繁琐，可达一个月之久。

记忆里，腊月总以晴天为主，日头一天照到晚，把什么东西都晒得焦干，甚至好久不穿扔在屋角的一双旧棉鞋，也要拎到小河里涮涮。迎接新年的第一个仪式，就是要把里里外外搞得干干净净的。月初，我妈把垫的以及盖的被褥一床一床拆下来清洗。老布的粗里子越洗越白，在河边大青石上被棒槌捶得翻滚，如一尾刚起网的鱼。我们家垫的毯子上印有两只凤凰，展翅欲飞的逼真感惹人一看再看。老布的被里子洗干净后，要放到米汤里浆一浆，晒干以后特别挺括，夜里盖在身上，米的芳香与日头的芬芳齐袭梦境，一个又一个美梦接天莲叶无穷碧。

糯米已经浸了几天了，用拇指与食指轻轻一捻，便碎了，拿去有石磨的人家碾磨，一勺一勺往磨眼里填，雪白的米浆倾巢而出，流进下面的木盆。当所有的糯米都化作了米浆，在木盆里荡漾，经过一夜的沉淀，糯米粉逐渐沉到水下，把上面汪着的一泓清水舀去，再用青灰裹进白纱布扎紧，放在米粉上吸水过滤，抓一把在手，轻轻捏捏，基本上可以成团，就可舀到簸箕里晾晒，十个白天九个日头的，时不时去簸箕里捻一捻，筛一筛，细如银丝的糯米粉被抓起一把，扬一扬，若恰好碰见一阵寒风经过，会吹得很远很远……这些珍贵的，是要等到正月十五做元宵来吃的。

除了糯米粉之外，还要准备米披子，就是炒米糖的原材料，籼米或粳米均可。把米蒸熟，暴晒，晒成透明色，越干越好，炒起来蓬松。晒好的米披子暂且寄存在瓦罐里，接下来熬糖稀。对于孩子来说，熬糖稀是最甜蜜的一件事。麦芽是出糖稀的一个引子，无它不可。大人把麦子放在淘米箩里，上面覆盖着一层稻草，早晚各过一遍温水。谁知没过几天，神奇的事情出现了，麦子真的在寒冬里发了芽，金黄里杂有嫩白，锲而不舍地穿过稻草，直到长成一尺来长，拔一根对着阳光晃，水晶一样透明。麦芽好了，该熬糖稀了——山芋烀熟，皮去除，揣成泥，加水、麦芽，在大铁锅里熬，先是烈火鼎沸，然后改中火，再改小火，慢慢熬，用锅铲不停地搅动，慢慢地，又一件神奇的事情发生了——所有的水被蒸发，最后剩在锅里的，是黄汪汪的糖，捞一筷子上来放在嘴里，满坑满谷的甜，那种甜可以直达漫山遍野，甚至上了云霄；那种甜，是令人恍惚的甜，不知所终的甜，物以稀为贵的甜。

20世纪70年代末，糖，对于一个乡村孩子，依然是一种奢靡的向往，轻易触不到的期盼，但，唯一在腊月里，是可以重逢的梦。

糖稀被大人装进大瓷缸，藏在碗橱深处。有一次，我妈没在家，我动念了。即便偷吃成功，也是心怀歉疚与不安的，简直是——吃了，比不吃还令人痛苦。在乡下，大人们一致认为，一个女孩子是万万不能好吃懒做的，以至于名声不好听，嫁不掉人，更坏的结果是被人唾弃。反正我妈就是这样灌输下来的。这种理念像蛇蝎子一样毒辣，一直隐秘地埋伏在将来的道路上，时不时伸出来咬一口，让我的心痛上加痛，直到成年，再来反省过去种种，不得不佩服，一个大人是怎样将自己的节制观念，钉子一样牢牢地镶嵌给了一名少年，即便成年以后自己拔出来，还是带着铁锈与血肉，非常痛，一直影响到老。

父母是孩子的第一任老师。这句话只说对了一半，另一半则是，父母是孩子的终生老师。从小到大，我妈潜移默化灌输给我的种种做人理念，太过根深蒂固，一棵树一样，越长大，越枝繁叶茂，永远倒不了，嵌进了骨头里，长成了钙，死了以后火化成一捧灰，依然在灰里。

这些不表，接着过年——我们要做炒米糖了。选一个日子，把所有的米披子都炒掉。大铁锅里黑砂翻滚，米披子一投进去，立马膨胀，嘶嘶作响，赶快铲出来筛一筛，再把黑砂倒入锅中，重新舀米进锅。如果不累，是可以炒出一稻箩米的，关键就看熬的糖稀够不够用。将糖稀适量倒入锅中加热，迅速倒炒米进去搅拌，再盛入洗刷干净的抽屉里，铺平，压实，如此三五分钟，糖稀与炒米已相互渗透得差不多了，不软也不硬，趁势倒到饭桌上，切成条，再切成块，等彻底冷了，装进瓦罐里密封，可以从过年吃到春三月插秧之际。

炒米糖嚼在嘴里，崩脆崩脆，最关键是它的香甜，鼻腔受用，口腔更是至乐。除了炒米糖，还有炒蚕豆，偶尔也有炒花生，碌骨炮子更脆，是万念俱灰的脆，上牙下牙一碰，它就粉身碎骨。所谓碌骨炮子，就是玉米粒，是到镇上花钱买回的。皖南地处丘陵，地少，大多种了稻麦棉芋，哪有闲地点花生、玉米呢。

然而，这些都不是钱家祖过年的主打，说白了，以上都是哄孩子的玩意儿。在钱家祖，过年最隆重的仪式，应该是请祖宗。

腊月二十三。黄表纸买回来，在地上铺一层青灰，放一刀黄表纸上去，用铁模子在上面印铜钱。这种事一般需要家庭里的男孩子来完成，我弟那时年幼，由我代劳。铁模子放在黄表纸上，用榔头敲打，手都震麻了，密密实实，全是铜钱的意象，干这事，得跪着，以示虔诚。等我把所有的黄表纸都印上铜钱，我妈再把这些黄表纸拿在手里团一团，顺一顺，一顺就顺成了一把把纸扇子，交叠在那里，非常好看——黄灿灿的，不是铜钱，分明是黄金。

大公鸡早已杀了，它身上漂亮的尾翎已被我收藏起来留待日后做毽子用。烧滚一锅水，把整只鸡放进沸水里泐一泐，原本软塌塌的鸡在沸水里刹时精神抖擞起来，简直快要站起来奔跑了，我妈拿一根小竹签插在它的头脖间，搞了一个神似昂首打鸣的造型，非常完美地盛进大碗——这是接祖宗回来的一道主打菜。其次，一盘生腐烧肉，还有一道菜"磬"——也不知可是这样写法，音似。所谓磬，就是整块带皮大肥肉，同样放沸水里泐一泐就捞起装盘。我妈把这三盘菜分别装进腰篮，另外盛上三碗米饭，一头一只篮子挑着，装一包火柴，拿几刀黄表纸和一挂小爆竹。我就知道，她跟村里的大人无出一辙，这就是要到野外请祖宗去了。通常是门前的田埂，或者圩埂背风处，是太阳将落欲落的黄昏——黄表纸的灰烬随风飘荡，粘在大人的眉毛上、发上，拂一拂，仍不肯离开，舍不得的样子。

夜黑下来，头顶的星星很小很亮，把这些食物挑回家来，逐一摆上饭桌，给老祖宗再吃一次，再烧几刀纸，炸一挂小爆竹，叩几个头以后，菜被悉数收回碗橱里入定。我们再接着吃饭，无非一碗青菜，或者再添一盘腌雪里蕻。

从腊月二十四这天开始，一直到正月十五，每天早饭前，必须盛三碗粥供在桌前给列祖列宗。然后，我们自己才能享用早餐。要说过年最烦心的事情，这个也算是一件吧。祖宗，我总是看不见，更不见他们出来喝粥。那么，这种盛粥的事情做起来，毫无意义可言。但，烦在心里，有敬畏在，到底不敢忤逆。

也许，所有祖先的灵魂在年关的时候，都愿意回来。在外飘荡了一年，也该回来歇歇了，我们做晚辈的，每天早晨盛三碗朴素的白粥给他们，也算是一种微薄的孝道吧——血缘的延续都在这三碗白粥里。

要说仪式感，这就是，虔诚，庄重。我们家的中堂画每每都是松鹤延年图，一副红底黑字的烫金对联左右并立，画下是枣红色茶几，紧邻茶几的是枣红饭桌，饭桌旁站立两把大木椅，同样是枣红色。过年的时候，堂屋里许多摆设都变得庄重起来，仿佛沾染了仙气，仔细想，跟往日也没什么不同，怎么到了过年，就有了异样？还是说不清。那几年，别人家开始流行张贴港台明星画像，塑膜的，被煤油灯微弱的光一照，恍惚地大放异彩，她们是汤兰花、林青霞、吕秀苓，一律琼瑶剧里的主角，无论戏里戏外，她们都那么美。70 年代末的少年生活，分外寒瘦寡淡，只能有她们给我们美的启蒙，不比如今的孩子，尚处黄口小儿阶段，就有巴赫和怀特来启蒙了——时代是往前进了几大步，革命性的，颠覆性的。

少年在腊月，被一种未知的情绪激荡着，连步伐都迈得轻快，哪里顾得了酷冷？一趟一趟往河边跑，卷起袖子，小手冻得彤红，协助大人把家里的什物洗了又洗，顺便抓点炒货放荷包里，抽空捻一点放嘴里，心下仿佛有大慰藉。那时，忙得连望天的事情都忘了，记忆里，总是阳光普照，天蓝云白。到了黄昏，坐下歇歇喘口气，又一个激灵，还没给牛喝水呢。于是，又急急望牛栏去了，把老水牛牵出，往村口池塘去。少年蹲在池塘边，看牛饮水，十多分钟之久，然后，老水牛抬起头，撒一泡尿，再次沉默地跟在少年身后，回它的家。

乡村的夜是在这时候黑下来的。那种黑，像网一样罩在大地上，密不透风，四周群山不见了，对面的村庄不见了，偶尔几声狗吠，算是为黑夜划着了一根火柴，接着又暗下去。

第二天，太阳升起，钱家祖的大人小孩接着忙。忙年忙年，无非如此。

选自 2013 年第 4、6 期《红豆》

以路之名

乔 叶

第三次或者第一次

没有读够万卷书，但是热衷于行万里路。这么多年来，只要有机会，我便浪荡在异乡的道路上。国外的且不说，就国内的版图看去，从西域到东海，从南国到北疆，可说算是几乎走遍。其中曾经有过两次旅程都离澳门有咫尺之距，第一次是1995年，我到珠海参加一个会议，会议结束后便开始私人旅行。当时珠海正盛行一个名叫"澳门环岛游"的旅游项目。所谓的"澳门环岛游"非常名副其实，就是坐在船上环游澳门一周。后来我才知道，之所以会有这么一个项目，是因为澳门除了岛本身之外，周围都是中国的国土——不，应当称为"国水"。也就是说，澳门居民如果不小心掉进了岛边的海水里，那就算是越界。

那一次，我远远地看到了葡京赌场，也几度从雄伟的友谊跨海大桥下面穿过，在屡屡被来自另一世界的奇思妙想和灯红酒绿震惊的同时，我最感兴趣的却是视野中的澳门人。当游船以最近的距离贴近着澳门岛的边际时，我目不转睛地看着那些走来走去的行人，他们朝我们挥手，我们也朝他们挥手……从1553年算起，该有四百多年了吧。前尘历历，云烟渺渺，我心里又兴奋又好奇又辛酸，很有些千头万绪，百味杂陈——当然，我也很清楚，回归之日已经越来越近，用不着太沮丧。

第二次去是跟着《人民文学》杂志社的朋友到珠海的横琴岛采风。那天下午，会议主办方把我们领到了一个地方，隔着一湾水波，指着对岸说："那就是澳门。"

我看着彼岸，看着那些与内地迥然有异的广告招牌。我想，是的，那就是澳门。那时已是2010年9月，澳门已经回归了十多年，中国的主权印章已经牢牢地盖在了澳门的名字上。我很笃定。我知道，迟早有一天，澳门这片想象中的风景，终会变成我体验中的现实。

这一天很快来到。2013年2月末的一天，我的双脚亲吻上了澳门的土地。

十月初五日巷

赌场，手信，美食，炮台，大三巴，妈祖庙……这些自然都不能错过，不过作为一个摄影发烧友，我更愿意做的事却是在澳门历史城区的大街小巷漫步。确切地说，相比于大街，我更钟情于小巷。这些小巷太有味道了。相机真是一项伟大的发明，不仅仅是留影，不仅仅是纪念，对我而言，它仿佛是另一只眼睛，透过取景器便可发现另一个角度的世界。又仿佛是另一只手，可以忠实地替我记录旅程中来不及详细品味的所有细节。"我尊敬底片。我尊敬它就像尊敬大海。因为它比我大得太多了。"因众多不朽的作品而享誉国际新闻摄影界的著名英国战地记者唐·麦库宁吐出如此箴言，深得我心。

突然，在一座淡绿色的老房子的墙上，在一排排密密麻麻的电缆下，我看到了一个路牌。澳门的这种路牌设计得很有意味：由八块正方形的青花瓷砖拼成一个长方形，中间一道横线分出两格文字，上汉下葡，白底蓝字，清新淡雅。下面的葡文我自然不认得，上面却是融到我血液里的最亲爱的汉字：十月初五日巷。

还有这样的街名？难不成还有初一初二初三巷，初六初七初八巷？又或者有一月二月三月巷，七八九月乃至腊月巷？询问身边的朋友这个路名是什么来头，他们都一片茫然。

"或许是个什么纪念日吧。反正应该和历史有关系。"最有学识的那个说。

好在有致广大而尽精微的百度。几个链接之后，搜索结果很快出来，一条脉络渐渐清晰：很久以前，这条路叫呵孟街，此名取自于呵孟码头。这片土地原来是海湾，是渔船憩息停泊之处，后来经填海成为陆地，也便渐渐成为客轮码头，所以商铺密集，摊档林立，从早上到傍晚乃至深夜，行人川流不息，格外生机勃勃。那时，这条街道是全澳最长最繁盛的街道之一——也因此它还有一个名字：新国王街，葡文名字是Rua Novadel-Rei。因为那时，在遥远的里斯本，有一条重要的商业大道，就叫新国王街。

那时的澳门还叫MACAU，所以呵孟街必得复制一下新国王街的名字。而现在的十月初五日巷也还是MACAU名下的产物：20世纪初，葡萄牙国内自由民族派与君主派的长期尖锐对立终于有了结果，葡萄牙王曼奴埃尔二世流亡英国，1990年10月5日，葡萄牙推翻帝制，建立起共和国。自此，10月5日成为葡萄牙的共和国日，十月初五日巷，即是澳葡政府对这场革命所表达的纪念……在网上搜索时，我还顺便搜到了一个词条，是"十月初五日巷附近宾馆"，这些酒店都在珠海。我粗粗浏览了一遍：某某某酒店，距离十月初五日巷零点九七公里，某某某酒店，一点零七公里，还有一点一公里、二点八一公里、二点八八公里、三点三公里、三点四二公里……我怅然沉默。也许，从珠海到十月初五日，不应当算公里，而应当算岁月。

"十月初五日，十月初五日……"我喃喃地念叨着。10月5日到了澳门，却变成了十月初五日，这感觉真是怪异。所有的中国人都知道公历和农历是多么截然不同，10月5日跟十月初五之间，还有着多么大的一段距离，严格地说，这两个日子简直就是阴错阳差——当然，我很清楚，这个典型的中国风的称呼不过是个路名而已，不过如此……但是，也绝不是不过如此。内港、陆地、码头、鱼市、商贸、战争、谋杀、流血……风暴深酿，翻云覆雨。而现在，街道静谧，足音轻缓。只有一缕最漫不经心的阳光，天真无邪地映照着这个小小的路牌。

"这个路名怎么了？"朋友道，"觉得不舒服的话，咱们可以向市政建议，再改一改嘛，就改成十月一日巷，反正澳门也回归了，不是么？"

我笑了笑，沉默。想起了老家的一条街，它曾经叫杨树街，据说曾有两棵硕大的杨树。后来解放了，成为解放路，再后来"文革"了，又叫卫东路。"文革"结束，城市统一规划路名，又叫韩愈路，再然后是路名竞拍，又被这条路上的一家房地产公司拍走，叫作香海路……而长久居住的本地人，都只叫它"杨树路"。

其实，十月初五日巷，这样的街名挺好。细想想，真是再好不过了。

还有一些路名

又在澳门走了几天，让我不时驻足的路名越来越多。到了后来，白天在路上去发现也觉得不足，晚上还要在地图上再寻觅。路名攒得越多我就越觉得有趣。倒不是因为它直译过来的异域风情："路义士约翰巴的士打街""沙嘉都喇贾罢丽街""亚美打利庇卢大马路"……这些让太多人绕口得痛苦的漫长名字虽然也是一种特色，但如果称之为有趣也未免有些变态。让我能够反复流连和品味的，是以下这些：

以人之名。殷皇子大马路、约翰四世大马路、苏雅利博士大马路、高可宁绅士街、何贤绅士大马路、提督马路、白朗古将军大马路、高利亚海军上将大马路……殷皇子即葡萄牙的航海家唐恩里克亲王，为葡萄牙海外扩张的倡导者。约翰四世原为葡萄牙布拉甘萨公爵，1640 年推翻西班牙统治的起义成功后，按照王位世袭顺序被推为国王。白朗古则在1907 年 2 月 28 日至 3 月 31 日被委任为代理澳门总督……每一条人名路都意味着对一个人的纪念，都意味着这个人的存在对澳门——不，准确地说，是对葡萄牙有着特别的意义。

以战之名。营地大街、兵营斜巷、炮兵马路……这些都是战争结下的伤疤，所以这些名字的音节，至今读起来还是硬的。

以城之名。历史车轮的走向早已经注定，以下这些路的名字里必然会深深地烫下不折不扣的中国烙印：友谊大马路、北京路、广州街、冼星海大马路。而和乐大马路、长寿大马路、仁厚里、和隆街、道德巷、同安街、福隆新街……走在这些路名中间，你会以为自己置身于北京、南京、西安或者苏杭的街巷里。这些路名中饱含着的典型的中国式祈愿，让我觉得既有一种他乡遇故知的意外，又有一种浸到骨子里的亲爱。

以市之名。在澳门地图东南角，有一块方正之地，简直就是世界马路集萃：巴黎街、布鲁塞尔街、罗马街、伦敦街、马德里街……

还有一些奇怪的称谓，也许该是以史之名吧。比如"聚龙旧社"，这是一个小巷的名字，因巷内有同名的土地庙而得名。这个土地庙建于明朝。而"玛利二世皇后眺望台"则是澳门唯一以眺望台为街道类型的地方。玛利二世皇后指的其实是葡萄牙女皇玛莉亚二世，她在 1845 年 11 月 20 日宣布澳门为自由港，并于 1846 年派遣亚马留到达澳门就任总督，推行殖民政策，自此葡萄牙得以实际管治澳门……由于从前的华人不知道她是女皇而不是皇后，便错到现在，看样子还将一直错下去。

我最喜欢的，则是这些路名：卖草地街、渔翁街、渡船街、田畔街、石街、麻子街、果篮街、咸虾巷、工匠街、苦力围、恋爱巷、美丽街……走在这些街道上，最寻常的景象是：居民楼的过道内停着或新或旧的小排量摩托车，门窗外晾晒着形形色色的床单和衣服，慵懒的猫咪晒在温热的阳光下，不时有隐隐的歌声传来，仔细倾听，是邓丽君的《甜蜜蜜》。

卖草地街没有草，渔翁巷没有渔翁，渡船街也没有渡船，田畔街更没有田地，这都在我的预想之中。澳门从 19 世纪末开始大规模填海造地，现在的土地面积已扩大为原来的三倍。原来的边缘之地成了熙熙攘攘的中心，原来的中心成了寸土寸金的更中心，怎么能指望还遗留一丝丝渔村乡野的风情？能够留下这些名字，已经很好了。而且，更重要的也更本质的是，咸虾巷肯定有人吃咸虾，工匠街肯定有工人，恋爱巷肯定有恋爱，美丽街肯定有美丽——这些路，以生活为名。没有比它们更琐屑的路名了，也没有比它们更坚实的路名了。只要有人在，就有生活在。有生活在，就有这些路在。生活有多远，这些路就有多远。生活有多长，这些路就有多长。

还有两条路的名字，一直刻在我的记忆中：民国大马路和孙逸仙大马路。这两条路隔着西湾湖的一泓碧水遥遥相对。民国大马路靠里一些，孙逸仙大马路则是澳门最南端的东西路，它像一道堤岸，决绝地、孤独地站在那里。它的身后是澳门的稠密巷陌和万家灯火。它的前方，除了茫茫大海，还是茫茫大海。

站立的道路

房子也是路，只是这路是站立的，非长条形的，且是以住的形式，在被人走。

亚婆井是葡式风情保持得相对纯粹的地方。亚婆井，葡文的意思是"山泉"。这里以前是澳门的主要水源，又靠近内港，因此是葡人在澳门最高的聚居点之一。这周围的公寓至今仍是典型的葡萄牙范儿，或纯白或水红或浅绿的外墙装饰着极简的线条，衬托着墨绿的百叶窗和红瓦坡的屋顶，偶尔还有几抹纯黄色块镶嵌在窗户周围，使得整体效果看起来洁雅明快、鲜艳清爽，极富诗意。公寓前面的空地上还有两株寿高百年的老榕树，微风拂来，双树相顾，枝叶婆娑，翠色茵茵。

我和朋友们在这里停留了很久，拍了很多照片。生锈的门牌，古朴的窗棂，娇小的石雕，玲珑的邮箱……葡萄牙人在这里生活了几百年，处处都有痕迹。这些痕迹都完好地保存着，作为历史的一部分和一部分历史。

"其实，这些痕迹也都意味着耻辱。"有人说。

我沉默。听到这样的话并不意外——被葡萄牙殖民过，这是国家的耻辱，但是，耻辱的痕迹也自有价值，甚至是更特别的价值。一个国家、一个民族或者一个人，靠什么证明自己曾经的历程？不是靠欺人的编造，也不是靠自欺的臆想，靠的就是这些繁繁复复又结结实实的痕迹啊。除了这些痕迹，还有什么呢？

忽然想，幸亏澳门没有轰轰烈烈的"文革"，也没有处处可见的"拆迁"，不然把这些房子都涤荡得一干二净，我们这些人到了这里，还能看到什么呢？

"喝了亚婆井水，忘不掉澳门。要么在澳门成家，要么远别重来……"解说员为我们背诵着这首澳门葡人民谣。听到这样的歌词，我脑海中的第一反应就是跳出了《七子之歌》："你可知 MACAU 不是我真姓？我离开你太久了，母亲！但是他们掳去的是我的肉体，你依然保管我内心的灵魂……"

2013 民生 散文选本

　　两歌并起，心中感慨。抛开政治，抛开国别，若只以最单纯的心态去体会它们，便可知它们都只是赤子之情，赤子之心，不是吗？

　　但亚婆井这样的地方在澳门是很少的。行走在澳门的街道上，我更强烈的感觉是自己在随时穿越。关公圣像、花王堂、妈祖金身、板樟堂、佛龛，偶然路过圣约瑟教区中学，看到门口的校训居然是"己立立人"……无论是中式的庙宇、商铺和园林，还是西式的教堂、剧院和墓园，这些站立的道路上都活泼泼地镌刻着生动的细节：外面廊柱的柱头和屋内的藻井是西方的古典花纹，室内正面的屏风和厅堂的门楣上是中式的镂空木雕。左邻可能是座中式小院，墙壁是水磨青砖，砖质紧密，砖线细致。屋檐下有雕花檐板，墙顶有灰塑浮雕。右舍可能就是一座欧式华堂，尖塔高耸，拱形门窗，彩色玻璃上粉红、杏黄、水绿、乳白各种图案绚丽多姿。以商人为主的外国人在 16 世纪中叶入居澳门后，作为远东地区重要的国际港口，世界各地的人们随着贸易活动的兴盛也纷沓而至。西班牙人、英国人、意大利人、荷兰人、瑞典人、日本人、朝鲜人、印度人、马来西亚人、菲律宾人……都在澳门留下了他们的身影。雁过留声，人过留名，所以，仔细看去，巴洛克风格、新古典主义风格、折中主义风格、罗马式风格、欧洲乡土风格，还有伊斯兰建筑风格……各种交融，各种汇通，各种合璧，各种混搭，缤纷杂糅，风情万种，混沌一体，经纬难辨。时间真是伟大的魔术师啊，本来可能是格格不入甚至互相伤害的元素，经过它的耐心调和，它们在一起不但相安无事，甚至还相映生辉。

　　这是时间的奇迹，也是历史的奇迹。忽然想：如果这些站立的道路都会说话，它们会说些什么呢？

在花朵后面

　　"一个摄影家知道在花朵后面有全世界的苦难。经由这朵花，他可以碰触到别的东西。"这是爱德华·布巴的话。在澳门走了几天之后，在拍下了几千张照片之后，毫无疑问，我知道，澳门也是一朵绮丽的花。可是，经由这朵花，我可以碰触到什么别的东西呢？

　　我碰触到了路。我只能这么说。澳门的道路有多少啊！大马路、马路、街、路、石级、公路、围、圆形地、前地、巷、斜巷、斜坡、牧羊巷、里……这些是躺着的道路，还有卢家大屋、郑家大屋、三街会馆、大三巴牌坊等这些站立的道路……无论是躺着的道路还是站立的道路，这些都是澳门的路。这些躺着的路啊，被多少人走过？这些站立的路啊，又被多少人住过？带着海腥气回家的渔民，带着香粉味儿回家的贵族小姐，腰包鼓鼓的商人，铠甲沉沉的士兵，神情沉重的官员，菜篮子满满的主妇……以长诗《葡国魂》铸就葡萄牙文学丰碑的贾梅士在澳门失意落魄，却邂逅了一段中国爱情。写过《牡丹亭》的汤显祖游了罗浮山，上了飞云顶，用如此诗句描绘眼中的葡萄牙少女："花面蛮姬十五强，蔷薇露水拂朝妆。"还有丘逢甲，居然以赞赏的豪情这样形容赌场："银牌高署市门东，百万居然一掷中。谁向风尘劳斗色，赌徒从古有英雄……"

车声辚辚，马嘶萧萧，人潮涌动，旗帜飘飘。唯有这些道路，这些大地上的道路，它们默默地承担着，忍受着，记忆着，见证着，铭刻着。我碰触到的，只是这些道路的名字，和由它们的名字延伸出的简史，是这些路的最表面。以路之名，我稍微知道了一些澳门，也由此知道：无论是什么样名称的路，也都只是路。路名可以一换再换，街容可以一改再改，行路的人也可以一变再变，茅棚草屋或者是高楼林立，襄衣笠翁或者是豪门权贵……唯有这道路本身，它诚实地、紧紧地贴在这大地上，默默无语。

它们没有话语权，但是，我深信，它们什么都知道。条条大路通罗马——澳门的这些道路，既通向着斑驳幽微的沧海桑田，也通向着不可知的未来深处。

选自 2013 年第 10 期《散文选刊》

岁时记

陆 梅

一

昨日中午，偷闲和白桦夫妇，旅居澳洲的黄文生、王亚法，及沪上笑星王汝刚餐聚。王亚法做东，在番禺路、延安西路口的翠蜓轩酒家。该酒家隐在龙之梦大楼后，墙面饰以一巨型鸟笼。王亚法、白桦、王汝刚都带来了自己的著作。白桦是我一向敬重的老作家，他的小说集《蓝铃姑娘》、长诗《从秋瑾到林昭》，我们曾为他开过新作研讨会，反响热烈。获赠王汝刚写他老搭档李九松的文化随笔一本。王亚法第一回见，他的《张大千传》，砖头一般厚，学林出版社熟友褚大为责编。久不见大为，他也是我写作家的书《谁在畅销》的责编。世界真是小，有缘就得见。黄文生第二回见，他和王亚法都热心交友，早年在澳洲打拼，如今已然念念思乡。

回报社，得空翻阅 2011 年 11、12 期集团内刊《报刊业务探索》。文汇报总编辑徐炯一篇谈文汇如何"智慧立报"的演讲，颇有新见。择其要点摘录：

许多记者好像以为，稿子里有了某某专家怎么说，就有了"深度"，是"深度报道"了。这实在是大大的误解。要写深度报道，记者必须建立自己的专家后援团。要找对专家；要具备跟专家对话的能力；要跟读者一起追求深度认知。

网络媒体兴起之后，热点越来越多，而且快速切换。——热点太多和快速切换，会屏蔽掉真正有价值、应当认真关注的人和事。

正因为今天读者的注意力不断被分散，我们需要不断强化他们对某个话题的关注和印象。

快而劣质，或者慢工出细活，我们总在选择前者。

二

周末。窝在家里翻书。今年1月号《作家》封面不再是作家的大头照，改以水彩插画，清新可喜。

作家照改在封二，这一次是阎连科。"作家地理"有他新作《711号园——北京最后的纪念》。篇幅看，应是长篇散文，一本书的量。开篇"引子"大气凝神。这个"711号园"就是去年夏天媒体沸沸扬扬的北京花乡公园强拆对象。阎连科在这里租了房，和这里有了一段城市里的诗栖记忆，直至这个千亩绿地的消失。

第一章农具。阎连科总结农具最后的三个去处不一样的命运：一是被扔在田头化为黄土；二是被提回家，再无用处后再次走入炼铁炉；三是被偶然发现送到博物馆里。三种去处，表面看第三种是最好的命运，阎连科却给出了不同说法："……这貌似通向神灵的座位，其实是一条最为悲哀的路途与去处。因为在那儿，它们将再也不是自己，再也没有安宁，再也没有新生的可能。""博物馆是农具的囚室。"

在南方，农具的去处有点尴尬。城市化进程湮没了田间地头。"田间地头"已然成为一个意象，一种想象。昔日麦苗田地，如今拔地而起幢幢高楼。杂芜、密集、沉闷。那些农具如何消失？又消失在哪里？都不甚了了。真有遗落在地，也少人在意。

有一次，我在江南古镇见到一家有卖锄头镰刀的农具店。店里清冷，一整排簇新的铁器出离地打着盹。木柄透白，铁器黑沉。镰刀、锄头、耙犁、洋铁皮簸箕……连同这家崭新小店，它的存在，本身就是奇迹。在这个小镇，农具的消耗微乎其微。它更似一间农具展示厅——博物馆的民间体。

阎连科如此叹息："农具一词已古老得有了唐诗宋词的味道。城市人以分不出韭菜与小麦的差别而认为是一种体面的荣誉。"

三

今天是大年夜，大寒后的第一天。天空飞飞扬扬飘起了雪花，细细密密的雪粒子倾空而下。终于在南方的上海见到雪，圣恩很兴奋。

上午去了趟久光百货。笑笑短信来："梅子：下雪了！"

久光地下一层超市，收银处排起长队。同样排长队的是路面的私家车。人们行色匆匆，手提大袋货品，只为购物而归。归心似箭。

午后雪停。日阳下了无痕迹。云很快又收了去，一下午的阴。

与父亲电话，定下年初二回家。年初一母亲要去庙里敬香。

继续翻看新一期《作家》。阎连科的《711 号园》。

年年岁岁年相似，总把旧桃换新符。

隔壁书房的三枝腊梅少了幽香飘拂，空气也显微浊了。

汪曾祺的《岁朝清供》读过又读，仍满口噙香。原来，最幽香不绝的，是文字里的香。

比如《夏天》的开头："夏天的早晨真舒服。空气很凉爽，草上还挂着露水（蜘蛛网上也挂着露水），写大字一张，读古文一篇。夏天的早晨真舒服。"

就这么几句，神清气爽，勾起我无限神往！仿佛走进童年夏天的乡村早晨，屋檐下，草叶间，那闪着莹光的露水，一不小心，濡湿了你的发和眼。空气清新。

四

回了一趟松江老家。正是七月初夏，梅子黄时雨。

家门前绿意葱茏。春天里的新竹已一片繁盛景象，竹节翠绿可人。葡萄藤蔓越过黑色铁窗，爬上了二楼高墙，三五串葡萄悬在上面，清新可喜。蔷薇丛里顶出一枝嫣红花儿，晚放的花，边缘起了锈，却遗世独立地绽放着。开过金银花的棚架下，丝瓜藤蔓正蓬蓬勃勃，长势旺盛。

菜园子就不用说了。庭院里，梨树的叶子掉得有点稀拉，满树的梨子正长个。大花盆里也不知母亲种了什么草（花?），一径绿着。那棵大桂花树，被我写进了散文《永恒的至福》，如今它休眠着，未到花开时节。

难得家人茶聚，少不了一个人——启智。我在写家乡的一些文字里，如此称呼他。他是我姐姐的儿子天天小时候的玩伴。难得今日天天也来了，因为暑假。过了这个夏天，他就念初三。启智呢，照说他早是大小伙子了，今年二十有二，阳光学校毕业，开始工作了。问他什么工作？他答："拧螺丝。"又问拧螺丝发工资吗？他又答："现在没，很快就有。"

他说话的时候，还是眼睛向下，不看人。问他一句，他就答一句。细细看，他的眼眉和神情，还是多年前的样子。可、到底，嘴唇周围漫出一片青春的胡子了。我有意和他搭话，问他算术，——多年前，六岁的小天天和他玩得很好的时候，我也拿这算术来考他，我问他："1+1=?"他答"2"；那么"2+2=?"他答"3"；"那3+3呢?""等于4"……

他的算术连同他的部分记忆，还是停留在天天六岁时。我问他的时候，长大了的天天就坐在我边上看书。天天善意地朝我笑笑，什么也没说，低头继续看他的书。

午后三时，睡午觉的也已经起来了，茶也淡了，姐提议去西林禅寺吃素斋。

我们到的时候，已是寺庙快要关门的时辰。香客只零星几个。安静得可以随处走，随性看。有个小女孩在桥下池边看水里的锦鲤。这锦鲤，颜色艳极！以前只见过红黄间色，簇拥在一堆，只觉混杂。这里的锦鲤，却是黄的金黄，无一丝杂色，像是皇帝那身上朝的黄袍披在了鱼儿身上。黑的呢，仔细看，竟不是黑，是深蓝！就那么一尾，也不扎堆，静默地游弋在大群鱼儿附近。还有一种纯白色！真正丝绸的白，轻盈地荡来荡去，许是在荡秋千呢。纯红的就不必说了，惊鸿一瞥。

姐姐因为刚写过西林禅寺，亲切感陡增，拉我去崇恩图书馆。小偏门进去，果然消汗的好去处。各类佛学杂志和书籍不少，可以随意看。有谁能想到呢，这样一个平日里恐怕香客游客簇拥，忙着烧香拜佛留影的喧嚷之地（如今哪里不是喧嚷之地呢），咫尺之遥，却还有这样一处安宁角落？我们静静坐了一些时候。也翻书，也静心。图书馆的一面，齐齐整整立着一墙专业佛书，厚厚的精装本。站在这面佛墙前，我徒生一个词：皓首穷经。又心生汗颜。怎么说呢？恍然觉得我所有以往看重的那一点点成绩，是那么微小无力。在那面佛墙前，我只是一个初生的小婴孩。

所谓敬畏之心，大抵如此吧。

冬至夜。明日冬至。

读今年最后一期《收获》上南帆专栏"关于泥土的记忆"文《风声竹林夜》。

谈到鬼魂问题。

南帆讲，很长时间来，不知道对于鬼魂问题如何表态。直至读到孔子的《论语》，《论语·述而》记载："子不语怪、力、乱、神。"由此恍然大悟——可以存而不论，不置可否。他继而引用维特根斯坦《逻辑哲学论》的最后一个命题："凡不可说的，应当沉默。"南帆认为，面对意识之外的一片巨大的神秘，凡人无法窥视，语言难以登陆。这时，缄口是正确的选择。

所以孔子还有一句话：敬鬼神而远之。

还读到一句很令我开启思路的话："你要觉得读者比作者大，你就按他们喜欢的写。你要觉得艺术比生活大，你才能在艺术当中。"

很多写作者都被追问过读者与作者、写作与生活之间的关系。"读者是上帝"、"生活是写作的源泉"已然唯一标准。可是郁闷的是，明明口不应心，明明还可以有更多精彩真实的解释，大多数的回答却总是叫人泄气。所以当崔曼莉不假思索道出她的写作观时，真想拍手称快！

一个尊重艺术、尊重自己内心的写作者，是值得信赖的。凡·高对他的弟弟提奥说："没有什么是不朽的，包括艺术本身。唯一不朽的，是艺术所传递出来的对人和世界的理解。"年岁日增，越发地倚赖内心，遵从内心的需要。实则是为心灵的完善和超越而活。

五

周末天晴。三人去多伦路现代美术馆看画展。奥地利画家维尔纳·贝格的油画与版画。一至三楼，沿铁皮楼梯旋转而上，似乎经历了一个由暗而明的视觉体验。画都深有印象。大色块的灰和蓝。深浓的紫和绿。罩着袍子衣衫的雨中的路人。冷色调的神秘。路人的脸都沉思渺远。或者干脆只给你一个背影。可是这个背影是有表情的，还是、仍然是梦游般的恍惚与寂寥。

他画都市里的行人，精神病患者，睡着了的喂奶的女人；也画乡村生活的日常：农夫，女商贩，大公鸡，屠宰场……色块强烈，用色清冷。难得也有春天般的明媚，三月夜晚的村庄、晚近的天空、脱去厚衣裳的孩子……金黄的暖色调，在一片黑蓝中惊鸿一瞥。

还有一部分木刻版画。明晰勾勒，黑白分明。让人想起鲁迅收藏并喜欢的木刻风。有一幅老妇人的肖像，标题可直接取名《呐喊》。也让人想起蒙克。

翌日上班饭堂里遇见《新民周刊》主笔沈嘉禄，和他说起贝格。他送我一本厚厚贝格画册，真心喜爱！看画展就想觅这样一本画册，惜乎连一页纸也不见。果然，贝格的画受过蒙克影响。据其外孙维尔纳·贝格美术馆馆长薛荷先生接受中国媒体采访时说："我的外祖父贝格先生的确是把挪威艺术家蒙克当作自己的榜样，受蒙克影响很深。他的画介于具象与抽象之间，但却可以在生活中找到原型。他的画虽然描绘农村的题材很多，但是却是完全的现代画，都体现了对美的追求。"

又快到新年。年年岁岁年相似。晚起，出去早餐。回来时到菜场对面买了一束腊梅。年还未到，腊梅开得早。今年的冬天冷冷停停，乍寒又暖，多日雾霾，空气浑浊。

将五枝腊梅插在陶柱花瓶里，书房有了清气，幽香入肺。又将路上摘得的三枝小天竺插于大理石花瓶。红透的天竺子，映衬狭长绿叶，疏朗静美。

看叶弥发在新一期《作家》上的短篇《亲人》。读到一句话："世界就是一张纸，轻轻一捅就破了。在破裂的地方她看到了真相，这真相就是爱。"

六

天气好起来。初见新年第一缕阳光。

决定出行。驱车往苏州。中途停古镇甪直。

漆黑门面一路关张。拐进一条寂寥太尉弄，蜿蜒穿行，猛抬头，豁然开朗：嗬，这才是古镇原貌！——沿河两岸，铺面林立，店招飞扬，游人摩肩。阳光一览无余，铺排在那些闪着亮片的饰物上，晃得人眼花缭乱。保圣寺一墙明亮的黄。余烟缭绕。一早敬香的老妪，三三两两走在老街上。一律大红或大绿的方巾包住头。臂挎一个空篮子，笃定地说笑着。

古镇河道交织。穿巷走桥，很快迷了方向。三人夹杂在本地村镇的人群里，闲走乱看。一些年轻女孩，寒天里不怕冻，一袭白纱，裸着胳膊，穿成古装里的仕女，手拿团扇宝剑，摆成各般姿态照相。看她们妆后的脸，浮白着，平地一树假花。真真不美。

暖阳下，三人在香花桥畔吃奥灶面。简易长条桌凳。桌子铺了蓝印花布。边沿就是河道，摇橹小船悠悠自桥下过。等着面上来，也不急，晒着太阳看对岸的保圣寺。香花桥上流动的人。古旧的屋瓦。屋瓦上的三路神仙。一排柳树已爆出芽。面店的鼓风机呼呼响，大锅里热气蒸腾。狭长河道贯通西汇下塘街。

吃完面，驱车继续往苏州老城。车停东北街。这一带集中了苏州博物馆、拙政园、狮子林。博物馆门前排起了长队，为一个明代皇家古文物展。拙政园售票处也人满为患。小旗子到处晃，小喇叭到处响。本应清静的私家园林，哪容得下如此喧嚷拥挤。遂罢了参观、进园的念头。在街两侧铺面小店驻足。苏州人过年有卖鲜丽水果的。绿叶铺就的篮子，盛满蓝莓、草莓、杏子、青枣。红的红，紫的紫，翠的翠，黄的黄。一派姹紫嫣红、烂漫金黄。养了眼目，吃却不敢苟同。鲜果子似在糖水里浸过，堆叠得好看，面上却蒙着一层灰。若这"糖水"，还是色素勾兑，那可真煞风景了。

夕照时分，驱车往观前街。转转绕绕，竟开到一条因果巷，可是个好名字。就定在因果巷入住汉庭酒店。放下行李闲逛观前街。已然不见老街的影，哪里都簇新。簇新的街，簇新的店招，簇新的百年老店。得月楼预订已满，遂去隔壁王四酒家吃晚饭。明知菜贵得离谱，也不想找了，坐下点餐。鱼面筋咸。梅酱排骨甜腻而不新鲜。炒面很快冷下来，亦是咸。生意却空前的好。门童一直在拉门关门。总有游人投奔而来，等座也不抱怨。

饭罢兴起，去采芝斋茶楼听苏州评弹。终究是入乡随俗了，感受一回吴侬雅韵。时候尚早，我们是第一拨新客，被接迎到最好的位置，正对戏台。戏台形制小巧，仿成亭台楼阁。青琐绮疏，雕梁粉壁。一棵大树也是仿的，繁密枝叶浓绿，灯晕里投下漫漶的影。又来了三两人。我们的茶也上来。一迭声"新年好"的吴侬软语，娇俏着身子，高跟鞋咚咚咚地踩出活泼。是今晚单档的女演员。很快地换了衣，一身红底印花旗袍。卷发绾在后，脸容精致，开成一朵花——菊花，招呼来客点戏。生动利落。

唱戏的女演员脸都生动。昆曲的像兰花。京戏的似牡丹、芙蓉。越剧有梅花的影。沪剧似白玉兰。评弹就是菊花了。一瓣瓣围聚在双眼间，每一丝都笑得好看。好比曲子里的那些唱词，郎呀妹，秋呀思……"云烟烟烟云笼帘房；月朦朦朦月色黄昏……"声声婉转，娓娓道来。轻清柔缓，弦琶琮铮。从盘古唱到而今。朝欢暮乐，紫薇相对。

女演员唱唱歇歇。没人点曲，就与侍茶的闲话。这一晚，老客新客都不会多。茶淡夜凉，是该回旅店了。三人裹紧了大衣往夜色里去。

夜色里的观前街，一扫白日嘈杂，变得静谧婉约。玄妙观前走过，深红漆黄的门墙一闪，虚静的不可言说的幽秘。脑海里浮出一句话："子不语怪、力、乱、神。"

今晚，我们住因果巷。

七

昨日兜兜转转，走进贝聿铭童年生活的老房子参观（现为苏州民俗博物馆）。买书和明信片。书薄薄一册，名《老家苏州》，作者艾雯（熊昆珍），1923 年生于苏州，早年迁居台湾。扉页有一帧黄永玉制的作者剪影，落款 1945 年 10 月。正是作者青春华年时。

买此小书，是被作者手绘的细笔素描吸引。老家的桥。一些江南习见的草本植物。桥安静地一跨。落着雪。或波影摇动。一笔一画，都是乡愁。植物纤细静美。蝴蝶花豆。野塘蒿。满天星。望江南。大莎草。

夜繁花。姑婆芋。葛藤草。草木春秋，岁月静好。

　　明信片是一帧树和树的投影。映照在粉墙一角。叶子落尽，枝杈疏朗。夕暮时分，天还蓝着，光影里泛着灰和白。静谧和辽远。每一个投影，都是时间的流淌。

选自 2013 年第 9 期《散文百家》

塌陷的胸腔

江少宾

没有人知道结果会怎样，因为我们未曾有过这样的经历。

——（美）蕾切尔·卡逊

一

堂哥病了，肺癌。医生说，癌细胞已经侵入了脑部，手术无法切除，只能保守治疗。保守治疗的结果是显而易见的，天宝在电话那头一直哭，他接受不了这个突如其来的事实。我违心地安慰着天宝，生老病死，是谁也无法抗拒的自然规律……这话太轻也太苍白了，堂哥劳苦了一辈子，刚刚到了含饴弄孙的年龄，无情的病魔就汹涌地袭来，留给他的日子，已经不多了。

天宝没有告诉堂哥真实的病情，作为堂哥唯一的儿子，天宝还是将父亲带到了合肥。有病就得治，天宝说，合肥的医生，或许还有法子……我叹了口气，肺癌患者的存活率实在太低，更何况，堂哥的癌细胞已经扩散，再高明的医生，恐怕也无回天之力。堂哥躺在病床上，满头华发，他笑盈盈地握着我的手，仿佛只是一次小感冒，偶然冒犯了自己。事实上，堂哥最明显的症状就是感冒，一直好

2013 民生 散文选本

不了，先是到枞阳县医院，然后又到安庆市医院，终于确诊为肺癌晚期。奇怪的是，堂哥居然没有感觉到明显的病痛，即便在四处求医问药，他也像往常一样在田地里忙活，只是在劳碌的间歇里，偶尔袭来一阵阵胸闷。病床上的堂哥有说有笑的，根本不像一个肺癌患者，甚至不像一个病人！堂哥的表现让我非常意外，我甚至怀疑，这是一次离谱的误诊。当天下午，我辗转找到了一位熟悉的医生，唉，肺癌是一定的，也已经没有了手术的可能，他同样建议保守治疗，在没有明显病痛的情况下，某些特殊体质者可以与癌共存——当然，这是小概率事件，但也并不是没有可能。我将医生的建议如实转告给了天宝，但天宝也被堂哥的表现迷惑住了，在天宝看来，父亲既然没有特别的感觉，就应该乘胜追击，尽早扼杀住病根。

天宝最终选择了化疗。医生虽然心知肚明，但在生死关头，他们更愿意尊重家属的选择。家属一旦自主进行了选择，就意味着同时承担了风险。然而一个疗程之后，堂哥的病情忽然急转直下，脱发，恶心，虚汗，咳嗽，胸部隐隐作痛，夜里睡不安稳……这时候的堂哥，终于成了一个典型的肺癌病人。医生向天宝解释说，病人的营养跟不上，先出院，十天之后再做第二个疗程。那时候已近春节，将信将疑的天宝于是办理了出院手续。正月初六，极度不适的堂哥不得不再次住院。这一次的检查结果令人揪心，癌细胞全面扩散，胸腔积水，化疗已经没有意义了。再次去看望堂哥的时候，他已经无法进食，间歇性地发烧，浑身乏力，双腿浮肿。前后不过二十天，堂哥已经判若两人，他太虚弱了，几乎说不出一句完整的话来。在一阵接一阵的剧烈咳嗽里，堂哥双目紧闭，他缓缓地挥着手，示意我离开。

天宝，这个而立之年的乡下汉子，终于后悔起当初的决定。然而，这确实是一个两难的选择，没有人敢和疾病打赌，更何况，博弈的另一方，是致命的癌症。而利益纠缠的医患关系，无疑又加剧了赌博的风险，患者还有另一重身份，是弱者。在医院走廊里的吸烟区，我陪天宝抽了两支烟，他尽力了，也做好了足够的心理准备。他已经给留守乡下的姐姐打过两次电话，他再三叮嘱姐姐，父亲的后事，一定要办得体面一些。

体面的后事，从来都是办给活人看的，也或许，是为了给活人一个心理慰藉。天宝已经向姐姐详细地交代了一切，包括棺木、老衣、道士、祭文和坟地。我想象着那些生离死别的场景，忽然间，流下了一行行热泪。

从病发到去世，前后不到三个月。2013年一个春天的早晨，心有不甘的堂哥含恨离世，享年六十七岁。天国里没有病痛，应该也没有肺癌——劳碌一世的堂哥，终于得以安息！

在新闻媒体和公益广告的宣传里，肺癌，常常和抽烟联系在一起。然而，堂哥戒烟已经五年了，他甚至很少喝酒，也没有其他的恶习。谁能想到呢？这些年，在我的乡下，许多人都患上了癌症，肺癌、食道癌、胃癌和肝癌，是最常见的四种；其次是白血病，患者主要是少年儿童。还有一些癌症，我甚至没有听说过，它们来势凶猛，前后不过几个月，就夺走了一条鲜活的生命。日子久了，我终于惊讶地发现——左右隔壁的庄子，只要是谁病了，十有八九都是癌，十有八九都错过了最佳的治疗时机。尤其是最近三年，小村牌楼先后有十一位患者死于各种癌症，他们都想方设法地求医过，但最终的结局都是人财两空。

而在2000年以前，小村牌楼几乎没有一个癌症患者，老人大多寿终正寝，也没有多少孩子患上白血病。比如我爷爷，享年八十三岁，一生没有吃过一粒药；八十高龄的运生大爷，日出而作、日落而息；还有曾二爷，活了七十九岁，临死前一天，还在地里犁田……这一切，在新世纪里悄悄改变了，落后的乡村，患上了先进的"城市病"。

按照江家的辈分，东成也应该是我的堂哥。在小村牌楼，东成和老妻种着几亩薄田，东成还拿着一份令人眼红的退休金，这样的晚年生活原本应该是很安详的，然而，2011年秋，牛高马大、身强体壮的东成突然病倒了，到安庆一检查，东成居然同时患上了食道癌、胃癌和肠癌，好在都还是早期，那一场长达十小时的大手术（东成噩梦般的记忆），也异常顺利。在和命运的争斗中，东成大哥是为数不多的胜利者之一，两年时间过去了，东成大哥还幸运地活在小村牌楼——他戒了烟，似乎也戒了酒，依旧能给老妻打打下手，在田间地头东奔西走。死里逃生的经历，严重篡改了东成的心性，那么暴烈、那么吝啬的东成，现在既舍得吃，也舍得穿，呼唤老妻，居然也不再吆五喝六，而是笑容可掬，眉眼间还泛着一股小淘气……然而，在小村牌楼，幸运如东成者毕竟只是极少数。去年夏天，治国死于胃癌，享年七十四岁。治国的两个儿子都离开了牌楼，大儿子落户在一江之隔的乌沙洲，我已经二十年没有见过他；小儿子是我的小学同学，现在定居于会宫镇，即便是逢年过节，他也很少回牌楼（会宫到牌楼的车程，不到四十分钟）。孤苦的治国一个人守着一栋空房子，一天只吃两顿。胃癌确诊之后，治国没有继续求医，他依旧抽烟，偶尔喝酒，一直到死。今年正月二十四，在和食道癌搏斗了两年多之后，六十四岁的贤文突然离世。第一天下午，贤文还打了场小麻将，一切如常。第二天下午，贤文照例输液，谁知道三瓶水输下去，人就不行了，吐血，据说是输液速度过快，导致血管破裂。——我对这种说法非常怀疑，在我的乡下，输青霉素一直不做皮试，"赤脚医生"只负责挂上瓶子，剩下的事情，基本上都交给家属。1997年，六十一岁的五叔自己拔掉了针管，在端午前夕的雨夜里猝死；去年，输液后的村支书逃过一劫，他浑身过敏，严重不适，在枞阳县医院里抢救了三天……

贤文的家境原本非常殷实，但再殷实的家境，也填不满那个"无底洞"。四处求医的贤文最终选择在铜陵治病，牌楼在江北，铜陵在江南。贤文每次去铜陵，至少需要住院十天（一个疗程），两年多熬下来，所有的家底都被掏空了，虽然不至于债台高筑，但也几乎一贫如洗。

在小村牌楼，许多癌症患者都过着拿钱买命的日子，许多原本很殷实的家庭，在病痛中再次归于贫困。也有一小部分患者莫名其妙地死了，经济负担当然是一方面，更重要的原因还在于，那些翻来覆去的检查（抽血、化验、CT、心电图、大小便，如此等等），让患者的畏惧感层层加深，慢慢地，终于失去了和疾病斗争的信心。在我的小村，生死只在一念间——咬牙坚持，或许还能活；主动放弃，则意味着赴死。

二

东成大哥依旧在牌楼养老，尽管两个儿子都已经搬到了城里，东成大哥也可以和儿子们生活在一起。和牌楼的父辈们一样，东成大哥始终割舍不下那几亩薄田，那栋看上去仍很气派的房子。土地和房子都是搬不走的，这两样，是父辈们一生的不动产，也是无法抛弃的根。一生的辛劳都在这里了，没有人可以轻易丢弃。

父辈们守着的，其实不是一座空荡荡的村庄，而是一路繁霜的人生历程、记忆和情感。儿时的田园景象已经消失了，残存的，是贫瘠的土地（大量的良田已经抛荒），营养不良的稼禾（主要是油菜、棉花和小麦，水稻只有一季），村口的小河早已断流（淤塞着各种生活垃圾），那口比我还老的水塘里，常年漂着一层厚厚的绿釉。村口那条儿时的小河，原本绿水常流，盛夏的时候，我们几个小伙伴时常下河游泳，闹得口渴了，就低头猛喝几大口，没有人因此拉肚子，也没有谁因此生过病。冰封的寒冬，乡亲们都从河里凿冰取水，挑回家里洗脸，烧锅，刷碗。门前的那口水塘一亩见方，曾二爷生前在塘里种了莲藕，荷叶田田，鱼游浅底。还有一种野生的虾子，似乎不甘寂寞，偶尔"叮咚"一声，惊醒一塘绿水。塘埂下面还砌着几块青石，大姑娘和小媳妇们都在这里择菜、淘米、洗衣服，塘埂上站着一排笔直的白桦树……然而这一切，都永远地停留于人在异乡的梦里。曾几何时，我的小村开始慢慢荒凉，一座座房屋失于修缮（老鼠、黄鼠狼、壁虎、蜈蚣和蛇的巢穴），一批又一批年轻人开始远走他乡（一个个家庭由此走向解体），父辈们坚守的小村，已经沦为一座空壳。和气大哥一直留守在村里，一面经营着几亩薄田，一面照顾孙女上学。今年春节，和气大哥告诉我这样一组数字：牌楼在册的常住人口原本有一百三十三个，但如今还在村里生活的，只有四十七个，主要是老人、妇女和儿童，其中包括三名癌症病人。

2009 年，村民们开始用上了井水，井水冰凉彻骨，夏天洗脸如冰敷，但喝起来，总有些涩嘴。水瓶底上，也总是铺满了一层食盐似的白色颗粒。那年春节，我在牌楼住了五天，皮肤干涩，面部蜕皮，胳膊上生出了三五成群的丘疹。再次回到生我养我的小村，我居然"水土不服"！我怎么会"水土不服"？坐诊的是一位胖胖的女医生，她皱着眉头，脸上堆满了厌恶的表情——事实一再向我证明，对于患者来说，和医生争辩（尤其是更年期的女医生），是一件极其愚蠢的事情——什么叫水土不服，你懂吗！啊？简单点说，就是自然环境变了，不适应！这个冷冰冰的解释让我无法接受，生我养我的小村，我生活了二十年的小村，自然环境居然已经变了！医生的诊断当然是对的，表象上的变化我一眼就能看见，然而深层次的变化呢？

比如地下水。我不知道牌楼的地下水究竟有没有被污染，也不知道被污染的程度到底有多重。几十年了，没有一个部门对我的小村进行过一次环境检测，现如今，即便是癌症患者层出不穷，也没有人主动关注过乡亲们的生存环境。乡亲们虽然疑惑，但谁都没有证据，按照"谁主张谁举证"的原则，乡亲们也完成不了这项空前的壮举。

早春二月，我采访了这样一起环境污染事件。老汪家吃的是井水，今年春节之前，老汪家的井水突然变了味，颜色浑浊，闻上去有一股淡淡的咸味。老汪的房子前后两进，临山而筑，五百米远的山坡上，就是一家金属材料厂，老汪有理由怀疑，正是这家专门在夜间生产的金属材料厂污染了地下水，破坏了地底下的水质和环境。老汪在环境监测站里找了一个熟人，私下对井水进行了鉴定。结果显示，三项指标超出了饮用水水质的最低标准，尤其是氯离子和砷含量，分别超标五十一倍和一百一十七倍。然而，这种私下里的检测结果，政府部门并不认可，企业更不会承认。对于我们的突然来访，环保部门闪烁其词，地方政府推三阻四，他们的理由惊人的相似——对于这种招商引资进来的企业，没有当地宣传部门的许可，随意采访是"很不合适"甚至是"极不妥当"的。年轻气盛的摄像刚刚走出大学校门，无法接受这种冠冕堂皇的说辞，他试图进入那家金属材料厂，但两名手持电棍、态度强硬的保安将他粗暴地挡在铁门外面，甚至扬言要砸掉他手中的摄像机。"你敢？"是可忍孰不可忍？年轻气盛的摄像再次冲向了铁门，"你试试，看老子敢不敢！"眼见一场冲突即将升级，我们只好生拉硬拽住摄像，两名保安于是骂骂咧咧着，趁机扬长而去。

采访无疾而终，其实，这样的结果早在我们的预料当中。我们不是《焦点访谈》，面对地方保护主义，地方媒体的介入通常都会无疾而终。老汪一家不得不批来一桶桶矿泉水，用矿泉水洗菜和做饭，用井水洗衣、洗碗。还有一些居民不得不远走他乡，有的投亲靠友，有的干脆到集镇上租房子。不难想象，在不久的将来，这座名叫"汪家集"的自然村，会和大地上的无数村庄一样，慢慢地归于荒凉与没落。不同的只是，无数籍籍无名的村庄匍匐在大地深处，而汪家集已经纳入县域经济规划，它离省会城市的车程，只有一个半小时。

三

2009年4月，《凤凰周刊》讲述了我国百处癌症高发地。同年，华中师范大学研究生孙月飞在题为《中国癌症村的地理分布研究》的论文中指出——"据资料显示，有一百九十七个癌症村记录了村名或得以确认，有两处分别描述为十多个村庄和二十多个村庄，还有九处区域不能确认癌症村数量，这样，中国癌症村数量应该超过二百四十七个，涵盖中国大陆的二十七个省份。"2013年春天，一张由公益人士制作的"中国癌症村地图"（China cancer village map）在互联网上热传，在这张地图中，"中国癌症村"的数量被认为超过二百个，每年的死亡人数约在一百五十万（数据来源：武警北京市总队第三医院肿瘤科）。

每年，一百五十万人死于癌症！面对这个触目惊心的数字，我久久无法平静。我清醒地知道，在地方GDP和环境污染博弈的进程中，这个数字肯定还是保守的，可预设的"癌症村"数目以及年死亡人数，或许更为触目惊心。虽然部分读者或许已经看过这张地图，但我还是想随机摘录其中一些村落，不作任何修饰和改动——

江西南昌市新建县望城镇璜溪垦殖场：

从化工厂里外漏的污水流进水稻田，将田里的水稻苗全部染黑。2004年，八十户人家近二十人患癌，以喉癌、肺癌为主。

四川简阳市简城镇民旺村：

因化工厂未经任何处理的工业、生活废水大量流入沱江，导致水中亚硝氨的含量超过国家规定排放的三十倍，原是远近闻名的"长寿村"，每年平均有五人死于癌症。

湖北襄阳市朱集镇翟湾村：

三年内，三千人的村庄里一百多人死于癌症，其中大多是三十到五十岁的青壮年劳力。村民认为，这些是因为流经村旁的那条他们赖以生存的小河受到了严重污染。

河北涉县（固新村等至少六七个村庄）：

这些县沿太行山南麓、漳河水系分布，自20世纪70年代初期开始，辖内癌症患者明显增多。20世纪80年代的统计数字显示，这一地域的食管癌、胃癌发病率为全国平均发病率的二十多倍。

安徽淮北市杜集区石台镇刘庄：

著名的"癌症村"。有六十六人死于癌症，当地的水"黄得像牛尿"，被称为"致命水"。

湖南隆回县金湖村：

二十年间，这个总人口二百八十五人的村落里，竟有二十九人接连暴病而亡，主要是胆癌、肺癌患者。村民怀疑井水被农药污染。

浙江萧山区南阳镇（坞里村、赭山街村）：

死于癌症的人数占了村里死亡人口的百分之八十。二十六家化工厂的日污水排放量，保守估计在两千吨以上。

内蒙古包头打拉亥：

经医院确诊，癌症死亡率为70.9%。公开资料显示，该地区地下水溶解性固体、硫酸盐、总硬度、氯化物依次超标3.8、9.9、4.9、0.8倍，属于劣五类水。调查发现，癌症源于包头钢铁放射性毒水污染。尾矿坝水泄漏，还令周围村子土地种不出庄稼。十多年间，七十七人死于癌症。

……

不需要继续列举了。这些所谓的"癌症村"，病变，无一例外地来自污染——工业污水、生活污水、毫不节制的农药和化肥……如果还有罪魁祸首的话，那就是不再洁净的空气。这些年，随着城市化的持续扩张，在许多城市的城乡接合部，耸立起一座座乌云翻滚的粗壮的烟囱，就连我所在的乡下小镇，也引进了一家国有大型水泥厂，附近的村民白天不敢开窗户，气味扑鼻，灼烧喉咙；夜间也睡不安稳，轰隆隆的机器，彻夜轰鸣……水泥厂投产第一年，附近的庄稼严重减产，近处的禾苗都烂了根。不久之后，田野里就变得一片沉寂，几乎寸草不生。村民们集体出面交涉，水泥厂最终选择了让步，同意接受村里的青壮年劳力去厂里务工。在经济利益的诱导下，村民们终于忍气吞声，这弱势而现实的生命群体，纷纷选择拿钱买命。我们当然有理由哀其不幸、怒其不争，但静下心来想一想，这群既失去土地而又身无长技的村民们，还有其他的选择吗？

然而，健康，金钱是无法购买的。最近这几年，水泥厂附近的几个村子，终于进入了第一个癌症高发期。其中一个村子，三十多位村民先后患上了癌症，以肺癌患者居多，其次是食道癌和胆囊癌，患者全都六十岁不到，大多在水泥厂里打过工。最临近的一个村子，几乎集体患上了尘肺病。这些苦苦挣扎的乡亲，同我的堂哥一样，辛辛苦苦地熬了大半辈子，到了可以安享晚年的时候，凶恶的疾病突然降临。挣扎在社会的最底层，乡亲们逆来顺受惯了，即便是面对如此悲剧性的命运。在城乡二元对立的征程中，这群既没有职业也没有养老保险的农民兄弟，成了乡土中国悲凉的牺牲品。没有人为他们埋单，还会有更多的牺牲品——处在工业化进程中的中国，短期内根本无法消除污染源，更可怕的是：被污染的环境和生态，往往长时间无法逆转，而人类还没有找到一个有效的治理地下水污染的技术，也无法承受昂贵的地下水治理成本。

面对这场灾难性的生态危机，我们都不是局外人。2011年，全国两百个城市的地下水质，"较差—极差"的占据了一半。而国土资源部十年前的调查显示，一百九十七万平原区的水质，浅层地下水已经不能饮用的面积，高达六成。如果这个数据还可以相信的话，十年后的今天，我们还有能饮用的地下水吗?！

我还在网上查到这样一组数据："我国每年新发癌症病例两百万人，因癌症死亡人数一百四十万；我国居民每死亡五人中，即有一人死于癌症；在许多大中城市，恶性肿瘤已经超越心脑血管疾病，成为第一死亡原因。"

恶性肿瘤攻击的不仅是城市，在乡村，恶性肿瘤其实更加致命。有人预言，十年后的中国，三大癌症将会困扰每一个家庭，肝癌、肺癌、胃癌——肝癌，是因为水；肺癌，是因为空气；胃癌，是因为食物。虽然这个预言多少有些危言耸听，但我觉得，并非空穴来风。面对这场可能的大灾难，我们每个人都是罪魁祸首，每个人都需要为之反省。

四

前天夜里，我毫无预兆地梦见了堂哥（愿堂哥在天堂里安息）。堂哥躺在病床上，光秃秃的额头，爆出一粒粒焦黄色的汗。奇怪的是，堂哥居然裸着上半身，挥舞着树枝一样干枯的手臂，对着天花板骂娘。我和天宝无助地站在他的床边（洁白的棉花一样柔软的床单），谁都没有说话，谁都不想说话。在堂哥的叫骂声里，我注意到他的胸腔已经塌陷，像一小块幽深的漆黑的洼地，沉重的肉身，茫然不知去向。

选自 2013 年第 10 期《文学界》

红木"王朝"

李登建

　　我陪老师赶到时，她并没有像她说的那样在约定的地点等候——她说得多好啊，"贵客！贵客！难得到我们这小地方，我早早去我们家具城门前，我要亲自陪您挑选，陪您好好玩玩！"电话里的声音那么热情，甚至是亲热。其实她和我的老师也不熟，老师远在京城，是从这里路过，由于对红木有研究，附近一个准备买一套红木家具的朋友便请她做"参谋"。而这位朋友正巧家里有病人，离不开，就打电话嘱咐家具城老板接待好老师（看来他们之间关系也不错）。路上，老师收到了她的联系电话，应该说榫头卯眼都对好了，可是……

　　"王朝家具城？"老师盯着那高高的玻璃钢字，"怎么起这么个店名？"

　　我附和："我们那里也这样，什么帝都宾馆，什么大富豪商场，什么龙鼎老窖……"

　　"有意思，有意思，中国特色。"老师翘了翘嘴角。

　　我们自己来到展销大厅，顷刻，心里这一丝不快荡然无存。宽阔的展销大厅摆满了造型完美、色泽柔和、淳朴端庄而又气质高贵的红木家具，熠熠地映亮了我的双眸；尤其空气里弥漫着它们散发的奇异的芳香，这芳香是洁净的、温暖的，像原野上裹着花草气息的风扑面而来，叫你微醺。绝非甲醛那样刺鼻，也没有那种发腻的油漆、脂粉味。置一套这样的家具放在房间里，幽幽的灯光下打开一本书，静静地读，那是什么光景！然而这却不是谁都可以享受的，你得有钱，那年我们黄河家园建成，四百多户一起入住，很多家庭借乔迁之际弃旧添新，只有一个过去当过副市长的人购的是红木家具；老师的朋友也不是平头百姓，据说是一位肩膀扛星的少将。我悄悄瞥了一眼标签，好家伙，这组八件套沙发标着 99.99 万元！这个价格是如我等者可望而不可即的，能来闻闻香味就够奢侈了。这也是沾了老师的光，要不是陪她，我哪里敢闯这"大观园"？看出我是个红木盲，老师给我讲，"红木"是个统称，红木中紫檀最名贵，自古有寸檀寸金之说，清朝紫檀被定为御用木，俗称官木，民间禁止用紫檀做家具，现在紫檀进入市场，应该也是一个历史的进步。我以前就知道老师除了文学，在艺术领域也涉猎广泛，现在她走在甬道上，搭眼一扫，就能说出哪是小叶紫檀，哪是黄花梨，哪是鸡翅木，我不由得暗暗钦佩。"这件作品好，雕刻巧妙顺应了木纹，自然纹理俨然是一幅重山叠翠的风景画，是湖面泛起的层层涟漪，可把身处烦嚣中的都市人拉回大自然。"老师在一张书柜前驻足欣赏，我也忙凑上去细瞅。

"哎呀，怠慢了，怠慢了！没想到我的两条腿跑不过您的汽车轮子，从办公室下来晚了！"未见人影，高而尖的声音先传过来。她翻用了电影《南征北战》里的一句台词。

无疑，她就是那个老板。老师转过身来接话。

这个人给我的印象，极似鲁迅先生小说《故乡》中刻画的那个杨二嫂：凸颧骨，薄嘴唇，两手搭在腰间，张着两脚，像一个画图仪器里细脚伶仃的圆规。

"杨二嫂"领着老师看她的家具，客厅系列、卧室系列、书房系列、餐厅系列。她眼里放着光："全是真货。非常纯正。这家具，无形中就能烘托出居室主人的尊贵身份和生活品位。"

老师则把注意力集中在平雕、立雕、浮雕、透雕的细节上。她好像沉浸在里面，那流畅的线条，亦卷亦舒的花朵，呈现出简而稳、静而美、疏朗而空灵的艺术面貌。"是手工雕刻，手工雕刻才会是'活'的，有气息的。"她深深赞叹。

"我们从来不用电脑刻绘，电脑刻绘僵硬、死板。""杨二嫂"愈加神气，"方圆百里都认我的'王朝'牌，山南别墅区的家具都是从我这里拉走的，企业给领导送礼都来找我，也有领导介绍客户过来……"

"借鉴中国古典家具的历史背景，融入现代审美元素，这是你们的长处。"老师还沿着自己的思路评价。

"杨二嫂"极力推荐清式家具，说清式家具绚烂，豪华，富丽堂皇；老师却偏爱明式家具的质朴、典雅，浓浓的书卷味儿，倾向于选这一种。她考虑到了那位少将朋友也是个作家，"红木家具不仅具有使用功能，它还是一种艺术品，一种文化。"老师说。

老师把初步的"考察"结果报告给她的朋友，"大功"就算告成，接下来，"杨二嫂"邀我们到楼上她办公室品茶。可真是家具城老板的办公室，陈设很不一般，不要说沙发、茶几、桌椅、书橱、博古架材质都是小叶紫檀的，每一件的工艺也颇讲究，雕、嵌、镶、描金无所不用，玉、石、翠、螺钿无所不镶，珠光宝气。室中央还有一盘相当完好但显然经过艺术处理的巨大的黄花梨树根，上面置有精致茶具（茶杯袖珍如酒盅），四围配以根雕矮凳。在这环境里品茶想来很出情调。翘头案上陈列着玫瑰紫、胭脂红、帝王黄各色瓷器，墙根下则排了一溜儿木雕工艺品：木包石大白菜、三羊开泰、李白醉酒、大肚子弥勒佛，墙壁上还挂着名人字画。"这是请欧阳中石题写的，这是我们市政协主席的，这是县委书记的……""杨二嫂"眉飞色舞地一一谝着，但在我这个书法票友看来，有两幅章法、笔法都见才气和功力；多数虽然书者地位显赫，论字却还仅在"涂鸦"阶段，很可能是酒的派生物——不少官员喜欢酒后挥毫泼墨，酒店投其所好，备有纸笔——书者没当回事儿，而得者却如获至宝，精美装裱，悬挂起来用以抬高身价。整个说"杨二嫂"的办公室很贵族，很王朝，然而格调却不高，或者说有些低俗。

出于礼节，老师自然要夸奖一番，"杨二嫂"听后，高而尖的嗓门安上了扩音器："我那个办公室比这里还漂亮！"她自然而然地说起县里给她安排了个政协副主席的职位，在政协大楼上有她的一个办公室，

"可惜，我不常去……"——好多地方都是这样，你"业"创大了，成了利税大户，就可在"衙门"里弄个闲职。浏览完她的"宝贝"，"杨二嫂"坐在老板椅上，习惯性地仰起了脸——这把椅子好像是特制的，比通常的椅子高出许多——也许觉得这样对待老师不太礼貌，她又走下来，张着两脚，两手搭在腰间说话。转而向老师夸耀："您看我表演表演茶艺吧，我手很巧的，只是近两年不是大领导来我不亲自动手了。"说着她伸出长而尖的手，持竹夹洗茶壶、茶杯，持木匙挖出肥硕圆滚的茶颗粒儿倒入紫砂壶，提起已烧沸的电热壶，水流先低后高冲击茶颗粒儿……动作的确优雅流美，斟于杯中的茶汤呈琥珀色，也颇好看。遗憾那杯子太小了，只可供雅人品尝把玩，而不是解渴的水，无法想象出大力流大汗的劳动者可用它补充生命必需的水分——可见我这乡巴佬对茶道一窍不通。

茶助谈兴，老师与"杨二嫂"拉呱聊天。老师问她工作忙不忙。"我没有什么可忙的，我就是玩，事儿还用那么正儿八经地去干吗？玩它就行，我是个玩家。""杨二嫂"说话依然那么高而尖。不过可爱的是，她倒是直来直去，尽管这直来直去带点儿放肆，无所顾忌。本来此"玩家"非彼"玩家"，但眨眼间，她们的话题却慢慢由这个词过渡到了收藏上。没想到她还是个搞收藏的老手，从收藏字画说到收藏玉、收藏石头、收藏瓷器，又说到收藏贵金属制品，收藏纪念币……她说这些时不用"收藏"一词，而用一个"玩"字，这个"玩"字从她口里出来是那么溜滑。这几年，我不串门，不上网，只埋头读散文、诗歌之类的东西，封闭于象牙之塔，孤陋寡闻到了呆傻的程度，我竟不知道现在已是一个"玩"的年代，人们都在这样"玩"。当然也不乏对艺术品、对某一类珍贵物件特别喜爱、迷恋的人，但不能不说那些有钱人，企业老板们，还有一些官员，更多的却是从投资、谋利或者聚财出发。多少人在玩股票，多少人在玩期货，多少人在玩房地产？不动声色地玩，大张旗鼓地玩，官商同心协力地玩，里外串通一气地玩……听她们的谈话我得知，这"玩"里大有道道，能玩出大名堂。相当数量的"玩家"就这样轻而易举地玩成了富翁，占据了财富金字塔塔顶。

"明眼人面前不说暗话，我的家具城就是玩木头。新玩法罢了，与时俱进嘛……古旧家具我也玩。""杨二嫂"掩饰不住这个时代一个如鱼得水的成功人士的得意，或者说在有意炫耀。她伸出两根尖长的手指："去年我的利润还可以，两千万！"

"噢?"看上去老师也甚是惊讶。

她们谈起了不断升温的木头市场，谈起这个市场火得名贵木材开始以斤、两论价。这时，"杨二嫂"又伸出两根长而尖的手指，意思是去年她趁越南黄花梨价格走低，陆续购进二百方，储存在仓库一直未动，她期望它们能创造奇迹。"我给你算笔账……""杨二嫂"轻巧地捏起茶盅，饮下，润润喉咙，继续往下说。

她算得很精细，夹杂着好多"专业术语"，我听不懂，便一人出了楼道。

果真到了一个"玩"的年代？我不敢相信，也不愿相信。心里矛盾着，两腿也犹疑，去哪儿呢？营业楼后面有一排低矮的简易厂房，好像是家具城的生产车间，不知一股什么力量牵引着我的脚步向那里走去。

车间里完全是另外一种情形，十几个工人在忙着解木头，吱吱的电锯声尖锐刺耳，锯末纷飞如蝇，黑压压的蝇们飞累了落下来，积了厚厚一层，差不多没了脚面。下一道工序是把解开的木板截成方材，一块块码成垛儿，废弃的下脚料扔在地上，碍事的才被抛到一边，墙角已堆了一座废弃物的小山。薄薄彩钢板的房顶哪里架得住太阳的火球在上面滚，仿佛要烧红、烧化，把成吨成吨的热"闷"在屋子里。木工们大多光着上身，腰背都生了铜锈似的，那是汗水粘住了木屑粉尘。窗台上搁着高高低低但都像小水桶一样的塑料瓶子，装着白开水（抑或是从自来水管子里灌的生水），汗流多了，就咕咚咕咚喝一肚子——这功能是那小如酒盅的茶杯所不具备的，但这却被小茶盅们讥讽为"牛饮"——我第一次进这样的车间，好奇地东转转、西瞧瞧，可没有谁管我、搭理我。他们之间也没有话，没有说笑，一个个全是木然的表情，机械地搬动着木料，甚至需要协作时也不言语，但却配合得很默契。看了半晌，我猜不透，他们是怕"斗"不过那台大嗓门的电锯而缄口不语，还是长年累月和木头混在一起已经变成了木头人？

雕花车间轻松了许多，反差最大的是这里很静，墙那边的电锯声好像被挡在千里之外，听不见了，也没有纷扬尘粉的干扰——雕工们凝神屏息，一刀一刀，趴在木板上雕花卉、雕虫鸟、雕山水。每人面前都摆了一二百把大小不一的刻刀，刀口从宽如凿到细如针的都能派上用场。换刻刀的时候不必挑拣，信手拈来就是适用的那一把。刻刀是那么灵活自如，好像长在她们手上，是她们的第六根手指，一根可以抠进木头肌理的手指。这个小雕工也就十八九岁，少女偶尔的一抬头，让走近的我看见了一双透着灵气的大眼睛；从她清秀的脸庞，还可断定这是个心地纯洁、美好、满怀青春梦想的人，这样的人刀下的花草才芬芳馥郁。一位年纪大点的雕工正在雕一组复杂的图案，喜鹊登梅，松树仙鹤，五只上下翻飞的蝙蝠，还有串串垂挂如瀑布的浑圆的葡萄。她说这幅图已雕了三个多月，完工还得两周左右。她下意识地不时轻轻抚一下自己的作品，眉梢挑着骄傲的神色，而不见一丝一毫的腻烦。她也明白这是给别人雕的喜庆福寿，但还是要把全部的柔情、全部的智慧、全部的爱都倾注到刻刀上，这样的作品怎么能不美？想起老师说的为什么人工雕刻百倍地胜于电脑雕刻，按说电脑的精微无可比拟，但它缺少鲜活的生命。在艺术创作中这恰恰是至关重要的。我受到不小的震撼，同时感叹那个"杨二嫂"太精明了，在这里几乎全用女雕工，美女子与美、与艺术是同义词，她深知她们的价值啊！在雕花车间，我流连忘返，看着她们精心地投出每一刀，看着她们陶醉于美的创造里的专注的样子，我羡慕得不得了。可是负责艺术指导的老师傅的话才使我了解，这个"轻体力活"却也不轻快，她们在案子上一趴就是几个小时，一人一天平均在坚硬如石的木头上刻一万多刀，像蚂蚁啃骨头，像愚公移山。眼睛累得发疼、发花，下班出了屋子好长时间看不清东西。年龄没多大就患上颈椎病，亭亭玉立的姑娘过早地驼了背，上了年纪手关节没有不出毛病的……看来确如哲人所说：美很多时候是与苦和痛相伴而生，诞生于身贱位卑者繁重艰苦的劳动之中。但岁月会流逝，个体生命会完结，艺术之美的花朵却历千秋而不凋（公平的是，"艺术家"的生命也在其作品里得到了延续）！

　　一切在由纷乱到条理，由繁杂到简洁，经过组装工序，一件件成品的红木家具、工艺品亮丽地站在了那里，出浴美人一般。这些出浴美人是由蒙了灰尘的黑黑的木头变幻而来的，是从满是木屑的黑黑的大手、锋利的刻刀上走出来的，在梅兰竹菊、梅花鹿、麒麟的簇拥下，伴着声声喜鹊、仙鹤、春燕清脆的鸣叫而来，简直让人十二分的惊喜。可是这还不是它们的最后，还要进行刮磨，使其更加光彩照人。这个车间只有一个工匠，他正蹲在一张太师椅旁仔细分辨木纹和雕刻时刀法的方向，瞄准了，拿过一块砂纸打磨起来。打磨一会儿停下，用手摸摸，再换一张细砂纸打磨。少顷，再停下摸摸。这只探测器似的手掌的神经特别丰富、灵敏，它一点点地感觉到了平整、光滑，感觉到温热柔润如爱人的肌肤了，嘴角现出了幸福的微笑——而他的手却越来越粗硬，我发现，他们，包括那些雕花的女子，都手掌粗糙，手指粗短，她们没有"杨二嫂"那样柔荑般的好看的手——我不忍打扰他，趁他蘸水清洗刮磨的地方的时候，我才和他攀谈几句——我不能再等，我估计"杨二嫂"谈生意经快结束了，到去大酒店的时间了——

"这么一套沙发能卖多少钱?"我问。

"俺不知道。"他担心我误解为这是保守商业秘密，补充道，"俺是给老板打工的，只管干活。"一副很诚实、很自卑的样子。

我相信他说的是真话。

我还想问"老板给你开多少工钱"，话到嘴边却咽了回去。根据"常识"，老板是不会在雇工身上花多少钱的，他们的工资都很低，与他们带来的效益很不成比例，还常常不能按时拿到手。这种情况如果要他对人说，那不是在他心上撕伤口吗?

出了厂房，我脑海里突然迸出一句话："红木是温暖的，人间却这样冷酷。"接近营业大楼，又迸出一句"红木不易腐朽，有些事物却可能烂得很快"。思绪火星一样乱迸，好像没有联系，又好像有联系。

……

此事过去三年多了，我再没去过王朝家具城，再没遇到"杨二嫂"。她的家具城肯定红红火火，财源滚滚，君不见"玩风"长盛不衰，愈演愈烈。但"杨二嫂"那精悍机灵、逸乐尊贵的大玩家形象却在我记忆里渐渐模糊，倒是那一群浑身木屑、粗手大脚的木工、雕工的身影越来越清晰——有时是忽地"跳"到眼前，生动而亲切；有时是山一样耸立在不远处，你须仰望——而每当这时，如同画外音，鲁迅先生的那段名言便沉雷似的在耳畔回响："我们自古以来，就有埋头苦干的人，有拼命硬干的人……虽是等于为帝王将相作家谱的'正史'，也往往掩不住他们的光耀……这就是中国的脊梁！"

选自 2013 年第 8 期《山东文学》

在山野的日月

第广龙

2013
民生
散文选本

在山野睡觉

我在野外队时，多数情况下，晚上，我睡觉香甜。虽然在活动板房那窄小的钢丝床上，夏天暑热，蚊虫成群叮咬，我照睡我的；冬天鼓荡大风，我冰冻的身子，也能在梦乡里取暖——只是早上起来，鞋子穿不到脚上，脸盆也不听话了，端不起来，都给冻住了，冻住到地板上了。

那阵子，我人年轻，瞌睡也多，说睡就能睡着。要是在井场劳累一天，刚钻进被窝，就失去意识了，似乎去了另一个不受苦的世界。我得承认，也不是每次都说睡就睡，睡不着也是经常的。通常是快过年了，我想家，就睡不着了。还有就是野外队上谁的媳妇来探亲了，我也会失眠好长时间。我都二十出头了，还没有谈过对象呢。

在野外队，出去，满眼睛荒凉，见到个人都困难，得受着。上班，搬铁疙瘩，一身土，一身油，也得受着。吃饭，清汤寡水，还吃不饱，还是得受着。想起来，只有睡觉最安慰人了。睡着了，啥都被隔离在了梦境外边，如果做个好梦，醒来，我也当真的一样，要高兴一阵子呢。

所以，我不应该失眠，可是为想家失眠，为女人失眠，我管不住自己。失眠就失眠吧，我不会整夜都失眠的，难受一阵子，瞌睡浓烈起来，我还是可以睡得深沉。

我最难忘的，是在山里的井场上睡觉。

野外队上班，三班倒，上夜班是经常的。一个班，如果一直站在井口，一直劳动，后半夜，浑身乏困，有时，我竟然一边机械地操作着，一边就睡着了，我竟然能两不误！这很是让我自己吃惊，而我真的做到了。我缠旋绳，拆装吊卡，摆动油管，这些动作，我都在完成，同时呢，我的脑子空空的，我睡过去了。这是多么神奇的能力，我能在睡眠中，实现对身体的控制和把握。不过，这样的睡，是片断的，不连续的，就是，感到似乎睡着了，却随时又能醒来，就这么反复着，错乱着。反正，肯定睡了，我能体验到睡眠给我的身体带来的那种充实，虽然短暂，但我获得了这样的充实。这样睡眠，是极其危险的，回想起来，我要庆幸，我竟然没有发生一次伤胳膊伤腿的意外。

有的夜班，工作量提前完成了，就停下了。不能早早回到野外队的营地去，要等到下班，值班车才来。于是，探照灯照射出来的一个个笨拙的身影，移动着，朝着不同的方向，寻找可以安顿身子的角落。井场上分布着油污和水渍，不能睡。山洼里可以睡，半山坡的塄坎下头可以睡，找到一棵树，树下面可以睡。起先，我胆子小，不敢走远，我在探照灯下面睡过，蚊虫如雨，得不停摆手，睡安稳是不可能的。慢慢地，我不害怕了，也走远，走到僻背处睡。这些地方，热天还可以，晴天还可以。这些地方，睡下去，身子和泥土、和青草接触，被山风吹着，看天上繁茂的星星，听虫子激烈的鸣叫，渐渐闭上眼睛，人进入虚拟状态，在我来说，也是一种享受。

井场是不断变换的，再变换，都在山里，不是山顶，就是山沟，睡觉的选择，也跟着变换。有一段，井场跟前，有一个半人高的土窑，不知做什么用途的，人能进去，不能坐，只能睡下，我也睡过。睡在里面，我没有担心土窑坍塌，却产生了被埋葬的感觉。这个土窑，一起找地方睡的，都愿意睡，谁占上了，就归谁。有的井场，施工周期长，便派人看护，便拉来一间值班房。这样，在冬天，一个班的人，睡一地，都睡在值班房的地上。地面小，交织着，人挤人，而且，都往火炉子跟前靠，都想多乘点暖和。一次，我的棉工衣让火引着了，烟起来，没把我呛醒，把别人呛醒了，浇了一缸子水才浇灭。

天冷了，或者遇上阴雨天，外面就不能睡了。又没有值班房，瞌睡在身子里起伏，却发愁没有地方躺下。不过，办法是人想出来的，我有办法。井场上，有一间工具房，有一间库房，都是铁的，顶子，四边，底下，都是铁。我在这两间铁房子里，都睡过。工具房里一张桌子，也是铁的，而且，还是铁板的桌面。一次，我就在这张铁桌子上睡了一觉，时间很短，反正我睡着了，而且，竟然遗精了。我没有做梦，即使做梦了，也没有梦见电影明星，怎么会出现这样的生理反应呢，我挺奇怪的。在铁桌子上睡觉，是要下决心的。刚挨上铁桌子，是巨大的冰凉，针一般的冰凉，穿透我的棉工衣，刺激着我的皮肤、骨头，甚至血液。我挪动着，强制着，来适应铁桌子的冰凉，终于，我睡着了，在冷库睡觉一样，终于，我睡着了。可是，很快地，我又醒来了。铁桌子生发着不断的冰冷，我暖和不了铁桌子。我有限的热量，无法抵抗铁桌子的坚决的冰冷。看来，铁桌子是不适合睡觉的。库房不像工具房，地板是一层铁板，库房的下面，铺着一根一根钢管，只是，钢管和钢管之间，有一人宽的间隙，横着睡，竖着睡，都不得劲。我把一卷散开的棕绳放到两根钢管中间，棕绳有锅盖那么大，中空，身子蜷起来，睡进去，刚好盛下。在棕绳上睡，虽然有悬空的感觉，但是，我一下子踏实了，很快，我就迷糊起来，自己把自己抱得紧紧的，身子一会儿冷，一会儿热，总体来看，还是很舒服的。

我最佩服自己的，就数在通井机上睡觉了。冬天，通井机是不能熄火的，不然，水箱油箱就冻住了。通井机像拖拉机，又像坦克，操作室躺进去一个人，还是富余的。可是，活塞在运动中，发出的声音，平时，在山背后听，都觉得刺耳，更别说在跟前了，更别说在操作室里了，更别说躺在里面了。我竟然如此顽强，我就躺在里面，打算睡觉。刚躺下，那剧烈的声音，全往耳朵里钻，不光耳朵，还往身上的毛孔里钻，往身上有缝隙的地方钻，我硬忍住，忍不住也忍，似乎我要验证自己抵抗噪声的能力似的。除了噪声，身子下的铁板，还在震颤、抖动，这样，我的身子就放不平稳，就随着铁板一起震颤和抖动，这我同样忍着，同样忍不住也忍。最难受的是，通井机的噪声和震颤和抖动，传导进耳朵，我老是觉得痒，我得不时用指头捅几下。鼻孔也痒，头皮也痒，浑身都痒。这些，都是在躺下的初期，才感受明确，躺久了，就习惯了，就感觉不出来了。似乎没有噪声，似乎没有震颤和抖动。必须提到一个最大的优点，就是，由于通井机在发功，操作室里是温暖的，身子下面的铁板，也烫烫的，热炕一样。咋说也比外面强，外面，是零下十多摄氏度，外面待不住，就是给我长一身羊皮，也待不住。

回到野外队，天大亮了。按说，我应该美美睡一觉，可是，人就这么贱，现成的床，绵软的被窝，我的瞌睡也没有睡光，我却不愿意睡了。土路上走，走半个钟头，到镇子上逛去。不打算买啥，就是看人。镇子上，也没有多少人，但总归能看到人，有走路的，有和我一样逛的。镇子上唯一的商店，我一定会进去，有个营业员，女的，长辫子，红脸蛋，看一眼，我都感到愉快。经常地，我有意无意在她面前逗留，有时不好意思了，我就买一盒牙膏，不过，这样就可以和她说上几句话。

等车的苦乐

那些年，道路简易，汽车也少，路上走一天，能遇见马车，毛驴车，难得遇见汽车。在陇东的深山里，进去一辆汽车，不要说狗咬不断，听见声音，大人出来看，娃娃后面追，车轮子卷起来的尘土上了脸面，也觉得新鲜。

我在野外队时，出去，为找车愁，回，又为等车愁。等车最愁，没指望地愁着，却又不灰心不死心地等着。

如果营地离村镇近，来回困不住。可是，石油偏偏就生在僻背处，没有人烟处，营地也就天高地远。在大山里，孤岛一般，要和外面发生一次联系，非常艰难。最长的一次，我半年没有出去，身上都生霉斑了。

那阵子，我也就二十出头，苦累能受，心慌难熬。成天见到的，都是一个野外队的几十个男人，一个女人也见不上，工闲下来，总想到镇子上转转，到县城走走。去了，总归看见了活动的鲜艳的女人，看一看，眼睛点了眼药一样，眼睛是难受的也是舒服的。虽然回到野外队上，也有更大的失落，但这样的失落，起码是吃不上肉却闻见了肉香的失落。可是，单人床上睡一天，把头睡肿都可以，要出去一趟，却常常不能如愿。

由于营地和工地之间的距离远，野外队雇了一辆大卡车，叫配属车，主要运送上下班人员。也会出去，拉上队长，到矿区机关开会，拉上成本员，到矿区机关算账。这样的时候，我一定会翻身跳进车槽子里，跟着出去。和我一样的，都攀着车帮，满脸尽是欢喜。通常，大卡车经过县城时，放下我们，说上一个时间，返回时，再来拉上。这样，我就可以在县城逗留近一个白天。我不能说自己是为了看街上的女人才来到县城的，对着季节了，我也买桃吃，我还到县城北边的新华书店，买过一本介绍计划生育的书，那里头的一些话，那里头的一些插图，曾让我稀奇又遐想不已。

班车是有的，却只在县城有车站。有时，忍不住了，有急事请了，离开野外队，脚走着走半晌，走到路边，估摸时间，等班车，也是能等上的。这叫过路车，停不停，随司机的愿意。我出钱，又不要票，司机是愿意的。这样坐班车，错过了时间段，就走不成了。脚走着原走回去。在五蛟时，在打扮梁时，我就这么坐车。过路的班车，一来一往，就这么一趟。在城壕时，福气大，我出去，有车坐，要回来，也有车坐。坐的不是班车，是油罐车。原来，城壕也偏远，也没有车，后来，新油区投产了，却还没有连上输送石油的管线，油井里出来的石油，就得用车拉。将近一年时间里，城壕的路上，来回跑的，全是拉油的罐车。罐车是东风牌的，灰白色，四吨装，是新的。开罐车的，全是年轻人，从驾校才出来，胆子却大，脚踩着油门不知道松开。城壕的路是土路，还坑坑洼洼，还经常有大石头在路中间，也没有影响车速。辗死鸡，轧死狗，那是经常的。脑子正常的不正常的人，看见油罐车，都躲得远远的。还别说，伤人死人的事故，真没有发生过。有过一次意外，那是一辆油罐车在行进中，引擎盖突然松开，挡在了挡风玻璃前，司机反应不及，把路边一棵杨槐树撞断了。还有一次，却是爆胎，油罐车一头扎进了河坝里，车头缩进去了一截子。万幸的是，这两次，都没有出人命，司机只受了点轻伤。

我最恨这些司机了，要说原因，不是开车，不是。也不是他们戴墨镜，留长发，不是。我恨他们，是因为，山里头的姑娘，长得好看的，甚至，长得一般的，全被他们勾引跑了。或者干脆就主动投入了他们的怀抱。这些姑娘，有矿区的，也有当地农家的。本来就少，对野外队的，看不上眼，可坐在油罐车的驾驶楼里，就像坐进了花轿里，而且还被颠簸着，心思早乱了。我要是开油罐车，我也有这样的福气，我要是姑娘，我也这样选择。谁不愿意想去哪里，就能去哪里，谁不愿意在车上风光呀。那些年，坐汽车，可是很稀罕的。

野外队的，要坐油罐车，除非和司机是朋友，不然，挡车车不停，白吃一嘴土。可是，司机的头脑是灵活的，野外队的也愿意付出，这样一来，可以另说了。于是，交上两块钱，就能坐进驾驶楼了。这是司机的外快，司机的油水，一月下来的收入，比工资还高。我交了钱，一路和司机寒暄。也跟别人学，拿出纸烟，一次叼两根，点着了，自己嘴上留一根，另一根，递给司机。那时，都这样给正开车的司机敬烟。还有一些农民，没有钱，拿鸡蛋顶，拿苹果顶，也是可以的。那一年，油罐车成了山里人的主要交通工具。到现在，都几十年了，我听说，这一路还没有通班车。不过，倒是有了私人中巴跑运输。道路也改善了，不是土路了，铺了油路。

回老家探亲，到矿区机关参加学习班，出去，周转几回，上车下车，才到地方。回野外队，也一样，甚至更不容易。有时，还得打听清楚，也许离开时营地在山脚下，这些天不在，却搬到另一座山的山背后去了，不掌握情况，就可能把单位丢失了，又得费周折重新寻找。

野外队在元城时，出去了要回去，最耽误时间，最遭罪。如果在冬天，又刮着风，那简直跟死了一回一样，而且是有知觉的死，是半死不活的死。

通常的，从庆阳到悦乐，有车坐，再步行，到五里地外的一个岔路口，就在这里等车。这个岔路口，地势高，一边是土崖，三面敞开，土崖下是一条土路，扭曲着延伸进了元城方向的沟里，土崖对面，要远一些，是柔远河的河道。这个岔路口，容易生风，人站在路口，衣服就舞动起来，挣脱着，要离开人的身体。在这里，一整天，都有三两个人在等车。有时，天快黑了，也有人在等车。我也多次加入等车人中间，有时，还会相互说些话，通报一些各自知道的信息，自然是啥时候有车来，会不会有车来。

在这里等车，是盲目的，能不能等上车，也是不确定的。到元城的班车，上午有一班，下午有一班，都是过路车。班车经过这里的时间，上午应该在十点左右，下午应该在四点左右。在这个时间段，运气好，等上了，让人欢喜不已。可是，多数情况下，班车不见来，比预期的时间过去了三四个钟头也不见来，等车人的神情，便不仅仅是焦急了，甚至，不仅仅是痛苦了。想发火，没地方发，想骂人，又不知道骂谁。实在等不来车，只好原走到悦乐去，在那里找个车马店住下，第二天再来等。

交九天，又下过一场雪，等车，对身心都是煎熬。耳朵冷，头皮麻，都不算啥；手生疼生疼的，搓一搓，哈哈气，也能缓解；脚受冻，最难忍受。我是野外队的，脚上穿的是发下的大头翻毛皮鞋，冷气照样可以穿透。开始，只是觉得冰凉，从脚尖开始冰凉，从脚心开始冰凉，再把这冰凉，弥漫到脚踝和脚背时，冰凉加重了。加重了的冰凉，生出了刺，生出了针，不仅仅冰凉脚的表层，而是往深处扎，往血管里扎，往骨髓里扎。这样持续着，脚变得麻木了，脚结冰了一样。脚也变重了，说是石头的脚，生铁的脚也成立。分明又是自己的脚，是自己身体的组成部分。脚刚开始感到冰凉时，还可以用力跺脚，通过和地面撞击，产生一些热量。等到脚麻木了，脚不听指挥了，笨拙了，调动意志再用力跺脚是可以的，但随即袭来的疼痛，似乎要骨折，似乎要粉碎，似乎要失去脚，失去脚的支撑，是万万不可以的。但静止不动，脚上的冰凉，脚上的麻木，会传染一样，又要往上走，往腿关节走，往胯骨走，便只好缓慢地、轻微地踩着小步，一点一点移动，一点一点把沉睡在冰凉和麻木里的脚唤醒。

在土崖的崖根下，散布着一团一团的乌黑，那是冬天等车的人，点柴火取暖留下的残迹。有一堆火，人围着，不至于冻僵冻硬。可是，山里光秃秃的，能生火的材料，无非是蒿草、树上掉下来的枯枝、地里挖来的玉米根。这些，被之前的人消耗得几乎没有了。要找，就得再往远走，连被风吹来的烂纸片，谁扔掉的橡胶鞋，也拿来点着。只要是能燃烧的，都点着，哪怕是河滩里发大水时冲下来的棺材板，也点着。有一团火光，有呛人的黑烟飘散，等车的人，会从心理上缩短时间的漫长，也认命般觉得等车就得这样等。这时候，假如看见班车过来，等车的人，本来还想着把火堆挑拨旺，立刻丢手，换个人似的蹿起来，不断招手，站路中间招手，似乎过来的不是班车，是诺亚方舟。和我在城壕遇到的一样，也会有矿区的车辆到元城，只是没那么多，偶尔会有一辆车过来，有车槽加长的日野牌卡车，有给油井压裂的压裂车，有背着铁架子拉油管的解放牌卡车。只要是车，等车的人都赶紧招手。有的车看着减速了，到了人跟前，却轰一下油门，快速开过去了。等车的人是有办法的，招手时，手里拿一张钱，使劲抖动，让司机看见。有的车真就停下了，等车的人疯了一般攀爬上去。压裂车的车身，都是些铁管铁箱，人找个缝隙，抓牢，哪怕身子斜着，一条腿悬空，也不在乎，也不害怕。这些车的司机，有的心善，给钱不要，白拉，有的要钱，在我的眼里，他们都是好人。

1986年，我终于调出野外队了，谢天谢地，我不用再搬铁疙瘩了，也不用在野地里等车了。我在野外队的最后一年，是在元城度过的。那一天，接收我的单位，派了一辆大卡车，来到元城，来拉我，拉我的行李。我所有的家当，就是一口木箱子，是我参加工作时，我爸给我做的。里头最值钱的物品，是我积攒下来的十几本书。那一天，春光美好，我身心美好。在路上，只要遇见等车的人，只要顺路，我都让司机拉上。一路上，上人，下人，都高高兴兴的。快到庆阳了，车槽子里，还有十几个人，他们的终点是庆阳。他们的神情，和我一样喜悦。应该是，我比他们，更喜悦。

选自 2013 年 2 期《美文》

四十年来丹青梦

王十月

当作家是许多年以后的事，我少时的梦想，本是想当画家的。

这梦想大抵源于我幺叔的影响。我是乡间少有的才子，写一手漂亮的赵体字，会许多种乐器：月琴、口琴、二胡、手风琴、笛子……幺叔讲过，他童年时，一次放学路上，听见有人吹口琴，那是他第一次听人吹口琴，听得入了迷，跟着那人走了很远，天黑了，他迷了路。后来，我以此为原型，写成了短篇小说《口琴，獐子和语文书》，这小说是幺叔的故事与我的故事的结合体。

幺叔还会写鹊体字，用一块橡皮，蘸了广告色，几笔就画出一只喜鹊、蝴蝶，再添几枝梅花、竹枝、兰草，组合成字。过春节时，别人门前贴墨笔字春联，幺叔家门前贴神奇的鹊体字。我在南方的工业区和一些旅游景点见过写鹊体字的，给人写一条姓名收费 30 元，全是一些弯弯绕，一只鹊也没有，比起我幺叔的字，相差远矣。

幺叔还会作画，常画迎客松和桂林山水。天知道，他怎么会那么多！

我父亲说，这些都是他瞟着学的。"所谓瞟着学，经常就是瞟一眼就会了。"我父亲说这话时，很是骄傲。父亲从未因我而骄傲，却常为我幺叔骄傲。

我的整个童年和少年时期，幺叔是我绝对的偶像，我无限崇拜他，喜欢听他坐在月光下用二胡拉《天涯歌女》："小妹妹唱歌郎奏琴，郎呀咱们俩是一条心……"

幺叔本有大好的前程，他学习成绩好极了，从来都是老师们的宠儿，但"文革"开始了，幺叔响应号召，扎根新农村，一扎就是一辈子。

我曾偷偷翻看过幺叔的毕业留言册，上面写满了同学们真挚豪迈的祝福："翠竹根连根，学友心连心，我们齐努力，扎根新农村。"幺叔回家后进了大队小学当民办教师，教了一辈子书，大队变为村，后来，村里的孩子越来越少，村小学撤了，幺叔下岗，拿了国家3000元补贴。幺叔老了，不再吹拉弹唱，不再画画，只在春节写春联时，才拿一下毛笔，也不再写鹊体字。再后来，年近60的幺叔出门打工，在佛山、东莞漂泊。年纪大了，不好找工作，他只能在陶瓷厂当搬运工，那是我当年干了几天就逃之夭夭的苦力活。

幺叔年轻时，有许多追求者。记得有一次，一位漂亮的女老师托在上小学二年级的我给我幺叔带封信，千叮咛万嘱咐，让我亲手交给我幺叔，可幺叔不在家，我将信给了我幺妈。

幺叔、幺妈打了一架。

许多年后，想起这件事，我就会想起幺叔坐在月下拉二胡的样子：

"小妹妹想郎直到今，郎呀患难之交恩爱深。"

童年时，我梦想做幺叔那样的人，有才华，会画迎客松，会画桂林山水，受人尊敬，为人耿直。我常去偷他那已干成块状的广告颜料回家画画。

众多侄子中，幺叔最疼我，待我与待别的侄子不同。幺叔说我像他，他的梦是没了，他对我寄予厚望。幺叔家有一本《芥子园画传》，是幺叔的宝贝，那时有人结婚会打"宁波床"，床上雕繁复的花，安着许多小玻璃，里面镶着画。幺叔为人画"宁波床"。《芥子园画传》是他的师傅。后来没人用"宁波床"了，都用西式的"六弯床"，《芥子园画传》不知怎的就成了我的，不记得是幺叔送我的，还是我偷来的。

于是，我得空就描《芥子园画传》，那时根本不知道有宣纸，就拿铅笔在烟盒纸背面描。也许是描得太投入，下课在描，上课也在描，没有烟盒纸，就描在课本上，课本上都是图画。数学课上，被老师发现了，命我当着全班同学，将书上的图画一一抠下，然后当众咽下。

因此，我尝过画的滋味。

许多年后，我走出家门，在武汉打工，进时装公司当画师，远在家乡的小妹给我写信，信中满是自豪，说哥你能找到一份当画师的工作，全因儿时吃下了许多图画的缘故啊。远在武汉、初出家门，还少不更事的我，读到小妹的来信时泪如雨下。

我一直有画家梦，并未被老师吓退。初中时，依旧在上课时偷偷作画，在我最不喜欢的数学课上，我画了一张"孙悟空大战二郎神"。数学老师姓朱，人甚好，看见了，并未责怪我，还表扬说："画得不错，有鼻子有眼的。"受到鼓励，我信心倍增，周末回家，不去完成老师布置的作业，却从幺叔那里弄来颜料，给那张"孙悟空大战二郎神"精心上了彩。周一上学，故意将那张上了彩的画放在桌上，等着老师来表扬。老师没有表扬我，却将我的画高高举起，说："作业一题都没做，夸你画得好，你还上了彩，真的是，说你胖你就喘，说你脚小你就加劲崴。"老师恨铁不成钢。

果然，初中毕业，无缘再上高中。

我中考落榜，很出家人意料。幺叔尤其为我担忧，与我父亲谋划，说："送孝儿去当兵，他喜欢文艺，上不了大学，去当兵，也许是条出路。"当时，我们村有一青年，爱好文艺，当兵后成了文艺兵，上了军校，成了军官，衣锦还乡时羡煞众人。

于是去验兵，过了体检，却被村干部劝退了，说："你还小，才16岁，有的是机会，今年我村只有一个指标，某某某的小孩想去，你让出来吧。"

当兵不成，幺叔说："给孝儿找个师傅，学画中堂。"

师傅尚未找好，我看到了石首市文化馆美术班的招生信息，于是报了名，成为了小城名师王子君先生的学生。

如果说，幺叔影响的是我的童年和少年，王子君先生影响的，就是我的青年。

师从子君先生，学了一段时间素描，就开始学画工笔花鸟。我不是先生众多弟子中最有灵气的，基础也不好，一学期没学完，家里农忙，我就休了学。背着一个画夹，画夹里有一堆我的"画作"，回到南湖村，一路上都很是骄傲。

农闲时，就在家里摆起静物，画酒瓶、画碗、画茶壶。我么叔夸我画的茶壶"硬是敲得响"。于是就给村里人画像，逮谁给谁画，画了半天，"模特"坐不住了，过来看，围了一圈人，左看右看，说，"这里有一点像"，"这里也有一点点像"。惭愧得紧，我的造型能力啊！后来就不画人像了。有电器修理店请我画一个招牌，于是画了一台电视机。有屠宰场的请我画一个招牌，于是画了一头猪。乡亲们都说画得好，"是彩电"，"好肥的猪"。

一有空，我就爱去石首县城，因为那里有文化馆，因为文化馆里有王子君先生。

去了，听先生谈艺，谈为人。先生还搞根雕，我也学根雕，背了锄头漫山挖树根，把人家的田埂挖倒了，招来一通臭骂。

南湖村到县城63里，骑自行车往返，我乐此不疲。子君先生说，"汝果欲学画，功夫在画外。"子君先生让我多看文学书，"应该会写点古体诗，画上要题诗，诗书画从来一家。"因此，我才有机缘认识老诗人徐永宾先生。徐先生当时已年过古稀，满腹学问，古诗写得极好，国内外的汉诗刊物上，常有他的诗作。他常常为格律诗后继乏人而忧心，听说我这16岁的娃想学格律诗，深感欣慰，又把我介绍给他的诗友，参加一些培训。在徐先生的教导下，我爱上了"平平仄仄平平仄"的诗词格律，先生将我的格律诗推荐发表，专门在我的名字后面括弧里注明"16岁"。"别人不信这是你写的，认为是我给改出来的。"先生很是赞赏我。

子君先生托他的弟子、我的师兄黄再林为我在县城谋了一份工，在石首色织布厂当机修学徒。这样，我便有更多机会听先生谈艺。后来，石首举办第七届美展，先生是组织者，出于对弟子的提携，他选了我的一幅工笔虫草《小园豆花》参展。后来出门打工，与先生少了联系，最后一次见他，是2000年，我在深圳，先生到深圳出差，来看我。后来，再未见过先生。几年前，先生因脑溢血去世，我大哭了一场。

听家乡的文友说，先生经常念叨我、记挂我，知道我的每一寸进步，先生都会很兴奋。先生约文友们喝酒时，总会提议大家举杯为我祝福。遗憾的是，跟随先生，未学到他的画艺。欣慰的是，我学了先生为人的操守，受益终身。

说来也怪，我学画连半吊子都谈不上，出门打工20余年，却有一半工作与美术有关。在武汉的第一份工作，是在时装公司任手绘师。当时流行在真丝上手绘国画做裙子，那家时装公司在业内颇有名气，老板傅泽南先生是极有才情的画家。熟悉中国当代美术史的人对傅泽南不会陌生，他是"85新潮"的干将、江苏新野性画派的发起人。学者高名潞在其所著的《中国当代美术史1985—1986》中有专门的小节对他进行论述。

我和傅泽南的关系，是老板和打工仔的关系，是老师和学生的关系，更是朋友关系。我从招工广告上看到傅泽南的公司招手绘师，然后去应聘。一同应聘的有几个，都是科班出身，我的画功最差，但傅先生选择了我。后来谈起，傅先生说："那几个都是城里的，而你来自农村，农村孩子能吃苦，也更珍惜机遇。"

当时，一米真丝价值30余元。我并没有机会直接在真丝上作画，主要是给傅泽南当助手，帮他端颜料。他脾气不好，爱骂人，骂走了几位助手，但他从来没骂过我。他说："王世孝当助手，画起来就是顺手，我不说他都知道我想要什么颜色。"看得多了，于是有机会在普通棉布上画，后来就画真丝。

也不难，有老师在前面示范，无非就是日复一日地画牡丹、画月季、画兰草。最烦的是，因为兰草比较受欢迎，曾经连续画过一个月的兰草，画得我们想吐。

在真丝上作画与在宣纸上画，效果很接近。

带我们画布的经理汪光芜，也是一位颇有名气的画家，是傅泽南的大学同学，对我也不错。晚上下班后，汪光芜就在他的宿舍里画山水，我又成了他的助手。汪光芜画传统中国画，海派路子，那时我更喜欢傅泽南的画。看得多了，傅泽南说要教我画画，开玩笑说要把我打造成"湖北著名画家"。但那时，我没有作画的环境，几个工人挤在逼仄的宿舍里，没有书案，更没有钱置办笔墨纸砚。在笔记本上写点日记倒是可以的，不料却被傅泽南看到，对其中一篇回忆乡村喝酒的小文章大大夸奖了一通，说我文笔好，可以当作家，鼓励我投稿。也不知往哪里投，1000来字的小短文，我投给了《收获》，居然收到了退稿信，用语还很客气，说《收获》不发这类型的文字，请另投云云。

正是在傅泽南的指导下，我读了巴尔扎克、雨果和左拉。也是在他的影响下，我读了贾平凹和沈从文，开始了不间断的经典文学阅读。但我的梦，依然是当画家。

离开傅泽南的公司，进了另一家公司后，有了一个小小的空间，可以作画了，于是置办了笔墨纸砚，自己琢磨着画。当时我迷恋"表现主义"，于是在宣纸上尝试"表现主义"的东西。画了也没有老师指点，自己觉得像那么回事。

后来离开武汉回家养猪，别的没带，带回了一大捆风格怪异的画。乡村没有宣纸供我实验"表现主义"的水墨，于是买了几桶油漆，把家里的椅子全部画上了狰狞的鬼眼，弄得父亲很生气，说："吓死人，这样的椅子谁敢坐？"我听不进去，反将家里的一口装书又当书案的大脚箱，也画上了怪异的图画。现在想来，那还真是"表现主义"。

打工许多年，除了在傅泽南的公司里当手绘师，还在广告公司画过户外广告，在制卡公司画过黑稿，在玩具厂做过调色师，后面这些经历，与真正的绘画艺术无关，但对热爱绘画的我，多少是个安慰。

也许是因为这些经历，后来进入《大鹏湾》杂志社任编辑时，我基本上成了美编助理，美编排版时，我在一旁指手画脚，后来进了广告公司做艺术总监，也是边做边学。这一切，皆源自对美术的热爱，源自梦想。但是，近40年的画家梦，却总是那样若即若离，而因为热爱绘画而引发的文学梦，却做得真真切切了。

失之东隅，收之桑榆。也许，这就是人生。

命运总是让我和绘画若即若离，当我将要远离它时，又会有机缘让我走近。2004年，远离绘画许多年后，我出版了第一部长篇小说《烦躁不安》，想到远在武汉的傅泽南先生，于是给他寄了一本，先生收到，给我回了一封十余页的长信，鼓励我认定文学，不要为外界的喧哗所左右，并以他的人生为例来告诫我。

傅泽南信中说他离开绘画 20 年，做生意，东奔西走，到头来，还是离不开艺术。傅泽南最终又回归了画室，而且这画室，是我为他选定的，就是离我不远的 31 区。

我再次有机缘和傅泽南先生在一起，我见证了他为重新回归画坛所做的努力。他是疯狂的画者，每天只休息四五个小时，其余时间都在作画。而他在画室，也为我支起了画架，我得以从基础的色彩学起。

这段美好的时光依然短暂，后来他离开宝安去福田，后来去南京，去北京，有了自己的美术馆和艺术馆，而我，依然和绘画若即若离。

2010 年，《美术报》用了 23 个版面大力介绍傅泽南，许多重量级的美术理论家为他写文章，他却将我写的一篇评论用在了头条，并快递了一张油画新作给我。

2012 年，广州国彩艺术馆为傅泽南举办"回归——傅泽南风景画展"，我作为嘉宾发言。开幕式结束后，傅泽南说："这里展出的画，你挑一张最喜欢的，展出结束后带回去。"我知道他的画现在拍到天价。傅泽南说："咱们是兄弟。"

知道我女儿学画，想考美院，画展开幕式一结束，他就来到我家，看了我女儿的画，一二三四五六七，指出问题，并写在纸上，坐下来示范、改画，一示范就是 3 个小时。他那么胖，坐在小马扎上，真是难为他了。

在我的打工过程中，遇到过许多傅泽南，这样的老板，和我的关系，是老板与打工者，更是师友，因此在我的小说中，老板们的形象，似乎不像一些评论者希望的那样坏。我的小说《国家订单》出来后，有人批评我，说我这不是"打工文学"，是"老板文学"，因为我为老板说了好话。我觉得这样的论调很幼稚。有时也想，我和傅泽南的友谊，当真是很传奇。

2008 年，我到鲁迅文学院参加学习，鲁院同学中，颇多热爱书画者，以李晓君、东君、李浩较为专业，而我这样的业余爱好者也不少。白描老师知道后，专门安排了一间房，提供了纸张，于是，我们组成一个书画小组，每晚在一起练字习画。几十年来漂泊身，从鲁院开始，我才真正有了较多的时间练字。

　　离开鲁院后，这个习惯保留了下来。从鲁院回广东，进《作品》杂志社，很长一段时间，我住在广东省作协招待所，每晚写毛笔字成了习惯。那两年，临帖比较多，二王、米芾、黄庭坚、王铎、孙过庭，每家都练，但却未能专攻一家。

　　广东作协喜欢书画的人较多，廖红球的书画，张建渝、曾庆丰的书法都很了得，看他们写字作画，我也和我幺叔一样，"瞟"学了一些。有时和廖红球先生聊书画，他是不吝将自己的经验分享的，于是，我知道了"笔法"。安定下来后，有了可作画的地方，于是就重续旧梦。对我影响最大的却是郑旭彬，整整两年时间，我们同一间办公室，有空就一起画画。我们合作了许多张，我先画个大概，余下的他来精心收拾。我们很投缘。

　　于是，我就认了郑旭彬为师，这不是玩笑——"三人行，必有我师焉，择其善者而从之"。

　　每每写字作画，觉得有点意思的，就留下，不意间，竟留下了一大堆。于是，隔一段时间要清理一次，毁掉其中的90%，余下几张。就这样，几年下来，竟也存下了不少。

　　一日，网上发帖，说我要卖画了，画价几何云云。本是戏言，不意有几位留言要买。我说这是开玩笑的，不卖。但执意要。我说，一个月后，你还想要，说明不是心血来潮，我就卖给你。一月之后，还想要，就卖了几张。

　　居然，就这样开始卖画了。东一张，西一张，也卖出了一些。在文学圈内，居然有了一丁点画名，真是惭愧。又受邀参加了一些画展，朋友抬爱，在刊物上发表了一些。居然还有报纸请题写了副刊名，有文学刊物请题写了刊名……无知者无畏，胆子越发大了。

　　但我深知，收藏我画者，皆出于对我的关爱，用另一种方式，在鼓励我的文学创作吧。

　　40年来丹青梦，总是与绘画若即若离，而今不惑，画家梦不复，所以画者，无非调节心性，自娱自乐。让我欣慰者，是小女自幼爱画，以凡·高、莫奈为偶像。看女儿画画，成为了我生活中最享受的事。今年，她又以优异的成绩考上了中央美院附中。女儿要离开我们，去北京求学了。我心里有些不舍，但更多是欣慰。路在她的脚下，终究走向何方，我不得干涉。

从我幺叔的丹青梦，到我的丹青梦，再到小女的丹青梦，这期间，三代人的梦想，又何止40年？想来，真的是感慨不已。但爱上了，就是爱上了。一辈子的事，有没有结果，倒是次要的了。如之何，何之如。

选自 2013 年第 9 期《广州文艺》

晚来横吹好

朱以撒

　　六十岁庆生宴过后，马上有一些与以往不同的想法冒了出来，改变了曾经的方向。往年秋季，我都会接受邮政局的邀请，和他们合作，印刷一套明年春节的贺卡，很个性的，很文人气的。上边有我的几幅书法作品，很精美。还有一个简介，作为宣传之用。这枚贺卡迥异于任何一枚贺卡，所以很受欢迎。曾经在寄出过程中，不知哪个环节出了差错，丢失二十余枚，后来才发现网络上在出售它们。那时喜欢每年有这么一个花絮来点缀，而我也必须在春节前一个月好好坐下来，给几百个朋友写贺词。如果对方是做生意的，就祝他们生意兴隆通四海，财源茂盛达三江；如果对方是从政者，就题如日之升，如月之恒。如果是老者就干脆寿比南山。而给我的研究生则一律写"笔健"，她们是研究书法艺术的，笔健了就不愁吃穿。题词好了等它干了，还得写地址、找邮编，然后装入特制的信封，粘好，再开车到邮政局，投入。一次是完不成的，总是要分好几次。这个自找的麻烦工作量还真不小，有人说可以找几个学生代劳，免得自己受累。可是我认为，既然做了，也就诚心一点，继续以蚂蚁搬家的方法，每天解决几十张贺卡，逐渐把自己认为要贺新春的几百个人一一消化。有时候我还会遐想他们收到贺卡时的快乐模样，有点兴奋，或者激动。现在想来太奇怪了，怎么会有这个劲头，甚至晚上会推迟一个小时睡觉来拨弄这些贺卡——一定是觉得这种微薄的交流很有意义和价值。像我这样缄默情性的人，也就只利用日常生存的世俗性节日到来前，做这点自以为浪漫的事，好像贺卡是一枚很有浓缩性的精神价值的承载体，会起到什么作用似的。其实，大多数人只是发发短信就够了，犯不着用这种老式程序来表达。我乐此不疲，因为我夸大了它的作用——一个人喜欢做某一件事，总是会把想法朝好处推进了许多。直到今年，邮政局的工作人员再来和我商谈印制贺卡的事，我忽然表示了谢绝。如果说以前太看重了贺卡的意义，如今我又太看轻了它。至少我觉得，一个六十岁的人，没有必要再忙忙碌碌给这个人、那个人寄贺卡，相反，应该是别人来问候我才是。年轻时的生活印迹，今天是看不到了，但是比较起来还是很明白——以前的生活比较复杂，含有许多复杂的牵扯，却不懂得以简单来化解它，于是日复一日地复杂下去。这很像一位泥水工，要把所有的墙面抹得如同镜子一般光洁，这就太辛苦了。任何生命都有权力拒绝复杂。简单，对于今日的人来说，是一个相当有吸引力的话题，可是讨论过后并不乐意运用。从明年开始，谁都收不到我这枚很有个性的贺卡了，曾经用来书写贺卡、寄贺卡的时间，我可能在休息，我喜欢这张坚硬的红酸枝眠床，我会多在上边休息。时间被我用到另一个地方，这也更符合我到来的这个年龄。

回到老家，我往往走惯了其中的一条小街。那是一条没有办法改造的小街。说它没有办法改造，是房子盖得太密了，即便有一条缝，也会挤进一户人家。政府当然很头痛，也就打消了拆迁它的计划，任其密集下去。我走在其中，觉得又回到少年时代，是因为看到了墙边那些老旧的石条。那时，总是会有三两个老妇坐在那里，有的头上还披着花头巾，或者绾一个很大的发髻，用簪子穿过。没有人从这条街上走过时，她们就自己说话，很细小的声响，正好满足她们的耳朵。如果有人走过，男青年，或者女青年，她们就一齐闭了嘴，目光如箭齐刷刷地射到对方身上，让人有些发怵，不由得加快脚步，仓皇走远。这时，她们就开始发表评论，说这个男青年太扭捏，那个女青年又一副寡妇苦脸，从上到下评说一通，说到乖张处，不由放肆地浪笑起来。这些人真是不能惹她们，只能一走了之，因为她们的文明程序不够，也没有人从小教养她们，以至于她们年纪大了起来，要统治一条小街了。几十年过去了，这样的人还是承传下来，太相同了，就像她们屁股下的石条，没有太多差别。我在家乡也会遇到一些四十年前的故旧，那时一起在遥远的山村当农民，后来天各一方。几十年后的街头偶遇、交谈，我惊异一个人会以不变来应万变，学识、见解都和以前如出一辙，变的只是外在的形态、神情。由于存在着落差，我们两个人的交谈就有一搭无一搭的，总是有一些障碍在阻止语速的顺畅，甚至就暂时无话可说，停了下来，相互看看，再说一点什么吧。后来，后来就说再见。其实，如果不见，回忆以前那种说话很投机很畅通的农民日子，也是很有意思的。很多年前我翻了一本美国作家凯鲁亚克的长篇小说《在路上》，这本书实在太难看了，就好像各种各样的人乱糟糟地行于路上，相互之间说不上话，也就相互视对方为奇怪，为不可理喻，既然都感到距离大，而且都到了晚年时段，谁也无法改造谁，那就各自在路上继续走吧！

释广兴总是在晚间独自一人光了上身到我老家后面的中山公园去踢球。寺院给这位小和尚的任务似乎不多，听说是管理晨钟暮鼓的，因此有许多时间走出来，和我老家的各界人士交往。他的脸型有点佛相，圆、饱满，还有一些稚气，让人喜欢。他从北方来到南方这个古刹修行，读读佛经，抄抄佛经，也懂得一些书法理论，能够表达自己的见解。据说他是酒肉穿肠的，和寻常人没有什么两样。肠胃舒服了，人也有了精神，便于晚间出来踢球。寺院生活我稍有体验，从广兴身上也看出宽松。很少有人探究这里边秘而不宣的戒律，只觉得不会固守百年前之严密。就像一座木构宅院，百年后已经有些松动和瓦解。像广兴这样的年轻旺盛生命，围墙内的生活是不能禁锢他的。水开了就要溢出来，踢球就是一种释放方式，看一次次起脚将球射向石壁，让它弹将回来。我不明白他出家的缘由——我不喜欢打探，如果合适，他当然会主动地告诉我，犯不到如此好奇。可以说，我对广兴知之甚少，只是交流了书法艺术上的一些看法，品评了一些人，如此而已。此时我正好穿着运动鞋出来，就和他踢一会儿球，二人对射，积极地跑动，流一身汗，只是我不习惯光了上身，所以衣服湿透。一个人乌黑的头发削尽，是否也舍弃如同乱发一般的世事？应该是吧，否则枉削青丝了。应该贯彻趋简观念，一年比一年简，就像广兴这样，想踢球了，抱着球就出来了，尽个人之兴，而不会想太多，想多了就出不来了。一个人会在六十岁之后渐渐地脱离那些复杂的关系，很多想做的事也只选择一二做做。真像马老要伏枥，剑老要入匣那样。《一代宗师》中一身武艺的宫宝森，他老了，选择淡出江湖，找个年轻人主盟南北，而不会再像当年后生猛厉，天天与人过手。

箫鼓向晚——在这个夕阳落下的小镇上，听这些自发起来的老者弹奏，曲调中的随意味浓了起来。他们已经表演很久，很尽兴，往往有些信口、信手的苗头了。箫音听起来未必那么合拍，鼓点听起来未必那么有准头，就像天边漫起的晚霞，飘到哪是哪，反而有一种散漫之趣。这个年龄，似乎做什么都可以随意了，年龄摆在那里，就是一种资本，让人在评说前先掂量掂量。有单位为一位老文人办了一个研讨会，青年评论家提了不少意见，希望以后改变一下写法会更佳。意见提得实在好，但是老人实在改不过来了，年龄和惯性都不允许。如果是我，会鼓励他随便写、乱写，也许笔下就超越他一贯的严谨了。我给一位老人题了一本书名——《世纪沧桑》，因为老人给我一封信，简短地恳请我为他挥毫。再懒得动笔的人对于这样的老人，都会爽快答应。老人还在不停地写，他可以不恪守法则了，他所体验到的，我至今陌生。我试图捕捉他笔迹中那些淡淡的、微略颤抖的线条，没有成功。这里边有着宿命运行的因素——活不到那么久，体验的触角就够不着。肯定需要有对应的生命，到达这个节点上，才可以言说。一个人总是矛盾附体，一会儿说"老去诗书浑漫与"，一会儿又说"老去渐于诗律细"，颠三倒四的。我比较倾向前者——"浑漫与"。多好啊，爱怎么写就怎么写，反倒生出很多反常合道之趣。朴趣的、稚趣的、颠倒淋漓之趣的，由于老眼昏花，指腕哆嗦，反让大家叫好。退下来的人，笔下精神有一种超脱，今后需要多多读老庄的著作了，培养自己的休闲状态，成日无所事事也无人指责，因为年龄允许这样，长期使用的办公室已经没有打开的钥匙了。我注意到，过年前单位领导都要分批到老同志家中慰问，因为他们老，或者曾经任职。有时也请到台上，享受不说话干坐着的待遇。有的人很老了，被人搀着，放在指定位置上，只有等会议结束，他才可能在别人的帮助下回家——现在，是别人来安排他了。西晋石崇有一个追求方向，"士当身名俱泰"，很典型的个人追求。年轻时重于名的彰显，肉体无恙，不在养护之列。到了晚年，病痛多了起来，身就重于名了。

一个人无法驱除病痛，它与肉身同在，并不因为名之小大而有所倾斜。因此很多老人发脾气、骂人，无所顾忌。而如果是从文从艺者，他们爱怎么涂抹都是有道理的，都会得到宽容，因为老态会使人有所悲悯。

"晚来横吹好"，古人有如此说，"横吹"二字可谓传神，说尽老人。

选自中国作家网

流 转

王新华

　　赞美土地的人，都是一些与土地划清了界限的人。有人说，我是一个农民；有人说，我是一个村姑。说这个话的时候，你就要恭喜，他们已经洗净了两腿的泥巴，混出来了。

　　农民与土地的关系，一是拥有，一是逃离。啥时候都没有改变。农家子弟当兵，当民办教师，参加高考，以及今天千百万人外出打工，都是这些事。

　　20世纪80年代有一首非常红火的歌曲——《在希望的田野上》，女高音唱道，我们的理想在希望的田野上，北疆哟播种南国打场。打场就是收获，这里劳动的诗意，就是那些不种地人的一个美丽谎言。

　　当年，小满一过，黄淮平原麦子落黄，集头上到处都摆着扫帚、木锨、镰刀、草帽的时候，我就会一脸苦相地跟村里人说，哪个劳改犯，受不下去了，我情愿进去替他坐一麦季子。每天拉出来，对屁股上踹几脚，我也干。一麦季子，就是指"打场"，"播种"这个又收又种的三夏，一般半个多月。那个时候，我家每年都种上十来亩麦子，这些麦子要一镰一镰地割倒，拉到场里，打出来。那个晚上，割了一天麦子，天黑透了，才晃晃荡荡地回到家里。可以这样说，今晚上，村口摆一台戏，村里没有一个人有精神出来看。这个时候，天气预报说，夜里有雨。这两天，我家那块麦子全部割倒了，摆在地里，四亩。有雨，我们不敢往下想了。吃完几碗面条，我跟妻子下了决心，得把那麦子都垛起来。孩子还小，父母也是拿了一天的镰把，不想叫他们出去了。麦地离家一里多路，外面黑洞洞的，胆小怕鬼的妻子，扯着我的衣角，我们向麦地里摸去。夜晚的这块麦地，一眼看不到边。我们一下子一下子弯下腰，抱起麦子，把它垛在一起。麦茬把手都扎烂了。我们手伸进麦子底下的时候，还胆战心惊的，生怕那下面卧着一个东西。白天割麦子，小孩子随便在一个洞里就捅出了一条毒蛇。那一夜，我渴得没办法，几次下到地头的乌龙港里，捧那里的水喝。那一夜不知干到什么时候，我俩把四亩麦子，全部垛起来了。可是，那一场雨，并没有下。

现在，打工在外的妻子还经常念叨着种地的艰难。也会想起，那一年家里种了六亩芝麻，长得最好，就卖了两千块钱，还不抵人家打两个月的工。她说，现在就是在城里捡破烂，也不能回家种地了。

我们与土地的纠缠，却并没有结束。

那天凌晨三点，一个最沉静的时刻，我脱离了跨越三省的长途客车，幽灵一样地潜入这个村庄的地片。

田野首先展示给我的，是月光。在城市的这个十几年，我好像没有见到过月光。印记中的月光，是清冷，现在却是三伏，夜晚也是热燥燥的，这叫我感到错乱与陌生，我还没有在这个季节回过老家。杂草拥挤的小路旁边，有人在抽水，蜷缩在一个小三轮车上，身上裹着破床单，用来抵挡野外的蚊虫。下弦月不很分明，我认不出他是谁，不过可以看出他头发的花白。场面上没有一点声响，也不见一滴水。一条细细的电线从远处扯过来，小小的潜水泵吊在井里，没多粗的送水管从井口出来，像一条水蛇一样隐没在草丛里，向远处延伸到某一块地里。这片土地上，正经历着一场干旱。

一觉醒来，父亲已经叫我吃饭了。一路上晕车呕吐，肚子被掏空了，现在，最想用的是面水。当年七口人吃饭的大铁锅里，就是面水，在锅底上。这并不是父亲想得周到，村子里，早上就是这个饭，面水上面馏着馍。我蹲在院子里，吃了一个馍，喝下两大碗面水。这顿饭没有用到筷子。

这个热烈的季节里，村庄上却清冷得像一个冬日。一眼看出去，满是蒿草，不见一个人，也没有一个四条腿儿（牲畜），让人想到动物出去觅食了——那个空虚的窝。

像是一个入侵者，我的忽然出现，更加引起了几个留守者的注意，你——咋回来了？面对这样的疑问，一般人会有意无意回避一些实情，应和一句，啊哈，回来瞧瞧。我没有。我觉得这样的轻描淡写，不足以掩盖一个男人与这个季节之间的突兀。我直接跟他们说，大路边上的那一块地，粉条厂想要，叫我回来商议商议。

十几年前最后一轮动地，我家有十五亩耕地，在村里是最多的，因为父母一直没有跟我分家。几年前修公路，占去了三亩，据说是有补偿的，农户却是分文未见。

回头想一想，这个三十几年里，耕地或者叫责任田，在农户手里大致经历了三个阶段。从初分地到80年代中期，这个几年，人心安宁，土地散发着香气，动地的时候，有的人家为了多摊一份，会把说好的媳妇提前娶进门。到了90年代前后，农民负担越来越重，坊间有言：七所八所，无所不索；七站八站，无站不占。村民夏季交了小麦，分文不见，秋季还要拿现金，拿不出来的，干部就拿钱请来街头上的人，赶你猪，搬你粮食。这时的庄稼人，纷纷丢下土地，外出寻求出路，打工的浪潮已经形成。出去的人，就家里外头两头跑，或者把地给人家种，种地的人一分钱不用拿，只负责土地的负担就够了。就这样，有的地照样没有人捡，就在那荒着，负担还是得背着。对于农民，这个阶段土地的价值为零，或者负数。这个状态的农户，其实已经破产，失业了。可是，没有人承认这个事。因为他们手里还有土地。破产、失业者，只在城市里。进入新世纪，随着城市经济的发展，全国每年纳个几百亿的农业税，已经成了小钱，既充当不了小汽车的油钱，更不够招待费。这个钱，再要下去，就等于叫要饭的出份子了。2006年（我们那里），政府免除了农业税，并且还有了种粮补贴，一亩地一年几十块钱。这个钱，就像香案上摆放的供品，只不过是一种象征意义。免税后的土地，在农户手里，又显现出了一点价值。现在土地给谁种，一亩地一年，可以收取两三百块钱的租金了。

我家现有的土地，分为三块，偏僻的那个两亩，无偿地给别人种着，另两块这几年粉条厂在用，栽种红薯，磨粉，今年是一亩地六百块。

粉条厂是镇供销社的一位干部开办的，在我们赵庄的地片上，号称"专业合作社"，种植、生产、销售一条龙，千亩优质红薯种植基地，流转土地达两千六百亩。知情的人掰着指头算了一下，这个数字实际上只是两三百亩。可能就是"专业合作社"这个牌子，粉条厂从建厂到现在，据说拿到了地方政府的不少扶持款，今年，就又无偿地得到了一台大型旋耕机。

我家的这块地，八亩，紧挨着粉条厂。现在，厂要扩建，打电话叫我回来，商谈商谈。

家里欠着人家的钱，闺女毕业了，儿子还在上学，也要继续用钱。现在，他们像是看到了我的空虚。

按说，厂里用地，不应该直接找我，他们应该找政府。在我们这个国家，从我这样的村民，到四处圈地的房地产富豪，名义上谁都没有一寸土地。可是，我们双方就要直接见面了。

就要"卖"地了，心里连个价钱都没有。在与厂方接触之前，我先跟一个老朋友见了一面。这些年他一直在家里搞装修，对地面上的一些事情比较熟悉。老朋友告诉我，这几年公家私人用地的不少，价钱也不一样，有几千的，有万把的，现在我们旁边正在修建的高速公路，占用的耕地，国家的赔付是一亩地两万五，到了农户手里是两万。我觉得这个钱不少了。最后一轮分地，说是三十年不变，现在都过去一半了，十五年，两万块，这事管干。朋友说，可不是十几年，永远都没有你的地了。

修建中的高速公路没有占到我们村的土地。听说占地补偿的事，在周围的村上引起了不少纠纷。这些纠纷不是发生在村民与政府之间，村民也许对这个价钱非常满意了，也许觉得自己没有资格与政府讨价还价。纠纷发生在村民内部。公路从村庄的地盘上通过，占用的只是部分农户的土地，政府也就只对这几户赔付。可是，其他的人不干了，也要分这个钱，他们说，地是咱队（村民组）的，这个钱你不能独吞。占地的人家，死活不肯拿出到手的钱。最后，其他村民联合起来以村民组的名义，与他们达成协议：将来土地调整，你们永远不能分这个地了。不分就不分。据说，有户人家的八亩地，被全部占用，这家人拿到赔付的十几万块钱，心满意足地离开了。八亩地，十几万块钱，拿到他们打工的城市，也不过就是一间房子。庄稼人，就这样摒弃了自己的土地。

就在我准备跟粉条厂正面接触的时候，一个人开着汽车来到我家里。他说，那块地，给我吧！粉条厂给你多少钱，我给你多少钱。

这个人叫徐辉，是镇信用社的人员。他是在我们赵庄出生长大的。他比我小了不少，今天，张口闭口叫我叔。他的突然出现，我有些猝不及防。我说，你又不种庄稼，要地弄啥？他笑而不答。接着他问起我来，粉条厂要你的地，弄啥？我说，厂里扩建。他笑了笑，跟你说吧，粉条厂要你这块地不是扩建，是想盖房子。

盖房子，这个充满着乡土气息的语言，用现在通用的词汇转换一下，就是商品房开发。他这样一说，我也清楚了，他要这块地，也是想盖房子。

商品房开发，这是一个像高层大楼一样耸立着的大词。没有个亿万家产，不敢往上想。可是在这乡下，它也卑微了许多。一些人手里有个几十万块钱，就敢伸手。这里，每个小镇的四周，每条公路的两边，都有人在盖房子卖。

我家的那块地北头紧挨着公路，离西边集镇的外围也不到一公里，正在修建中的高速公路也从它旁边经过。有点经营眼光的人，能够看出一些名堂了。

你也要，他也要，给谁呢？

我对徐辉说，我现在其实有几个道理：这块地紧挨着粉条厂，并且这几年一直在种着，现在厂里想要，我应该首先满足人家。这块地是咱们赵庄的，你是赵庄的人，我又应该给你。以上两点，我可以都不管，我只遵循市场的原则，谁给的价钱好，我就给谁。

徐辉说，叔，你说得有道理。我说，咱爷俩，今天的话只能说到这里，我毕竟是粉条厂叫回来的，今天，我还得见见人家。

徐辉走后，我就去了村子后面的粉条厂。虽然夹在中间有些为难，但又觉得，有人争着，也不赖。

粉条厂老板姓董，五十多岁，人都叫他董主任。这个人我以前知道，并不熟悉。见了面，他说，出去的人，都发财了！我说，给人家打工，跟要饭差不多，啥时候能发财，在家里能混下去，才是本事。我把徐辉刚才找我的事跟他一说，他破口大骂，年轻人，一点道理都没有，地我在种着，凭啥跟我争，就是你想要，也得先跟你老姨夫商量商量啊！他们之间有亲戚，我似乎知道，现在模糊了。

我也向他摆了那几个道理。我说，你们是亲戚，话应该好说，我的地给谁都好，不能伤了和气。

跟粉条厂一沟之隔的另一块地上，也早已是风生水起了。

这块地也是紧挨着公路，三亩多，处在百亩连片之中。现在，有人要在这里划出一片住宅，盖房子卖。听说，规划图都拿过来了。

去年冬天，在市里做官的一个人回村里奔丧，看到老家散乱破旧的宅盘，他说，一年又一年，赵庄还是这个老样子，就不能重新规划一下吗？大家要是愿意，我可以帮帮忙。他说的帮忙，大概是指帮助规划设计，帮助用地审批，要是在新农村建设的名义下，也许还可以享受点扶持政策。

这个只有两百多人的小赵庄，却有十来个姓氏。官人所属的家族，人口最多。徐辉就是那一门的人。官人的那个话，不知有几个人听到，在这个以外出打工为主业各奔东西的村庄上，那也不过就是一句话，不会有多大的声响。大家都明白，没有钱盖，规划得再好，也只是一座空中楼阁。

可是，那个话，就是被几个人，紧紧地抓住了。

这几个人，就是官人的族人。他们种了半辈子地，最大的收获，就是明白了一个道理，种自己那几亩地，永远不能致富。于是，他们也都外出。在外打工多年，最大的收获，也是明白了一个道理，打自己的工，永远不能致富。要致富，就得做老板，叫人家给自己打工。这一回，有贵人领路，机不可失，得干点别的了。

这几天，我就接到了两个电话，是从不同的省份打过来的。村里那几个梦想着盖自己的房子的人，这三伏天里，还都在某个工地上做着小工，给人家盖房子。他们的触须还是灵敏的，他们选择说话的时机，也是适宜的，我这趟回家，毕竟是为着土地的事。

还是今年正月初，我有事回了一趟老家。那时，回来过年的人大多还没走。知道我回来了，他们就来到我家，说，咱们庄要规划一个新宅子，你要是没意见，就签个字。现在的农村，村集体已经完全成了虚设的东西，没有一点权威了，老宅子又撤不掉，再规划新宅子，又得占不少地。我说，这老宅子又不小，家家都有，只要有钱，不照样盖新楼吗？我不签。来人说，人家都签了。我说，真是都签了，我一个人不签，也阻挡不了。这几间砖瓦房，一个小院子，一口压水井，虽然二十多年了，我还想让它保留下去，我的孩子在这里长大，我的母亲在这里去世，现在父亲在这里居住，将来我在外面干不动了，还回到这里。

电话是中午打来的。此刻，他可能是刚吃过盒饭，光着脊梁歪躺在一块沾满水泥的模板上休息。他说，是老表吗？我说，是的。咱弟兄俩好不好？我说，好。有个事你得帮帮忙！我说，我能帮你啥忙。他说，你先说，帮还是不帮……

他们规划的那个住宅里，有我家的三亩地。这块地粉条厂在种着红薯，没有合同，种一年算一年。现在，他们想在上面盖房子卖。他们给出的条件，说出来好像很大方，粉条厂一年给你多少钱——我们也给多少！他们连买都不用了，要租，一年拿出个几百块，十几年，几千块钱，挨到下一轮土地调整，这个钱就没人收了，这个地就占稳了。我说，人家是种庄稼，你是盖房子，一样吗？他说，咋不一样，我跟人家都能说好，就你的鸡巴难翻……

拎泥桶的人，都在想着房地产开发。今天，要发财，第一要具备的素质，是胆子。

跟他们接触后的两天里，没有事。

第三天上午，是徐辉开车来到我家。他没有提粉条厂的事，直接对我说，叔，那个地确定我要了，你看看，一亩地得多少钱。我说，咱爷俩，我也不穿靴戴帽了，就依照修高速公路农户到手的补偿，一亩地两万。听后，他咂巴一下嘴，没有说啥。一会儿，他说，咱们到村支书那去一趟吧。我说，现在又不能签合同，去那里干吗？他说，先打个招呼呗，我带着你，再给你送回来。

我们到了几里外的村支书家里。支书跟我年龄差不多，他说，老朋友几年不见面，上午不能走了。他给饭店打电话，叫送一桌菜过来。他说，你们出去都挣到钱了，比我强，我一年工资就四千。我说，你不照样住楼吗？他的支书才当几年，上一任是他本门叔叔，七十多岁才交给他。

支书说，这些年政府鼓励农户土地流转，徐辉是咱村的人，徐辉和粉条厂用地，村里肯定不支持外人。

又来了两个客人，我不熟悉，从他们谈话中知道，有个是镇计生办的，有个是生意人，已经在这一片盖过房子了。

今天，这两人都不像是闲人。他们对我跟徐辉的事，都很关注。有个人还对我说，你那个价，太高了，这个地要批下来，还得不少钱。

饭后，有个人拿出了一份土地流转的空白合同，让我先看看。

我说，这一条，流转期限三十年，是怎么来的？他们说，都是这样。我说，农户哪有权利跟你们签订三十年的合同，我的权利，只是在这一轮土地承包期限内。

还有一些问题，比如，依照国家政策，土地流转不能改变土地的用途，否则，合同不能成立。这些人拿地，明显不是种庄稼的。这些，在他们眼里，可能根本就不是问题。国家的法规，有时就不是管人的，它像运动场上的一根标杆，高高地横在那里，有本事的人，可以跨越。

我提出要走，支书说，好吧，有些问题明天再说。他让还在上学的儿子开车送我回家。徐辉他们，都没有离开。

接下来的几天没有动静。我的生活，正处在一场危机之中。

这不是老父亲一个人在家，弄得缺吃少用，也不是这三伏天里，这个村庄没有空调，我夜晚睡觉的房间里，没有电风扇。这些，还都算不上生活的必需品。

眼下，是用水问题。

持续的干旱，村里一家一户的压水井、自吸井，都没水了。

每天晚上，我要把穿了一天，被汗水浸过的衣裳洗一下。一裤一褂，加上一个裤衩，一共也就是一盆水。洗涤的过程只有两遍，一遍两瓢水，洗衣粉点滴为重，要不泡沫会没完没了，第二遍的水要是还不怎么黑，就不倒了，再往里头添一瓢，可以洗澡了。

　　现在，村里人吃水，都是用一个小三轮车，里面衬一块塑料布，盛上水，往家里推。小土路上，三轮车晃晃荡荡，一车子水推到家，就剩一半了。取水的地方很远，是机井，有人在那抽水救庄稼。水泵功率小，水位又低，出水细得很，一天也浇不了一亩地。

　　父亲今年八十了，干瘦，不过几十斤。我们都出来了，几年前母亲去世后，就他一个人在家。现在，忽然多了一口人用水。家里没有三轮车，就是借邻居的，推来的水也没地方盛。我叫父亲再找一个桶，拴上系子，配成一对，我出去挑。

　　现在，这一带，大小的沟河，都没有一滴水，连一点湿湿的泥巴也没有。其实，这场干旱，远不及我在家种地时的那一次厉害。那一年的干旱，地面上的树木，盛夏时节，都落净了叶子，可是，村后的那条乌龙港，底子上，始终没有断过水，我还在那里摸了一袋子河蚌，扛回来，给猪吃。家家户户的小井里，也都能出水。现在，让人感觉到，根本不是少了一两场雨的事儿。是水在离我们远去。

　　那天中午做饭，没水了，父亲看到我在屋里陪两个邻居说话，就没有声响地挑着桶出去了。等了一会儿，我对邻居说，你们坐着，我得出去挑水。

　　我顶着烈日，翻过一条干河，匆匆赶到那个地方，父亲已经担着水，在一拃宽的田埂上，颤巍巍地走过来了。

　　我赶紧接过挑子。没有想到，面对着随便取的清水，父亲也是这么贪婪。两只大桶，都放得满满的。我不知道，我要是不出来，这上百斤的挑子，他怎么弄回家。

　　抽水的这眼机井，还是20世纪70年代初，农业学大寨大搞农田水利基本建设的时候打的。后来地分了，各干各的，有人嫌它在自家的地头上碍事，就给填起来了。可能是为了省土省劲，填的时候这个人在井口里塞了一个树根。后来遭遇干旱，有人就想到这里有眼井，又四处乱挖，把它找了出来。四十年过去了，这眼井还能出水。

　　在井里抽水的，是妹妹的公公，我叫他四叔。年轻人都出去了，老两口在家里带孩子，还拉着几亩地。四叔今年七十出头了，还有肺结核，一直闷气。井边上放着一张小木床，夜里要睡在这里，不断地起来看水。这块地种的是旱稻，由于缺雨，长得不好，有的地方还露着地皮。现在正是打苞（孕穗）的时候，要是再不救一水，这块地就打黄网（绝收）了。

四叔这三亩麦茬旱稻，雨水调顺的年景，可以见两千斤，全部卖掉，两千一二百块钱，刨去一半成本，也就落个千把块钱。这个成本，并不包括从种到收这几个月里的人工。插水稻，能多收千把斤，那本钱也更大了。现在村庄没有牲畜，没有农家肥了。买来的种子，也只能用一季，再种就没有收成了。过去，种子主要是自己留，看到谁家的好，就跟谁换。现在的产量，都是靠成本垫起来的，就像把钱撒到地上，自己再捡起来。

农户收的粮食，比小店里的饮用水还贱。有的人一包香烟钱，买米买面可以吃一个月。现在，一般的农户，都不超过十亩地。种好三十亩地，也不如一个人出去打工。这个账，出去的人都算过多少遍了。今天，我们从新闻上看到的无农不稳，连续多少个丰收年，就是依靠四叔这样走不出去的人，在底下撑着。

炎热和干旱还在延续。

我家里已经没有一棵庄稼了。这几天，除了出去挑水，傍晚凉快一点，我还会到地里走走。

花生地里，我扒开因缺水而软绵绵的秧子，一簇一簇的果针，被光热烤得紫红，还都在秧子上吊着，无法扎到土里，结成果。现在已经立秋了，它们还在苦苦地等着老天爷落雨。

我却不想等下去了。地的事，徐辉他们一直没有再找我。那块地，已经没有人能跟他们争了。根据生意人的脾气，这些人大概是在等着我松一松价钱，等着我跟他们签订三十年，其实就是永久性的合同。

这几天，村里的一些邻居，见到了也都问，弄好了吗？好像，我是在给他家办事。他们清楚，自己手里的地，早晚也会流转的。流转，这是个专门修饰时间的词汇，流转的结果，都是空。现在，它与土地对接了。我对他们说，我只卖自己手里的责任田，不卖咱赵庄的土地。

这趟回来，整整十天了。

没有跟他们打招呼，第二天一早，还没有人起来，我背上来时的那个小包，别过父亲，悄无声息地离开了这个燥热而又清冷的村庄。

那一刻，我想到了一个问题，我家的地要是都那样流转给他们了，我还是赵庄的人吗？不是了，那我是哪里的人呢？

选自 2013 年第 6 期《黄河文学》

玛拉沁的儿马子

艾 平

天、马、地，是草原亘古的风景。斜阳之下，儿马子岩石般兀立，毛皮呈现金属般的光泽，风在它的脚下放歌。

天和地委托玛拉沁来照看它们的婴儿，所以马在世上有了亲人。玛拉沁像一个父亲那样宽严相济地驯养着儿马子，也像母亲那样无微不至地心疼着儿马子。

玛拉沁的呼吸从旷野中跳出，像一束金色的光芒穿过风速，和马亲吻。通勤车一停，儿马子的鬃尾高扬，瞬间来到他的身边，半蹲着绕圈。这是一种私语，马在请自己的主人上背。主人下车上马，与之逶迤而行。因为周边是草库伦的铁丝围栏，儿马子只好走在公路路基的斜面上，它的脚下没有青草葳蕤，是掺杂着水泥渣的自然土，间或有几朵柠檬色的野罂粟和淡粉色的诺门罕樱出现，幽香隐隐。

在儿马子的眼睛里，公路犹如一条细长的虫子，正抖动着身体，上山，下坡，过桥，带着一种磨刀般刺耳的声音，不停地爬行。儿马子知道，不仅是自己的妻妾儿女被公路带走了，是整个草原都跟着公路一天天在走，走出悠久的岁月，走出古老的故事，永不回头。

儿马子常常一个蹶子跨上公路的脊梁，肆意穿梭。

那带铁护栏的路堤，那瓦亮的水泥路面，皆被它随心所欲地置于胯下。不过公路没有给马丝毫快乐，马蹄踏在公路上的声音如石击火镰，将坚硬和灼热传导至马的小腿、大腿以及肩胛乃至头颅，那种感觉不是疼痛，是钻心，刹那间电流一般将马的自信变成慌乱。然而，每当儿马子跃上公路，那些带着四个轮子的怪物，总是像听话的母马那样，老老实实地停下脚步，或者远远地绕道而行。于是，马对公路毫无惧色。

这条公路直通玛拉沁工作的矿山。玛拉沁的工作是遴选矿石，只要他轻轻触动一下电钮，机器便开始旋转歌唱，那来自地下数十米的矿石，便依照金属含量的差异，组成不同的方阵，转瞬进入阳光世界，以金银的气味覆盖了草原上碱草和野韭菜的芬芳。

许多前所未有的感觉，每每在值班的时候闪现在玛拉沁眼前。原来，四季的阳光竟有不同的味道，春天的味道在小羊羔的胎毛里，夏天的味道在防风草的花心里，秋天的味道在高高的草垛上，冬天的味道在蒙古包热腾腾的牛粪火中。这些味道竟如此香醇，如此令人迷恋，对于玛拉沁来说，简直就像身后的影子那么重要。玛拉沁珍惜自己的影子，就像爱护眼睛一样。他知道，要是影子消失了，就是长生天不要你了，不再用光芒为你驱赶路途上的迷雾了。所以，这个年轻的玛拉沁，说什么也不在矿区住宿。尽管那里有练歌房和电子游戏厅，他仍然愿意和晚霞一起，骑着骏马，牵着自己的影子回家。他踏踏实实地端坐于鞍鞯之上，像一个肚子里装了马奶酒的男人那样，温醺微醉，摇曳生辉。

这是玛拉沁的最后一匹马。自从草原被划分成一个个小块的草库伦，马群再不能纵横驰骋，整日在草库伦里踱步，把最喜欢吃的草尖全都啃光，每每冲出去到别人家的草库伦觅食，玛拉沁夜里常常梦到往日那一碧千里的旷野，没有竖起的井架，没有林立的风电机，没有纵横交织的公路，没有高耸的无线信号塔，马群犹如珊瑚色的岛屿那样飘荡在草浪里，无拘无束地和白云一起舞蹈⋯⋯

有人告诉他，工业化是一把双刃剑。玛拉沁点点头，找到一个承诺善待这群马的商人。大卡车来临的时候，马群迅速地围成一个圆圈，小马驹和哺乳的母马被包在中间，儿马子在外边不停地绕圈奔跑嘶鸣。玛拉沁手牵儿马子的笼头走进了车厢，马群才跟着上车。玛拉沁把儿马子留了下来，因为他的手里不能没有缰绳，他的脚底下不能没有马镫，他是骑着马来到世上的，他还要骑着马回到长生天的身边。

玛拉沁为即将远行的马群高高地扬起三勺甘泉一样的奶汁，像一个额吉那样，以古老的方式祝福这些告别故乡的孩子。

走吧，走吧，我的马群，

你这第一次出门的孩子！

把太阳的手掌带在身上，

把亲人的祝福记在心里。

愿流沙和险滩不能阻挡你们的四蹄，

愿雨水和飞雪不能淹没你们的牧草。

动身的时候，你不要回头遥望，

到了陌生的地方，你要放慢脚步……

没有人注意到玛拉沁的眼睛里噙着泪水。在马群上车之后，商人就不再理睬玛拉沁的劝告，点燃了一串爆竹。在他们的眼里，这是一笔新开张的生意，无论如何也要弄出一些声响。

大卡车上，传出众马"咳儿……咳儿……"的叫声。玛拉沁从车厢的缝隙里看到一双双马的眼睛，正在随着鞭炮的响声一抖一抖地紧闭着，可见它们是多么害怕！一时间，玛拉沁冲动地想反悔这场痛心的交割，那商人已经掐了香烟，坐进了高高的驾驶楼。

就在大卡车出发的那个瞬间，儿马子毛了，它一个蹶子跃起，奔着拉走了它妻妾儿女的卡车追去。

卡车疾驰，烟尘四起，儿马子的身影若隐若现。

儿马子回来的时候，皮毛蹉跎，气喘吁吁，焦躁异常。

这是一匹多么好的儿马子啊，它是马群最忠诚的丈夫和父亲。它那双装满警惕的眼睛，能抓住草叶上的每一丝风动，能发现草丛下的每一片坎坷。有它在，马群不会陷进泥泞的险滩，不会在被注入了脏水的泡子里喝水，不会遭到野狼的袭击，不会迷失回家的路。

在那些难忘的日子里，玛拉沁和他的儿马子浑然一体，在套马场上扳倒一匹又一匹烈马，真是无往而不胜！玛拉沁对儿马子太好了，秋天里的玛拉沁，见到草籽就撸，那是给他心爱的儿马子准备的；雨季里的玛拉沁，漫山遍野寻找一种叫铁花脸儿的蘑菇，那是他的儿马子最喜欢的食物。儿马子深深地依恋着玛拉沁，要是玛拉沁躺在草地上，儿马子就会用尾巴为玛拉沁驱赶蚊蝇；要是玛拉沁在远方唱歌，儿马子就在草原上发出一声声婉转的鸣叫，那银子一般的声音，坐上云朵的额头，飞到玛拉沁的身边为他伴唱。人们惊奇地发现，玛拉沁唱的呼麦，另一个声部来自马的音域。

玛拉沁不敢看儿马子布满血丝的眼睛，日夜自责，终于醉倒荒野。太阳用金针刺他，他不知道；蚊虫在他头上聚成一个黑烟囱，他也不知道；暴风雨来了，用沉重的镍币击打他，他还是不知道。后来，他感觉到手上有一团潮湿的火在滚动，顺手一摸，那是儿马子的舌头，往上，是马有力的鼻息，再往上，就是马浓密的睫毛和耸动不已的耳朵，儿马子在为玛拉沁焦急！玛拉沁抱着马脖子踉跄起身，伏在马的肩胛上，泪水和雨水滂沱相汇。

儿马子在草库伦里用牙齿拽铁丝，用头颅撞水泥支柱。每当草库伦门前的那条公路上，有大卡车驰来的时候，记忆便如魔鬼一般，"砰"一声燃烧起来，驱使儿马子疯了似的冲上公路，迎着驰来的汽车吼叫。儿马子的身上伤口连连，危险无时不在。

玛拉沁想起一句古老的谚语，"一匹马只要安静下来，就能多活几年"。去势之后，儿马子果然不再躁动，每到黄昏之时，它安静地徜徉在公路下，等待自己的主人归来，玛拉沁渐渐放下心来。

可到底还是出事了。那天，玛拉沁坐在通勤车上，远远地就看见自家草库伦门前的那段公路上，停着一辆长厢板的大卡车，车底下围着一群人。交警在，兽医在，收马肉的商贩也来了，所有人的目光都聚在玛拉沁的脸上。

儿马子鬃毛散乱，沾满野罂粟破碎的柠檬黄。它的胸腹已经被撕裂，那生命中的红花，一簇簇撒在白灰色的路面上。

玛拉沁伸出手，覆盖在儿马子朦胧的眼睛上。儿马子浓密的睫毛，不再像平日那样调皮地眨动。它的牙口紧闭，把一截舌头咬在唇外，玛拉沁习惯地一掰，竟是再也掰不开了。他的手沿着马鬃往下细细抚摸，脊背、腰角、臁、鼠蹊，每一个细节都在渐渐冷却。在马胸腹的伤口处，

玛拉沁感觉到微微温热，于是他慢慢将手探进去，他摸到了儿马子尚未
走远的心脏。

　　他觉得自己的一切都在手上。

　　注：1. 额吉(蒙语)，母亲。

　　　　2. 玛拉沁(蒙语)，牧马人。

　　　　3. 儿马子，为种公马。

选自 2013 年 8 月 30 日《光明日报》

不一样的毡房

丁 燕

在定居点，固定住房的花费比毡房大。一架毡房的成本在两千至三千元，毡子可以自己做，花费相对较少；但定居点的砖房，则需现金买，这使得牧民的牲畜数量锐减。牲畜是牧民的基本生产资料，生长需要一定周期，其中又有较多不确定因素，如母羊空胎、幼羔死亡、自然灾害等，每年牧民都要卖掉一定数量的牲畜以保证日常生活的消费，因此，如果在较长时间内牧民的牲畜数量不能增长，将会影响他们的生活质量。

有的牧民卖掉毡房，一方面定居后夏天天气热，毡子没有经过染色，易生虫；另一方面，缺钱。有的人则把毡房寄存在山上的亲戚家。还有的，只留下毡房的架子。那些木架子，被放在定居点的畜棚中，再也没机会变成座房子。它们像巨兽的骨头，嶙峋着，丧失了皮肉。去夏牧场放牧时，牧人住在用防雨布搭建的临时帐篷里。

挤在防雨布下，和坐在毡房里，到底有何不同？在毡房里，和牧人一起盘腿而坐的，还有祖先的魂灵。现在，防雨布十分具体地描述出一种寒碜（和旧毡子搭起的小毡房完全不同的寒碜）。防雨布下的生活，放大了黑暗和寒冷。这种房子被临时织补起来，随时要倒塌。即使是在很小的毡房，主人也不会生出临时住居的感觉；而在防雨布中，牧人把日子过得匆忙、仓促、拮据。主妇在白天的正午打量这座蜗居时，像打量几块毫无意义的，发光的玻璃板。她习惯用麻绳扯拽天窗上的小毡子来遮挡阳光，现在，她袖着手，愣怔地盯着防雨布小屋，完全不清楚阳光从哪里泻进来。

牧民对牧业驾轻就熟，但对农业则表现得磕磕绊绊。很多人在定居前从没接触过农业，甚至家里没有一个农业生产工具。虽然到了耕种季节，乡农科站会派技术员指导，但这个和土地打交道的过程总交织着太多的失败与懊悔。他们渐渐总结出一些经验：苜蓿草一定要在收割前浇水，收割后会烂根；种玉米应在天热时，种早了不发芽……但对直接进入机械化大耕作的牧民来说，他们对机器生出强烈的依赖思想，总想指望那些铁家伙完成犁地、翻地、播种、收割、脱粒等一系列过程，而缺乏精耕细作的技术、经验和劳动过程。

牧人可以离开马鞍和草原，可除此之外，他们别无所长。他们骑在马上时，不仅是一个骑手，更从属于一种巨大的荣誉中。在那里，关于英雄的条件十分详细地规定好了，既周密又严谨，每个骑手都会矫正自己的位置。当他们下马，走进红砖房，他们变成了单个的人，在定居点横平竖直的柏油路上，他们被更大的规矩和法则控制住，令个人能量毫无回旋之地。当他们变成农民，一整套法则正等待着他们。

随着初始化农业生产方式的到来，牧人的家庭出现了劳动力重新分化问题：传统哈萨克妇女以家务劳动为主；定居后，百分之二十的家庭，土地靠妇女经营，男人则从事牧业生产；男人只有在不放牧、不育肥、不做其他生意的情况下，才会参与农业生产。由于妇女既要照顾家，又要从事种植，就选择易种植、好管理、耐旱又能当饲草的苜蓿种植。

在定居点的生活并非想象中那么顺畅，在这片四方四正的田地里，牧人的勇猛一点用都没有，做什么都不对劲，他们白天劳动，晚上睡在土炕上，脑袋里回味的却是如风似飞的滋味。与每日持续的农业生活同样巨大的，是对过往游牧生活的遗忘。每一个在草原上驰骋过的牧人，为了适应新生活，都必须在大脑中对过往生活进行清理。牧人的生活被分解成两部分：定居点时代，和这之前。牧人常携带着茫然而不知所措的面容走在定居点。这种愣怔不是一朝一夕所能克服。任何走进这里的人，都能看到那些眼神深处的担忧、怀疑和迷惘。

经过三五年磨合，大多数牧人基本掌握了种植苜蓿、玉米、大麦、小麦等农作物的经验（好地种植玉米和小麦，碱地种植苜蓿）；牲畜多的人家，甚至将土地全部种成苜蓿。一些人还学会了建房技术，不仅能盖院墙，还能盖畜圈；不仅给自己盖，也给别人盖。定居点需要储存草料，为了节约饲草，牧民一般采用"长草短喂，短草槽喂"的办法（即把苜蓿草、玉米秸秆粉碎，放入槽中，减少因踩踏造成浪费）。有脑子灵活的人，购来饲草粉碎机，营业起来：每小时收费二十元。

妇女到了夏季西红柿和棉花的采摘季节，结伴坐上种植户的小四轮拖拉机，到附近乡村大田帮工，晚上再送回来。冬闲时，她们缝制地毯，在市场上直接出售，一条簇新的手工地毯可卖三百或五百元。而男人们，凭借着对牛羊饲养的熟稔，帮助周围牧场育肥牛羊（与牧场签订合同，羊羔出生后七十天，以十七公斤为标准，超出一公斤奖励一元，少一公斤罚五元），收购牛羊和皮毛，再拿到市场去买卖。有人冬季加工了三匹马的马肠，在路边打出卖马肠的广告。收割大麦和小麦时，联合收割机每割一亩地十五元。脱粒后的麦子用汽车送到各家，送麦子的司机按照每亩两元价格收费。

渗透进日常生活中的这些计算，具有颠覆作用。在这些行为背后，另一种价值体系已建立：金钱的作用被人交头接耳地转述。和转场相连的那些关于生命的记忆，在定居点，被饲草粉碎机粉碎成碎片。人们的手里刚刚拿上钱，可走路的眼神已变得空旷。当他们还是孩子时，他们的父母赶着牛羊穿行在青草中；现在，在他们的孩子眼中，他们或者弯腰拿着锄头，或者将刚粉碎好的短草倒入槽中，或者用粘上唾沫的手指一张张数着钞票。

四个轮子的小汽车来到萨孜湖，从两座毡房间忽悠绕过，喷出突突尾气后，古怪的味道长久地粘在草尖上不散；大卡车到达此地时，车厢还空着，铁栅栏围起长方形小监狱，两层叠加。阔大臀部在车头的牵引下，在无路的草原上起伏突围，呼哧声连续不断，震得云层颤抖。羊群伫立圈中，耳朵神经质地抽搐着，极有兴致地看那大家伙远去，从不曾想，有朝一日，自己也被会捋进去，走上不归路。

湖边草坡，凸起一座座白蘑菇般的毡房。在旅行者眼中，这些一眼望去的毡房大同小异；事实上，它们的形制复杂不一，各有功用：父母和孩子居住的毡房为大房子，儿女婚后单过的毡房为小房子；另有一种，则属牧民自发扎建，不为居住，只为营业（但不是某个单位或组织搭建的），称家庭毡房。

一条河流蜿蜒向前，河水清浅，岸边水草团团漂浮，鹅黄淡绿，窄处堆起两摊干硬泥巴，人一步即可跨越。步行二十米，可达未名泉。泉水直径一米，周围砌红砖，外部均匀涂抹水泥。泉边十米处，是米哈尔古丽家的家庭毡房。红边框眼镜和草原很不搭调，戴着它的女主人完全不像牧民（几乎可以确定，她是个受过教育的人）：一米七高，肤白微胖，袖子捋起，手背上泛着油光，操熟练汉语。我很快得知，自师范学校毕业后，她一直在县城当老师，丈夫哈纳特是库甫乡沙孜村村民，平常在县城做点小生意。今年暑假，在女主人的建议下，一家人六月一日便上山，在泉水旁扎起两座毡房：一座招待客人，一座自己住。

米哈尔古丽拿自己打趣，说起刚到草原的趣事：她拿着望远镜，看到对面山坡有个蘑菇，有脸盆那么大，便奋力爬过两座山头，暗叹自己交了好运，等喘着大气走近一看——是个破塑料壶，在阳光下闪光。之后，她知晓了一件事：自己并非真正了解草原。但她并不因此就要下山。不！自放假后携全家上山，她便打定主意：一定要坚持到八月二十日，天冷后再下山（换言之：一定要把家庭毡房的生意撑下去）。

待客的毡房宽大，炕上铺着绚丽花毡，堆着干净被褥，一次可待客四十人；自己住的毡房窄小些，毡子更旧，但炕铺得和大房子一样讲究：木板上是毡子，再铺黑红格化纤地毯。这个房间内，不仅有米哈尔古丽、哈纳特、穿白罩衫黑运动裤白拉带凉鞋的四岁女儿卡迪亚，还有请来帮忙的姑姑和姑父，炕上躺着穿棉袄棉裤光脚丫的婴儿，是米哈尔古丽妹妹的儿子；卡迪亚身旁坐着的，穿粉色拉链毛衣、黄头发、七八岁模样的女孩，是婴儿的姐姐。

毡房内略显拥挤，却充满活力：正中铁皮炉子炭火正旺，双耳黑色大铁锅内，块块指节大的羊油正嘶嘶作响，炕上小桌，姑姑跪在一块艾得莱斯绸缝制的垫子上，切羊杂碎（自己吃）；案板的另一面，哈纳特在切羊肉，准备串烤肉（给客人吃）。米哈尔古丽抱起刚睡醒的婴儿拍打，鼻腔中发出呢喃，还不时挥动锅铲，翻炒锅里的羊油；姑父提着羊头和喷灯走出去（羊头是客人的主菜，得收拾干净），两个女孩下炕，提起水桶，去泉边提水。

是草原让米哈尔古丽认识到牛粪的重要性：作为必需的燃料，在草原，做饭取暖全靠它。米哈尔古丽做梦都想白白捡到牛粪，可当她出门后才发现，那些犄角旮旯处，早被别家主妇洗劫了好几遍，哪能等到她！她便只好买：一堆长、宽、高各一米的牛粪标价一百元（2009 年冬季雪灾前，一堆牛粪原本三十至五十元）！可再贵也得买。米哈尔古丽咬着牙，买来两车两米的，四百元，二十天就全部烧完；然后，再买……

除牛粪堆的涨跌直接影响家庭毡房的效益外，毡房的定价也尤为重要：太高没人来，太低没赚头，要定得客人心服口服，来了一次还想来第二次。于是，价格这样出笼：白天三百，晚上五百（不包括买羊钱，一只羊六百，由客人负担费用，但毡房负责宰杀、洗净、煮、炒、烤）。通过这个价目表可灵活换算：若早晨来，晚上走，吃一只羊，总价为九百；若住一晚，吃一只羊，价格为一千一百元。听起来不算低，但米哈尔古丽说，大头都用来买羊（成批买羊一只可降到五百五十元，但客人大多零星而来，只能一只只买，想在羊身上省钱，很难）。活羊的固定价格令家庭毡房的价格居高不下。可如果再低，就没赚头。

但我发现，对家庭毡房来说，赚的不仅仅是现金：帮客人宰羊，可留下羊皮，羊内脏，羊尾巴等，也是一笔收入。以前，一只羊尾巴卖五元，现在则卖三十五元。将五个羊尾巴切碎，炼出的油可装满二点五公斤的雪碧瓶，油渣还可蒸包子、炒菜。这些小实惠如润滑剂，能让一年皱巴巴的生计变得顺畅些。

毡房的价格可以量化，但接待客人的麻烦却无法计算：不同的客人会提不同的要求，哪怕最严苛的，主人也要尽量满足。

米哈尔古丽举例说："前天来的客人说好二十五人，来了后我一算，整整四十人！我说要多加一百元，领导点头答应了，还把带来的女人往前一推，说让她来帮忙，可她什么都不干，只顾用纸擦鞋上的泥。领导说要吃两只羊，一只煮一只烤，还要做六个凉菜六个热菜。我把煤气灶搬到外面炒菜，用大土灶煮肉，用铁皮炉烧水泡茶。四十个人，单泡茶都能忙死人：有人要喝奶茶，有人要喝清茶，有人要喝骆驼奶，有人要放盐，有人不放盐。全家人从早忙到晚，腿都跑细了。实在忙不过来，就去周围毡房找人来帮忙，一天五十元。水不够，让两个女孩轮流去泉边提。晚上客人不睡觉，拼命喝酒，喝完就大喊，上清茶，上奶茶。我们在旁边毡房不敢睡，听到喊声，马上起身，烧好茶，提过去。又赶上半夜下雨，他们喊冷，我们把炉子也架起来。有人在地毯上吐了，我用洗洁精洗，清水冲，又忙活了一阵。可临上车，领导硬是不给那答应好的一百元，头一扭，人呼啦啦上车，一把方向盘，全走了。"

在城市，邻居关系很疏离；到了草原，米哈尔古丽重新认识到这个词的内涵：刚上山，扎好毡房后，米哈尔古丽根本没想到自己的一举一动都在邻居（丈夫的远房堂哥）的窥视之中。一连四天，没客人来，邻居骑马跑来嘲笑她：弟媳妇啊弟媳妇，这么大的空房子，真漂亮啊。她被气得半天说不出话。看到旁边有人也建起座营业性毡房，邻居骑马跑来：弟媳妇啊弟媳妇，人家的房子来了，你们的房子不行啦。又过了数日，他再次骑马跑来说：哎哟，你们家可真行，都已经接待了二十五拨客人啦。米哈尔古丽差点晕倒：她每日忙得团团转，根本没细数接待了多少拨，可邻居每天都眺望她家毡房，记录下烟囱冒烟的次数。又一次，看见炊烟升起，邻居忍了又忍，没骑马过来，改成打电话：弟媳妇啊弟媳妇，你们是不是又在烤没结婚的羊娃子？

当家庭毡房从草地上锐利冒出，邻居们的眼神变得格外敏感。以待客为传统，视买卖为耻辱的游牧民族，面对这个新事物时，忐忑不安。传统的，世代相承的稳定结构，被这座毡房撬出个缝，变得松动起来。所以，一座毡房并不像它显现的那么简单：它的一举一动，皆在邻居和传统的灼灼注目中。

竞争同时到来。看到米哈尔古丽家的生意不错，有人眼馋，要来和她抢地方。可她早都打听清楚政策：在冬窝子，每户人家毡房的地点有具体规定，但夏窝子却没有，谁的毡房扎得早，那地方就归谁。听到有人说让她搬走时，她站在门口就骂："我男人就是这个村的，谁敢动我的房子！"

他们在旁边扎起毡房。没有煤气灶，只修了个土灶；也不提泉水，用咸井水烧茶，茶味泛苦；一瓢水把整个羊肚子晃一遍，里面还有绿色；人来得多些，就忙得颠三倒四。米哈尔古丽说："搞接待，还得女人干。女人耐心、细心。"

她家毡房不仅人多，且分工明确：她负责倒茶，招呼客人；姑姑炒菜；哈纳特和姑父收拾羊；女孩子们提泉水。有的客人吃不惯羊肉，想吃面条，咋办？要提前准备好挂面之类的东西。可对面的那些大老爷们，哪能想得这么周全。他们白天忙着炒菜，晚上还要搞接待，连续几天睡不好觉，大师傅生了气，自己走下山。之后，那房子的烟囱便再也没冒出烟。

刚上山，才四岁的卡迪亚万般不习惯，说周围没人玩，太着急，还是回城里的楼房去吧。住了几天，她的馋瘾犯了，强烈要求吃肉。米哈尔古丽一摊手：我们没肉啊。她用小手朝不远处一指：那么多羊，宰一只不就行了。母亲笑弯了腰，说傻丫头，那些羊都有主人，得花钱买才行。哦……女儿看看羊群，发狠道，等我长大了，一发工资就买羊吃。

女儿和母亲去捡牛粪，开始嫌臭，慢慢地，从母亲的言行中懂得牛粪的可贵，大老远看到一团，激动得直跳脚，狂奔过去。做母亲的不断点头：这份对牛粪的热情，在县城，可培养不出来。

大风大雨后，母女俩出门捡垃圾：将吹到毡房周围的塑料袋、矿泉水瓶、废纸壳等收集起来，装在袋中，再挖个坑埋起来。多数时候，母亲做，女儿跟着看。可在当老师的米哈尔古丽看来，父母以行为教育孩子，远胜过空谈。

草原上的生活冗长繁杂，别看卡迪亚小，也要承担必要的劳动。除去提水，每晚六点半，她还要负责将小牛绑起来。母牛在外吃了一天草，回来的途中就会哞哞呼唤自己的孩子，小牛听到后，想方设法从圈里挤出来，朝母亲——不，应该是母亲的乳房，奔去。此刻，是母牛乳房最饱满之时。米哈尔古丽叮嘱女儿，在母牛回来前一定要将小牛绑牢，若奶被小牛吃了，人就挤不出来了。小牛才三个月大，正是馋奶时，可再过三个月，母牛再次怀孕后就会断奶，所以，母牛能挤出奶的时间很有

2013
民生
散文选本

限，于是，就出现了人牛抢奶一幕。

挤奶有固定时间：早晨七点半到八点，晚上八点半到九点。中午奶少，一般不挤。有一天，卡迪亚忙着玩，忘了绑小牛，小牛撒着欢冲到母牛身旁，大嘴吮吸起来，等米哈尔古丽发现，将小牛赶走，母牛的乳房早已瘪下去。卡迪亚做了错事，低着头不吭声。米哈尔古丽揽过女儿的头说，没关系，就当让小牛过个年。

卡迪亚已对周围环境很熟悉：知道哪家有马奶子，哪家要办喜事，什么时候去看赛马。每当她看到有骑手牵着马拎着桶来到泉边，就蝴蝶般飞过去：哥哥，你家的毯子好漂亮；哥哥，你的马肯定能跑第一名……然后，她说出自己甜言蜜语的目的：哥哥，你就让我骑骑马吧。

转场的本质是环保，它的行为根基在于鲜明古朴的生态观。当哈萨克人遵循一年多次迁徙、四次大搬迁，夏牧场一次放牧为三四日，顺次转场的游牧生产方式时，就是为了尽可能合理地利用草场。转场有固定的时间、线路和目的地，不但满足了牲畜的觅食需要，不至于损害草场，而且这种依时依地的迁徙轮牧，极大地实现了现代人极力呼吁的"休牧"举措。

当工业化进程的酸果正在被人们艰涩吞咽时，一个词遭到质疑："现代"。我怀疑并惧怕这个词。这个词貌似要将人类引入一条不归路：当我们大规模抛弃游牧时，我们说农耕更现代；而当我们荒废农田进城时，我们说工厂更现代。当工业废水污染自然，海啸地震蝗虫袭扰，我们蓦然发现，在貌似最原始的游牧生产方式中，却有着最为"现代"的观念。是谁赋予"现代"这个词以一种特殊的优越感？那个主导这个词的嘴唇，只在追逐当下利益的最大化，从未将地球看作自己的家。

哈萨克人一直与大自然保持着最近的距离，在游牧过程中，他们形成了自发的环保意识，这种意识体现在禁忌和惯例中，是对自然所进行的本能保护。他们认为，世界上没有多余的生物。虽然他们没有"环境保护"这样的词，却常劝诫儿女：不要拔嫩草，因为你的生命像嫩草。搭建毡房时，他们会选择无草或草少的地方。在转场途中，要将做饭、烧茶的火堆用土盖埋。夜晚时分，长辈不允许晚辈往外倒灰（荒火是破坏草场的主要因素之一）。这种训诫在孩子们的头脑竖起根手指，嘘——

从小接受这种训诫的人，在他们的皮肤底下，充溢着一颗别样的心脏：自然并非只是供人攫取的身躯，它同样有灵魂，要休息，值得敬重。

在城市，植物变成装点门面的物品，而丧失了其特殊的生命灵性。圣诞节前夜，人们砍下冷杉扛回家，在松针上挂满五颜六色的礼物盒，每个盒子上都有个金色蝴蝶结，每个蝴蝶结都反射出光芒，令这棵树熠熠生辉。这棵植物远离了自己的根须和泥土，正在效忠庆典。春节前的花市上，中国南部的花农将培植好的菊花摆出来，一盆八元、十元。那金菊刚好绽放在从初一到十五的农历时间。元宵节后，花边显出黑褐色，再过半个月，花瓣枯萎，皱缩，枯干，暗淡无光。它刚刚还为节日扮演了助兴的角色，就已经变成了尸体。当人们将它从花盆中拔起，丢进垃圾桶后，我看见，这菊花没有根。花农轻松地将花枝剪下，直直地插入土中，让原本不该出现的场景（只要它们出现在人的脑袋中），呈现在现实中：一盆盆金黄的菊花，开在春节的房间里。城里人轻松地杀戮着，并不紧张。他们给圣诞树挂上礼物盒，给金橘树扎上红包，将菊花摆在窗台，并不觉得那植物正在受辱。

大规模转场曾衍生出一系列与之相适应的文化生活：冬不拉弹唱、姑娘追、赛马、叼羊。定居点虽然也设有文化站，但设施简陋，除桌椅和一套音响外，别无他物。冬不拉弹唱仍保留，但其余活动则因需大规模活动场地而不常举行（定居点周围的草场都被围栏围起）。尽管电视已很普及，但人们并不像阿肯弹唱那样喜欢。长期游牧，居住分散，使哈萨克人相互接触的机会很少，他们更喜欢动态的、直接参与的文艺活动，而电视是一种静态观看，其节目是程序化播放，阿肯弹唱则具有直接对话效果，而且，熟人的表演更能引发共鸣。

并且，阿肯并非杂耍逗趣的演员，他更是幽默的智者，精通变形组合，顺手采撷生活琐事，即兴编成曲调，敏锐俏皮，出人意料，通过讽刺、赞赏、鞭笞，将一条裸露在生活之外的线头拽住，再将与其相关的内里尽数剥开。人们很容易忘记一整夜的电视节目，却能记住阿肯的某些话。那些词语看似平常，却往往暗藏着一个族群精确的态度。

在定居点，"致富能手"成为人们学习的标兵。能致富，当然好，但成为标兵，就令人迷惑。无论以什么声调说出"致富"这个词（开玩笑或认真），它都是个和利益相关的词。在草原，人们有自己心目中的英雄，其设定标准和钱没关系。"致富"这个词看起来不起眼，但其实，它掩藏了一些这样的概念：秩序、纪律、勤奋。有人遵循这个词调整自己的生活，无妨大碍；可如果谁不追随这个标准，谁就显得落伍，多少让牧人不舒服。将会聚敛钱财的人称为英雄，和史诗上的标准总有偏差。对英雄的判定标准不会来自外部，而是来自内部。当牧人强迫自己去适应外部条件时，因为外部的标准并没有给自己提供强有力的支持，只会让牧人失足跌落。牧人在转折点上显现出焦虑，同时，还有恐慌。

转场，让哈萨克人远离城市和农业区。为解决日常生活需要，他们自己打制生产工具、家具，加工各种食品。民间传统技术的诞生是生存的需要，也是智慧的反映。定居后，这些传统技艺被年轻人界定为"土"，他们更愿意骑上摩托车，去学修理汽车之类的新技术。

选自 2013 年第 6 期《散文百家》

倾听老唱片

王本道

父亲离世以后，给我留下几样极其珍贵的遗物：二十几部线装典籍，一台电唱机和几十张老唱片。那些线装典籍，一直摆放在书柜的最顶层，成为了名副其实的藏品，我不忍轻易去惊扰，因为同样内容的现代版图书，早已摆满我书柜的其他地方。而那些老唱片，我却常常在寂寞慵懒的时光里反复倾听着。

唱机通行的名称叫留声机，20 世纪 30 年代流行的那种带有一个百合花形高大扬声器的留声机，至今在电影或是电视剧中还时常看到。父亲留下的电唱机要比那种老式的留声机高出一筹，不需上发条，插上电源即可启动，而且可以变速，唱针也属"宝石"的，持久耐用，只是唱机自身没有扩声的功能，需将插头插进收音机里才会发声。掀开方方正正的机匣盖，打开唱针上包裹的红绸子（这是父亲的习惯做法），选定一张硬塑料制成的黑胶唱片，再将唱针轻轻放到唱片之上，在一阵沙沙的响声过后，便会有熟悉而又清晰的旋律悠扬地流淌出来。这些承载着历史烙印的戏曲或是音乐，让人有着太多的留恋和回忆，随着每分钟 78 转黑胶唱片的悠悠转动，总会把我重新带回到一个安详、静美、缓缓流动的年代。

父亲是个京戏迷，家里没有电唱机之前，他常常在收音机里寻找戏曲波段，有时为了能听完一出戏，常常在收音机旁守候到下半夜。20 世纪 60 年代初，他出差去上海，母亲将省吃俭用节余下的 120 元钱交到他的手上，千叮咛万嘱咐，让他买一架上海产的缝纫机，为孩子们缝制衣服用。可是一向在母亲面前温文尔雅的父亲却擅作主张，竟然从上海买回了台电唱机，外加几十张黑胶唱片。眼见着木已成舟，生米做成了熟饭，母亲也只好认了，晚上我们做完功课后，也拉着我们一起，跟着父亲一起听唱机播放的节目。母亲是正宗的"旗人"，少时曾在满族女子中学读过书。她不止于喜欢听京戏，更喜欢黄梅戏、越剧、豫剧等，而我和妹妹们则偏爱歌曲和音乐。那时候一张黑胶唱片只一元多钱，于是父亲便利用出差较多的机会，兼收并蓄，满足全家人的要求。久而久之，家里专门盛放唱片的两只小匣子渐渐丰满起来，既有当年名闻遐迩的"四大名旦""四大须生"唱的传统京戏，又有黄梅戏《天仙配》、《女驸马》，豫剧《花木兰》，越剧《红楼梦》选段，还有广东音乐、潮州音乐，二胡、古筝曲以及许多电影插曲、流行歌曲等，足有百十来张。父亲当时是营口港负责船舶维修和检验的总工程师，每年都要多次去上海处理相关业务，而上海是中国最早引进唱片的城市，父亲在那里不单买了些五六十年代生产的唱片，还在旧物商店买到些 20 世纪 30 年代初百代、胜利、大中华三家唱片企业灌制的老唱片。其中有金少山的《铡美案》、马连良的《苏武牧羊》、郝寿臣的《打龙袍》，还有蝴蝶唱的电影插曲《最后一声》，周旋唱的《四季歌》等。60 年代中期至"文革"前夕，市面上出现许多彩色塑料灌制的每分钟 33 转的密纹软唱片，那时我已经读高中，时而选择一些音乐、歌曲内容的买下，记得有吕文科演唱的《走上这高高的兴安岭》、孟贵彬演唱的《草原之夜》、罗天婵演唱的《高高的铁索桥》、徐桂珠演唱的《摇篮曲》，还有郭兰英唱的陕北民歌，郭颂唱的东北民歌。在那个没有电视、大腕和游戏的年代，这些唱片为全家人带来无尽的欢乐，也让我在青少年时期得以亲近雅正文化的芳泽，从而在心灵深处萌生出对崇高、对美好的追求。我笃信，在精力旺盛，心智纯良的青少年时代，一个人是否有优秀文化的熏陶至关重要，它对于塑造人的灵魂，是不可或缺的源头之水，很大程度上影响着一个人气质、志趣的形成乃至人生道路的选择。

从1966年"文革"爆发到20世纪70年代中期，我们这批后来被称为"老三届"的高、初中学生经历了前所未有的精神与肉体的磨难，理想失落，前途渺茫，连基本生存都处于艰难之中。这期间，父母也被发配到辽南的一个山沟里走"五七"道路。1972年我返城后到乡下探望二位老人家，在那个荒僻的小山沟三间简易的平房里，竟有熟悉的京戏声腔板式飘出。隔窗望去，原来父母正坐在炕桌旁聆听着老唱片。见到我，两人立刻站起身来，脸上露出久违的笑容，但唱机依然悠悠转动着。父亲拉我坐到身旁的椅子上说："这是梅兰芳、马连良当年合唱的《四郎探母》中'回令哀告'一段，真是满弓满调，酣畅淋漓啊！"当时的场景，至今想起来依旧让我心海翻腾。我惊诧于在那样苦难的岁月，父母宁肯舍弃其他家具，却将那台电唱机和老唱片包装完好地带到乡下，是文化的滋养让他们抵御了当时生命的落寞和虚无。而那《四郎探母》中的唱段，让我于声腔板式间听出了父亲当时哀婉与忧虑的心境。作为一个立志以技术报国的知识分子，面对"文革"给国家带来的满目疮痍，父亲委实是心有戚戚而不甘！

岁月如东流逝水，几十年韶光轻抛。伴着老唱片或清纯、或委婉、或深厚、或苍凉的旋律，个人生命沉浮于世间，阅社会板荡、人生波澜，多少体味到逆旅潇潇跋涉之艰难。三十几年来，改革开放的步履，改变了每一个国人的命运，生活水准、生活质量日益提高。如今，CD、VCD唱盘日渐风靡于世，相对于那些老唱片，不仅音质好，层次感强，而且没有一丝杂音。人类在科技领域的想象力已近乎神话，也许过不了几年，又会有什么新的发明取代CD和VCD，但是对于老唱片曾经给过我的抚慰，却历久而弥深。倾听老唱片，似在倾听一个逝去的时代，搜罗的是时光隧道里的美好瞬间。遗落与收获，挫伤与欣喜，迷失与顿悟，回顾与展望，永远引领着我朝着质朴真情的精神田园回归。每听一次，都会"俗念都捐，尘心顿尽"。

老唱片静静地、静静地走着，光阴却在轻轻地倒流，过去的人和事一一从眼前掠过。在这个激烈变革、价值错位，失去传统规范可循的时代，置身人心躁动，原欲膨胀，各种粗俗刺眼的形式甚嚣尘上的社会，每每倾听一次老唱片，无异于"客船听雨"，心灵也同时经历一次洗涤。伫立于灿烂的晚霞中，蓦然回首，眺望来路的屐印，心中禁不住吟哦出元曲中的妙句："今日少年明日老。山，依旧好；人，憔悴了。"

选自 2013 年 12 月 11 日《中国文化报》

人在草木间

刘梅花

人在草木间，说的是茶。可是，也不是单单指茶。这句话，是禅。我是这么想的。你可能还不知道，我是个喜欢想入非非的人。

陆羽说，茶者，"南方之嘉木也"。令我这个北方人羡慕不已。而且，我还没有去过南方呢，不曾见过南方的嘉木。总是想，茶树，是怎样一种禅意的树呢？嘉木在野，诗经里一样风雅了。那百年的古茶树，老得禅意，老得孤独，动不动还要开花吧？

花一开，满山都香吧？茶树开花吗？如果没有花，茶叶的清香从何而来啊？假装，它是开花的，不仅开，而且还花如雪，覆盖一山一野。春天开了还不算，冬天想开也就开了，连我的梦里都开满了。想开红的就一树绯红，想开白的就一树洁白。想开大花朵就碗口大，想开小花朵就米粒大。怎样都行，随着茶树的心情。花开累了，谢了，茶树才慢慢抽芽散叶。

不要告诉我真实的茶树是怎样的，我不喜欢这样。我的南方嘉木，从《诗经》里一路寻来，才找到我的。诗经有多浪漫，我的茶树就有多浪漫。茶树要一直长在我的梦里，从童年一直开花到现在。

我的梦都是茶叶的枝枝叶叶里长出来的。我不能容忍，你把我的梦说破。

你以为我喝了多少好茶，对茶叶如此痴迷？其实也没有。穷人家的孩子，最先想的是要吃饱饭才好。至于茶，当然也是喝的。穷到连茶都不能喝到，人生就没有意思了，还不如当初就不要来尘世呢。

我喝茶，一直喝那种黑茶，也叫砖茶。很大的一块，坚硬，可以拿来打狗，砌墙。从小，喝清茶。茶块在炉火上烤一烤，变得酥软了，很轻松地撬成碎块儿，盛在匣子里。煮茶的时候，取一块。那茶叶，粗糙，黝黑，却有一脉暗暗的清香，像我的日子。

笨人们，不晓得此法，直接砸，拿锤子，拿石头，把茶块砸得七零八落。客人等茶喝，主人却拎着半片砖茶，抡起斧头奋力砍茶。碎屑飞溅到门槛上，飞溅到炕上，飞溅到狗尾巴上，满屋子撵着找茶叶，真是狼狈。

还见过一个人，拿锯子锯黑砖。吱咯吱咯，他把整块的茶叶锯成两半，再锯成四半，再锯成八半，再用改锥撬下来一块，丢进茶壶里。然后，他的女人跪在地上，铺了一块布单，一块一块拿斧头劈开。我耐心等着喝茶，一点也没有告诉他们在炉子上烤一烤很轻松就劈开了。我守口如瓶，真是小气。

清早，生了火，先熬一壶茶。要熬得酽一点，不要太淡。茶熬得有了苦味儿，好了。伸长脖子灌下去一杯，上学去了。这样的一天，神清气爽。若是哪天缺了这一杯，总是蔫，打盹，头疼。我爹说，这丫头喝茶喝得有了瘾。

家贫，有时没钱买茶，我爹就去铺子里赊欠。他是个老实巴交的人，话少，脸上总是堆满卑微真诚的笑，也不知道世上还有赖账二字，所以总能赊欠到茶。

冬夜里，写完作业，爹熬着的茶已经清香扑鼻了。若是有钱的话，还能买了红枣，在清茶里下几枚，喝枣茶。没钱了，就丢几片姜，抗寒，暖胃。一家人围着火炉喝茶，任凭我说一些废话，狼筋扯到狗腿，没来由地乱说一气。我说，茶树应该很高，都长到半天里去了，仰头看，那茶花儿就开在蓝天里，和我一样大的花儿呢。爹听着，黄瘦的脸上还是笑容，吸一口烟，慢慢喝下去枣红颜色的老茶。有时候，弟弟谴责我说：

爹啊，梅娃子最能胡诌，你信她做什么？

爹一笑，牙齿黄黄的，不说话。等我趿拉着鞋子出门舀水，爹却说，你看，梅娃子和我一样，喝茶都有瘾了。

我舀来带着冰碴的清水，又重新熬上一壶。弟弟伸长脖子，吸溜喝一口茶，又说，盐不够。爹捏起几粒青盐，揭开茶壶盖丢进去。漫长的冬夜，煮沸在一壶茶水里。炉火红红的，照在我脸上。爹笑着说，你看，我的黄毛丫头，红脸蛋儿。

后来又说，梅娃子刚生下来，猫儿一样大。我隔着门看了一眼，脸上皱皱巴巴很难看的，又是个丫头，不喜欢，就开会去了。谁知道长大了这么心疼的。

他和弟弟都笑得龇牙咧嘴，嘴都咧成个破皮鞋了还不罢休，直接笑翻在炕上。我就给他俩的茶碗里使劲兑开水，让他们喝淡茶算了，取笑我。

可是笑过了之后，爹眼神里的那种怜惜，好像他的女儿是一疙瘩金子，得好好照看千万不能弄丢了。我弟弟总是很发愁，他说，梅娃子这么迂，又刁蛮，长大了不一定能嫁得出去呀？爹说，没有关系的，我们的陪嫁很丰厚的，两麻袋砖茶，一卡车土豆……还愁嫁不出去？

他俩在我的气恼里笑得直不起腰。

那样的日子，像茶，慢慢熬着，吸溜吸溜喝着。慢慢长大了。

后来，我到了藏区，跟着镇子上人喝奶茶。还是黑砖茶，撬一块，下在清水里，一点儿盐花，几粒花椒，慢慢熬。熬成玫瑰色的汤水，一根筷子滗出来，掺进煮沸的牛奶里，香气真是醇浓啊。奶茶盛在碗里，蓝边蓝花的白瓷碗，满满一碗。喝下去，再冷的日子，都有了力气去对付。

天祝藏区的人唱酒曲，最有名的"真兰歌"是这样唱的：对有恩的马儿要知道报答，你如果没有步行走路，你就不知道马的恩情，你步行走路才知道了马，马儿却在哪儿呢？

对有恩的犏乳牛要知道报答，你如果没有喝过淡茶，你就不知道犏乳牛的恩情，你喝过淡茶才知道了犏乳牛，犏乳牛却在哪儿呢？

对有恩的父母要知道报答。你如果还没有接近暮年，你就不知道父母的恩情，你如果到了暮年才想起父母，父母亲却在哪儿呢？

　　我的朋友是一个藏族诗人,大眼睛,黑皮肤,卷头发。因为胖,总是呼哧呼哧喘气,他最喜欢唱这首歌。他先用藏语唱,唱完了再用汉语唱,一遍一遍,歌声清亮真挚。唱到最后,我常常泪流满面,内心一些脆弱的东西摇摇欲坠。是的,我的父亲,一直喝清茶。等我煮好满满一碗奶茶的时候,我的父亲又在哪里?他去世那么早,还未来得及给我筹备两麻袋砖茶的嫁妆。

　　一杯粗陋的黑茶,陪我慢慢变老。一点点老了,再也没有人听我胡诌。渐渐变得沉默不语,就像父亲一样,对生活保持缄默。

　　草木是有气脉的,所以茶才有灵魂。有些草木,成了草药。有些草木,却成了茶,真是世事玄机啊。水煮草木,你知道哪个是药,哪个是茶?草木不会泄露天机。草木也不说话,却把味道交给你,心交给你。人在草木间,天地自有玄理。人不想说话,也不要说好了,这并不妨碍品行清洁。至于做茶做草药,都行,在于自己喜欢哪个。

选自 2013 年第 11 期《散文选刊》

被悬置的人

王月鹏

　　冷热无常的日子在这个滨海城市交错进行。四月的天，居然飘起了雨夹雪。当地晚报整版刊出一幅照片：雨雪迷茫，一辆摩托车在城市街头前行，后面行迹模糊的汽车长队凸显"雨夹雪"三个黑体大字。下面附有一行卡通字："今天雨暂歇，明天接着下"，有点俏皮，像是雪地上一行歪歪斜斜的脚印。

　　那场规模浩大的拆迁工作是以雨夹雪为序幕的。微润的晨曦中，小贩在村头卖菜，没有吆喝声，一派祥和。这样的祥和很快将不复存在。这个叫作 Y 村的村庄拆掉以后，将在原地规划建设一个住宅小区，村人的安置楼房建在小区东北角，临河，傍水而居。"水"是开发商普遍热捧的卖点，村人并不感兴趣，他们亲见了村边这条河的被污染，甚至地下水也难逃厄运，他们平日喝的都是村里统一供应的矿泉水。一群机关干部进入 Y 村，他们的任务是说服村人同意拆迁。所有言与行，包裹的都是同样的动机，签约，搬迁，拆房。再温和的话语，也似一把冷漠的刀，企图从他们心头割舍最难舍的那一部分。"安置小区"，我时常体味这四个字，农民被"安置"到了不接地气的高楼之上，他们何以安心？

这是被悬置的一代。被牺牲的一代。

故土难离。这片故土之上，将要建成别人的家园。

最初留意Y村，是因为它是这个城市的边界。这是一座边界模糊的滨海新城。十多年前国家查验各地的四址边界，政府一次次向上级解释某个模糊地带的来龙去脉，试图将这个现实问题及其衍生问题归咎于历史。历史本身是一个问题吗？历史问题里包蕴的，很多都是现实中尚未发生或正在发生的症候。我记住了整个的汇报、审批过程。这个追求既定结局的过程，复杂中有着一份心照不宣。当年描述的"西至Y村"早已不在了，城市开发建设浩浩荡荡向更远的西方一路奔去。城市格局变了，当年的"西"已经变成如今的"东"，"左"也变成了"右"。Y村成为这座新城的城中村，寸土寸金。村子早年曾经自主开发，投资办了好多项目，结果都倒闭了。后来，村人不依不靠，几乎家家户户办起"渔家乐"，生意越来越红火。再后来，某个著名开发商相中此地，村庄开始整体拆迁。

在这座滨海新城，几乎所有的人都是外来户，人与人之间的区别，无非就是你来得早、他来得晚而已。我们都是外来的人。

一群外来人，正在篡改这个区域的命运。那天因为帮助拆迁户四处寻找躲迁房，我远远看到古墓群所在地变成了某企业的临时停车场。这个区域的每一寸土地都被"充分利用"，古墓群也在接受"保护性开发"，很快将被兑换成经济数字。

因为拆迁，诸多历史遗留问题浮出水面，显在的问题被放大，潜在的问题被凸显。

谈及一个拆迁户，同事愤愤地说那家伙简直是猴子与狐狸交配的产物。他继续描绘了那人的形象：六个指头，独眼；自己家里飞的苍蝇，一条苍蝇腿也不肯让给别人。

我知道他是在说拆迁户的精于算计。他想要表达的是拆迁工作的不易，看不到对百姓的同情和悲悯。这让我忍不住猜想，村人眼中的"我们"会是什么样子？与拆迁户打交道的整个过程，就是由不信任变为信任的过程，我当然深知，最终将是更加的不信任。因为，时间会浮出真相。想起那户老实巴交的农民抹着眼泪离开村庄的情景，我怔怔地站在他的家门口，看着他们一家人一步步走远。拆迁之初，这户人家是有明显敌意的，反复地谈判，一次次地沟通，一茬茬地磋商，甚至旁敲侧击里应外合，直至最终签字拆迁。"你的不信任是对一台机器的不信任。我们只不过是机器上的一个零件。很多零件常觉得自己可以代表整台机器，其实不是那样的。所以当你把我错认成了整台机器的时候，我理解你。"我语无伦次地说了一通，他睁大眼睛，越发地不明白，把我的比喻当成一件不可思议的事情。有些时候我想给他打个电话，终于没有打。我怕电话里他向我提出新的要求。不能承受的生活负重已经太多太多，我在路上的很多心力其实都是为了卸除外界强加在身上的包袱，让自己不至于太累。然而他打来了电话，约我去他的山区老家。这真是一个善良守信的人，拆房之前他曾说起老家如何贫困落后，我对这种贫困落后的山区生活充满好奇，希望有一天可以去那里采风。当时似乎是约定了一个日期。我并未当真。他记在了心里。临近约定日期，他打来电话落实采风的事情。不仅仅是感动，更有羞愧。远行路上，或许他是一个注定的邂逅者。短暂相遇。各走各路。他更多地活在我的想象中，关注这个具体的人，然后越过这个具体的人，我更在意的是他背后作为群体和概念的"农民"。我知道我所看到听到和经历到的，不过都是一些表象，唯有想象和发掘表象背后的真相，才会呈现一个真实完整的村庄。关于拆迁，关于农民，我们已经有过太多的想象。真相只有一个。我不能确定，潜意识里希望这样的"想象"最终将我引向何处。

那个抗拆户家里养的四条藏獒像忠诚的卫士一样在院子里一字排开。拆迁办的人趴在后窗向屋里窥伺，看到房间里摆放了十几桶汽油，瓶子制作的燃烧弹齐整地搁在窗台上。他本来在城里的建筑工地当个小包工头，Y村开始拆迁，他回到村里专心做起了钉子户。他提出的附加条件是要承揽Y村拆迁后的住宅小区土建工程。拆迁办想打亲情牌，委托他的老母亲去说服他。他动手打了他的母亲。他对这个世界不再有爱。他对现实充满了仇恨。是什么让他如此仇恨？

他的房顶插了一面红旗，迎风猎猎飘扬。

我在写作一部关于拆迁的长文。两年前我曾参与一个村庄的拆迁，每天即时记录所见与所思，不经意间就积累了二十多万字。我感到庆幸，庆幸中又有些悔意，后悔当初没有趁热打铁一鼓作气写完那篇长文，以至于待到拆迁结束脱离了特定语境之后，再写下每一个字都变得异常艰难。我花费两年的时间，那篇文章迟迟没有收好尾。我不知道是什么障碍卡住了我。我知道我一定遇到了什么问题——难以言说和解决的问题，它来自写作内部，又不仅仅来自写作的内部。

这次参与Y村拆迁，我特意选了一个崭新的笔记本。我寄望于写满它，让它储藏我的更多观察和思考。拆迁动员会议上，当领导在主席台上念到解放思想、提高认识那一段的时候，我在笔记本扉页写下"Y村笔记"，又签了名字。笔迹龙飞凤舞无人能识，狂放中仍有顾虑，我略去了"拆迁"二字。本来是想题写"Y村拆迁笔记"的。作为体制中人，我深知"拆迁"意味着什么，潜意识里担忧这个本子一旦丢失，它将携带所有的秘密走向公众或网络，我在记录之前已经想到了这些。我终于明白，两年来我之所以迟迟没有写完那篇关于拆迁的长文，是因为我有太多顾虑。

我在顾虑什么？

这也引起我的另一思考：一个作家，在面对这样的写作素材时，他所表现出的"自私"，该做何理解？

拆迁工作临近结束时，我居然有了一种集体荣誉感。在我的日常写作中，这种行为是与耻感相关联的。然而经过现实的折腾和案头的书写，它不经意间变成了荣誉感。

一片废墟。三十天，亲见一个村庄的消逝。

说了太多的话，只为一事。我完成了一项工作。一如网络所传播的。大抵如此。别人想到的，我经历了；别人没有想到的，我也遭遇了。在谎言中沉浸太久，我对语言有一种本能的厌倦。看着桌上一整套的公文材料，包括动员讲话、拆迁方案、推进计划、工作简报、宣传方案，等等。这些冰冷的文字耗去了我整整一个月的热情，让我心中的虚空越来越深，莫名的恐惧日益强烈。翻阅它们，就像打量模糊的人群，我一眼就认出人群中的我自己。

我把冰冷的公文资料锁进抽屉。若干年后，一定有人会重新打开它们。

老人对那年夏天的拆迁耿耿于怀。村边修路，强拆了几栋房子。老人的妻子只身拦截轰隆隆驶向自家房屋的挖掘机。她晕倒在挖掘机前，留下拆迁后遗症——噩梦如影随形，总是梦到轰隆隆的挖掘机，梦到倒塌的房屋，醒来一身冷汗。这么多年过去了。她的每个夜晚都在同样的噩梦里度过。

"如果这栋房子也拆了，我就再也没有什么资本问你们话了。"老人说，"这是最后的一根稻草。"

我试图引导老人"认命"。认命，这是农民的局限所在，也是他们的一种人生"智慧"。我失败了。这个坐在墙角瑟缩发抖的老人，坚决地拒绝"认命"。他不肯淡忘记忆，不肯拆迁，坚持要一个说法。

我理解他的坚持。然而我又有一种很复杂的想法，深知在城市化浪潮里，他的抗争不过是螳臂当车，我所能够做的，是让他吃小亏，避大亏。我不想看到他在绝望里越陷越深。

我们将话题从拆迁转到了别处。你一言我一语，貌似杂乱，实则相互策应。老人问，不能再争取了吗？我说，不能了。他用双手抱住了头，我看到他的手在抖，在抖。

过了许久，他抬起头，斩钉截铁地说："可是那年夏天的事，我死了都会记得。"

我辗转来到这个北方小岛，只为寻访传说中的奇石。鸥鸟的翅膀从天空划过，一场羽翼风暴开始降临。遥想千年前，一个叫作吴子野的老人在这个岛上采集十二块风景石，千里迢迢运往南方家乡。这件趣事记叙于《北海十二石记》中，苏东坡在文章最后忍不住慨叹："近世好事能致石者多矣，未有取北海而置南海者也！"在交通和运输并不发达的宋代，入海取石，北石南运，是一件艰辛又浪漫的事情。对石头，苏东坡是有一种特殊情缘的。"我持此石归，袖中有东海"，他从一块石头念及整个海。这是一个心中可以容纳大海的人，他在一块石头身上赋予了一种别样的人生寄托。

一种可以制作砚台的石头，产于小岛西部悬崖的泉眼处。隐在大海中的小岛，仅有这个方寸之地出产这种特殊石料。那个最初的发现者是怎样穿越波浪登临小岛，采石，加工成砚，置于案头之上。如今太多人涌入岛上滥采滥伐，一片热闹。当代人的欲望无孔不入。纵然一座孤岛，也难逃被毫无节制开采的命运。

捧一块石头紧贴耳边，我听到石头体内的汹涌涛声和隐秘风暴。斑斓石纹，是岁月结痂的伤痕。

究竟一种什么样的力，让石头成为石头？

我一直以为，石头与石头之间是有语言的，它们操持着人类听不懂的话语，在低声地控诉与密谋。每一块石头，都是一个随时准备出击的坚硬存在，都在固守和找寻属于自己的命运。女娲补天用过石头；精卫填海用过石头；西绪弗斯无休止地推动的，也是一块石头。当一块石头被制成砚台端放在文人墨客的书桌，当它见证了一个人彻夜难眠的伏案书写，当墨汁经由砚台和笔形诸作品，我相信砚石也参与了其中的表达。

众声喧哗中，人类应该善于聆听和尊重"石头"的表达。一块石头身上，收留了太多风浪，以及大自然和人类的秘密。

海中的小岛，我更愿视之为一块不甘沉沦的巨石。它在大海中挺起倔强的头颅，抵抗被淹没的命运，笑傲光阴与风浪。

参与 Y 村拆迁之前，我被安排去筹建一个文化单位。新的办公室要装一部电话，负责装机的人几次登门办理，我都不在。在长达一个月的时间里，我一直待在 Y 村，淡忘了办公室的存在。我远离自己的主业，整个人好似被投掷到一个漩涡中，被一股巨大的外力裹挟着，向前方某个目标漂流。两岸很远又很近。

电话总算安装到位。我抓起话筒，拨打一个熟悉的号码，通了。这个新的办公场所从此与外界有了联结。曾经，我一直以为自己是一个有着足够力量面对孤独的人。这一刻我才突然意识到我是如此看重一部小小的电话，如此渴望与外面世界的关联与沟通，我在享受孤独的同时，其实也在畏惧孤独。Y 村的人躲迁到了别处的楼房，他们与这个世界的联结方式是什么？这不是一部小小的电话所能担负和解决的。

那座星级酒店建在海边的一片林子里。林木被毁坏了。当酒店和周边的一片公寓楼高耸林立待价而沽的时候，人们才恍然发觉楼房南侧的汽车厂一直在散发浓重的异味。买房者围着楼房转一圈，再转一圈，不停地抽鼻子，蹙眉，最终失望而归。建楼之前，谁也不曾留意这里的空气问题，更没有把空气污染当作一个与己相关的问题。建楼的人毁坏了林木，搞企业的人污染了空气，当破坏者与破坏者相遇，他们之间该说些什么？一个黄昏，我路经那里，看到一个年迈的老农正在远远地打量汽车厂，他的身后是那座星级酒店和大片的公寓楼。这里的一切，不管是身前还是身后的事物，都与他没有任何直接关系。但是他在打量，在关注，在琢磨。这让我好奇，且感动。这个年迈的老农，或许他在等待拆迁，或许他在抗拒拆迁，或许他早已拆迁。此刻他所在意的，是拆迁之后的土地用来做了什么，会是什么样子。这是一个异人。他所做的，其实仅仅是一个正常人原本该有的样子。我驻足，在一个不远的地方默默看着他，心里满是愧疚。

Y 村拆迁已经结束半个月了，那个曾经的钉子户还在打电话催问海鲜如何处置的问题。他在村头经营一家饭店，饭店拆除以后，搁置了一些海鲜。同事半认真半玩笑地说，都成臭鱼烂虾了，怎么卖？卖给谁？谁吃？……同事一口气质问了一堆问题，曾经的钉子户在电话另一端愣住了，无言以对。他一定设想过若干的结局，却始终没有料到会是如此的结局——追问者变成了被诘问者。这就是现实。

在葡园，是可以看到 Y 村的。炊烟袅袅。隐约听到村边小市场上的叫卖声。我曾无数次站在葡园遥望那个村庄，有时阳光亮丽，发出让人眩晕的光；有时天是阴沉的，村庄显得更加静默。我知道这样的一份静默里包蕴了巨大的不安。在 Y 村拆迁的日子，我再也没有到过葡园。近在咫尺。我在村庄里时常遥望葡园，那里寄予了我的梦想，有我对生活和生命最真实最深切的理解。我不知道我将写下什么样的文字。当我将一个村庄的消逝，归结到对一篇文章的期待时，我是自私的。对于 Y 村，我是参与拆迁者，是冷眼旁观者，更是寻找和记录故事的人。

我们都是外来的人。

谁也不是局外人。

我记住了一张张茫然的脸。我将他们引向一条路，看着他们渐行渐远，内心越发地不安起来。我隐隐相信，走在不同道路上的我和他们，终有一天将会重逢。那一刻，我们将互道一些什么？看似虚渺的问题，其实伸手可触。不是我不放弃它们，是它们不肯放过我，一路在追寻和质问我。

"可是那年夏天的事，我死了都会记得。"老人的话，一直在耳边回响。他的噩梦，也是我们的梦的一部分。

因为敬畏所以无言。终会有人追问那段时光的。

选自 2013 年第 8 期《黄河文学》

我的邮政

柳宗宣

　　我刚回到南方省城，忙着装修房子，往施工现场进料，想着把花园阳台改造成书房，正与木工师傅交涉时，楼下一个人在叫我。我探出窗子：邮递员。一个穿绿色工作服的男人让我去签名取一封挂号信。我刚从北方回来，还没有安顿好，我的图书、家具、日常用品还在北方的房子正待托运，邮递员就尾随我而至。哦，亲爱的邮政，我走到哪里，总是和邮局发生着联系。哦，我的动荡不宁的邮政。

　　小说《你在圣弗兰西斯科做什么》中的男主人公刚搬迁到新地方，邮局的人就上门跟他打招呼了。我喜欢卡佛这个小说，以邮递员的视线描写一对男女的漂泊不安的生活；小说中男人等信的情景，他的到来与离开。邮递员旁观了他的生活。让我想到自己的生活。那个送信人的一声叫喊一下子把我的过去唤醒了。一个小伙子走在通往县城的柏油路上。你要经过县城尾随姐姐去看一个远房亲戚。你还怀揣一件重要的事，找到县邮局，在那里停留，把你的稿件寄发出来。一封给某杂志的投稿。之前，你用小信封装好，鼓囊囊的一封稿件，还在信的右上角剪了一个小口，在上面写上"此为稿件"。他是从报纸上得知，投稿不必缴纳邮票费用。乡村没有邮政所，只有零星的邮递员。他把自己的稿件投入邮局门口的绿色邮筒。好多年过去了，他的那次投稿没有得到任何回音。这是他早年与邮局发生的初恋。

乡村中学的校园。在大片碧绿的水稻田中央，苍翠的松树或楝树掩蔽着几幢房子。房子中间是篮球场和平房教室。校园从远处的马路望过去就像一座孤岛，泥土路通向十几公里路的小镇，小镇再通过柏油路到达县城。他是孤岛里的孩子王。邮递员成了他与外部联系的唯一通道。那是个没有电视、网络的时代。一部老旧的手摇电话也得通过几处才能转机传话到校园里。唯一与外部的联络就是送报刊和信件的邮递员——每周星期四上午第三节课刚下课，就能看见一辆绿色邮政自行车停在教工宿舍的梧桐树下，两个邮包平衡地驮放在自行车后架的两旁，里面敞露出散发油墨气味的报纸和信件。

阳光下的邮车让人心情明亮，邮递员王向清将给你捎来远方女朋友的信件。他的到来使乡村校园里的空气发生了变化。通过新奇的邮车和外面世界发生着联系，你青春的孤寂感变得可以忍耐，甚至感觉到了孤寂的美好。邮递员在你的生活中是多么重要的元素，他是你的等待，是你的另一个意义上的空气，他带来异地少女纸上的声音与问候。你青春的感情通过那一封封信和他的邮车得以传递。可爱的邮政参与了你的初恋。每到那个时辰，周四上午十时，你就开始张望他的邮车和身影。他的到来给你孤寂的生活带来无限生机与活力，而他浑然不觉他在你心中是多么重要。如果下雨，乡村土路泥泞了，他就来不了。你的心中也会出现冷风凄雨；他一到来，就给你神妙地带来阳光和绿色的安谧。

你和邮递员王向清保持了几十年的友谊。你把对邮政的感情寄托在他的身上，不知不觉你们成了老朋友。你感觉到他的可靠，为人的朴实。在乡村当邮差那些年，春节期间还给你们家拜年，拎着他们家乡用红纸包装的油饼。几年后，他和你相继调到了县城，他在县邮局里负责分管邮件分发投递；你则在另一所围墙里的校园教书。他晚你两年成家，他的女朋友还是你岳母做的媒人。你常从校园住所走几里到邮局他的办公室，邮车在下午四时到达邮局后院，你熟悉那大大小小的绿色邮车。他曾破例让你搭乘邮车和那些大大小小的包裹到达另一个城市。你常在邮局期刊门市部晃荡，购买发表习作的杂志。你在邮局营业厅寄发稿件，印刷品挂号、投寄图书或杂志；你熟悉那一个个在柜台内的男女工作人员，以后你读到诗人黄灿然写《邮局》的诗："第一次到邮局领包裹 / 碰见这位怀孕的女职员 / 是邮局里唯一的亮点 / 一身素雅，很多含义"。自己热爱的邮局让他巧妙地写出来了。

你确实读出邮局里的很多意味。一辆绿色邮车抵达这里，每日停留半小时，在此卸下许多沉默的声音。又把一个个灵魂运走，在一座座城市漫游，甚至可以经过唐代的驿站，把你的诗稿交到王维手中；在这里，画家马蒂斯就在一张电报纸上，无意间勾画出母亲的肖像，他把邮局突然变成了画室。一瞬间，透过茶色玻璃窗，你观望阳光下的小城，如同一个幻觉。多年来，你着迷于柜台内邮递员盖邮戳的声音，记数邮车抵临的时刻。就在这里，投寄给自己愉悦而无用的信函。

邮局大楼的钟声敲响了两下。他穿过一溜食品店，从一位博览群书的女人手中，索取邮件。突然降临的消息，悄悄改变生活；一个人的形体虚化，灵魂开始飞翔，穿越了巨大时空，落在下午的邮件。

他多年前寄出的，现在返回到他手中；他对虚无的世界发出邀请，接纳自己给予自己的赠礼：一个有趣的游戏，让他在封闭的院子里，保持了等待。

是否有最后的启示降临？冥冥之中，福祉控制了一个人，要他把持续到来的足音辨听——而下午的邮件时常空缺。空虚与寂静伤害了等候的人，又督令他，回到桌边，刻苦写作，忘掉时间的结局；向远方某个他未曾去过的地方，不间断地投寄信函。

这些句子是过去诗文中的片段，让你重温到那个时期一个小城写作者与邮局的关联，通过邮局与外部世界发生戏剧性关系，你曾收到过许多邮件，就像你也给许多人邮寄一样，有些人下落不明，有的可能乔迁，有的早已失去了联系，他们的信被岁月戳上印记，在路上被搁置或丢失，消隐无踪。

唉，亲爱的邮局，参与了生活的呼吸与个人的转型。你有一首诗就叫《上邮局》，在去往邮局的路上，给远方的某个人去发一封信。那年你正准备离开这个小城，在去往邮局的路上，想到了死去多年的父亲，他在身体里跟你说话，支持你的离开，奔赴命运的远方。

邮递员王向清帮你安装的邮箱还空在 Q 城教工宿舍楼的门口，布满灰尘。它的主人早已离开，它还空在那里，没有了收件人和寄信人。一只废弃未用的邮箱，就像你早年脱下的一件衣服，当你从北方回到生活多年的小城，转到生活多年围墙内的校园，看到它，心里一惊，它还停驻在进入楼道的一角，默默地待在那里，似乎在张望你的逃离与归来。这是你个人生活的遗址。

那年，你在北方想念着它，和三居室内的图书，你与它们骨肉分离，它们空在那里。你过去的那个邮箱还挂在楼下，它空在那里。你从漂居的北方回来，在 Q 城处理遗留的杂事，在那里看望亲人与朋友，但你感觉心里空得发慌，焦灼不安，急欲回到北京去，发觉自己在此的邮路中断了，你的邮政都随着你的漂泊转移到了京城，你回到自己从前生活过的地方，人像变成了一个空壳，就像那个空邮箱，你与世界断了联系；邮箱成了你身体的一部分；你身体的另一部分遗留在了北京那个叫地安门的地方，它们还在那里与外界发生联系；你急欲回到它的身边去。

从你离开 Q 城，个人的邮政就开始动荡起来，一直就没有稳定过，不断变动着住所和邮政地址。就像你更换掉的电话号码。当你从 Q 城来到北京，你多么渴望拥有一个稳定的邮政信箱，有了它，你的漂泊就好像有了根，你就可以在任何一个地方呼吸伸展，开拓一片自己的天空。你渴望住在离邮局很近的一个地方，随时可以到达那里；在漂泊的日子，唯有邮局是一个能宽容你能让你备觉温馨的所在：生活在大都市里，一些物事都外在于你，疏离着你，唯有邮局能接纳你，让你出入在其间。你在地坛公园一间房子里醒来，望着窗帘，高低床，桌椅，屋子所有的陈设，你想，这一切都不是你的，你是一个暂居者，只有躺在这里的身体属于你，这个城市什么也不属于你，所有的存在都在远离你，这时候，你想到邮局，亲爱的邮局，是一个最具平民色彩的地方，是一个流浪汉最好的去处。

那年，你步行到地安门邮局去，穿过马路两边的北方的槐树，过平安大道十字路口，手持稿费通知单，把通知单和你的身份证递到穿着绿色制服的名叫周春梅的女邮递员手中，她与你几乎成了老熟人。一见面她就用笑脸问候，你来了！然后快速而准确地将稿费送到你手中。有一天，一个人从邮局取出稿费出门，你看见低矮的电车网线从你头顶穿过，你观望京城亲切平和的街市，它与邮局柜台内的那个妇女的和蔼的脸叠印在一起，你感觉这个漂居城市忽然变得可亲，因为邮局，那个空间，是唯一一个能接纳你的地方。

初到北京，你常一个人骑着自行车从"北大公寓"穿过万泉河路，到魏公村邮局去。亲爱的邮局，让人生出在异地中陌生又新异的亲切感，因了邮局就在附近，你一点儿也不生疏，你转弯抹角找到了很不起眼的邮政分所，转入普通的分发室内，从众多信箱中间用钥匙打开149信箱，取出自己一封封邮件。一个人在大街上读信，听到远方朋友的呼吸，他们好像就在你身边和你说话。一日，你看着一个朋友的彩色信笺，嗅到那上面残余的她的体香；这时候，你站在邮局旁边的槐树下，望了望北京的天空，它变得抽象起来，让人激动。天空真蓝，大街上的一切都生动无比，漂泊生活的一切都是美好的可爱的……有时候你怕到那个邮所去，怕去打开那个信箱。由于你的孤单和等待的迫切，你怕从那里取回失望，你忍耐着，保持了对那个绿色房子的想望。

三里屯邮局。一个法国姑娘投寄一封航空快件。那个信封里停泊的是些什么声音？等待接纳它的是一双什么样的手？你在那里准备给日本朋友一封信，仅仅因为诗，你们联系在一起，他长着一张什么样的面容你一无所知，当你在大街上读到他写下的歪斜汉字的约稿信，顿时觉得自己拥有一个很开阔的时空，因了可爱的邮局，你觉得自己呼吸的空间在扩大，而北京也是那么小，地球就是一个村落。

1999年4月，我租进了北京地安门内大街40号，一点儿不在意筒子楼的窄小，满意的是它的门卫有一个收发室，很多邮件都写在黑板上。人们凭身份证去领取。负责收发的是门卫李安媒，比起姓徐的临时工，他的态度冷淡一些，老徐值班时我的邮件会单独为我保管好，汇款单挂号信让我一一签名领取。那时门卫是我特别留意的地方，每天早上九点去看看有无邮件，有时候从那里获得很多安慰，有时候灰心而归。对邮政的感情从湖北一直延续到北京。在湖北那所校园里对邮件的等待像是要呼吸新鲜的空气，在那个围墙内通过邮政可以和外部世界发生联系。到了北京，没有想到会更多地关心稿费，想着如何在北京通过写作坚持下来。这样，注意力就集中在了那个地方，集中在了李安媒和老徐的身上。

门卫，一直是我看重的人。他们就是邮政的一部分。在 Q 城校园围墙内，那些年我与门卫的关系最为密切。信件都是他们直接转给我。他们大都是从乡下请来的，或长或短地干一段时间后离开。我不断地与他们打着交道，他们按我的意思把我的信件截留，放在门卫的一个地方，我直接去领取。一个姓孙的门卫将我的邮件放在他的床铺枕头底下，等我到了那里，把带有他体温的信件交到我手中。有了门卫的最初一关，我的信件很少丢失；过去的女同事有些怠慢邮件的分发工作，邮件散落在她办公室里到处都是，这让我对她心生不敬。门卫孙老头至今我还记得他的形象，记得把邮件送到我面前的那张发皱的手背。我出去旅行，他把邮件放到他一个纸箱内；他那认真的态度，使我从递给我邮件时的表情感到他们对自己的尊敬。而我的那些同事中很少有人知道我是搞写作的，每日有那么多的信函，与外地有那么多往来。他们只把我当成默默无闻的、不会钻营的生活得很窝囊的无足轻重的一个同事而已。

到了北京，在文学杂志社当编辑，邮件被一个叫郭香梅的女编务每日整齐地放到黑色大办公桌上。你和同事们悄无声息地拆开一个个信封，看稿，审读，写稿件送审单，回复一个个作者来信。这成了你的日常工作。你用不着再偷偷摸摸地读诗看文学类的书稿，在南方校园的那间大办公室里。在编辑部，有时候感觉拆开了多年前你在 Q 城投寄给编辑部的稿件——它们经过多年的颠簸，现在才到达你手中。你爱着你的手头工作。你觉得自己是个幸福的人，超出了自己的愿望。从一个无名的写作者变成一个编辑，从小城到了京城。你每周穿过胡同那棵榆树，张望编辑部外墙的绿色的"爬山虎"，想到自己的办公桌堆放了新的邮件，你急着想看见它们，倾听纸上的声音。你从事着如自己所愿的工作，对编辑保持着某种虔诚感，因为你就是一个写作者。你看到一封手写的稿件，想到自己多年前怀着梦想伏案向远方书写投稿的情景，感觉到那是一个卑微生命的书写；你有些无法忍受编务将那些稿件当废品处理掉。你想设法保存它们，你总想给出一封封回信，通过邮政与远在各地的写信的人保持联系。

桌上的信件越来越少。电子邮件又是那么快捷。时代变化得多么惊人。你供职的文学杂志社不断地更换办公室。它在市场上生存艰难，面临着来自时代的各种挤压。你也无力关心桌面的稿件，常出差到全国各地去，渐渐放下了对信件的关心，对邮政的关心渐渐轻淡，几乎淡出你的视线，你越来越远离着邮政。而我邮局的朋友王向清偶尔在节日给我发来慰问品，他总是记挂着我，似乎有意让我想到他的存在，想起我和他之间的往事，他还在湖北地方邮局像往年一样从事古老的工作。这个老朋友让我亲近并理解着邮局，他的可靠可信，在时间中也不会改变。我们分隔很久了，隔了那么远的时空，他还在那里，给我寄发来邮政的问候。

一日，想到自己写作的事再不能搁置了，得料理那放了很久的要事。这样在自己的宅院按着惯性安装了一个邮箱，想着邮递员可将邮件直接送达到住处，准备着过自己的写作生活，恢复与缓慢邮政的联系。在不断的催促中，那个邮政局的人帮我安装了一个邮箱，可信件很少放进那个箱子里。邮局里的人也受时代的影响，不得已地在忙着创收，联络他们所要的大宗邮件，与文化公司和企业发生往来。我的不多的个人邮件往来在他们看来完全可以忽视；加上快递业务的出现，你有时用不着传统的缓慢的邮政。我的在异乡的那个邮箱只是一个摆设挂在那里。不多久，个人的写作还没有完全展开，人就慌乱离开了北方，搬迁到南方的省城来了。那个邮箱停在院落的外墙，像一个象征符号遗留在北方，最后自然消失了。

不管生活多么动荡不宁，而邮局还在那里，无论如何它不遗弃你，它跟踪你来到南方，尾随着你的迁徙，当你装修房子，你还没有安顿下来，一个绿色的身影就出现了，他叫着你的名字，让你回首张望。

王向清也辗转打来电话。他把电话打到北京的编辑部，过去的同事向他报告了我的行踪。他向我问好，电话是从 Q 城他那间我熟悉的办公室打过来的，那是一个到处散落着邮包的空间，他手下的同事分发，登记，转运，一一放到一格格的分发柜内，接着送往全县各地去。我的这个邮局的朋友是一个稳定的存在，他在那里，他有着一个邮差的朴实可信和细心。在我看来他就是一个邮政的化身。细想来，与之交往了三十余年，从来再没有与人这么久的交情，这有点类似我和邮局的持续至今的感情。他一生当着邮差，我一直从事写作。谁会相信这青春时期建立的友情会中断。

在你居住的小区，一个邮政分所像很多银行一样也入驻进来。一出门就是邮局。当你看着邮局绿色的门面，你觉得在此生活太方便了。你和邮局在一起，你们不会再分离。你们从来就在一起。

到新的单位报到的第一天，文学院的同事发给你一把小钥匙，用来打开你个人的邮箱。接到那把钥匙时，感觉轻淡的莫名的亲切，你又与早年的邮政建立起新的联系，你的信件被工作人员塞进标有你姓名的邮箱内，你到学院里去上班开会就是冲着那些邮件去的，你想象着可能到来的邮件。你很高兴自己回到与早年邮政的联系中，保持了这个习惯的统一性，不管时代如何变化，你都爱着这缓慢的邮政。在"言而无信"的时代，邮政好像与这个时代隔得很远。你快成了一个被时代淘汰的人。一个老派的顽固的邮政爱好者。你疏离着快捷的手机信息和快捷的电话，电子信箱，微信传话。你就是喜欢在纸上书写信函，保持着这个古老的爱好。你爱盯着邮差骑着绿车远去的身影发呆；你爱听邮政人员在你日常生活中的吆喝，或把你的门铃按响。你渴望与你的邮政在一起，无论身在何处，你不愿离开它，保持对它的观望与想念，等候着生命中一件件到来的邮件，同时不停地书写，向着一个虚无的地方投寄信函。

朋友，如果要找寻我，最好到邮局去，我把自己的身体投进那个绿色邮筒，然后又从另外一个城市的邮筒出来，让你把我辨认。我总是坐在一个城市的天空之下，望着那个被抽象了的天空，想着那一封封即将到来的问候，那被运来运去的情感，像是夹在一个不断超重的信封内，做着一个古老的梦，感受着邮政的颠簸。

选自 2013 年第 12 期《散文》

打工妹手记

傅淑青

从故乡的小镇到异乡的工业区，从小作坊到小厂，从学生到打工妹，无论在哪里，我都没有逃开缝纫机，没有逃开流水线，没有逃开忙碌的日日夜夜。我只是个普通甚至有点卑微的打工妹，以前是，现在是，以后也是。不为别的，我只想用自己苍白无力的文字来记录我的青春，我的梦想，我的流水线，我的感悟和打工路上的一切。

我和缝纫机

很小的时候，对于如庞然大物般的缝纫机，既向往又敬畏。我从小就喜欢布娃娃，更喜欢给布娃娃做一件件漂亮的公主裙。那时候的梦想就是快快长大，等有一天像缝纫机旁的阿姨们一样，做一大堆花花绿绿的衣服和裙子。那些操纵缝纫机的阿姨，被我看作是世界上最心灵手巧的人。

长大后的我，终于如愿以偿。只是从没想到在缝纫机旁一坐就是五个年头，更让我想不到的是那一坐我就成了名副其实的打工妹。

缝纫机并没有曾经想象的那么诗意，我要用缝纫机解决窘迫的生活。无论什么东西，一旦和金钱、现实、生活联系起来，都会褪掉那些梦幻的色彩。我不知道自己是何时开始讨厌缝纫机的。或许是那一个又一个加班的深夜？或许是强撑着眼皮，顶不住困倦的时候？或许是久坐不站后肚子上出现了越来越大的游泳圈以及那永远好不了的痔疮？我曾经在笔记本上写过这样的文字——就这么坐着，坐在流水线前 / 我听到机器轰鸣的声音 / 我听到时光流走的滴答声 / 我听到成品衣即将上市 / 老板的数钱声 / 我听到同伴们正感叹 / 我们的青春每分钟只值一毛钱 // 就这么坐着，坐在流水线前 / 在缝纫机旁没日没夜地忙碌 / 一块块拼接而成的碎布 / 瞬间缝制成了五彩飘曳的裙子 / 可是，那耗费在缝纫机前 / 年轻的生命可曾顽皮地飘曳？ // 就这么坐着，坐在流水线前 / 送走黑暗迎来黎明 / 坐着，继续坐着 / 恍惚间踩缝纫机的女子 / 已瘦成了枝头的一朵黄花。

我接触过很多不同品种、不同规格的缝纫机，有装着刀片的拷边机，有极容易被针扎伤的平车机，有很难穿线的四针六线机，有噪声很大的套结机。我亲眼见证了一台机器由新到旧、从干净到肮脏的全过程。我卸下过很多用坏了的针头和螺丝，我在机器的针眼和梭子上穿过五颜六色、各种质地的丝线，我缝制过无数的成品袜、运动服以及棉衣棉裤，我的手也无数次被冰冷的机器划得伤痕累累，无数次那血滴进了机器的小油罐里，像墨水一样地消散在机油中。

缝纫机也见证了我的青葱岁月。从那满是幼稚的脸到现在相对成熟的脸；从那锋芒毕露、桀骜不驯、总以为怀才不遇的狂妄少女到一个被生活磨得失去了棱角的打工妹；从向往自由、崇尚快乐的生活观到为了少得可怜的钱，一次次束缚内心的呐喊和挣扎；从满脑子只有不切实际的幻想到一个比从前冷静理智千百倍的自己，缝纫机一路陪我走过。

自从把缝纫机当作赚钱的机器，我就开始讨厌它，憎恨它，但同时又不得不委曲求全去适应它。如果世界上没有缝纫机，是不是就不会有那个童年的梦？如果没有童年的梦是不是意味着十六岁的自己不会选择缝纫机？如果没有选择缝纫机，那么我会是在哪里？做着怎样的工作？或许我会去五金厂，或许我会去家具厂，或许是食品厂。

我被针头和刀片弄伤时，会以两倍的力量用结实的螺丝刀敲打缝纫机，我从小就知道一句话：人不犯我，我不犯人，人若犯我，我必犯人。缝纫机，你听着，相对于我的流血事件，你挨两下没什么大不了的。我会在双腿踩不动踏板时，狠狠地踢几下连接机器的那根金属链条，你不必感到委屈，你永远不知道，当双腿没力气，连走路都是轻飘飘的，会有一种要跌倒的错觉。当布料卷进机器的零部件时，我会剪断所有缝纫机上的丝线，拆开针板和所有螺丝、针头，把你搞得面目全非，你不必感到羞耻，也不用感到抬不起头来。你知道的，我即将面临的是老板劈头盖脸的臭骂，如果布料出现了破洞，那么我还会被扣掉辛苦得来的工钱。你总是觉得我是个冷血无情的人，为了报复我，总是一次次，趁我猝不及防时不给任何理由地大罢工。我只能耷拉着头走向办公室，不等老板开口，就先自我检讨。检讨完毕，老板才会打电话给机修工。我知道我的这点雕虫小技治不了你的臭脾气，只有机修工才能安抚你急躁发怒的心。即使你用这种不光彩的方式赢了我，我也不会向你屈服。

我憎恨缝纫机，而缝纫机也用同样的方式憎恨着我。我明白，我们谁也离不开谁，我如果没有缝纫机，那么纵然我有一千双手，也没有这么高的做事效率。如果缝纫机没有了我这个操作者，那么它就丢失了自身的价值，迟早有一天会被人当作破铜烂铁，卖给收破烂的。

你说，到底是我驾驭着缝纫机，还是缝纫机捆绑了我？

我　们

月月走了，走得悄无声息，她走的时候我们正在二楼的车间昏天暗地地忙碌着。那天下午，她没来车间，我以为她又病了，原来是被老板炒了鱿鱼。我开始担心，或许下一个卷铺盖走人的就是我。老板很早就警告过我和月月，工厂是赚钱的，不是养病的。

她走后的第二天，那条关在我们宿舍外铁笼里的黑狗也不见了，或许是老板嫌它碍眼，把它装进麻袋，扔到荒山野岭，任它自生自灭了。

说实话，我并不喜欢那条黑狗，它总是凶猛张狂，见人就吼，摆着一副咬人的姿态。除了老板以外，在它眼里谁都是坏人。从前它被一条铁链拴在一楼的楼道口，那时候它尚有一点自由行走的空间。后来老板在楼梯口、车间、厨房、过道以及各个角落都装上了监控器，用来防贼的黑狗一下子就失去了用武之地，接着它被老板关进了一个狭小的铁笼子里。即使有四条腿，也失去了行走的权利；即使有眼睛，它也看不到外面的世界了。它像一个囚犯，用"汪汪汪"的吼叫声徒劳地做着挣扎。

相比于黑狗，我更不喜欢电子监控器。无论走到哪，我都万分小心，不敢在四下无人的角落里唱唱跳跳，不敢再偷偷地调整隐形肩带，想哭的时候更不敢哭丧着脸，我害怕那只大大的泛着红光的眼睛，会看穿我所有的心事。我要伪装自己，把自己变得和所有流水线上的工友们一样，让麻木和冷漠镶嵌在自己年轻的脸上。

不知从哪一天起，我开始出现头昏脑涨、四肢无力的症状。为了整条流水线不瘫痪，我拖着疲惫的身体日复一日地坚持着。不久后，我开始整晚整晚地发烧，不断地上吐下泻。和我出现同样症状的还有月月。医生说我们是太过劳累，整体免疫力下降，导致三天两头生病。医生看着我惨白如纸的脸色，强行给我挂了几大瓶盐水，而月月，却冒着炎炎酷暑，挣扎着回厂上班去了。她总是以为自己还年轻，什么病都能扛得住。那天的点滴再加上几盒药，花光了我那个月300元的生活费。我深切地感受到了什么是医院难进。我们这个群体，没有医保卡，生活上没有任何的保障，也不会有人来为我们的病痛埋单。之后的日子，依旧一边病着，一边坚持在流水线上。藿香正气水、南洋克痢疹以及葵花胃康灵是我每天的必备之品，我可以忘记吃饭，却忘不了吃药。有好几次，我把自己反锁在厕所里，捂着疼痛难忍如针扎般的胃，蹲在马桶边，吐得几乎把胆汁都吐光了。我不敢往家里打电话，我害怕电话那头母亲关切的询问。无论再怎么病着，再怎么无助，我为了维护自己该死的自尊，不愿意在任何人面前掉泪。包括自己的母亲。可是每一次听到她的声音，我心里的那道防线就会土崩瓦解，还没说话，眼泪就已泛滥成灾。

在老板眼里，我只是一个普普通通甚至没文化的女工，而在母亲眼里，我永远是她独一无二的女儿，无论地位高低，我都是她心中的公主，一个永远长不大的孩子。她说，如果坚持不下去，那就回家吧。我不回去，我不愿意回到那个闭塞的小镇。我早已熟悉了那里的一草一木、一砖一瓦，回去又能干什么？还不是一样给别人打工？母亲一时无语，她无法理解自己从小看着长大的女儿为什么会变成这样，为什么非要逃离故乡，放着好好的日子不过去外面自寻苦吃。虽说小镇没有我所在打工的地方那么繁华，但至少不会像外面一样，举步维艰。我可以随时吃上自己喜欢吃的饭菜，下班了我可以畅快地洗个热水澡，我可以有一个独立的空间写字看书，还有，小镇上的老板都是乡里乡亲，他们不会用老板的架子压我。可我还是选择了离开，离开小镇，离开她给我布置的温暖小巢。那充满挑战的远方，是希望，是幸福，是光亮，是我真正的目标，我可以体验生活，磨炼意志。

我或许是太熟悉一个地方了，当故乡燃不起青春的火种，播种不下梦想的幼苗，那么我只能轻易地抛弃这个阵地，去征服另一个完全陌生的地方，直到那个地方成为属于我的领地。然而，最后被征服的不是领地，而是自己。在这座城市的万家灯火间，我输得一败涂地。

月月真的走了，从此厂里只剩我这棵病苗子。我战战兢兢、小心翼翼地过着每一天。即使早上六点，还未睡醒，我也会强迫自己从梦乡中走出来，睁开睡眼惺忪的眼睛，投入新一天的工作；即使吃饭时改不掉细嚼慢咽的斯文，我也会尽量和我的工友们一样，在十分钟内吃完饭、洗好饭盒；即使每天累得腰酸背痛，我也不敢一个人提前下班，等到晚上十点，我才会放心地离开。我沉默着，即使内心有千军万马在奔腾，我的脸，我的眼睛，我的嘴巴都不敢暴露出内心任何的想法。我很羡慕那条黑狗，至少它可以用自己的大嗓门把所有的不甘、屈辱和痛苦都吼出来，吼出来的下场就是死，它是视死如归还是没有意识到死亡？我活着不如一条笼子里的狗，我不敢说真话，不敢把自己最真实的一面展现出来。我总是在伪装，伪装成了连自己都不认识自己的怪物。我保全了自己，保全了工作，却把自己弄丢了。

月月、黑狗和打工者们都是没有根的浮萍，在尘世间就这样漂来漂去，我们想要在这方陌生的土地上生根发芽，唯有隐忍和伪装，只有学会顺从或者让自己麻木。

我要活着

躺在异乡的病床上，在脑海里经常出现这样一个画面，张国荣饰演的旭仔懒洋洋地躺在床上，旁白道出他的声音：我听人家说世上有一种鸟是没有脚的，它只一直地飞呀飞，飞累了便在风中睡觉，这种鸟儿一辈子只可以下地一次，那便是它死亡的时候。死亡？死亡！清冷的月光照进窗户，一种苍凉感油然而生。我听到自己心破碎的声音，像那从手中滑落的玻璃杯，"啪"的一声，瞬间陷入了万劫不复之地。

很多个寒夜，我就这样从梦中醒来。梦里，时常会遇见一个人，她身穿白裙，在照不到灯光的地方，用手指着远处，歇斯底里地喊，快看！快看！远处躺在地面上有一个一模一样的她，只是那白裙已被凝结的血渍污染了，她的胸口插着一把让人触目惊心的水果刀。我想了好久都想不出她是谁，和我有什么关系，为什么要走入我的梦境。

工友们说我一定是看到了什么不干净的东西，或者被什么不干净的东西缠上了。在某个被惊醒的夜晚，我突然地想起几个月前那个溜冰场里的女孩也穿着这样的白裙子，她也剪着这样的发型。我不知道她是哪里人，只记得在溜冰场的拐角处，穿着三个滑轮的溜冰鞋总是笨拙地转不过身来，而她总会伸出援手，扶我一把。在拐弯处，有时候面对面碰到了一起，也没有什么别的话好说，只是点一下头，给她一个微笑，然后溜着冰，继续向前走。

有一次去网吧，只见一个女孩直直地躺在网吧的门外，周围被围得水泄不通，警察拉起了警戒线。是她，正是溜冰场里穿白裙的女孩！空气里弥漫着一股让人作呕的浓重血腥气，听说她是被两个抢劫犯用水果刀给捅死的。她虽然死了，但那双眼睛却迟迟没有闭上，正不甘地望着天空。我不知道自己为什么会多次地梦见同一个人，是因为我忘不了那个血腥的场面？是因为她有一张和我同样年轻的脸？还是因为那双不愿闭上的双眼触动了我？她多次走入我的梦中，难道是她泉下有知，能感应得到她死时我沉重的心情？或许她记住了明明不会溜冰，却一次次地和自己赌气，膝盖被摔得红一块、紫一块可笑的自己？还是她不想死，想向我控诉这个社会的无情？

在这座城市生活，有一种不安全感一直萦绕心头，我有种预感，迟早有一天，我会以一种非正常的方式结束自己的生命。我已经为自己设想了很多种自杀的方式，在必要的时候，我或许会用同样规格的水果刀割断手上的动脉；或许去药店买很多安眠药，在不知不觉的情况下，长睡不起；或许像张国荣那样，从二十四楼如飞鸟般地跳下来，留给这个世界最后一抹灼眼的殷红。我害怕这座城市，害怕苛刻的老板，害怕城里人那鄙夷的眼神，害怕那有着吞噬一切的机器声，害怕有一天会和那些讲黄段子、吃喝嫖赌的人同流合污，更害怕那如野草般疯长的思乡情结。我不明白自己为什么而活着，更不明白活着为什么总要承受那么多的痛苦。曾经设想好的蓝图呢？曾经梦想过的远方呢？曾经的雄心大志、豪言壮语呢？我不知道这些都随风飘到哪儿去了。我害怕这样的日子，我讨厌这个环境，我甚至不知道自己到底在坚持着什么，一种前所未有的空虚深深地把我包围。多么美好的青春，多么美好的光阴，然而这些和我又有什么关系？我不属于风花雪月，我不属于烂漫天真，我只属于流水线。我觉得自己快要疯了，已经活不下去了，我已经没有足够的力量来面对生活中的种种困难，当然也没有勇气面对那水果刀、安眠药和那二十四层的高楼。我不知道自己该怎么办，既怕活着也怕死去。

某日趁着厂里不加班，我在附近的一家小超市买了一些日用品，在深深夜色中，径直去了那幽静的浣纱江畔。"江畔何年初见月？江月何年初照人？"月夜下的浣纱江，既静谧又安详。此时的浣纱江，像开在晚风中的夜来香，清冷幽香，欲罢不能。我醉在了月夜下，醉在了浣纱江畔，我能感觉到自己紧绷的心此刻松了下来，所有的压力和烦恼都随着流水往东而去。我放下了那些关乎于生命、关乎于人生、关乎于命运的种种思考。也就在那晚，我差一点点命丧他乡，也就在那晚，我才发现自己多么地迷恋着这个花花世界，多么地想活着。在回厂的路上，要经过热闹的夜市，要穿过不太宽阔的马路，最后走过偏僻的公园，然后往前走 50 米，过一个十字路口就是我所在的工厂了。我不知道那个黑衣人是什么时候开始跟踪我的，是在夜市的时候，是在马路上的时候，还是从浣纱江离开时他就注意我了？我发现身后有人的时候是在公园，他一直和我保持着十米左右的距离。黑暗中我看不清他的脸，甚至脚步声都轻得听不到，公园里一片黑暗，路灯在几天前就坏了，一直没人修。那个女孩就死在公园的一角，公园边上正好开着网吧。现在网吧生意异常惨淡，公园乘凉的人也自然少了，这里的花花草草无人修剪后，公园更是一片荒芜的景象。别人都说这里闹鬼，如果不是地上的影子，我会真以为他就是传说中的鬼。

我一路小跑着到了十字路口，快了，快到了！离厂只有几米的时候，我加快脚步，逃命一般地向厂里奔去。那个黑衣人也似乎加快了步伐，朝我一步步走来。厂里楼梯口的门被反锁了，以前可从来没有在十点前锁过门啊，我拼命地用手掌拍打着防盗门，同事们都在三楼的宿舍，每一个宿舍都亮着灯。我知道就是把门拍烂了他们也听不见，可我还是做着绝望的挣扎。他离我越来越近了，我不敢往后看，我怕看见那把明晃晃的水果刀，我怕看见满是刀疤一张社会混混的脸，我怕看到他手臂和身上纷繁复杂的文身。他正紧紧盯着我，像一只发疯了的狼，眼里正释放着凶狠的光，我的世界末日就要来临了，十米，九米，八米……我再次想到了那个梦，难道那个女孩是来提醒自己的？难道她知道我会和她一样逃不过那把水果刀的命运？我要活着！哪怕被人践踏自尊，哪怕拿不到自己的辛苦钱，哪怕对自己的未来绝望了，无论怎么样，我都要活着！我一定要活着！就算如蝼蚁般卑贱地活着，就算像一条看门狗一样被主人呼来喝去地活着！只要活着，什么都会好起来的，我只是想要活着！我不甘心，不甘心就这样离开我所眷恋的尘世。不能，我不能让自己的亲人面对一具冰冷而没有生命气息的尸体，不能让他们白发人送黑发人！不行，我要回去，我要回家，我想最后再抱抱我的父母，我再也不会和他们怄气，再也不会吵架吵得脸红脖子粗，请原谅女儿种种的任性、自私以及不负责任，这些话或许再也不能亲口对你们说了，请记得我永远爱你们！

这时候，门意外地开了，紧紧靠着门的我在门开的刹那，摔了个四脚朝天。几个要去上网的男同事问我怎么了，没顾得上回答我就慌张地往楼上跑。在二楼楼梯口的小窗户里，我看到同事们正粗声大气地议论着游戏，然后朝前方走去，而那个黑衣人已经不知在什么时候离开了。

我靠着厚实的墙，沿着墙壁，浑身瘫软。我无法想象如果门没有及时打开，如果黑衣人早点出手，那么明天的头条新闻会不会是关于我的？我的下场会不会像那个白裙女孩一样，命丧他乡？他又想对我做什么？他是为了钱还是为了色？我没有钱，口袋里只有几十块少得可怜的生活费，或许他会认为我是个吝啬鬼，恼羞成怒后一刀把我给捅了。如果他不为钱，为的仅仅是那男人的欲望，那么我会反抗到底，我宁愿干干净净地离开人世也不愿带着永远擦拭不了的污迹苟且活着。

我哭了很久，流完了伤心的泪以后，也收拾好了自己的心情，再也不会有轻生的念头了，我很久后才明白，其实人活着就是为了承受痛苦的，没有痛苦，又哪来的幸福和欢乐可言呢？

　　明天早晨我就可以看见初生的太阳了，我可以拾起一片落叶，可以观察蚂蚁的集体行动，可以和我的那些同事们嘻嘻哈哈闹成一片，可以跟着音箱的歌曲随时动起来……

　　我会好好活着！

　　深夜，喃喃自语。

　　你知道吗？我很讨厌现在这样的自己。还记得在商业城的时候，跟我一般大、推着笨重行李箱的一个女孩被小偷给盯上了。女孩在前面走着，小偷在后面跟着。女孩停下了脚步，作案最好的时机到来了。他手握一个细长的镊子，小心翼翼地去夹女孩放在上衣口袋里的劣质皮夹。女孩并不曾发觉，依旧低着头挑选着地摊上廉价的小饰品。站在他们身后的所有顾客都屏息凝神，默默注视着一切。众目睽睽之下，小偷揣着那红色的皮夹大摇大摆地离开了。他走后，人们才开始纷纷议论起刚才发生的那一幕。那时正好是六月，是酷暑难耐的夏季，我却感觉到从未有过的寒冷。我不知道自己这是怎么了，也不知道驻足围观的这些人是怎么了，我们为什么眼睁睁看着小偷轻易得手却还冷静地保持着沉默？为什么在关键时刻没有人跳出来提醒那个女孩？虽然我们不是小偷，却纵容了小偷可耻的行为。我没有权利说别人，因为我也和所有人一样，出门在外害怕惹事上身，害怕揭穿了小偷，小偷就会回过头来报复我。我把自己暴晒在六月正午的阳光下，那灼热的阳光几乎晒伤了我的皮肤，却始终没有晒干净自己可恶的懦弱。

　　你知道吗？其实我很自卑。我没去过牛排馆，不知道该怎么吃牛排，我不知道怎样喝咖啡才算优雅，我甚至连肯德基也不曾去消费过一次。我不会用星级宾馆里的房卡，我不懂得饭桌上的礼仪规矩，我不喜欢讨论国家的政治、经济以及未来的发展，那些国家大事离自己好远好远，我只是烟火世界里俗得不能再俗的一个个体。我目光短浅，只关心和自己息息相关的东西，比如工价的涨幅，比如蔬菜粮食的价钱。我没有受过高等教育，没有一份体面的工作，没有良好的经济基础，没有一目十行、出口成章的聪明，我没有漂亮的容颜，没有修长的身材，除了自己写的文字偶尔能得到别人的赞赏，除了那些发表了的小豆腐块可以给我增添一些自信，我不知道该用什么来维持自己的骄傲。从小我就自卑，我穿着别人穿过的衣服，不敢抬头挺胸，不敢多说一句话。我总喜欢把心事埋在自己的心里，就连写文章时都不敢把最真的自己释放出来。我知道这样不好，我想改掉二十年来一直伴我成长的自卑，可是我跨不过那道心里的坎。我该怎么办？

你知道吗？我很想哭，很想痛快淋漓地畅流一次眼泪。踏上社会将近五年了，五年来，我终于明白这个冷漠的社会根本不相信眼泪，当然亲朋好友另当别论。流泪是一个人的本能，感动时我想流泪，受伤时我想流泪，看到那些少男少女忍受着和自己一样的痛苦时我想流泪。看书看到动情时我会落泪，听苦情歌听到心碎时我会落泪，当面对生离死别时也会落泪。可是我不明白为什么现在的我眼泪越来越少了，为什么我不懂得哭泣了呢？是变得坚强了吗？是对于感动没有从前的感知了吗？是这个社会上的人越来越虚伪了吗？为什么我总是向别人秀出幸福，却不愿意展开自己的伤痕？为什么我总用绷带把自己的心绑得严严实实？有一天，我是不是会忘记眼泪的味道呢？

你知道吗？我是个很俗气的人，我喜欢钱。如果我有钱，我想买一栋面朝大海的大房子，让心灵的荒土开出一大片一大片的鲜花。如果我有钱了，我想走遍世界的各个角落，我想体验游牧民族的生活，我想在古镇的街头，邂逅一个比生命更重要的人。我喜欢在阳光灿烂的午后，捧一本自己钟爱的书籍，在午后的暖阳里享受那份特有的温暖；我喜欢冰雪消融时，徒步去深山，爬上山顶，近距离地接触那纯白的精灵；我喜欢歪着头，斜倚着木门，看那漫天晚霞，吟这样的诗句："落霞残照无限好，虽近黄昏更有情。"没有生活之重，有的是那大把的闲情逸致。可是，像我这样一个没有经商头脑、没有高能力和高学历的人，只有出卖自己最美的时光、透支身体的健康，扔掉原本属于二十岁梦幻般的生活，得到的钱只够买蔬菜、粮食和水果。我买不起漂亮的裙子、买不起名牌的包包，买不起城市里一块巴掌大的地方。以前还在念书的时候，每到开学的日子，就会听到父母无休止的争吵。他们总会因为筹不到几百元的学费而发愁，然后四处求人借钱。有一回，外公病危，家里把仅有的一点钱给了外公治病，再也没有更多的钱支付自己的学费。那时候13岁的自己，已经萌生了辍学的念头。三年后，辍学的那天到来了，我很平静地走出了学校的大门，用很快的速度在一家小作坊找了一份工作。当走出校园的一刹那，我就已预料到我再也回不去了。我向往大学，渴望知识改变命运，我明白就算以后赚再多的钱也弥补不了这个永远的遗憾了。你知道吗？以前我有一个朋友，和我一样年轻，和我一样喜欢钱，和我一样喜欢做白日梦。因为忍受不了打工的辛苦，适应不了现实的世界，她坐上了宝马车，挽起了一个富商的手臂，从此远嫁他乡。她现在已经成了一个阔太太，进入了社会的上层，如今的她珠光宝气、红光满面，而我依旧是从前那个蓬头垢面、衣衫褴褛的小打工妹。我喜欢钱，但我不想因为钱而放弃一些生命中必须坚守的东西。

你知道吗？现在已是深夜十二点，连伫立在寒风中的路灯都困倦了。我知道自己很絮絮叨叨，我知道我满脑子装着很多稀奇古怪的想法，我知道我说的都是些鸡毛蒜皮的小事，谢谢安静的你，愿意倾听我内心最真实的想法，你是我唯一的听众。

清冷的月光照进逼仄卫生间的防盗窗，一个穿着睡衣的女孩，一双满是黑眼圈的眼睛，她正对着卫生间那堵发黄的墙壁，如梦呓般喃喃自语着，时而咧开嘴傻笑着，时而用手背擦着眼泪，谁也不知道她到底是在哭还是在笑。

希望的灯盏

南方的冬天，潮湿、阴冷、漫长，长了近十年的冻疮又开始复发了。每个冬天，冻疮就像半夜不愿走开的鬼魅，紧紧抓着我不放。或许这就是宿命，注定我的冬天要伴着疼痛一路走过。

冻疮停留在我手指上最长的一次竟达六个月之久，从初冬十月到来年的三月。一到冬天，手指就会奇痒无比，又红又肿，像极了农贸市场的胡萝卜，先从食指和中指开始复发，像传染病一样慢慢地向其他手指蔓延，蔓延开来以后，便会溃烂流血，不成样子。刚开始长冻疮的那几年，我每天用中药泡手，用新鲜的嫩姜片擦手指，用棉签涂抹有一股难闻味道的冻疮药膏。我搜集了不少土方，用尽了所有办法，仍没有消除掉那恼人的冻疮。

三年前的冬天，我用长满冻疮的手寄出了我的第一篇稿子。依然清晰地记得那是一篇爱情小说，四五千字的样子。我虔诚地把稿件清清楚楚地抄了一遍，郑重地在信封上写下自己的地址和姓名。我把那封厚厚的信连同所有的期盼都塞进了墨绿色的邮筒，那四五千字是我酝酿了好几个月的成果，在百无聊赖的小镇，每天傍晚都会抽空在门外小坐一会儿，没有人知道我的秘密。其实我是在等邮差的身影，在等那家叫作《星河女孩》的杂志给我邮寄样刊和稿费。整个冬天都过去了，我踩着门前空地里无辜的白雪，雪地里留下了一串长长的脚印，像是用刀刻下的伤痕，似乎还淌着血，分外醒目。我从冬天一直等到来年的春天，也没有等到邮差的出现。

两年前停电的寒夜，依旧是那一双惨不忍睹、长满冻疮的手。那晚的天空好黑，没有星星和月亮，那晚的路也好黑，没有一盏路灯亮起。缩在书桌前的藤椅上，虽全身披着毯子，却依旧冻得瑟瑟发抖。我借着蜡烛微微的光亮和温暖，用一双受伤的手，紧握承载着梦想的笔，写下了一段又一段心灵最深处的呐喊。写吧，写吧，只有文字才能让自己的痛苦宣泄，只有写着，我才感觉到自己存在的价值，文学是我生命的信仰，是我永远的追求，她已经融入了我的骨头和血液，合二为一，无法分割。文学是神圣而又高贵的，她不属于某个作家，不属于某个学者，也不属于像我这样一个在生活边缘喘息着，在痛苦中徘徊不定的社会底层的小人物。相比于条件优越的作家，我更需要一张纸和一支笔。没有网络、没有手机、没有人理解，我的世界是单调的，是黑白电视剧。没有人读得懂我的矛盾、我的不安、我的躁动，只有那案上的稿纸会倾听我的故事。我不是用笔在写作，而是用血泪在搭建文字的城墙。我可以没有金钱，没有房子，没有鲜花和掌声，却不可以没有文学相伴。这是我最大的精神支柱，如果这根支柱倒了，那么我也就死了，就算活着也只是一具麻木、愚昧、可怜的行尸走肉。我知道有一天我会死，无论是正常老死，还是意外猝死，我的文字都会代替我活着，她比我的生命更长久、更坚韧。

天蒙蒙亮了，烛火均已燃尽，窗上结了一层薄薄的霜。长冻疮的手因长时间用力握笔而磨破了皮，正撕心裂肺地疼着。稿纸和笔杆也不知是何时沾染了手指里流出的新鲜血液。那温热的血，像极了枝头的一剪红梅，凌寒傲骨，开放在最刺骨的寒风里。

我用疼痛的双手拎着大包小包，在一个初春时节离开了小镇，走得干净利落，没有带走故乡的一片云彩，没有带走脚下的一颗尘土，只带走了那篇还没寄出的稿子和在这片土地上萌发的文学梦。

五月，初夏，永远难以忘怀。在一家袜厂打工时，很突然地收到了几本样刊，我拆开已经破损的包裹，屏住了呼吸，好像全世界的时光都已冻结。我在目录上紧张地寻找着自己的名字和文章，我的文字终于变成了铅字，兴奋、激动、百感交集，想哭，真的想哭！我想对着天空大喊，实现了，我的梦终于实现了！我的处女作在工友们手里传阅了开来，有的很羡慕，还想让我教他们写作，也有的表现出满脸的不屑。我能理解他们，写文章毕竟不能当饭吃，什么文学、什么梦想都是虚的，只有真实的钱攥在手心里，在这座动荡的城里才会有安全感。

我打电话给我一个远房婶子，她握着电话，静静分享着我的喜悦，耐心地听着我的滔滔不绝，末了她说，把书寄给我，好吗？让我也替你开心开心。她从前念过高中，在她们那个贫困的年代，女娃娃能念到高中的少之又少，据说婶子以前学习成绩很好，因为病痛所以才无奈辍学了。她会开导我的愤世嫉俗，她会鼓励我有梦就勇敢地去追，她会和我一起分享她的人生经验。端午节，厂里放了个小假，我带着精挑细选的礼品去婶子家串门。她热情地给我倒茶，准备小点心，拍着我的肩嘘寒问暖。一低头，猛然发现茶几角下垫着一本撕成了两半的杂志，那本杂志正是自己几天前邮寄给她发表了处女作的那本。她依旧笑着跟我唠张家长、李家短，只是我什么也听不进去。茶凉了，是该起身告辞的时候了。走出门，我倾了茶，茶水倒了一地，向低洼处流去。我发现婶子是那样的陌生，那本杂志对于她，只是普普通通的杂志，可是对于我，却是两年挑灯奋战所得到的微小的劳动成果，是几年来心心念念文字变铅字的梦，婶子，那可是我的处女作啊，是我无数的激动和兴奋，是我以后永远的回忆。我什么都不想说了，转身离开，留给苍凉的夜色一个落